À PROPOS DE L'AUTEUR

Avant de devenir auteur de romances, Susan Meier a travaillé dans la publicité. Mais – lasse de ne pouvoir laisser davantage libre cours à son imagination –, elle s'est rapidement tournée vers l'écriture… pour le plus grand bonheur de ses lectrices !

La tendresse en héritage

*

L'enfant du bonheur

*

Un bébé au ranch

SUSAN MEIER

La tendresse en héritage

INTÉGRALE

UN BÉBÉ À TOUT PRIX

Traduction française de
LÉONIE GADES

SAGAS

HARLEQUIN

Collection : SAGAS

Titre original :
THE BABY PROJECT

Ce roman a déjà été publié en 2017

HARPERCOLLINS FRANCE
83-85, boulevard Vincent-Auriol, 75646 PARIS CEDEX 13
Service Lectrices — Tél. : 01 45 82 47 47

www.harlequin.fr

ISBN 978-2-2804-3332-7 — ISSN 2426-993X

1

— Les frères Andreas sont arrivés.

Sursautant à l'intervention de la secrétaire de son père, Whitney se détourna de la fenêtre. Le bureau de celui-ci, l'avocat Gerard Ross, offrait une vue imprenable sur les gratte-ciel new-yorkais. Mais l'entrevue qui les attendait s'annonçait plus sombre encore que les nuages accumulés au-dessus de la ville en ce mois de janvier.

— Faites-les patienter cinq minutes, répondit-il.

— Avoue que la situation t'amuse, lui dit Whitney.

— Peut-être. Mais je suis surtout satisfait que Stephone se soit servi de son testament pour remettre certaines choses en ordre.

Elle était curieuse de savoir ce que contenait ce fameux document. Elle n'avait jamais rencontré les fils de Stephone Andreas, bien que ce dernier ait été un ami proche de son père. Il venait dîner chez ses parents au moins une fois par mois depuis qu'elle avait six ans et elle l'avait toujours entendu parler de « ses garçons ».

— Tu sais que Stephone reprochait à ses fils de manquer de maturité, reprit son père. Certes, ils sont tous les trois intelligents. Et ce sont des hommes d'affaires avisés qui sauraient sans peine gérer la société familiale. Mais ils n'ont aucune loyauté envers leur famille. Stephone a donc décidé de nommer son fils aîné, Darius, président-directeur général, et il lui a légué la propriété de Montauk. Soit cette décision les divisera irrémédiablement, soit elle les contraindra à s'unir, à faire corps. Tout dépendra de Darius. Saura-t-il prendre les rênes et se conduire comme un véritable chef de famille ?

Quittant son fauteuil, il se dirigea vers le canapé situé à l'angle opposé de son vaste bureau.

— Avant que je ne les fasse entrer, dit-il, il y a quelque chose que tu dois savoir. Missy t'avait couchée sur son testament et Stephone l'a imitée.

— Missy m'a légué quelque chose ? demanda-t-elle en prenant place près de son père.

Cette nouvelle ne l'étonnait pas outre mesure. En effet, Missy Harrington et elle avaient partagé la même chambre universitaire pendant leurs études de droit. Fille d'une mère alcoolique et d'un père qui les avait abandonnées quand elle n'était encore qu'une enfant, Missy avait adopté la famille de Whitney et ceux-ci l'avaient pris sous leur aile. Pendant sept ans, elle avait passé la majeure partie de son temps libre et des vacances avec les Ross. Whitney ne la voyait plus aussi fréquemment depuis qu'elle l'avait présentée à Stephone Andreas, et que le couple s'était installé en Grèce. Mais elle ne la considérait pas moins comme sa meilleure amie.

— Elle ne t'a pas exactement « légué » quelque chose. En fait, selon les testaments de Missy et Stephone, toi et Darius partagez la garde de leur fils.

Elle sentit qu'elle pâlissait, et son estomac se serra.

— Quoi ?

— Jamais je n'aurais imaginé qu'ils allaient mourir si tôt quand je les ai laissés ajouter cette clause à leurs testaments. Je sais ce que tu vas me dire…, mais trois ans se sont écoulés depuis l'accident qui a coûté la vie à Burn et à Layla. Il est temps que tu reviennes parmi les vivants.

Il se pencha en avant et sortit une enveloppe d'une chemise posée sur la table basse devant eux.

— Missy t'a laissé une lettre, dit-il. Dans l'éventualité de leur mort, Stephone voulait que Darius élève leur fils, mais Missy tenait absolument à ce qu'il partage la garde avec toi. Les frères Andreas ne savent même pas que leur père avait un autre enfant. Dieu sait comment ils réagiront quand ils l'apprendront. Je pense que Missy voulait s'assurer que quelqu'un qu'elle connaissait et en qui elle avait confiance veillerait sur Gino.

— Mais… je ne saurai pas mieux m'occuper de lui que son frère.

— Missy savait ce qu'elle faisait, dit-il en lui prenant la main. Tu as été mère. Tu apprendras à connaître Gino. Il est tellement jeune qu'il s'habituera vite à toi. De plus, je suis persuadé que c'est exactement ce dont tu as besoin.

En prononçant ces derniers mots, il avait pressé plus fort sa main dans la sienne. Elle voulut se lever, mais il la retint. Quand elle lui fit face, ses yeux lançaient des éclairs.

— J'ai tout ce qu'il me faut, dit-elle. Je vais très bien.

— Si c'était le cas, l'idée d'avoir la garde de Gino ne te mettrait pas dans un tel état, répondit-il avant de se pencher vers l'Interphone posé sur la table basse : Cynthia, venez avec Gino, s'il vous plaît.

Elle eut l'impression que son cœur allait s'arrêter de battre. Sa tête se mit à tourner. Durant les trois années qui venaient de s'écouler, elle avait soigneusement évité de se trouver en présence d'un bébé. L'odeur du talc, la simple vue d'une créature si petite, si vulnérable l'auraient anéantie. Et à présent son père lui demandait de ramener un bébé chez elle ?

La porte s'ouvrit et Cynthia Smith entra, portant un bébé d'environ six mois dans un couffin, ainsi qu'un sac à langer et un petit sac de voyage.

— Ta mère et moi avons gardé Gino durant les funérailles, mais, maintenant, c'est à toi de prendre la relève.

Il se leva et, après avoir remercié sa secrétaire, il lui prit des mains le couffin et les sacs. Quand la jeune femme eut quitté la pièce, il présenta le bébé à Whitney.

— Il est à toi, dit-il solennellement.

Sachant qu'il ne servirait à rien de discuter, elle glissa la lettre de Missy dans la poche de sa veste et, tremblante, prit le nourrisson dans ses bras. Gino se mit aussitôt à pleurer.

— Ne pleure pas, trésor, murmura-t-elle en pressant la petite tête contre son épaule pour le consoler. Tout va bien.

Contrairement à la douleur qui la déchira, sa réaction instinctive à ses pleurs la désarçonna. Les souvenirs traversèrent son esprit en un éclair. Sa fille avait été blonde, avec de grands yeux bleus. Elle pleurait rarement, sauf quand elle réclamait sa mère. Elle aimait les bananes et les animaux. A ses yeux, elle était le bébé le plus merveilleux que la terre ait porté.

Des larmes emplirent ses yeux. Son estomac se noua. Jamais elle ne pourrait faire ce qu'on attendait d'elle. De toute évidence, les séances de psychothérapie n'avaient pas suffi.

Avant qu'elle ait pu protester, cependant, la porte du bureau s'ouvrit. Elle les reconnut d'après les photos qu'elle avait vues dans l'appartement new-yorkais de Stephone. Cade Andreas entra le premier. Il portait un jean, des bottes de cow-boy et un pull irlandais. Nick, celui des trois frères qui ressemblait le plus à leur père, lui emboîtait le pas. Enfin, Darius fit son entrée. Il était plus grand que Stephone, mais il avait les mêmes cheveux et les mêmes yeux noirs. Il était extrêmement séduisant dans son costume taillé sur mesure. Indubitablement, c'était le leader du groupe.

L'expression solennelle de leurs visages se teintait d'arrogance. Le patriarche était mort. Ils contrôlaient à présent une des plus importantes compagnies de navigation au monde.

Du moins le croyaient-ils.

Elle regarda le bébé pelotonné dans ses bras. Pour la première fois en trois ans, elle éprouva un puissant élan protecteur et comprit pourquoi Missy avait voulu qu'elle veille sur son enfant. Les hommes de la famille Andreas étaient des rocs. Or les bébés avaient besoin d'amour.

Mais lui en restait-il encore suffisamment en réserve ?

*
* *

— C'est une plaisanterie ?

Interloqué, Darius Andreas dévisagea Gerard Ross, qui avait été l'avocat de son père durant toute sa vie. Puis il fixa un instant sa fille Whitney. C'était une grande jeune femme blonde aux yeux bleu-gris qui ne ressemblait en rien à son père, un petit homme rondouillard. Son regard se posa enfin sur le canapé, à côté d'eux. Un bébé âgé de quelques mois seulement s'y trouvait, couché dans un couffin. Ses cheveux et ses yeux sombres le désignaient clairement comme un Andreas.

— Je vous assure que ce petit garçon est le fils de votre père, dit Gerard Ross. Vous êtes quatre, à présent.

Après cette mise au point, il reprit la lecture du testament.

Ma volonté est que les deux tiers restants d'Andreas Holdings soient divisés de manière égale entre mes quatre fils, Darius, Cade, Nick et Gino.

Darius n'en revenait pas. Il avait un troisième demi-frère, qui n'était qu'un nourrisson. Son cerveau ne parvenait pas à admettre cette réalité. Nick et Cade semblaient tout aussi abasourdis que lui.

— Je comprends que vous soyez surpris, dit l'avocat en voyant son expression.

— Surpris ! Vous voulez dire : choqué ! Pour commencer, notre père nous convoque à l'hôpital après l'accident pour nous annoncer qu'il a légué un tiers de la compagnie à une inconnue. Ensuite, il nous reproche de ne pas avoir le sens de la famille et il nous dit que, si nous ne nous rapprochons pas les uns des autres, nous allons perdre tout ce qu'il a construit. Là-dessus, il meurt. Et maintenant vous nous apprenez l'existence d'un autre frère.

— Monsieur Andreas, le simple fait que vous ignoriez que votre père avait un autre fils n'est-il pas la preuve que votre sens de la famille laisse quelque peu à désirer ?

Darius retint un juron. De quel droit son père, un coureur

de jupons invétéré qui vivait avec une jeune femme de trente ans au moment de sa mort, l'accusait-il de ne pas avoir le sens de la famille ? Stephone avait abandonné sa mère. Pire, il ne s'était soucié de lui, son fils, que lorsqu'il avait été adolescent. Et encore, il n'était apparu dans son existence que pour s'assurer qu'il fréquenterait une bonne université. La seule chose qui importait à ses yeux était qu'il soit apte à diriger un jour Andreas Holdings.

— Notre père répétait toujours qu'il ne laisserait pas des étrangers mettre le nez dans les affaires familiales, dit Darius en se levant. Pourtant, c'est bien ce qu'il a fait.

Il s'approcha du couffin. Gino possédait toutes les caractéristiques physiques d'un Andreas. Ce garçon faisait partie de sa famille et, si la volonté de son père était qu'il s'occupe de lui, il le ferait. Contrairement à ses deux frères, il lui avait toujours obéi.

— Nous prenons notre frère et nous partons.

A son grand étonnement, Whitney Ross resserra son emprise sur l'anse du couffin.

— Papa ?

— Il y a un dernier point, dit Gerard Ross.

Tant bien que mal, Darius parvint à contrôler la colère qui montait en lui.

— Quoi encore ?

— Vous avez la garde de Gino, Darius, mais vous devez la partager avec Whitney.

Il tourna la tête et darda un regard pénétrant sur la jeune femme. Sa chevelure blonde était nouée en un chignon un peu trop strict à son goût. Son tailleur gris masquait plus qu'il ne soulignait ses atouts féminins. En dépit du peu d'efforts qu'elle faisait pour séduire, quand leurs regards se croisèrent, il se sentit irrésistiblement attiré par elle. Et, à la lueur fugitive qui traversa ses jolies prunelles bleues, il sentit que c'était réciproque.

— C'est à vous de vous arranger pour organiser la garde

conjointe, dit Gerard. Mais, quoi que vous décidiez, c'est Whitney qui aura la voix de Gino au conseil d'administration.

Cette fois, Darius laissa échapper un juron. Son regard accrocha de nouveau celui de Whitney. En d'autres circonstances, il aurait entrepris de la séduire. Il aurait ôté un à un les vêtements qui la dissimulaient aux regards, défait son chignon…

Mais ses yeux, ses jolis yeux de chat persan, lui disaient clairement qu'il ne fallait pas y penser. Pour elle, peu importait qu'ils soient attirés l'un par l'autre. Ils avaient une tâche à accomplir. Elever Gino. Ensemble.

Malgré la sensation de chaleur qui se diffusait dans tout son corps, Whitney ne cilla pas sous le regard intense de Darius Andreas. Elle préférait ignorer l'attirance qu'elle ressentait pour lui, mais elle ne pouvait cependant nier qu'il était tout simplement sublime, dans le genre beau ténébreux. Son costume mettait ses larges épaules et ses hanches étroites en valeur. Sans parler de son charisme. De toute évidence, c'était celui des trois frères qui prenait les choses en main. Et cette autorité naturelle était très sexy.

Il n'y avait toutefois aucun danger qu'elle succombe à la puissante attirance qui existait entre eux, car cela aurait risqué de déboucher sur une relation. Et les relations rendaient les gens vulnérables, elle le savait. La douleur qui avait suivi la mort de son mari avait été indescriptible. Jamais elle ne revivrait pareille épreuve.

Darius ferma les yeux un bref instant, puis l'invita à le suivre d'un mouvement de la tête.

— Dans ce cas, allons-y, dit-il.

— Où ça ?

— Si ce bébé doit siéger au conseil d'administration, il doit travailler pour gagner sa croûte.

Le père de Whitney éclata de rire.

— Très drôle, Darius.

— Je ne plaisante pas. Mon père a laissé la compagnie dans un triste état. Il y a du pain sur la planche, et personne ne se débinera. Etant donné que votre fille votera pour lui, elle se chargera de sa part du travail.

— C'est absurde ! dit Gerard Ross.

— Papa, dit Whitney. Ça me va. Je n'ai pas l'habitude de fuir mes responsabilités.

Elle redressa les épaules et soutint le regard de Darius. Elle était prête à relever le défi. S'il s'imaginait qu'il allait l'intimider dès le premier jour, il se trompait.

— Entendu, dit son père. Mais, avant que vous ne partiez, il y a encore une dernière chose.

L'avocat regarda les trois frères tour à tour avant de s'arrêter sur Darius.

— Etant donné que vous ne possédez, à vous quatre, que les deux tiers de la compagnie, vous devez être conscients qu'aucun d'entre vous ne peut la contrôler à lui seul. Votre père a spécifié que la propriétaire du dernier tiers resterait anonyme tant qu'elle le décidera. Elle a soixante-dix ans, il est donc possible qu'elle se contente d'engranger les dividendes. Mais s'il lui prenait l'envie d'avoir un rôle plus actif, vous feriez mieux de vous entendre, tous les trois. Ou Andreas Holdings sera dirigé par quelqu'un qui ne sera pas nécessairement un Andreas.

— Nous aimerions nous entretenir en privé, dit Darius en désignant ses deux frères, une fois le choc de cette dernière révélation absorbé.

— Nous allons emmener Gino dans le bureau de Whitney, répondit Gerard Ross en se levant. Demandez à Cynthia de nous appeler quand vous aurez terminé.

Quand l'avocat et sa fille eurent quitté la pièce, Darius se tourna vers ses frères.

— Ce n'était certainement pas ainsi que nous imaginions la lecture du testament, dit-il.

Nick laissa échapper un rire désabusé. Cade se leva du fauteuil de cuir noir où il était assis en face du canapé.

— Franchement, à part Gino, rien de ce qui vient de se passer ne m'a surpris, dit-il. C'est toi qui as eu la part du lion : la propriété de Montauk et la direction générale. Mais toute médaille a son revers : tu hérites aussi du bébé. Bonne chance !

Sur ces mots, il salua ses frères et se dirigea vers la porte.

La réaction de Cade n'étonna pas vraiment Darius. Son jeune frère avait toujours été un loup solitaire, il aurait été illusoire de s'attendre à ce qu'il fasse preuve de solidarité. Pas plus que Nick, probablement. L'amour fraternel, la loyauté ou le sentiment de former une fratrie n'existaient pas entre les frères Andreas. Ils avaient suivi des chemins séparés, géré leur fonds chacun de leur côté, fait fortune sans l'aide les uns des autres. Chacun avait sa propre vie. Mais, après la mise en garde de Gerard Ross à propos de la mystérieuse actionnaire, les paroles étranges de son père sur son lit de mort commençaient à prendre sens. Si ses frères et lui étaient désunis au moment où cette actionnaire se mettrait en tête de diriger la compagnie, ils pourraient tout à fait finir comme dockers dans leurs propres chantiers navals.

— Allons, tu ne peux pas t'en aller comme ça, dit-il alors que Cade s'apprêtait à sortir.

Nick se leva à son tour.

— Bien sûr que nous le pouvons, dit-il. C'est toi le P.-D.G. C'est toi qui diriges. Tu as peut-être persuadé Mlle Ross de travailler pour toi, mais ce ne sera pas aussi facile de nous convaincre. On se verra aux réunions du conseil d'administration et pour encaisser les dividendes.

— Quoi ? Vous allez vraiment partir ? Alors que papa nous a demandé de rester unis ? Même après avoir entendu qu'il y avait un autre actionnaire ?

— Tu te débrouilleras très bien sans nous.

— Cette compagnie nous appartient à tous les trois. Je pensais que vous voudriez participer.

— Ouais. Et moi, je pensais que papa serait un peu présent quand j'étais gosse. Mais il n'était pas là, dit Nick en soutenant le regard de Darius. Toi, tu étais son préféré. A toi donc la compagnie, le bébé et… les ennuis.

Il quitta la pièce, Cade sur les talons.

Darius se laissa tomber sur le canapé. Pendant des années, il avait maudit ce père volage qui avait eu trois fils si différents… Quatre maintenant. Mais aujourd'hui, tandis qu'il contemplait le plafond, il comprenait enfin ce qui avait préoccupé son père durant les dix dernières années de sa vie. Nés de trois mères différentes, vivant aux quatre coins des Etats-Unis, les frères Andreas ne formaient pas une famille. Certes, ils partageaient leur chevelure d'ébène et un sens aigu des affaires, mais aucune affection ne les liait.

Autour de lui, le silence se faisait de plus en plus pesant. Ses deux parents étaient décédés à présent. A part ses deux demi-frères adultes, qui ne voulaient rien avoir à faire avec lui, il n'avait plus de famille.

Il pensa à la période des fêtes de fin d'année qui venait de s'achever. Il avait été invité à une multitude de fêtes, mais, le matin de Noël, il s'était retrouvé seul. Il n'entendait que les bruits de ses propres pas dans son appartement froid et vide. S'il n'élevait pas Gino mieux que son père ne l'avait fait avec lui et ses frères, ce serait le son qui bercerait sa vie. Celui du silence.

Une pensée vint curieusement lui remonter le moral : Gino serait sa famille, désormais.

Enfin, sa famille et celle de Whitney Ross.

Un frisson d'excitation le parcourut quand il repensa à l'attirance qui existait entre lui et la jeune avocate. Allait-il céder à la tentation qu'elle représentait ? Ce n'était guère raisonnable, s'ils devaient élever un enfant ensemble.

Malgré la contrariété que cette perspective lui avait d'abord causée, il comprenait maintenant pourquoi Missy Harrington avait exigé qu'une figure maternelle soit présente dans la vie de Gino. Quiconque passait deux minutes en compagnie des frères Andreas comprenait qu'ils n'étaient pas du genre à se fixer. Missy savait que, si elle voulait une mère pour Gino, elle devrait l'imposer. Toutefois, il n'avait pas la moindre idée de comment cette « garde partagée » allait se passer concrètement. Cela ressemblerait-il à un mariage ? Ou à un divorce ? Allaient-ils devoir fixer un calendrier précis des périodes de garde de chacun ? Ou allaient-ils se passer le pauvre Gino comme un paquet encombrant ?

Parmi la foule de questions qui l'assaillaient, une l'angoissait plus particulièrement : comment allait-il s'occuper d'un bébé alors qu'il n'avait aucune expérience en la matière ? Une évidence s'imposa à lui. Il allait vraiment avoir besoin de Whitney Ross.

2

Aussitôt après le départ de leurs visiteurs, Gerard Ross fut appelé pour une affaire urgente.

— Tu te débrouilleras sans moi ? demanda-t-il à sa fille.

— Oui, tu peux y aller, répondit Whitney, s'efforçant de le rassurer d'un sourire. Je te ferai appeler si j'ai besoin d'aide.

Après l'avoir remerciée d'un baiser sur la joue, il lui remit le sac à langer et la valise, et s'éloigna précipitamment.

Quittant le bureau de son père, elle se rendit dans le sien, Gino à son bras dans le couffin.

Quand elle eut refermé la porte derrière elle, elle se pencha sur lui pour l'observer plus attentivement. Sans cesser de téter sa tétine, il leva ses yeux noirs et brillants vers elle. Son cœur manqua un battement. Quel contraste avec Layla, ses yeux bleu ciel et ses boucles blondes… Sa gorge se noua. Que n'aurait-elle donné pour pouvoir une dernière fois caresser sa chevelure d'ange.

Gino cracha sa tétine et commença à pleurer. Elle déposa le couffin sur le canapé recouvert de chintz fleuri.

— Ne pleure pas, mon cœur, dit-elle d'une voix douce.

S'occuper d'un bébé ne s'oubliait pas. Malheureusement, en même temps que ses réflexes maternels, le souvenir de l'enfant qu'elle avait perdu s'éveillait en elle.

Bouleversée, elle ferma les yeux, ce qui ne calma évidemment pas les pleurs de Gino. Déterminée à se ressaisir, elle s'assit sur le canapé, sortit le bébé de son couffin et le prit dans ses bras. Sans cesser de pleurer, il nicha sa tête dans le creux de son épaule. Il sentait la lotion pour bébé et sa peau était douce comme du satin. De nouveau, elle referma les yeux, submergée par les images de sa fille et des événements heureux qui avaient jalonné sa courte existence. Malgré ses efforts, elle ne parvenait pas à chasser ces souvenirs de son esprit. Consciente que c'était la douce odeur de bébé qui les ravivait, elle prit une couverture dans le sac à langer, la déplia sur le canapé et déposa Gino dessus. Une fois cette distance de sécurité établie, elle sentit que son cœur reprenait un rythme normal.

— Je sais que tu dois être terrifié.

Elle s'adressait à lui comme à un adulte, car, si elle employait le langage « bébé », qui pourtant le calmerait aussitôt, elle serait de nouveau perturbée par ses souvenirs.

— Ma mère s'est sans doute très bien occupée de toi ces derniers jours, mais ta maman te manque.

Quel euphémisme ! « Manquer » était forcément en deçà de ce qu'il devait ressentir. Il ne pouvait pas comprendre que ses parents étaient morts, mais elle le comprenait et cette pensée lui brisait le cœur. D'autant qu'elle savait parfaitement ce que c'était de perdre les deux êtres qui vous étaient les plus proches. Gino était seul au monde. Il avait peur. Il voulait sa maman. Ou quelqu'un dont la présence lui procurerait le même sentiment de sécurité.

Pour sa part, cela faisait trois ans qu'elle ne l'avait pas éprouvé. Son monde avait volé en éclats le jour où son mari s'était suicidé, entraînant leur fille avec lui dans la mort.

Machinalement, elle vérifia si une couche mouillée était à l'origine des pleurs de l'enfant. Les pensées qui l'assaillirent tournèrent au cauchemar. Elle entendait les cris de son bébé qui l'appelait à l'aide. Soudain, elle se trouva confrontée à sa pire angoisse et au sentiment de culpabilité dont sa thérapeute lui avait maintes fois répété qu'il était sans issue.

Personne ne savait si Burn avait délibérément pris Layla avec lui dans la voiture quand il avait décidé de se suicider en laissant tourner le moteur dans le garage fermé. Peut-être avait-il d'abord eu l'intention de se rendre quelque part ; ce n'était qu'une fois la fillette installée dans son siège auto et lui-même au volant qu'il s'était senti incapable d'affronter le monde extérieur. Les gaz d'échappement emplissant rapidement le garage, il avait dû perdre conscience et oublier que sa petite fille était avec lui dans le véhicule.

Cette explication avait apaisé tout le monde, sauf Whitney. Tous admettaient que la sévère dépression dont souffrait Burn pouvait expliquer son geste, mais n'aurait-elle pas dû, elle, se rendre compte qu'il était trop malade pour s'occuper de son bébé ?

Pourquoi n'avait-elle pas pris conscience de la dégradation de l'état de son mari ? N'aurait-elle pas dû déceler la faille en lui ? Pourquoi n'avait-elle pas protégé son bébé ?

Une fois la couche de Gino changée, elle l'installa dans son couffin au lieu de le prendre dans ses bras. Il la fixa avec ses grands yeux sombres et tristes. Pour le bien de l'enfant, elle souhaitait de tout son cœur que ses appréhensions disparaîtraient bientôt. Après tout, il n'était pour rien dans la mort de son mari et de sa fille, et Missy avait voulu qu'elle s'occupe de ce petit bonhomme.

A cette pensée, elle se rappela l'enveloppe que son père lui avait remise. Elle se leva pour la sortir de la poche de sa veste. Quand elle l'eut décachetée, elle fit quelques pas tout en lisant.

« Whitney,

« Que c'est étrange d'écrire cette lettre que tu ne liras sans doute jamais. En fait, j'espère que tu ne la liras jamais. Mais nous devons rédiger nos testaments cet après-midi et nous avons un bébé. Nous devons décider qui s'occupera de Gino s'il nous arrivait quelque chose. Stephone veut confier sa garde à Darius, mais je ne pense pas que ce soit une bonne idée. Je sais que Darius ne se mariera jamais, ce qui signifierait que

Gino ne connaîtrait pas de figure maternelle. Alors j'ai pensé que tu pourrais partager la garde avec lui. Si quelque chose nous arrivait, Darius serait le père de Gino, et toi, sa mère.

« Aime-le, Whitney. Je ne suis pas sûre que Darius sache le faire.

Missy »

Sa lecture achevée, elle se laissa tomber sur le canapé. Le message de son amie était court, mais simple et clair. Une mère lui demandait d'aimer son enfant. Parce qu'elle n'était pas certaine que son frère aîné en soit capable.

De nouveau, elle contempla Gino. Il avait quitté sa maison en Grèce pour se retrouver parmi des étrangers, d'abord chez ses parents à elle, et maintenant dans son bureau. Il était de sa responsabilité de lui procurer rapidement un environnement stable. Si elle n'y veillait pas, il serait probablement élevé par une série de nurses avant d'être envoyé en pensionnat. Aux yeux de Darius, il représentait sans doute moins un bébé qu'une voix au conseil d'administration.

Elle n'avait pas le choix, il fallait qu'elle fasse partie de la vie de ce petit garçon. Elle devait veiller sur lui. Elle devait l'aimer.

— Tu viens de vivre des journées difficiles, mon cœur, dit-elle. Mais tout va s'arranger. Je vais bien m'occuper de toi.

Une flèche se planta dans son cœur. Comment pouvait-elle faire une telle promesse alors qu'elle n'avait même pas été capable de protéger sa propre fille de son mari ?

Darius s'accorda quelques instants pour retrouver son calme avant de demander à la secrétaire de prévenir Me Ross qu'il était prêt à reprendre leur discussion.

Quelle ne fut pas sa surprise quand Whitney apparut, portant Gino dans son couffin.

— Je vous ai dit que je pouvais commencer à travailler

pour vous dès aujourd'hui, dit-elle, mais je viens de me rendre compte qu'il n'y aurait personne pour s'occuper de Gino. De plus, je n'ai rien pour accueillir un bébé chez moi. Il va falloir que je me fasse livrer au moins un berceau et une table à langer.

Il sentit un frisson parcourir sa colonne vertébrale. Etait-ce parce que c'était la première fois qu'il se retrouvait seul avec elle ? Son parfum parvint à ses narines et il nota que ses longues jambes étaient parfaitement galbées. Subjugué, il faillit acquiescer, avant de se raviser. Il avait envie de lui plaire, mais il devait s'ôter cette idée de la tête s'il voulait que ce petit garçon fasse désormais partie de sa vie. Il comptait sur elle pour lui apprendre à être un bon père. Et il avait décidé que le meilleur moyen pour y parvenir était qu'elle vienne s'installer chez lui avec Gino, au moins pour les premières semaines.

— J'ai réfléchi, dit-il. Et je pense que la garde alternée n'est pas la bonne solution.

— C'est possible, mais, en attendant que nous nous mettions d'accord, Gino doit dormir quelque part ce soir. Il est presque 17 heures et aucun de nous n'a de berceau. Nous devons aussi engager une nounou. A moins que vous n'ayez une expérience en matière d'enfants dont je n'aurais pas entendu parler… ?

— Justement non. Je vais avoir besoin d'un peu d'aide pour me familiariser avec mon nouveau rôle.

— Nous serons deux.

Bon sang ! Elle ne saisissait pas la perche qu'il lui tendait. Il n'avait pas envie qu'elle découvre à quel point il était ignorant en matière d'enfants. Il détestait se trouver en position de faiblesse dans une négociation. Aussi décida-t-il d'utiliser l'effet de surprise pour parvenir à ses fins.

— Que diriez-vous de venir vous installer chez moi avec Gino ? demanda-t-il de but en blanc.

— Quoi ? demanda-t-elle en redressant brusquement la tête.

— J'ai hérité de la propriété de mon père à Montauk. La

maison est tellement vaste que nous passerons des journées entières sans nous croiser. Ainsi, nous pourrons tous les deux voir le bébé et aborder les questions au fur et à mesure qu'elles surgiront.

Elle ne répondit pas tout de suite. Il n'aurait su dire si c'était la surprise qui la laissait sans voix ou si elle trouvait sa proposition extravagante.

— Peut-être seulement pour le week-end, dans un premier temps, dit-il. Cela éviterait au petit bonhomme d'être trimbalé d'un appartement à l'autre avant même d'apprendre à nous connaître. De plus, en cas de besoin, il y a de nombreux domestiques.

Quand le visage de la jeune femme s'éclaira, un sentiment de victoire l'envahit. La partie n'était cependant pas gagnée. Sur une impulsion, il s'approcha d'elle et se pencha vers le bébé. Celui-ci le dévisagea de ses grands yeux bruns.

— Il est mignon, dit-il.

— Très mignon. Vous voulez le prendre dans vos bras ?

— Volontiers.

Ça ne pouvait pas être si compliqué que ça. De plus, il ne s'agissait pas seulement de gagner les bonnes grâces de Whitney ; il avait sincèrement l'intention d'être un père pour cet enfant.

Elle déposa le couffin sur le canapé de cuir noir, défit les sangles et souleva Gino.

— Gino, dit-elle en regardant le bébé droit dans les yeux. Je vais te confier à ton grand frère.

Darius éclata de rire.

— C'était une présentation officielle ?

— Non. Je le préviens qu'un inconnu va le prendre dans ses bras.

— Vous croyez qu'il fait la différence ?

— Bien sûr, répondit-elle en dardant un regard réprobateur vers lui par-dessus la tête du bébé.

Elle avait de magnifiques yeux bleu-gris, d'une nuance qui conférait à son regard une innocence particulièrement sexy. S'il n'avait pas eu besoin d'elle, il l'aurait courtisée sans hésitation. Quand elle lui tendit Gino, cependant, ses pensées lascives cédèrent la place à un sentiment de panique.

Curieusement, ses craintes passèrent au second plan quand leurs mains se frôlèrent. Décidément, il n'avait jamais ressenti une telle attirance pour une femme. Un signal d'alarme retentit dans son cerveau, mais, avant qu'il ait pu réfléchir à ce qui lui arrivait, il tenait Gino dans ses bras.

— Waouh ! dit-il. Il est plus lourd que je ne pensais.

Un sourire presque imperceptible étira les lèvres de Whitney.

— Oui. Les bébés de six mois ne sont généralement pas aussi… robustes.

Ne voulant à aucun prix montrer qu'il n'était pas à l'aise dans la situation, il rit.

— Nous sommes de gros mangeurs dans la famille.

Elle détourna la tête.

Se désintéressait-elle totalement de ses histoires de famille ou sa proximité la mettait-elle mal à l'aise ? Il ajouta d'un ton détaché :

— Je propose que nous passions à votre appartement pour que vous récupériez quelques affaires. Juste de quoi passer le week-end à Montauk. Mon père et Missy n'y vivaient que quelques jours par an, mais je suppose qu'ils y ont fait aménager une nurserie après la naissance de Gino. Vous pourrez constater par vous-même que la maison est suffisamment vaste pour que nous y vivions tous les deux sans nous marcher sur les pieds.

Une vague de peur mêlée d'excitation envahit Whitney. Elle ne s'était pas du tout imaginé rester seule avec Gino ce soir. Ou plutôt : elle savait parfaitement quelle catastrophe cela allait être. C'était d'ailleurs la raison pour laquelle elle avait accueilli la proposition de Darius comme la réponse à sa prière muette. Le problème, c'était qu'il ne saurait pas mieux s'occuper de Gino qu'elle.

Bien sûr, il avait des domestiques et ils allaient engager une nounou, mais recruter quelqu'un qui accepterait de faire régulièrement l'aller-retour entre Montauk et son appartement à SoHo pouvait prendre plusieurs semaines. Et elle craignait que Darius ne se rende rapidement compte de sa phobie des bébés.

D'un autre côté, mieux valait qu'il soit dans les parages si elle craquait en s'occupant de Gino. Même s'il manquait totalement d'expérience, il n'y avait qu'à le voir tenir Gino dans ses bras, tout en gazouillant des paroles sans queue ni tête, pour deviner qu'il apprendrait vite. Ces deux-là se plaisaient déjà.

Un profond soulagement la gagna tandis qu'elle entrevoyait une solution à son problème. Sous prétexte de lui montrer comment s'occuper de Gino, elle pourrait lui déléguer la plupart des tâches qui risquaient à tout moment de la faire éclater en sanglots.

Soutenant son regard, elle prit une profonde inspiration avant de se lancer :

— D'accord, nous passerons le week-end chez vous.

Le sourire qui étira les lèvres de Darius lui rappela un détail important qu'elle avait momentanément oublié. Ils étaient attirés l'un par l'autre. Et sur le point de vivre sous le même toit.

Heureusement, la maison était immense. Et elle n'était pas stupide. Pourvu qu'elle garde la tête froide, tout se passerait bien.

3

Dans la limousine en route pour Montauk, Darius confirma à Whitney que la maison disposait d'une nurserie.

— En fait, mon père et Missy séjournaient là-bas au moment de l'accident.

Chassant le chagrin qui l'envahissait toujours à l'évocation de son amie disparue, elle demanda :

— Ils n'avaient pas engagé une nurse, par hasard ?

— Non. La jeune Grecque qui s'occupait de Gino est rentrée dans son pays après les funérailles. Mais nous ne devrions pas avoir trop de mal à recruter quelqu'un.

Elle se contenta d'acquiescer d'un léger sourire. Puis elle baissa son regard sur Gino. Le bébé s'était endormi dès que la voiture s'était mise à rouler et il ne se réveillerait sans doute pas avant qu'ils soient arrivés. Ses appréhensions s'estompaient peu à peu. En effet, sous prétexte d'apprendre à Darius comment être un bon père, elle allait pouvoir éviter autant que possible tout contact direct avec le bébé. Jusqu'à ce qu'elle soit prête.

Quand la limousine franchit un portail de fer forgé et s'engagea dans une allée circulaire menant à une immense demeure, elle frissonna. Les branches dénudées des arbres ployaient sous le froid vent de janvier, conférant à la propriété un aspect lugubre. Avait-elle fait le bon choix en acceptant de vivre sous le même toit qu'un parfait inconnu, dans ce lieu isolé ?

Une fois devant le perron, elle réussit pourtant à chasser ces sombres réflexions de son esprit. Darius prit le couffin dans lequel Gino était toujours endormi et elle le suivit à l'intérieur de la maison.

A peine eut-elle le temps d'embrasser du regard l'immense hall avec son lustre de cristal et son sol dallé de marbre blanc, qu'une dame d'un certain âge dans un uniforme noir vint les accueillir.

— Je vous présente Mme Tucker, dit Darius en souriant. Madame Tucker, voici Whitney, la fille de Gerard Ross.

— C'est un plaisir de faire votre connaissance, dit la gouvernante. Je vous ai fait préparer une suite dans l'aile ouest. Geoffrey y portera vos bagages.

— Merci.

Mme Tucker s'apprêtait à se retirer quand, sous le coup d'un brusque soupçon, Whitney la rappela.

— Où se trouve la nurserie ? demanda-t-elle.

— Dans l'aile est, à côté de la suite de M. Andreas.

— Et la chambre de la nurse ?

— Elle se trouve aussi dans cette aile.

Quelque chose dans cette organisation lui déplaisait profondément. Pour commencer, la pensée qu'une autre femme dormirait à quelques pas de la chambre de Darius avait inexplicablement éveillé sa jalousie. Mais, avant tout, cette distribution des chambres ressemblait à une mise à l'écart. Soulagée par la proposition que lui avait faite Darius, qui lui laisserait le temps de s'adapter à son nouveau rôle de mère de Gino, elle avait accepté de venir vivre quelques jours chez lui. Mais pas un instant elle ne s'était interrogée sur ses motivations. Il voulait que Gino vive chez lui, puis il la reléguait à l'autre extrémité de la maison. Qu'avait-il derrière la tête ?

— Pourquoi n'ai-je pas une chambre près de la nurserie ?

Darius s'approcha d'elle, le couffin à la main, et passa un bras sous le sien pour l'inviter à se diriger vers l'escalier.

Mme Tucker s'éloigna, visiblement soulagée de le laisser répondre à cette question.

— Je pensais que vous teniez à votre intimité, d'autant que Mme Tucker a accepté de dormir dans la chambre de la nurse en attendant que nous ayons engagé quelqu'un.

Il avait l'air sincère, mais elle se rappela que c'était un négociateur hors pair, un homme d'affaires avisé et plein de charme. Obnubilée par ses réactions face à Gino, elle n'avait pas réalisé qu'il avait pris toutes les décisions concernant le bébé sans vraiment lui demander son avis. Il était temps que cela change.

— N'y a-t-il pas d'autre suite disponible non loin de la nurserie ? demanda-t-elle.

— Si, bien sûr.

— Dans ce cas, c'est là que je dormirai.

Il s'immobilisa. Ses yeux d'onyx plongèrent dans les siens. Son expression dénotait un caractère bien trempé, celui d'un homme habitué à être obéi au doigt et à l'œil. De sévère, toutefois, son regard devint soudain sensuel.

Comme s'il s'apercevait seulement à cet instant à quel point leurs corps étaient proches, il prit une profonde inspiration. Réalisant soudain la portée de ses paroles, elle se figea. Avait-elle perdu la tête ? Cet homme la désirait et elle ne trouvait rien de mieux que d'exiger d'avoir une chambre près de la sienne !

De crainte qu'il ne devine son trouble, elle se retint cependant de lui dire que, finalement, ce changement de chambre n'était pas nécessaire. Et, après tout, il était de son devoir de rester auprès de Gino. Si cela impliquait de dormir non loin de Darius, eh bien, elle s'en accommoderait.

— Le testament stipule que nous avons tous les deux la garde, dit-elle en lui souriant le plus naturellement possible. Ses parents m'ont confié Gino et j'ai l'intention de m'occuper de lui.

Une lueur malicieuse traversa le regard noir qui n'avait pas cessé de la fixer.

— Alors comme ça, vous voulez avoir la chambre en face de la mienne…

Ignorant le frémissement sensuel qui parcourut son corps, elle soutint son regard.

— Oui.

— Ainsi soit-il. Je vais dire à Mme Tucker de faire monter vos bagages dans l'aile est.

Sur ces mots, il pivota sur lui-même et monta les marches. Les jambes flageolantes, elle le suivit jusqu'à l'étage. A peine eut-elle fait deux pas dans la nurserie, toutefois, qu'elle s'immobilisa, tétanisée.

Avec une violence inouïe, le mobile fixé au-dessus du berceau l'avait ramenée quelques années en arrière. Elle se serait cru dans la chambre de Layla. Les couleurs étaient différentes, mais la plupart des meubles et des jouets étaient identiques. Sans parler des odeurs.

— Je pense qu'il est temps de changer Gino, dit Darius qui ne s'était aperçu de rien. Je m'en chargerais volontiers, mais je n'ai jamais fait ça de ma vie. Il va falloir que vous me guidiez.

Il la gratifia d'un sourire engageant.

La gorge nouée par l'émotion, elle était incapable de bouger ou de proférer un son. Avec une acuité terrible, elle revoyait Layla, pleurant dans son berceau, ses petites mains agrippées aux barreaux. Elle se souvint des cadeaux de Noël qu'elle avait achetés pour elle. Elle avait pris soin de les cacher dans un placard, comme si Layla avait pu les découvrir… Après sa mort, une année s'était écoulée avant qu'elle ait pu se résoudre à vider la nurserie.

Sans se formaliser de son mutisme, Darius détacha les sangles du porte-bébé et prit Gino dans ses bras. Elle s'éclaircit la gorge.

— Bien sûr, dit-elle.

Deux sentiments contraires s'affrontaient en elle : elle ne voulait pas qu'il occupe une place exclusive dans la vie de Gino, et, en même temps, elle était totalement incapable de changer le bébé dans l'état où elle se trouvait. Par conséquent, que cela lui plaise ou non, Darius et sa manie de vouloir tout contrôler lui sauvaient la mise.

Après un rapide coup d'œil circulaire sur la pièce, elle lui désigna la table à langer :

— Allongez-le là-dessus.

Une fois qu'il eut déposé le bébé ensommeillé sur la table, il se pencha, tout en le maintenant fermement, vers les étagères situées dessous.

— Ah, voilà les couches, dit-il avec un sourire triomphant. Qu'est-ce que je fais maintenant ?

Elle s'approcha en prenant une profonde inspiration pour tenter d'éloigner les fantômes du passé.

— Commencez par lui enlever son pyjama.

Il défit les boutons-pressions, mais retirer les manches lui posa quelques problèmes.

— Plus doucement, lui dit-elle, pédagogue, en posant une main sur la sienne.

— Sa peau est douce, dit-il en lui adressant un sourire ravi. On dirait du velours.

Elle se rappela avoir pensé exactement la même chose quand l'infirmière avait déposé sa fille nouveau-née dans ses bras pour la première fois. Au prix d'un immense effort, elle repoussa le souvenir qui lui était maintenant terriblement douloureux.

— Je sais, dit-elle simplement.

Quand Gino fut déshabillé, à l'exception de sa couche, elle dit à Darius d'enlever les bandes adhésives.

— Ouf ! dit-il en constatant que la couche était seulement mouillée.

Devant son évident soulagement, elle ne put s'empêcher de rire.

— O.K., dit-elle. Jetez ça dans la poubelle et dépliez une couche propre. Glissez-la sous ses fesses et collez les adhésifs sur le devant. Voilà, vous n'avez plus qu'à lui remettre son pyjama et c'est bon.

Il suivit ses instructions. Elle dut lui rappeler de manipuler les petits bras et les petites jambes de Gino avec douceur. De nouveau, il obtempéra après l'avoir gratifiée d'un sourire épanoui.

Les doutes qui la taraudaient à son sujet la reprirent. Il était trop gentil. Trop empressé de s'occuper de Gino. Que cachait cette attitude ?

— Je suis étonnée que vous vouliez apprendre tout cela, dit-elle.

— Gino est ma famille.

— Oh. Alors vous prenez vraiment votre nouveau rôle de père très au sérieux ?

Elle avait du mal à cacher son scepticisme. Un célibataire endurci — et immensément riche — qui tenait à s'occuper d'un nouveau-né…, il fallait avouer que c'était surprenant.

— Mon père n'avait pas beaucoup de temps à me consacrer, répondit-il. Pas plus qu'à mes frères. Je ne veux pas que la même chose arrive à Gino. Si c'est moi qui dois être sa figure paternelle, je tiens à assumer ma part des corvées.

— Vous voulez apprendre à tout faire ?

Curieusement, au lieu de se vexer, il éclata de rire.

— Hé ! Je viens de changer sa couche. J'estime que j'ai prouvé que je voulais m'impliquer dans tous les aspects de son éducation.

Malgré ses protestations, elle ne put s'empêcher de penser que son attitude avait une autre explication. Son instinct d'avocate lui soufflait qu'il ne lui disait pas tout. Mais elle ne tarderait pas à connaître le fin mot de l'affaire. Après une journée entière passée à pouponner, il allait crier grâce, cela ne faisait aucun doute.

Quand Gino fut rhabillé, Darius le serra dans ses bras et déposa un baiser sur sa joue.

— Bonne nuit, petit bonhomme, dit-il.

Perdue dans ses pensées, elle comprit trop tard qu'il lui tendait le petit garçon et elle ne put faire autrement que de le prendre. A la seconde où le bébé posa sa tête lourde de sommeil dans le creux de son cou, un poignant sentiment de perte la submergea. L'écho du rire de Layla résonna dans son cerveau. L'image de son petit corps sans vie s'imprima dans son esprit.

— Bonne nuit, Gino, parvint-elle à murmurer avant de rendre le bébé à Darius.

S'était-il aperçu qu'elle était sur le point de pleurer ? Apparemment pas. Cette pensée la rassura, avant qu'une autre ne vienne s'imposer à elle : et après ? Elle n'avait pas à avoir honte de sa réaction, qui était tout à fait compréhensible. En fait, tout serait plus simple si elle lui racontait ce qui s'était passé avec Layla et Burn. Elle ne cherchait pas à éveiller sa sympathie, mais il était clair qu'elle allait avoir des difficultés pour s'occuper de Gino. Darius n'allait pas tarder à s'en apercevoir. Il était plus prudent de lui dire la vérité, plutôt que de le voir mettre en doute sa capacité à prendre soin de son petit frère.

Mais le moment n'était pas opportun. Tant qu'elle n'aurait pas découvert ses véritables intentions, elle préférait attendre avant de lui dévoiler les secrets de son âme.

Une fois Gino endormi, ils quittèrent la nurserie.

— Il est tard, dit Darius quand ils furent dans le couloir. Je vais vous montrer votre chambre et ensuite nous pourrons dîner.

— Merci, mais je suis trop fatiguée pour dîner. Je pense que je vais me coucher tout de suite.

— Vraiment ? Quel dommage ! J'avais demandé à la cuisinière de préparer un bouillon de poule aux vermicelles.

Elle le regarda, ébahie. Comment savait-il que c'était son plat favori ?

— Pendant que vous prépariez votre valise pour le week-end, j'ai appelé votre père, dit-il en réponse à sa question muette. Puisque vous avez été assez gentille pour accepter de passer le week-end avec Gino sous mon toit, le moins que je pouvais faire était de m'assurer que vous mangiez bien.

Remise de sa surprise, elle pressa le pas pour le rejoindre

près de la porte devant laquelle il s'était arrêté. Comment résister à un homme aussi prévenant ?

— Je le goûterai demain, au déjeuner.

Elle s'était attendue à ce qu'il insiste, mais il n'en fit rien.

— Entendu, répondit-il seulement, avant d'ouvrir la porte et de déclarer : votre suite.

L'étrange nervosité qui l'envahit lui rappela celle qu'elle avait ressentie, adolescente, la première fois qu'un garçon l'avait raccompagnée devant chez elle et qu'elle avait compris qu'il allait l'embrasser pour lui souhaiter bonne nuit. Cela faisait si longtemps qu'elle n'avait pas été attirée par un homme qu'elle avait oublié cette sensation, à la fois inconfortable et délicieuse.

Mais il se contenta de pousser la porte, révélant une pièce où dominaient le vert pâle et le jaune. Derrière le sofa recouvert d'un tissu sauge, une porte donnait sur la chambre à coucher. La suite dégageait une merveilleuse impression de calme.

— Laissez-moi vérifier que tout est en ordre, dit-il en la précédant dans la pièce.

Il parcourut le petit salon du regard, puis il se dirigea nonchalamment vers la chambre. Elle sentit la confusion la gagner tandis qu'elle lui emboîtait le pas. Un regard suffisait pour constater que, pendant qu'ils étaient dans la nurserie, Mme Tucker avait fait préparer la chambre. Il n'avait aucune raison valable de contrôler son travail. A moins qu'il ne fasse pas confiance à un personnel qu'il ne connaissait pas encore ?

Quand il entra dans la chambre où elle allait dormir, elle éprouva de nouveau cette sensation d'inconfort à voir cet homme, qui était visiblement attiré par elle, se tenir à côté de son lit. Elle maudissait ses réactions ridicules, mais cela faisait une éternité qu'elle ne s'était plus retrouvée seule avec un homme.

Elle dut cependant reconnaître que son regard à lui ne trahissait aucune émotion particulière quand il parcourut la chambre. En revanche, quand il inspecta la salle de bains, elle surprit une lueur indéchiffrable dans son regard. Qu'est-ce qui pouvait bien l'avoir provoquée ? Elle examina à son tour la pièce de marbre blanc. La vue de l'immense baignoire faillit lui arracher un soupir d'extase. Elle allait prendre un bain ! Un bain interminable qui chasserait la tension qu'elle avait accumulée tout au long de cette journée.

A cet instant, elle comprit le sens du regard qu'elle avait surpris et elle sentit son visage s'empourprer. Bien sûr ! Une femme voyait cette baignoire comme un havre, alors qu'un homme l'envisageait sans doute comme un terrain de jeux érotiques.

Leurs yeux s'accrochèrent et la sensation de chaleur qu'elle avait éprouvée la première fois qu'elle l'avait vu se répandit de nouveau en elle. Sa réaction était normale, voulut-elle se rassurer. Après tout, il était très séduisant. Elle pouvait se réjouir, après trois années à pleurer un mari mort, d'être de nouveau attirée par un homme. Ce n'était pas pour autant, cependant, qu'elle se laisserait entraîner dans une relation. Non, elle était décidée à ne jamais plus donner un tel pouvoir sur sa vie à quelqu'un.

De plus, elle était la tutrice du jeune frère de Darius et elle représenterait sa voix au conseil d'administration tant qu'il serait mineur. Et si cette « attirance » que Darius semblait éprouver pour elle n'était qu'une ruse pour gagner ses bonnes grâces et s'assurer son vote ?

— Puisque vous êtes fatiguée et que j'ai encore du travail, dit-il comme fébrilement en se massant la nuque, je vais vous laisser.

Sa soudaine nervosité la laissa songeuse. Il n'avait visiblement pas l'intention de laisser libre court à l'attirance qu'il ressentait pour elle. Ni d'utiliser à son avantage celle qu'elle éprouvait pour lui. Pourquoi ne pouvait-elle s'empêcher d'être vaguement déçue ? Etait-ce parce que, pour la première fois depuis le suicide de son mari, elle avait un instant oublié que sa vie était brisée ? C'était comme si être près de lui accaparait toute son attention. Elle ne pouvait penser à rien d'autre qu'à la peur qu'il l'embrasse.

A ce stade de ses réflexions, elle réalisa que ses sentiments n'avaient rien à voir avec la peur. Au contraire.

Elle voulait qu'il l'embrasse.

Heureusement pour sa tranquillité d'esprit, il ne fit aucune tentative dans ce sens. Toutefois, au moment où il posa la main sur la poignée de la porte pour quitter la suite, elle fit de même. Leurs doigts se frôlèrent et ce simple contact déclencha un maelström de sensations en elle, qu'elle s'empressa de mettre sur le compte de la solitude. En effet, des mois avant sa mort, son mari ne s'intéressait plus à elle ; depuis plus de quatre ans, elle n'avait pas été touchée par un homme qu'elle trouvait séduisant.

— Bonne nuit, dit-il.

La porte se referma sur lui avant qu'elle ait pu lui répondre. Quand elle fut seule, elle eut tout loisir de se reprocher l'ambiguïté de ses sentiments. Elle n'était pas venue passer le week-end chez lui pour batifoler, mais pour permettre à Gino de s'habituer à eux, puis pour se mettre d'accord sur le meilleur moyen de partager la garde dans l'intérêt de l'enfant.

Bien sûr, ils devaient aussi apprendre à se connaître. Mais il était encore trop tôt pour dévoiler ses failles. Darius était riche et puissant. Qui sait s'il ne la traînerait pas en justice pour lui retirer la garde de Gino pour incompétence s'il découvrait son problème avec les enfants ? Le petit garçon serait alors élevé par lui seul, et elle ne pourrait pas réaliser le souhait de Missy que son enfant connaisse l'amour d'une mère.

Cette pensée lui insuffla un regain de détermination et elle se sentit prête à se battre bec et ongles pour le petit garçon. Et, pour la première fois depuis que la garde partagée de Gino lui avait été confiée, elle réalisa tout ce que cela entraînait à long terme.

Qu'elle le veuille ou non, cet enfant la liait à Darius pour toujours.

4

Quand les pleurs du bébé le réveillèrent, vers 3 heures du matin, Darius mit quelques secondes à se rappeler où il était. Puis, encore à moitié endormi, il enfila à la hâte un jean et un T-shirt. Mais, quand il ouvrit la porte communicante qui séparait sa chambre de la nurserie, les pleurs avaient cessé et il découvrit Mme Tucker en train de donner le biberon à Gino.

Il s'approcha à pas de loup, ce qui fit rire la gouvernante.

— Ce n'est pas la peine, dit-elle. Il est bien réveillé.

— Et il a l'air affamé.

— Il va falloir vous y faire.

— Vous voulez dire qu'il va se réveiller à 3 heures toutes les nuits ?

— Il ne sera peut-être pas toujours aussi ponctuel, mais ça va durer encore un certain temps avant qu'il fasse ses nuits.

Il observa un instant le bébé qui tétait goulûment. Avec sa barboteuse verte et ses cheveux sombres en bataille, il était vraiment adorable. Quand il eut fini, Mme Tucker le souleva et il émit un rot puissant. La gouvernante prit un mouchoir en papier et essuya un peu de salive blanchâtre qui coulait de sa petite bouche.

— Vous pensez que j'attraperai le coup de main un jour ? demanda-t-il.

— Oh oui ! répondit-elle en souriant. Mais une fois que vous aurez l'habitude, les règles vont changer. Bientôt, il va se mettre à marcher à quatre pattes. Et un beau jour ce sera un petit démon de deux ans… Mais chaque chose en son temps.

En regardant Gino qui s'était à présent endormi dans les bras de Mme Tucker, il avait du mal à imaginer qu'il pourrait un jour ressembler à autre chose qu'à un petit ange. Un intense besoin de le protéger naquit en lui. C'était un sentiment étrange, qu'il ressentait pour la première fois.

Une fois que la gouvernante eut remis le bébé dans son berceau, elle se tourna vers lui.

— Vous feriez mieux de retourner vous coucher. Vous verrez que les nuits sont courtes quand on a un bébé.

Après s'être souhaité bonne nuit, ils retournèrent chacun dans leur chambre.

Il n'aimait pas l'idée que Mme Tucker ait une double charge de travail en attendant qu'ils engagent une nounou, aussi régla-t-il son réveil à 6 heures en espérant qu'il serait réveillé avant le bébé. Quand son réveil sonna, quelques heures plus tard, il ne s'attarda pas au lit. Après avoir enfilé un jean et un pull, il alla dans la nurserie.

Egalement vêtue d'un jean et d'un pull bleu qui faisait ressortir la couleur de ses yeux, Whitney se tenait au pied du berceau et contemplait Gino endormi.

— Bonjour, dit-elle à voix basse. Vous voulez apprendre à lui donner le biberon, ce matin ?

Instinctivement, il recula d'un pas. Le souvenir de l'intense courant qui était passé entre eux la veille au soir était encore vif dans son esprit. A son grand soulagement, il constata qu'elle semblait aussi désireuse que lui d'ignorer la puissante alchimie qui existait entre eux.

— Ah, il se réveille, dit-elle joyeusement. Pendant que vous le changez, je vais préparer son biberon.

Elle se dirigea vers le petit frigo et en sortit un biberon prêt à l'emploi qu'elle mit dans le chauffe-biberon. Quand il allongea Gino, qui devait être affamé, sur la table à langer, il se mit à pleurer. Tout en changeant sa couche, comme il l'avait fait la veille, il se demanda pourquoi Whitney fixait aussi obstinément le biberon. Son absence de réaction aux pleurs de Gino l'intriguait. Mais il n'allait pas se plaindre. Après tout, n'était-ce pas lui qui voulait apprendre à s'occuper d'un bébé ?

Quand Gino fut changé, il s'assit dans le fauteuil à bascule, l'installant sur ses genoux. Ses cris avaient doublé de volume. Elle s'approcha d'eux.

— Calez-le sur vos genoux, de façon que sa tête repose dans le creux de votre bras, dit-elle.

Lorsque le bébé fut confortablement installé, elle lui tendit le biberon. Aussitôt qu'il le vit, Gino se calma.

— Il suffit d'approcher la tétine de sa bouche, et il saura comment faire.

Il suivit ses instructions et, comme par magie, Gino cessa de pleurer, prit la tétine dans sa bouche et se mit à téter avec force bruits de succion. Tant de voracité le fit éclater de rire.

Voyant que Gino se débrouillait très bien, elle s'éloigna d'eux. C'était un comportement étrange. Elle semblait… absente. Certes, elle était prête à l'aider, mais, en même temps, elle se comportait comme une étrangère. Mais, après tout, elle ne connaissait pas davantage Gino que lui-même.

— Pourquoi Missy vous a-t-elle nommée tutrice de Gino ? demanda-t-il.

— Vous voulez dire : mis à part pour s'assurer qu'il bénéficie d'une influence féminine ?

Sa question le fit éclater de rire.

— Oui. Pourquoi vous ?

— Jusqu'à ce qu'elle rencontre votre père, nous étions très proches.

— Puis elle a rencontré Stephone, et tout le monde les a perdus de vue.

Elle eut un petit rire triste.

— Missy aimait vraiment votre père.

Ils restèrent quelques minutes sans parler. Quand Gino eut terminé le biberon, Darius rompit le silence pour demander ce qu'il devait faire.

— C'est le moment de lui faire faire son rot.

En réponse à sa mimique interrogative, elle prit Gino et le posa contre son épaule.

— Ensuite, il faut lui tapoter le dos, dit-elle.

Une fois que Gino eut émis un rot sonore, elle remit le bébé dans ses bras et ajouta avec un sourire :

— Tu te sens mieux, n'est-ce pas, petit bonhomme ?

Elle était si près de lui que Darius eut l'impression que sa voix légèrement voilée et sexy l'enveloppait comme une caresse. Il se retint in extremis de fermer les yeux. Cette voix allait indéniablement lui causer mille tourments s'ils devaient passer plusieurs semaines sous le même toit.

S'arrachant au cours sensuel que prenaient ses pensées, il se redressa d'un bond.

— On le descend avec nous pour le petit déjeuner ? dit-il. Il y a une chaise haute.

— C'est une bonne idée.

A présent, il était tout à fait à l'aise quand il tenait Gino dans ses bras et c'était justement cette aisance qui le perturbait. Le sentiment puissant qui l'avait assailli cette nuit revint en force. Son cœur se serra et il eut du mal à respirer. Décidément, la place que Gino allait prendre dans sa vie avait quelque chose d'effrayant.

— Vous pouvez le tenir un instant ? demanda-t-il en lui tendant le bébé. Je dois aller mettre mes chaussures.

Elle hésita une fraction de seconde et il s'en voulut de donner l'impression de vouloir se débarrasser de l'enfant, alors qu'il prenait son rôle de père très au sérieux. Mais, avant qu'il ait pu se raviser, elle lui prit l'enfant des bras.

Mettre des chaussettes et des chaussures ne lui prit pas plus de deux minutes. Quand il retourna dans la nurserie, il eut la surprise de constater qu'elle avait déposé Gino dans son transat. En le voyant revenir, elle sortit l'enfant et le lui tendit. Son geste était tout à fait naturel, mais il nota qu'elle évitait son regard, ce qui l'intrigua.

Après ce moment de flottement sur le seuil de sa chambre,

la veille, n'avait-elle pas compris que, bien qu'il fût attiré par elle, il n'allait pas succomber à cette attirance ? Alors, pourquoi restait-elle sur ses gardes vis-à-vis de lui ?

Elle se dirigea vers la porte comme si de rien n'était et l'ouvrit pour le laisser passer. Tandis qu'il la suivait dans l'escalier, il eut tout loisir d'observer son dos très droit. Il n'avait jamais rencontré de femme qui alliait un mélange aussi détonant de froideur et d'érotisme. Elle semblait capable de commander à ses émotions.

Ce qui, en réalité, était plutôt une bonne chose étant donné leur situation. Dans ce cas, pourquoi était-il contrarié ?

Lorsqu'ils arrivèrent dans le jardin d'hiver où était servi le petit déjeuner, elle lui expliqua comment installer Gino sur la chaise haute. A peine furent-ils assis à leur tour que la cuisinière apparut et leur demanda ce qu'ils désiraient. Il opta pour des pancakes et Whitney pour des petits pains.

— Je vais aussi apporter les céréales pour le bébé. Ça fait plusieurs semaines que Gino s'y est mis, dit fièrement la cuisinière.

Elle semblait avoir eu un rôle dans cette évolution.

Quand elle revint avec un bol et une petite cuillère, Gino tambourina sur le plateau de sa chaise haute avec impatience. La cuisinière déposa le bol devant Darius, qui rapprocha sa chaise du bébé.

— Tu es prêt ? demanda-t-il.

Le petit garçon répondit par un cri de joie. Suivant les instructions de Whitney, il prit une petite quantité de céréales avec la cuillère et la guida vers la bouche de Gino, qui avala goulûment sa première bouchée avec une mine satisfaite. Quand, au bout de plusieurs cuillerées, il commença à faire des bulles au lieu de manger, Darius comprit qu'il était rassasié.

Sur ces entrefaites, Mme Tucker entra.

— Je vais m'occuper de Gino pour que vous puissiez déjeuner tranquillement, dit-elle.

Lorsqu'elle eut quitté la pièce, un silence pesant s'installa.

— Cet endroit est magnifique, dit finalement Whitney.

Il regarda par la vaste baie vitrée. Le ciel d'un bleu immaculé contrastait avec la surface gris sombre de l'océan, que faisait moutonner le vent du large.

— Oui, répondit-il. J'avais oublié à quel point c'était beau.

— Vous veniez souvent ici ?

— Quand j'ai eu dix-huit ans, oui.

— A vous entendre, on dirait qu'on vous forçait.

Sa perspicacité lui soutira une grimace comique.

— C'était le cas. Quand j'ai eu dix-huit ans, mon père m'a donné accès à un fonds de cinq millions de dollars, à condition que j'aille à la fac et que je travaille pour Andreas Holdings. Je ne l'avais pratiquement plus vu après qu'il eut quitté ma mère et, tout à coup, il revenait dans ma vie pour l'organiser à sa guise. Les moments que j'ai passés ici n'étaient pas toujours agréables.

Leur conversation fut interrompue par l'arrivée de leur petit déjeuner.

— J'aimais beaucoup votre père, dit-elle quand la cuisinière fut repartie.

— A part les femmes dont il avait partagé la vie, et ses fils, la plupart des gens l'aimaient beaucoup.

— Je suppose que vous avez raison.

Il ne chercha pas à cacher sa surprise.

— J'aurais parié que vous alliez le défendre.

— Je sais ce que c'est que de vivre avec quelqu'un dont la personnalité en privé diffère de l'image publique. J'étais mariée avec un homme que tout le monde adorait.

Il haussa un sourcil. Ainsi, elle avait été mariée ? Il n'avait pas envisagé cette éventualité, car elle portait son nom de jeune fille. Elle parlait au passé. Cela voulait-il dire qu'elle avait divorcé ? Si le divorce avait été pénible, cela pouvait expliquer sa nervosité quand elle était près de lui. Quoi qu'il en soit, il était trop heureux de saisir la perche qu'elle lui tendait pour en savoir davantage sur elle.

— Tout le monde adorait votre mari, sauf vous ? demanda-t-il d'un air détaché.

— Oh ! je l'aimais. Et lui aussi m'aimait.

Elle prit un petit pain, avant d'ajouter :

— Quels sont vos plans pour la journée ?

De toute évidence, elle avait évoqué son passé par inadvertance et elle n'avait pas l'intention de s'épancher davantage. Comme il voulait avant tout gagner sa confiance et que, de toute façon, cela ne le regardait pas, il n'insista pas.

— J'avais l'intention de profiter du week-end pour passer le plus de temps possible avec Gino, dit-il.

Elle le dévisagea un instant. Ses yeux légèrement plissés trahissaient son scepticisme.

— Vous ne plaisantiez pas, n'est-ce pas ? Vous voulez vraiment être un bon père.

— Je veux être un père exceptionnel.

Il réalisa, en prononçant ces paroles, qu'elles prenaient un sens très différent de celui qu'elles avaient eu la veille. Entre-temps, il avait commencé à comprendre la responsabilité que cela représentait. La perspective le terrifiait, car, au plus profond de lui-même, il n'était pas sûr d'en être capable. Il fallait dire que son unique modèle en matière de paternité avait été plutôt défaillant.

Mais il ne pouvait pas lui avouer tout cela. Elle était encore une étrangère pour lui, aussi préféra-t-il changer de sujet.

— Et vous ? Quels sont vos plans pour la journée ? demanda-t-il.

— J'ai du travail à rattraper. En ce moment, je m'occupe d'une affaire avec mon père. Il a déjà pris connaissance de toutes les dépositions, et moi, pas. C'est la première fois que ça m'arrive, fit-elle avec une grimace.

— La maison a trois bureaux. Installez-vous dans celui que vous voulez. Mme Tucker et moi, nous nous occuperons de Gino.

Le soulagement perçait dans sa voix quand elle le remercia.

*
* *

Elle travailla toute la journée, avec une brève pause pour déjeuner aux alentours de 14 heures, de sorte qu'elle ne croisa pas Gino et Darius. Elle ne put toutefois pas se défiler pour le dîner. Quand elle pénétra dans la salle à manger, Darius se leva pour l'accueillir et l'inviter à s'asseoir à côté de lui.

— J'espère que vous aimez la cuisine italienne ?

— A vrai dire, j'aime toutes les cuisines.

Faisant mine de s'absorber dans le dépliage de sa serviette, elle évita de le regarder. Ce matin, elle l'avait déjà trouvé très séduisant, en tenue décontractée. Mais ce soir, avec la barbe qui commençait à obscurcir ses joues, il était encore plus sexy. Décidément, cet homme était trop beau pour être vrai. Et elle était physiquement attirée par lui, et seule depuis très longtemps. Une combinaison fatale quand on se retrouvait face à un homme sublime. Surtout quand on n'avait pas l'intention de nouer une relation avec lui.

Elle ne voulait cependant pas se montrer ingrate ni désagréable envers un hôte aussi prévenant.

— En ce qui concerne la cuisine, dit-elle, vous n'avez pas à vous inquiéter pour moi. Si je ne travaillais pas autant, je passerais mon temps à manger.

Un frisson délicieux parcourut son dos quand il éclata de son rire grave. Cela faisait si longtemps qu'elle n'avait pas fait rire un homme qu'elle avait oublié le plaisir que cela pouvait procurer. Elle eut soudain l'impression d'être une femme comme une autre.

— Je ne vous crois pas, répondit-il après l'avoir détaillée de la tête aux pieds en marquant un bref arrêt au niveau de sa poitrine. Vous avez une bien trop jolie silhouette.

Elle réprima l'impulsion de lui répondre sur le même ton. Darius Andreas était le dernier homme avec qui elle pouvait s'amuser au jeu de la séduction. A moins que… Son attitude de la veille indiquait clairement que, comme elle-même, il jugeait imprudent de s'aventurer sur le terrain d'une relation. S'il s'en tenait à sa résolution, elle ne courrait aucun risque à flirter un peu avec lui.

Tentant de ne pas avoir l'air trop emprunté, elle sourit.

— Je parie que vous dites ça à toutes les femmes.

Il rit de nouveau.

— Seulement à celles qui sont réellement jolies.

Une joie inexprimable explosa en elle. Elle avait réussi ! Elle flirtait avec un homme. C'était comme si elle reprenait contact avec la vie après une longue léthargie.

Une jeune femme servit le dîner. Tout au long du repas, elle se tint non loin d'eux, allant au-devant de leurs moindres besoins, et excluant toute possibilité d'avoir une conversation un tant soit peu personnelle. Si leur petit flirt cessa, la conversation n'en resta pas moins amicale et, à la fin du repas, Whitney était parfaitement détendue.

— Que diriez-vous d'une partie de billard ? dit-il en se levant.

— De billard ?

— Vous savez..., des boules, des queues et une table recouverte de feutrine verte ?

Ce fut au tour de Whitney d'éclater de rire. Peut-être son père avait-il raison. Peut-être était-il grand temps qu'elle reprenne le cours de sa vie. Qu'elle soit de nouveau elle-même. Darius semblait avoir le pouvoir de l'aider à faire les premiers pas. Par crainte de trop de précipitation, cependant, elle commença par refuser sa proposition.

— Je suis désolée, mais je suis...

— Fatiguée ? Vraiment, madame Ross ? Je pense que vous devriez prendre des vitamines.

De nouveau, elle éclata de rire. Elle se sentait légère et insouciante. Des souvenirs de son ancienne vie, de sa tristesse, l'assaillirent, mais elle les repoussa résolument. Elle voulait que sa vie change.

Il lui fit signe de le suivre vers une porte à droite de la salle à manger.

— Venez, cette maison offre un grand choix de distractions. Ce serait dommage de ne pas en profiter. Et puis, n'oubliez pas que nous allons être amenés à passer beaucoup de temps ensemble au cours des dix-huit années à venir. Il est temps de mieux faire connaissance.

La peur le disputant au plaisir, elle sentit la chair de poule hérisser ses bras. Mieux faire connaissance n'avait pourtant rien de terrifiant. Pas plus que cela n'impliquait un sous-entendu sexuel. Ils allaient passer une soirée agréable ensemble, c'était tout, et rien ne l'obligeait à lui parler de sa famille maintenant.

— Entendu, dit-elle.

La bibliothèque où se trouvait le billard était lambrissée de chêne et les canapés en cuir lui donnaient une touche indéniablement masculine.

— C'était la pièce de votre père, je suppose.

Tandis qu'elle prenait une queue dans un présentoir, il rassemblait les boules sur la table.

— Gagné ! dit-il en allant à son tour choisir une queue. Mais, même s'ils vivaient en Grèce, Missy a passé du temps ici. Son influence est partout.

— Vous trouvez ?

— Elle a réaménagé au moins trois pièces. Y compris la suite de maître.

Il avait appuyé cette dernière remarque d'une grimace.

— Vous n'appréciez pas son goût ?

— Vous voulez savoir si j'aime les couvre-lits à fleurs et les rideaux de dentelles ? C'est non.

Son expression contrite la fit éclater de rire. Elle était heureuse à présent d'avoir accepté cette partie de billard. Ils jouèrent pendant une demi-heure et il la battit avec régularité.

— Vous êtes un vrai arnaqueur !

— Les arnaqueurs font croire qu'ils jouent mal pour vous inciter à parier contre eux. Ce n'est pas ce que j'ai fait. Nous avons fait quelques petites parties sympas, c'est tout.

— Et vous m'avez battue chaque fois.

Lors de la partie suivante, quand il dispersa les boules colorées, pour la première fois, aucune d'entre elles ne roula dans un trou.

— Eh bien, on dirait que la chance tourne, dit-elle.

Elle fit le tour de la table pour trouver le meilleur angle. Quand elle l'eut trouvé, elle posa la pointe de sa queue sur sa main et se pencha en avant.

— Non, non. Vous n'y arriverez jamais comme ça, dit-il en la rejoignant. Laissez-moi vous montrer.

Il se pencha sur elle, couvrit sa main de la sienne, puis il l'enlaça de manière à guider son autre main qui tenait le manche.

A ce contact, un désir brûlant s'insinua dans ses veines et elle se rappela pourquoi ils devaient se montrer prudents. Cette attirance mutuelle était comme de la nitroglycérine. Une simple secousse et ils partiraient en flammes.

Comme s'il venait de réaliser à quel point ils étaient proches, il tourna la tête et capta son regard. Leurs visages n'étaient qu'à quelques centimètres l'un de l'autre. Le souffle tiède de Darius caressait ses tempes. Ses doigts la démangeaient de se poser sur sa joue rugueuse. Juste l'effleurer. Juste sentir la chaleur de sa peau. Sentir son pouls battre sur son cou, pour s'assurer qu'elle était bien vivante.

Ses mains puissantes glissèrent de son bras vers son épaule et il la fit se redresser. Pendant quelques secondes, ils restèrent ainsi face à face, immobiles. Elle vit une myriade d'émotions traverser son visage. Comme s'il argumentait avec lui-même pour savoir s'il convenait de l'embrasser ou non. Elle devait dire quelque chose. Ou prendre ses jambes à son cou. Mais la curiosité et le désir luttaient contre le peu de bon sens qui lui restait. Cette soirée avait été une expérience totalement nouvelle pour elle. Un retour à la vie. Elle ne voulait pas e autant qu'elle en avait envie.

Il inclina lentement la tête, comme s'il voulait lui laisser le temps de le repousser. Pendant une fraction de seconde, elle envisagea cette possibilité, mais ne bougea pas d'un iota.

Quand sa bouche se posa sur la sienne, une tempête de sensations se déchaîna en elle. Il fit glisser sa main de son épaule vers sa taille et l'attira davantage contre lui. Une soif d'être tenue, d'être aimée, d'être touchée, s'empara d'elle. Il l'étancha en resserrant son étreinte. La pointe de ses seins durcit quand elle se plaqua contre son torse viril. D'abord, ses lèvres effleurèrent très doucement les siennes, mais, quand elle les entrouvrit, il approfondit son baiser.

Une vague de désir brûlant la submergea et ses jambes flanchèrent. Ce fut le moment que choisit son cerveau pour émettre un signal d'alarme.

Il ne faut pas. Il ne faut pas. Il ne faut pas.

Les mots résonnèrent comme une litanie dans son esprit. Non seulement elle n'était pas prête pour autre chose qu'un chaste baiser — qui ne devait à l'origine être qu'une simple expérience —, mais, la nuit précédente, elle avait senti quelque chose d'étrange dans le comportement de Darius. Elle s'était demandé un moment s'il n'essayait pas de se jouer d'elle. Elle ne devait pas l'embrasser, elle ne devait pas lui permettre de l'embobiner.

Un toussotement la fit sursauter et s'arracher à son étreinte.

Joni Johnson, la jeune femme qui avait servi le dîner, se tenait dans l'encadrement de la porte.

— Je suis désolée de vous déranger, mais Mme Tucker m'a demandé de venir vous chercher. Le bébé est malade.

5

Quand Darius et Whitney entrèrent dans la nurserie, Mme Tucker se tordait les mains devant le berceau.

— Hé, petit gars, qu'est-ce qu'il t'arrive ? demanda Darius en le prenant dans ses bras.

Gino frotta sa tête contre l'épaule de Darius et s'égosilla de plus belle.

— J'ai appelé le pédiatre, dit la gouvernante. Il m'a promis de venir dès que possible. Gino a refusé de boire son biberon du soir, et il n'arrête pas de pleurer.

— Puis-je le prendre dans mes bras un instant ? demanda Whitney.

Leurs regards se croisèrent brièvement et Darius le regretta aussitôt. Le souvenir du baiser qu'ils venaient d'échanger l'obsédait. Il n'en revenait pas d'avoir rompu la promesse qu'il s'était faite de ne pas l'embrasser. Pourtant, une partie de lui-même savait que si la situation avait été différente, ils auraient sans doute fini au lit. Et ils auraient fait des étincelles.

Malheureusement, toute relation de ce type leur était interdite car elle aurait inévitablement des conséquences. Surtout pour Gino.

Après qu'il lui eut confié le petit garçon, elle l'examina soigneusement, posa la main sur son petit crâne, puis regarda l'intérieur de sa bouche.

— Je pense qu'il est en train de nous faire une dent, dit-elle.

Qu'elle puisse rester aussi calme alors que lui-même avait été bouleversé par leur baiser le remplit de rage.

— Et moi, je pense que nous devrions attendre l'avis du pédiatre, dit-il sèchement.

— Oh ! bien sûr, dit-elle en lui rendant le bébé. Mais il est inutile de paniquer en attendant qu'il arrive.

Mme Tucker ne cacha pas son soulagement et il réalisa à quel point la gouvernante — qui n'était plus toute jeune — s'était fait du mauvais sang. Ils devaient absolument engager une nounou pour la décharger de cette tâche supplémentaire.

Son attention revint cependant rapidement sur Whitney. Comment se faisait-il qu'elle s'y connaissait si bien en matière de bébés ? Elle avait mentionné un mariage, mais pas d'enfants. Si elle avait des enfants et que son mari en avait la garde, cela devait cacher quelque chose. Et il était bien décidé à découvrir de quoi il s'agissait.

— Je vais attendre le pédiatre dans le vestibule, dit Mme Tucker.

— Bien sûr, répondit-il.

Il n'avait pas l'intention d'accaparer davantage la pauvre femme, qui avait eu son lot d'émotions pour la soirée. De plus, son départ lui permettrait d'avoir une conversation en tête à tête avec Whitney.

Il s'assit dans le fauteuil à bascule. Le léger va-et-vient calma Gino qui se pelotonna contre son épaule. Son cœur fondit d'émotion. Il était en train de tomber amoureux de ce bébé. En moins de deux jours, Gino l'avait conquis.

Raison de plus pour mieux connaître l'autre personne qui était responsable de lui.

— Comment se fait-il que vous sachiez toutes ces choses sur les bébés ? demanda-t-il.

Sans répondre à sa question, elle se dirigea vers la fenêtre.

— Je peux faire faire une enquête sur vous, vous savez, dit-il. Ou deviner. Une femme qui n'a pas obtenu la garde de ses enfants n'est probablement pas la mieux placée pour élever un bébé…

Elle lui tournait toujours le dos, mais il constata qu'elle prenait une profonde inspiration. Bon sang ! S'il n'avait pas eu autant besoin de ses conseils, il aurait réalisé plus tôt que quelque chose clochait chez elle.

— Vous savez quoi ? reprit-il. Ne me dites rien. Allez dans votre chambre et faites vos bagages. Je vais contester le testament devant un tribunal.

— Non !

Elle s'était retournée et il vit la douleur qui assombrissait son regard.

— Pourquoi ? Vous ne voulez pas qu'une salle d'audience pleine à craquer entende les raisons pour lesquelles vous ne devriez pas être autorisée à approcher un enfant ? Pourquoi vous n'avez pas la garde des vôtres ?

— Ce n'est pas ce que vous croyez, dit-elle d'une voix hachée.

— Dans ce cas, éclairez-moi.

Elle commença à trembler de tous ses membres. Elle ne doutait pas une seconde qu'il allait fouiller dans son passé et découvrir qu'elle avait eu un enfant qui était mort. Elle aurait voulu le lui annoncer d'elle-même, selon ses propres termes, de façon à ne pas apparaître incompétente ni terrassée par le chagrin. Mais elle n'avait plus le choix.

Elle chercha ses mots quelques secondes, mais les seules paroles qui franchirent ses lèvres furent :

— J'avais une fille.

Il resta muet, se contentant de serrer son petit frère contre lui comme s'il cherchait à le protéger d'elle. Son cœur saigna.

— Je ne ferais jamais de mal à Gino, dit-elle avec véhémence.

— Vraiment ?

Elle sentit les larmes emplir ses yeux.

— C'est mon mari qui a fait du mal à ma fille. C'est lui qui l'a tuée.

Il cessa de se balancer sur son fauteuil.

— Il s'est suicidé, dit-elle, les larmes ruisselant à présent sur ses joues. Personne ne saura jamais s'il avait oublié que le bébé était dans la voiture avec lui quand il a décidé de faire tourner le moteur, la porte du garage fermée, pour mettre fin à ses jours.

Sa poitrine brûlait, elle était sur le point d'exploser sous l'effet de la souffrance que ses paroles attisaient. Elle parvint cependant à arrêter le flot de larmes.

— La société qu'il avait créée avait fait faillite et, bien que nous n'eussions pas de problèmes financiers, il souffrait dans son amour-propre. C'était la troisième affaire qu'il montait, il était persuadé qu'il tenait enfin le bon filon. Mais ça n'a pas été le cas. Son père lui reprochait sans cesse d'être un bon à rien, alors que ses frères et sœurs allaient de succès en succès à Wall Street. Il se considérait comme la honte de sa famille.

Ses révélations avaient visiblement secoué Darius.

— Je suis désolé, dit-il.

— C'est ce que tout le monde me dit, répondit-elle en étouffant un sanglot.

Il se leva.

— Peut-être qu'ils ne savent pas quoi dire d'autre ?

Elle détourna de nouveau la tête. Pleurer lui faisait du bien. C'était comme si ses larmes avaient le pouvoir d'effacer la tension, le chagrin. En cet instant, elle n'aspirait qu'à se retirer dans sa chambre pour pleurer toutes les larmes de son corps.

— Ce n'était pas votre faute.

En entendant cela, elle se redressa et le foudroya du regard. A présent, la colère avait remplacé la tristesse.

— Si ! J'aurais dû remarquer que les tendances dépressives de mon mari s'étaient aggravées. Ce changement se serait produit sous mes yeux sans que je ne m'aperçoive de rien ? Vous le croyez vraiment ?

— Je l'ignore, mais…

— Vous n'avez pas confiance dans mon diagnostic pour Gino. Vous avez insisté pour avoir l'avis du médecin. A mon tour de douter de votre opinion.

A cet instant, Mme Tucker entra dans la nurserie, suivie par un homme aux cheveux gris.

— Voici le Dr Sullivan, dit-elle.

Après avoir salué à la ronde, le pédiatre se dirigea immédiatement vers Gino et le prit des bras de Darius.

De toute évidence, il connaissait l'enfant.

— Salut, Gino, dit-il d'une voix très douce. Alors comme ça, j'ai entendu dire que tu faisais tes dents ?

Quand il allongea le bébé sur la table à langer pour l'examiner, Whitney en profita pour quitter silencieusement la pièce.

Du coin de l'œil, Darius la vit sortir et se maudit de l'avoir obligée à lui raconter sa terrible histoire. Il maudit aussi son mari.

Ainsi, elle avait eu une petite fille. Un bébé qui avait sans doute été la lumière de sa vie. Le sentiment de honte qu'il éprouva lui fit fermer les yeux un bref instant. A cause de lui, elle venait de revivre le pire moment de son existence.

Une fois que le médecin eut fini d'ausculter Gino, il confirma qu'il n'y avait pas grand-chose à faire quand un bébé perçait ses dents. Il leur donna un tube de gel apaisant à lui passer sur les gencives et leur conseilla d'acheter un anneau de dentition.

Par chance, Gino s'endormit peu après le départ du pédiatre. Darius resta encore un bon moment près du berceau. Quand il fut certain qu'il dormait paisiblement, il alla se coucher. Il était presque minuit.

Il avait l'impression de s'être endormi depuis seulement deux minutes quand il entendit Gino se réveiller. Il se redressa et, constatant qu'il était 2 heures du matin, poussa un grognement. Enfilant à la hâte son jean et un sweat-shirt, il se précipita dans la nurserie.

Au moment où il ouvrait la porte, Whitney pénétrait dans la pièce par la porte donnant sur le couloir. Elle portait une robe de chambre rose par-dessus son pyjama blanc. Leurs regards s'accrochèrent et il s'immobilisa. Il l'avait obligée à lui révéler le drame qui avait détruit sa vie, mais cela avait au moins un avantage : elle savait maintenant qu'il ne douterait plus de ses capacités à élever Gino.

Le petit cri que poussa le bébé le rappela à la réalité. S'il ne le prenait pas rapidement dans ses bras, ses pleurs allaient rameuter Mme Tucker, ce qu'il voulait à tout prix éviter. S'approchant du berceau, il s'empara du bébé et, l'attirant contre son épaule, lui tapota doucement le dos.

Elle se tenait à quelques pas derrière lui. L'inquiétude l'avait fait se rapprocher suffisamment pour voir ce qui se passait, mais pas assez pour s'impliquer réellement.

Leurs relations allaient être un peu délicates après la conversation qu'ils avaient eue, il le savait. Mais, avec le temps, ça se serait arrangé. S'il n'y avait pas eu en plus ce baiser.

Il avait encore du mal à croire qu'il l'avait embrassée. S'était-il imaginé qu'en cédant à la tentation, il se débarrasserait de l'obsession qu'elle commençait à devenir pour lui ? Quelle erreur ! En fait, il avait gardé le goût de ses lèvres sur les siennes toute la nuit.

— Je vais lui faire chauffer un biberon, dit-elle en s'éloignant.

Tout à sa tâche, elle lui tournait le dos et il sentit un sentiment de culpabilité le gagner. Il aurait dû se montrer plus chaleureux, plus prévenant.

Quand elle revint vers lui, il prit le biberon et s'installa dans le rocking-chair pour le donner à Gino.

— Quand il aura fini, nous lui mettrons du gel sur les gencives. Ensuite, il pourra dormir plus tranquillement.

Voyant qu'il hésitait à introduire la tétine dans la petite bouche, elle ajouta :

— Ne vous inquiétez pas, la faim lui fera oublier qu'il a mal aux gencives. Il va boire sans problème.

Dans le silence de la nurserie, rompu seulement par le bruit de succion régulier de Gino qui buvait son biberon, il décida que le moment était venu d'affronter la situation.

— Je suis désolé, dit-il.

Elle détourna la tête avant de répondre :

— De ne pas savoir vous occuper de Gino ?

— De vous avoir obligée à me parler, avant l'arrivée du pédiatre.

— Vous ne pouviez pas savoir. Vous étiez inquiet pour Gino, je peux le comprendre.

A son ton, il comprit qu'elle ne lui en voulait pas et il en éprouva un vif soulagement. Le silence pesant qui suivit lui rappela cependant qu'il y avait une autre question qu'il devait aborder.

— Je voulais aussi m'excuser de vous avoir embrassée, dit-il. Cela ne se reproduira plus.

Elle était toujours immobile devant la fenêtre. Il s'attendait à ce qu'elle lui dise d'aller au diable, ou qu'elle l'accuse d'être immature. Or elle se contenta de répondre :

— Comment pouvez-vous en être si sûr ?

— Parce que c'est une mauvaise idée. Nous allons nous occuper conjointement de Gino pendant une bonne vingtaine d'années. Si nous avons une liaison et que celle-ci se termine mal, l'un de nous sera furieux ou malheureux, et ce n'est pas bien pour le bébé.

Ses yeux fixant le vide devant elle, Whitney réalisa que ce n'était pas la première fois que Darius donnait la priorité à Gino. Quand il lui avait affirmé qu'il voulait être un bon père, elle ne l'avait d'abord pas pris au sérieux. Mais force était de constater qu'il ne faisait pas semblant.

Tournant la tête, elle l'observa quelques instants par-dessus son épaule. Sa tenue décontractée mettait en valeur sa silhouette athlétique. Sa courte chevelure n'était pas exactement en désordre, mais quelques mèches rebelles effleuraient son front, lui donnant un air juvénile. Son visage habituellement sévère était détendu. Le pli de sa bouche ne trahissait aucun sentiment.

Elle avait embrassé cette bouche.

Quand il l'avait serrée contre lui, elle avait senti son cœur battre contre le sien.

Elle avait été sur le point de commettre un acte complètement fou, la veille au soir. Un acte qui ne lui ressemblait pas. Mais le destin en avait décidé autrement. Elle le croyait quand il affirmait que cela ne se reproduirait pas. Pas seulement à cause de Gino. Après les confidences qu'elle lui avait faites, il était peu probable qu'un homme comme lui, qui pouvait avoir n'importe quelle femme, la choisisse elle, avec son lourd passé.

Et c'était bien ainsi.

Même si elle en éprouvait une pointe de tristesse.

Elle ne devait pas oublier que la mission que Missy lui avait confiée était sa priorité. Il était inutile de se compliquer la vie en ayant une aventure avec son cotuteur. De toute façon, elle n'était pas prête pour une liaison. Burn avait définitivement détruit sa capacité à faire confiance à un homme. Et le peu qu'elle connaissait de Darius laissait penser qu'il n'était pas le genre d'homme à s'engager sérieusement avec une femme.

Quand elle pivota sur elle-même, elle vit que Gino avait fini son biberon. Elle s'approcha du fauteuil à bascule et retira le biberon de sa bouche.

— Vous pouvez lui faire faire son rot, dit-elle.

Darius fit un effort sur lui-même pour ne pas se laisser affecter par le parfum de Whitney. Sa peau était-elle aussi douce qu'elle en avait l'air ? S'arrachant à contrecœur à ses pensées vagabondes, il se rappela qu'il lui avait promis qu'elle ne risquait rien avec lui. Malheureusement, garder ses distances n'allait pas être facile.

Se rappelant les instructions, il souleva Gino et le posa contre son épaule. Comme la veille, le bébé rota immédiatement.

— C'est un bon mangeur et un bon roteur, dit-elle. C'est

généralement un signe de bonne santé. Je suis sûre qu'il va percer sa première dent avant qu'on ait le temps de dire « ouf ».

— Il va se rendormir maintenant ? demanda-t-il en se levant.

Sa mine inquiète la fit rire doucement.

— Espérons-le. Sinon, la nuit risque d'être longue. Nous allons déjà commencer par frotter ses gencives avec la pommade que le médecin a dû vous donner.

— Mince, j'avais complètement oublié.

— Tout cela est nouveau pour vous, dit-elle, rassurante, en ouvrant le tube de gel.

Elle en enduisit les gencives de Gino.

— Qu'est-ce que je dois faire maintenant ? demanda-t-il quand elle eut terminé. Je le remets au lit ?

— Non, mieux vaut le bercer un peu dans le rocking-chair jusqu'à ce qu'il s'endorme.

— C'est tout ?

— Vous pouvez aussi lui chanter une berceuse.

Il grimaça.

— Dans une autre vie, peut-être.

Elle lui adressa un sourire malicieux.

— Attendez un peu. Le jour où vous serez complètement désespéré, vous chanterez.

Riant silencieusement pour ne pas effrayer Gino, il secoua la tête.

Quel ne fut pas son étonnement quand elle s'approcha du fauteuil, qu'elle s'agenouilla — en prenant garde de ne les toucher ni l'un ni l'autre —, et qu'elle se mit à fredonner :

Dodo, l'enfant do, l'enfant dormira bientôt… Papa est en haut qui fait du gâteau…

Au son de sa voix mélodieuse, Gino cligna ses paupières lourdes et tourna la tête pour la regarder. Ses yeux se fermèrent comme par magie à mesure qu'elle égrenait les paroles de la berceuse, de plus en plus doucement.

Quand il fut profondément endormi, elle se redressa.

Fasciné par l'expression incroyablement douce de son visage, Darius était incapable de détacher ses yeux d'elle.

— Il s'est endormi, dit-elle. Bonne nuit.

— Bonne nuit.

Il se leva à son tour et alla délicatement déposer Gino dans son berceau. Un sentiment de tristesse l'envahit à la pensée qu'elle avait dû être une mère merveilleuse.

Le dimanche matin, réveillé par les cris de Gino, Darius arriva dans la nurserie pour découvrir Mme Tucker qui le changeait.

— Il se sent visiblement mieux ce matin, dit-elle. Je suis désolée de ne pas l'avoir entendu cette nuit.

— Ce n'est rien. Whitney et moi nous sommes occupés de lui.

Avant que la gouvernante ait pu répondre, Whitney entra à son tour dans la nurserie. Quand leurs regards se rencontrèrent, il la revit en train de chanter la berceuse et comprit soudain pourquoi Missy l'avait choisie. Elle était née pour être mère. Elle ne se contenterait jamais de n'être qu'une simple représentante légale pour Gino.

Pas plus que lui-même ne pourrait être moins qu'un père pour lui.

Il s'imaginait très bien leur vie dans deux, trois, voire six ans. Tendrement enlacés, lançant des signes d'encouragement à Gino faisant ses premiers tours de bicyclette dans l'allée circulaire devant la maison.

Il secoua la tête pour chasser cette image. Etre de bons parents n'impliquait pas nécessairement de se tenir par la taille. N'étaient-ils pas convenus qu'une relation intime entre eux était une mauvaise idée ? Pour sa part, il avait une entreprise tentaculaire à diriger. Son agenda était tellement chargé qu'il aurait déjà du mal à y ménager une place pour un bébé. Mais il avait bien l'intention d'y arriver. Gino était sa famille. Toutefois, il n'aurait pas de temps pour qui que ce soit d'autre. Voilà pourquoi il n'était pas l'homme qu'il lui fallait. Il ne pourrait que la faire souffrir. A la lumière du passé tragique qu'elle lui avait dévoilé, il estimait qu'elle méritait un homme qui l'aimerait et qui la choierait.

Ce fut elle qui se détourna la première.

— Bonjour, dit-elle en s'approchant de Gino.

— Bonjour, répondit Mme Tucker en lui tendant le bébé et le biberon.

Maintenant qu'il connaissait la cause de ses hésitations à approcher les enfants, il s'avança immédiatement pour prendre Gino.

— Je m'en occupe, dit-il.

Après le lui avoir confié, Mme Tucker les quitta pour vaquer à ses occupations.

Très à l'aise à présent dans son rôle, il s'installa dans le rocking-chair et donna le biberon à Gino. Pendant qu'il buvait, elle fit quelques pas dans la nurserie, examinant les jouets qui garnissaient les étagères. Quand Gino fut rassasié, il lui fit faire son rot comme un pro, puis il se tourna vers elle.

— Que faisons-nous maintenant ? Je le remets dans son lit ?

— Il vient à peine de se réveiller. Il peut passer un moment avec nous en bas. Ce n'est pas parce qu'il a les dents qui poussent qu'il doit renoncer à ses céréales. Après déjeuner, je suppose qu'il sera ravi de jouer un peu. Un peu de distraction lui fera oublier qu'il a mal.

Un sentiment de panique l'envahit. Certes, il l'avait bercé, l'avait changé et nourri, mais il ne se sentait pas capable de passer la matinée seul avec un bébé potentiellement malade.

— On y va ? demanda-t-elle.

— Vous voulez dire que vous venez avec nous ?

— Bien sûr.

Ce fut alors qu'il la vit. Sa tristesse était parfois éclipsée par un comportement tout à fait naturel, mais elle était toujours présente, dans chacun de ses gestes.

Tout ce qu'elle faisait pour Gino lui rappelait inévitablement le bébé qu'elle avait perdu.

6

Darius attendit qu'ils soient attablés devant une soupe de palourdes, tandis que Gino faisait la sieste, pour aborder la question pour laquelle ils étaient venus à Montauk : l'organisation de la garde alternée de Gino.

Il était parvenu à la conclusion que la propriété, au bord de l'océan, était l'endroit le plus adapté pour élever un enfant. Lui-même était décidé à quitter son appartement new-yorkais pour s'installer ici et il espérait maintenant convaincre Whitney de faire de même.

Cette solution était le seul moyen pour que Gino vive avec ses deux tuteurs et qu'il ait un semblant de vie normale. Toutefois, après ce qu'il avait découvert la veille, il ne pouvait pas lui proposer son plan de but en blanc. Il s'en voulait toujours terriblement d'avoir ravivé son passé tragique et préférait progresser par étapes jusqu'à ce qu'elle admette d'elle-même que c'était la meilleure solution pour le bien de l'enfant.

— Je suis heureux que nous ayons décidé de passer le week-end ici pour mieux connaître Gino, dit-il en dépliant sa serviette.

Quand elle leva les yeux vers lui, son regard bleu était parfaitement impassible.

— C'était bien qu'il se retrouve dans un environnement familier, à mon avis, dit-il. Après tout, c'est ici qu'il vivait quand ses parents venaient à New York.

— Absolument, répondit-elle.

— Je réfléchissais... Que diriez-vous de prolonger votre séjour ?

— Combien de temps ?

Elle semblait bien disposée, il aurait été dommage de lui proposer seulement une semaine ou deux.

— Un mois... ?

— Un mois !

— Ou six semaines, dit-il.

Il recourait sans vergogne à une technique qui lui avait souvent réussi, et qui consistait à demander davantage encore, plutôt que de faire machine arrière.

— Gino se sent chez lui, ici, dit-il. Nous, nous sommes adultes et je pense que ce ne sera pas trop difficile pour nous de nous adapter.

— O.K.

Estomaqué par la facilité avec laquelle il avait obtenu ce qu'il voulait, il resta quelques secondes sans voix.

— Vous êtes d'accord ? dit-il, étonné.

— Oui. Nous devons engager une nounou, et j'ai besoin d'un peu de temps pour lui aménager une chambre dans mon appartement. Donc, oui, d'après moi, c'est une bonne idée que Gino reste ici pendant que je m'occupe de tout ça.

Après avoir pris une cuillerée de soupe, elle ajouta :

— Layla aimait dormir dans son berceau à la maison. Surtout quand elle était malade.

Layla. Elle avait prononcé ce nom sur un ton tout à fait détaché. Un peu trop détaché, peut-être, mais il ne put se retenir de lui demander :

— Comment avez-vous réussi à surmonter votre perte ? C'est tellement énorme.

— Une thérapeute m'a aidée.

— Seigneur ! Cela a dû être terrible. Je suis vraiment désolé.

— A vrai dire, c'est une des raisons pour lesquelles je ne vous en ai pas parlé, dit-elle en reposant sa cuillère. Je ne veux pas que vous vous sentiez désolé. Mais il fallait que vous le sachiez. Que vous compreniez. Si je veux reprendre le cours normal de ma vie, je ne peux pas m'encombrer de votre pitié. Je veux que vous me traitiez comme vous le faisiez quand vous pensiez que je n'étais qu'une avocate pénible qui allait vous compliquer l'existence.

Il éclata de rire.

— Je ne vous ai jamais considérée comme une avocate pénible.

Elle lui sourit.

— Bien sûr que si. Et vous continuerez probablement à le faire. Nous ne serons jamais d'accord sur la façon d'élever Gino, alors autant fixer quelques règles de base dès le départ pour régler les conflits qui ne manqueront pas de se présenter.

— Pourriez-vous être plus précise ?

— Nous devons déterminer ce qui n'est pas négociable. Par exemple, je ne pense pas qu'il doive avoir sa propre voiture pour ses seize ans.

L'absurdité de cette « règle » le fit éclater de rire. N'était-il pas un peu tôt pour la poser ?

— Pourquoi n'aurait-il pas sa voiture à seize ans ? Au cas où vous ne l'auriez pas remarqué, je suis riche, je peux me permettre de lui offrir une voiture. Et il ne parlera de rien d'autre quand il aura quinze ans.

— Ça m'est égal. Les adolescents de cet âge sont de très mauvais conducteurs. Le meilleur moyen de contrôler où et quand il conduira, c'est de l'obliger à demander la permission pour utiliser une voiture.

Son raisonnement le laissa bouche bée un bref instant.

— J'ai dix voitures, dit-il quand il eut retrouvé l'usage de la parole. Il pourra facilement prendre n'importe laquelle sans demander la permission.

— Dans ce cas, vous devrez les surveiller de près, car, pour moi, la voiture, c'est une question de sécurité. Et la sécurité, c'est non négociable.

Se rappelant la façon dont lui-même conduisait quand il avait seize ans, il dut reconnaître qu'elle avait raison.

— D'accord, dit-il. En ce qui me concerne, c'est le rose qui n'est pas négociable. Je refuse qu'il porte cette couleur.

Elle fronça les sourcils, avant d'éclater de rire.

— C'est ce que vous considérez comme non négociable ?

— Donnez-moi un peu de temps et je suis sûr que j'en trouverai d'autres.

— Moi aussi, et c'est là où je voulais en venir. Il faudra équilibrer. Vous savez que j'ai raison pour la voiture, c'est pourquoi vous n'avez pas insisté. Et j'ai compris pour le rose.

Elle leva les yeux au ciel d'un air faussement excédé avant de poursuivre :

— Pour une raison qui vous regarde, vous n'aimez pas cette couleur et je respecte votre choix. Mais, la plupart du temps, ce ne sera pas aussi simple. Nous allons devoir apprendre à discuter au fur et à mesure que les sujets de discorde se présenteront, et à respecter le point de vue de l'autre.

— Pour le moment, ça a l'air facile.

— Au début, ça le sera sans doute, mais attendez un peu. La première fois qu'il nous regardera avec ses grands yeux pleins d'amour, nous oublierons toute objectivité et nous fondrons. Cela se produira sans doute dans les jours qui viennent, alors préparez-vous. Vous et moi allons devenir « papa » et « maman » pour ce petit bonhomme.

— J'y ai déjà pensé. Et vous ?

— Je suis déjà passée par là. Je sais exactement ce qui m'attend les dix-huit mois à venir. J'ai même déjà réfléchi aux prochaines vingt-cinq années. Le jardin d'enfants, l'école primaire, le collège, le lycée, l'université, le mariage…

Elle avait sûrement imaginé les événements qui auraient jalonné la vie de sa fille…, et souffert mille morts en repensant à ces projets avortés quand celle-ci était décédée. Il aurait voulu en parler avec elle, cela lui aurait fait du bien, mais il se ravisa. Ils n'étaient pas vraiment amis. Leurs existences s'étaient simplement retrouvées liées par la volonté des parents de Gino. Il ne se sentait pas le droit de lui poser des questions personnelles. En même temps, chacune de leurs conversations à propos de Gino lui rappellerait inévitablement sa fille.

Ils mangèrent quelques minutes en silence.

— Cette soupe est délicieuse, dit-elle finalement.

Elle lui avait dit qu'elle adorait manger. La cuisine, voilà un sujet qu'ils pouvaient aborder sans risques.

— Cela fait plusieurs dizaines d'années que cette cuisinière travaille pour mon père. Chaque fois qu'elle a voulu partir, il doublait son salaire.

— Je comprends pourquoi, dit-elle en riant.

Il adorait le son de son rire. Il lui rappelait combien elle avait été détendue la veille, au cours du dîner, puis quand ils avaient joué au billard. Elle semblait très détendue, ce soir aussi. Heureuse.

— Et si vous saviez combien il payait le chef pâtissier…

Ses yeux s'agrandirent d'émerveillement et de surprise mêlés.

— Vous avez un chef pâtissier à demeure ?

— Mon père avait un chef pâtissier.

L'effet que le rire grave de Darius avait sur elle l'effrayait. Bien sûr, il cherchait seulement à se montrer agréable, mais, quand il riait, son corps s'emplissait d'une chaleur sirupeuse. Ce n'était pas de l'amour. Plutôt le plaisir de se sentir proches, complices. Ils ne se connaissaient que depuis deux jours, mais elle était suffisamment à l'aise avec lui pour lui parler de Burn. De Layla. Et il savait la faire rire.

Et il l'avait embrassée.

Elle s'obligea à reléguer ce souvenir dans un recoin de sa mémoire. Ne lui avait-il pas promis que cela ne se reproduirait plus ? Mieux valait oublier cet incident.

— Si je reste ici un mois entier, à la fin, je pèserai cent kilos, dit-elle.

— Vous pourriez tout à fait prendre un kilo ou deux.

Cette fois, elle était bien décidée à ne pas se laisser entraîner à flirter. Profitant de ce qu'ils avaient fini de déjeuner, elle se leva.

— Aucune femme ne croirait jamais une chose pareille, dit-elle. Et maintenant, je dois vous laisser. Du travail m'attend.

Un sourire en coin, il se leva poliment.

— Très bien.

Sur le chemin du bureau, elle se félicita. Elle ne s'était pas à proprement parler enfuie, mais à quoi bon passer du temps auprès de lui quand leur relation n'avait aucun avenir ? Bien sûr, elle ne le niait pas, il lui inspirait des sentiments un peu fous, aussi étrange que cela puisse paraître étant donné qu'ils se connaissaient à peine. Mais, quoi qu'elle éprouve, ce n'était au fond qu'une attirance purement physique. Ce constat la rassura. Il lui suffisait de le garder à l'esprit pour ne pas succomber à ses pulsions.

Le lundi matin, ils se rendirent ensemble en ville, confiant Gino à la garde de Mme Tucker. Durant le trajet, Darius se plongea dans ses dossiers et n'adressa pas la parole à Whitney. Elle avait très peu parlé durant le petit déjeuner et il avait calqué son attitude sur la sienne. Si elle voulait garder ses distances pendant son séjour à Montauk, eh bien, ce n'était pas lui qui allait l'importuner.

Elle finirait par s'habituer à lui et à Gino. Quand ce moment arriverait, il lui ferait part de son idée de s'installer définitivement tous les trois à Montauk.

Quand ils arrivèrent au siège d'Andreas Holdings, elle le suivit dans son bureau, en fait l'ancien bureau de son père. Conformément à l'attitude professionnelle qu'ils avaient adoptée l'un vis-à-vis de l'autre depuis le matin, il lui remit un épais dossier.

— Voici des contrats que j'aimerais que vous examiniez pour moi, dit-il. Minnie va vous montrer votre bureau.

Elle quitta la pièce sur les talons de son assistante et il la suivit du regard. Avait-il adopté la bonne attitude ?

A la fin de la journée, ils se retrouvèrent dans la limousine. Comme à l'aller, il s'absorba dans ses dossiers. Il voulait lui faire comprendre que le fait de partager une voiture pour se rendre au travail ne les obligeait pas à tenir une conversation. Ils s'arrêtèrent à son appartement le temps pour elle de prendre les affaires dont elle aurait besoin pour les semaines à venir.

Au cours du dîner, ce soir-là, la conversation roula sur les nounous. Durant la matinée, elle avait pris contact avec une agence spécialisée qui lui avait envoyé des C.V. par e-mail. Elle avait réduit la liste à quatre candidates potentielles et planifié les entretiens pour le lendemain, dans les bureaux d'Andreas Holdings. Ainsi, il pourrait donner son avis sur les postulantes. Avant le dessert, elle s'excusa et se leva de table, prétextant les dépositions qu'elle devait finir de lire pour l'affaire sur laquelle elle travaillait avec son père.

A 21 heures, quand il entra dans la nurserie pour libérer Mme Tucker, Whitney s'y trouvait déjà. Il prit Gino des bras de la gouvernante et s'installa dans le fauteuil à bascule. Après lui avoir donné le biberon tiède, la gouvernante leur souhaita bonne nuit et les laissa seuls.

— Il commence à vous reconnaître, dit Whitney.

— Je sais, répondit-il en souriant.

— Et vous, vous commencez à l'aimer.

— Vous aviez raison, ça vous tombe dessus d'un seul coup.

L'expression des yeux bleus de la jeune femme s'adoucit et son regard se fit plus lointain. En focalisant la conversation sur Gino, il espérait la détourner de ses pensées lugubres.

— Vous vous rappelez notre conversation à propos de la voiture que je ne lui achèterai pas quand il aura seize ans ? Eh bien, ça m'a fait penser à toute une série de choses bizarres.

— Comme quoi ?

— La façon dont je vais lui parler de notre père, par exemple. Ou si je vais lui en parler.

— Vous ne pouvez pas ne pas lui en parler !

— Bien sûr. Mais je pourrais ne lui parler que de ses bons côtés, et passer les mauvais sous silence.

— Ça ne marchera pas si vos frères décident de lui dire la vérité. A moins que vous ayez l'intention de les tenir éloignés de Gino pour qu'ils ne puissent pas lui dire du mal de votre père ?

— Non. En fait, je pensais les inviter ici une ou deux fois l'an. Pour qu'ils apprennent à connaître Gino. Après tout, nous sommes ses frères aînés, il est normal que nous fassions tous les trois partie de sa vie. Et la dernière volonté de mon père était que nous nous comportions comme des frères.

— Avoir trois frères adultes ne va pas être facile pour lui. Vous avez plus de trente ans d'écart avec lui. Vous allez être trois à nourrir de grandes espérances.

Elle caressa tendrement la tête de Gino avant de reprendre :

— Vous serez trois à critiquer ses petites amies, à vouloir le conseiller sur la meilleure université où s'inscrire.

Elle effleura la joue rebondie du petit garçon, et conclut :

— Je pense qu'il va vite se rebeller.

Retenant son souffle, Darius l'observait. Comme hypnotisée, elle ne semblait pas consciente de la tendresse avec laquelle elle caressait Gino. On aurait dit qu'elle ne pouvait pas s'empêcher de le toucher.

— D'une façon ou d'une autre, chacun d'entre nous s'est rebellé, dit-il.

— Vraiment ?

— Je suis allé à Wharton au lieu de Harvard.

Elle feignit d'être impressionnée.

— Je suis surprise que votre père ait survécu au choc.

— Je vous assure qu'il l'a très mal pris. Lui-même sortait de Harvard.

— Et vos frères ? Qu'ont-ils fait de terrible ?

— Nick s'est marié à dix-sept ans.

— Effectivement ! C'est plus sérieux.

— Et Cade a tout simplement refusé d'aller à l'université. Avec l'argent que notre père lui a donné, il s'est acheté un ranch et il s'est mis au travail.

— O.K., Cade l'emporte haut la main. Ça, c'est de la rébellion.

— Ouais, mais, quand les cours du pétrole ont chuté, il a dû demander de l'aide à notre père et ça lui est resté en travers de la gorge.

Gino s'était endormi dans ses bras, il se leva pour aller le coucher dans le berceau. Après avoir tiré la couverture verte sur lui, il se pencha pour déposer un baiser sur sa joue. Puis il se tourna vers elle.

— Vous voulez l'embrasser pour lui souhaiter bonne nuit ?

Elle serra les lèvres et secoua la tête en signe de dénégation. Puis elle quitta la nurserie, mais il avait eu le temps de capter l'expression pleine d'envie qui avait fugitivement traversé son regard.

Et s'il se trompait en s'interposant entre elle et Gino dans le but de la protéger ? Si, au contraire de ce qu'il avait cru, elle avait besoin d'être proche du bébé ? Cette proximité accélérerait-elle sa guérison ?

Le mardi matin, pendant qu'il donnait le biberon à Gino, il observa Whitney à la dérobée. Elle resta quelques minutes près du berceau, avant de s'approcher du fauteuil à bascule.

Toute la matinée, son esprit revint sur cette scène. Etait-ce parce qu'elle lui avait parlé de la mort de sa fille et de son mari ? Ou simplement parce qu'elle s'habituait progressivement à Gino ? Quoi qu'il en soit, le bébé l'attirait comme un aimant. Et, pour une raison qu'il ne s'expliquait pas, il se sentait obligé de l'aider à vaincre ses appréhensions.

Quand ils rentrèrent à la maison, le soir, Mme Tucker les accueillit et leur annonça qu'ils mangeraient chinois.

— Votre réputation de gourmande vous a précédée, dit Darius. C'est la première fois qu'elle m'annonce le menu quand je rentre.

Whitney éclata de rire.

— Avant de nous précipiter à table, allons nous occuper de Gino, dit-elle.

Elle ignorait à quel moment la transformation s'était opérée, mais, quand Darius était avec elle dans la pièce, elle ne redoutait plus de se trouver en présence du bébé. Certes, les souvenirs douloureux affluaient encore par bribes, mais c'était comme si Darius lui servait de bouclier de protection.

Quand ils entrèrent dans la nurserie, Gino se redressa dans son berceau et tendit les bras vers lui.

— Regardez-moi ça ! dit-il en riant. Il me réclame !

Une fois qu'il l'eut pris dans ses bras, Gino frétilla de contentement. Le cœur de Whitney se serra. Non pas de chagrin, mais de joie. De prime abord, elle n'avait pas été favorable à l'idée de s'installer quelque temps à Montauk, mais c'était le bon choix pour Gino, elle devait le reconnaître. Elle s'approcha avec un mouchoir en papier pour essuyer le nez du bébé qui coulait un peu et il en profita pour saisir sa main.

— Prenez-le, dit doucement Darius.

— Non, c'est bon, gardez-le, répondit-elle. Il vous aime beaucoup.

Gino s'agita dans les bras de Darius, puis se mit à couiner.

— Je suis désolé, mais à cette minute c'est vous qu'il veut.

Son instinct maternel lui soufflait de prendre dans ses bras l'adorable bébé dont on lui avait confié la garde, et de déverser sur lui toutes les réserves d'amour qu'elle avait en elle. Brusquement, ce fut comme un déclic : elle sut que, si elle le faisait, rien de grave n'arriverait. Elle prit Gino des bras de Darius.

— Voyez combien il vous aime, dit-il, un sourire radieux aux lèvres.

Tandis que la merveilleuse odeur de bébé pénétrait ses narines, elle prit une profonde inspiration pour se donner du courage. Une vague de panique allait inévitablement l'assaillir. Mais rien ne se produisit. Elle berça Gino, qui enfouit son visage dans le creux de son épaule. Ce contact éveilla le souvenir de Layla, mais, pour la première fois, celui-ci ne la percuta pas comme un coup de poing. Au contraire, il lui laissa un arrière-goût de douceur et de tendresse. Elle n'oublierait jamais son bébé, même si elle reprenait le cours du reste de sa vie.

— Que diriez-vous si nous l'emmenions pour dîner ? demanda Darius.

Elle acquiesça.

— Dans ce cas, je vous laisse vous occuper de lui pendant que je me change. Quand je serai prêt, je prendrai la relève et vous pourrez vous changer.

Elle se sentait à présent suffisamment confiante pour rester seule avec Gino.

— Comment s'est passée ta journée, trésor ? demanda-t-elle au bébé quand Darius fut sorti.

Gino pencha la tête de côté, comme s'il attendait qu'elle réponde elle-même à sa question.

— Je comprends ! dit-elle. Il ne se passe pas grand-chose dans la vie quand on n'a que six mois. Mais, d'un autre côté, tout ce qui t'arrive est nouveau. Attends un peu de savoir parler, ou marcher, alors tu verras, la vie deviendra de plus en plus intéressante.

Tout en parlant, elle pivota sur elle-même, pour le plus grand plaisir de Gino, qui babillait joyeusement. Elle s'immobilisa quand Darius apparut dans l'encadrement de la porte.

— Vous avez été rapide, dit-elle.

— Je suis affamé.

— Moi aussi, avoua-t-elle en lui tendant Gino.

Ce fut alors que l'expression indéchiffrable de Darius la frappa.

— Qu'est-ce qu'il y a ? demanda-t-elle.

— Je pense que nous devrions vivre ensemble, dit-il sans ambages.

— Mais… n'est-ce pas déjà ce que nous faisons ?

— Je veux dire : définitivement, dit-il en caressant la chevelure sombre de Gino, si semblable à la sienne. La maison est immense. Gino nous aime tous les deux, ce serait dommage de le priver de la présence de l'un de nous une semaine sur deux.

— Vous êtes sérieux !

Tous les signaux d'alarme qui avaient retenti dans sa tête le vendredi précédent, lors de son arrivée à Montauk, tous les soupçons qui l'avaient effleurée, prenaient soudain leur sens. Voilà ce qu'il manigançait depuis le début. Il se montrait gentil avec elle, l'amenait à approuver petit à petit tout ce qu'il voulait, et à présent il lui dévoilait son véritable projet. Il voulait qu'ils vivent ensemble.

Eh bien, il pouvait toujours demander… Cela ne l'obligeait pas à accepter.

— Ça ne me convient pas, répondit-elle.

— Pourquoi ? Nous avons toute la place qu'il nous faut. Nous avons une chef à demeure. Nous sommes sur le point d'engager une nounou. Rien ne vous empêche de garder votre appartement en ville et d'y passer du temps, si cela vous plaît. Pendant ce temps, Gino restera ici en compagnie de sa nounou et il sera le plus heureux des bébés.

— Vous voulez dire en votre compagnie.

— Je ne serai pas là tout le temps, dit-il, posément. Mon travail m'oblige à voyager souvent. Raison de plus pour que Gino vive dans un environnement stable.

— En réalité, vous avez peur que je le voie plus souvent que vous.

— C'est absurde, dit-il en secouant la tête.

Il rit doucement, comme s'il s'agissait d'une conversation anodine, ce qui était loin d'être le cas.

— Alors dites-moi pourquoi vous voulez que nous vivions tous ici.

— Parce que c'est la chose la plus sensée à faire.

— Pas pour moi.

— Je ne vous comprends pas, Whitney. Ne le prenez pas mal, mais reconnaissez que cette solution est idéale pour vous aussi. Vous n'êtes pas encore très à l'aise avec Gino.

Un sentiment de colère monta en elle. Il retournait ses appréhensions contre elle. Elle n'en revenait pas. Lui parler de Layla avait été la chose la plus difficile qu'elle ait jamais accomplie, mais elle lui avait fait confiance.

Leur discussion fut interrompue par l'arrivée de Mme Tucker.

— La cuisinière demande quand elle pourra servir le dîner.

— Je n'ai pas faim, dit froidement Whitney en se dirigeant vers la porte. J'ai du travail à finir. Demandez à Geoffrey d'apporter le transat de Gino dans mon bureau ; je le surveillerai pendant que M. Andreas dînera.

Il dînerait seul. Tous les soirs à partir d'aujourd'hui, car elle n'était pas prête à lui accorder de nouveau sa confiance.

7

A 20 heures, après avoir passé deux heures à parcourir des dépositions tout en surveillant Gino qui gazouillait dans son transat, Whitney demanda à Mme Tucker de préparer un biberon.

Lorsqu'elle rejoignit la gouvernante dans la nurserie, l'ambiance était tendue. Whitney aurait dû prévenir Darius qu'elle allait mettre Gino au lit, et Mme Tucker semblait en avoir conscience. Mais, en bonne employée modèle, elle ne fit aucune remarque et donna le biberon à Gino.

Cependant, il se montra exceptionnellement ronchon. Sentait-il, lui aussi, que quelque chose clochait ? Whitney commença à se sentir coupable. Ce sentiment se dissipa cependant rapidement quand elle se rappela qu'il avait sans vergogne utilisé les confidences qu'elle lui avait faites comme argument pour garder Gino auprès de lui.

Une fois que le bébé fut endormi, éprouvant le besoin de se changer les idées, elle descendit se préparer une omelette et un chocolat chaud. Quand elle trouva enfin la cuisine au terme d'un périple de quelques minutes, elle s'immobilisa sur le pas de la porte. Avec son mobilier professionnel en inox, la pièce ressemblait à une cuisine de restaurant.

Une fois l'effet de surprise passé, elle entreprit de dénicher une boîte de cacao. Dans le réfrigérateur, elle trouva sans peine le lait et — ô bonheur ! — des œufs et du fromage.

Restait encore à mettre la main sur les ustensiles pour préparer l'omelette. Malheureusement, aucun placard n'était en vue.

Son optimisme commençait à battre de l'aile quand Darius entra dans la cuisine. Même en tenue de jogging, il était incroyablement sexy. La colère reprit cependant rapidement le dessus. Elle s'apprêtait à lui faire rebrousser chemin d'un regard glacial quand elle réalisa qu'il savait peut-être où se trouvaient les plats et les couverts. La faim lui fit ravaler sa fierté, et sa colère s'atténua.

— Sauriez-vous où je pourrais trouver un bol et des couverts ? demanda-t-elle.

— En fait..., non. Désolé. Mais je peux appeler la cuisinière.

— C'est ridicule, je peux tout à fait me préparer une omelette moi-même. A condition de trouver les ustensiles.

Son attitude de gosse de riche la mettait hors d'elle. Décidément, il ignorait tout de la vraie vie. Ce qui expliquait pourquoi il était incapable de reconnaître un sentiment authentique — comme la confiance, par exemple — quand il le rencontrait.

— Vous et votre fortune..., fit-elle sans masquer son mépris. Vous êtes complètement démuni face aux réalités de la vie quotidienne.

Il traversa la cuisine à grands pas.

— Hé ! Je ne suis pas démuni, répondit-il, protestant. Et apprenez que si mon père était riche, ma mère ne l'était pas. Non seulement elle travaillait pour vivre, mais elle savait cuisiner. Et elle m'a appris.

Tout en parlant, il avait attrapé une poêle suspendue au-dessus du plan de travail en inox.

— Quel genre d'omelette voulez-vous ? demanda-t-il.

Aussi désarçonnée fût-elle, elle n'avait pas l'intention de le laisser préparer son repas. Après leur discussion de cet après-midi, elle n'était même plus sûre de vouloir être aimable avec lui.

— Je préfère préparer mon omelette moi-même.

— Non. Vous avez sali ma réputation. Je dois défendre

mon honneur. Ecoutez, voilà ce que je propose : je vous apporte ce dont vous avez besoin et vous préparerez vous-même votre omelette.

Elle était trop affamée pour refuser son offre. Quand elle acquiesça, il se frotta les mains. De toute évidence, la situation l'amusait.

— Que dois-je chercher en premier ? demanda-t-il avec un enthousiasme agaçant.

— Je ne trouve pas le cacao.

— Je suis sur le coup.

Pivotant sur ses talons, il disparut dans un couloir. Au bout de quelques secondes, il revint avec le chocolat.

— Maintenant, je vais chercher la vaisselle. Elle doit bien être quelque part, puisque nous mangeons dedans à chaque repas.

Elle ne se donna pas la peine de répondre et commença à casser les œufs dans un bol. Il disparut de nouveau, pour revenir avec deux mugs et deux assiettes.

— Deux ? demanda-t-elle en haussant un sourcil.

— Vous ne voulez pas partager ?

Poussant un soupir, elle ajouta du lait dans la casserole qui chauffait sur l'un des seize feux de l'immense cuisinière. Malgré les griefs qu'elle nourrissait contre lui, elle ne pouvait faire autrement que de partager. Après tout, ils se trouvaient chez lui, et, sans son aide, elle n'aurait pas pu préparer ce repas.

— D'accord, je partage.

Il ne dut pas percevoir le sarcasme dans sa voix car il sourit. Puis il prit un couteau et éminça l'oignon et le poivron vert qu'elle avait posés sur le plan de travail.

— Arrêtez de m'aider, dit-elle.

— Je n'ai pas le choix. Si je ne vous donne pas un coup de main, le cacao sera froid avant que l'omelette ne soit prête. De plus, je dois me faire pardonner. Je vous ai contrariée en vous proposant de vous installer ici définitivement, n'est-ce pas ?

— Vous pensez que je vous pardonnerai un jour d'avoir

utilisé les confidences que je vous ai faites contre moi ? Je n'avais jamais parlé de ça avec quiconque et vous avez trahi ma confiance.

— Je n'ai pas « utilisé » vos confidences, répondit-il. J'ai simplement décrit une réalité. Vous n'êtes pas à l'aise avec Gino, et le fait que nous vivions tous les trois ensemble vous aide à progresser. Et je reste convaincu que c'est la solution idéale pour lui.

Il posa son couteau et s'approcha d'elle.

— Quant à trahir votre confiance…, dit-il en poussant un soupir. Etant donné que vous me l'aviez accordée, je pensais qu'à mon tour, je pouvais vous parler franchement.

L'argument porta. Pendant quelques secondes, elle ne sut que lui répondre. La mort de Layla et de Burn lui avait-elle donc ôté la faculté de discerner l'honnêteté chez ses semblables ? Si c'était vrai, alors elle avait réellement besoin d'aide pour s'occuper de Gino.

Et, en tant que cotuteur du bébé, il pouvait légitimement se sentir concerné.

Honteuse de s'être ainsi emportée, elle sentit qu'elle rougissait. Il n'avait fait qu'énoncer la vérité et elle l'avait injustement accusé de retourner ses confidences contre elle.

— Peut-être que je ne suis pas prête pour ce genre de discussion, dit-elle, balbutiant.

— Vous ne le serez jamais si vous continuez à les éviter, répondit-il.

La soudaine sécheresse de son ton la surprit.

— Pourquoi êtes-vous en colère ? demanda-t-elle.

— Vous êtes une femme adorable, répondit-il en passant nerveusement la main dans ses cheveux. Vous êtes intelligente. Vous ne méritez pas ce qui vous est arrivé, mais il faut que vous passiez à autre chose. Et vous ne le faites pas.

— Je voudrais vous y voir ! dit-elle, outrée. Comment réagiriez-vous si vous perdiez tout ? Vos espoirs, vos rêves. Votre bébé. Votre adorable petite fille qui n'avait jamais fait de mal à personne. Essayez, après ça, alors que vous êtes responsable de cette perte, de passer à autre chose.

— Que croyez-vous que j'essaie de faire en ce moment, avec Gino…, avec mes frères…, après la mort de mon père ?

— Vous pensez que la mort de votre père est comparable à ce qui m'est arrivé ?

— Non. Mais j'ai perdu ma mère il y a quelques mois à peine, vous savez. Ma situation ressemble par certains points à la vôtre. Elle débordait d'humour, d'intelligence. Tout le monde l'adorait. Elle défendait mon père envers et contre tous. Et un beau jour, alors qu'elle venait d'arriver au bureau, elle est morte d'une crise cardiaque.

Il la prit par les épaules et plongea son regard dans le sien, comme s'il voulait s'assurer qu'elle enregistrait chacun de ses mots.

— Je n'ai personne, sauf ce petit garçon, là-haut, et deux frères qui me haïssent, et j'ai hérité d'une compagnie qui bat de l'aile. Croyez-moi, certains jours, je n'ai qu'une envie : faire ma valise et m'envoler pour Tahiti, puis acheter une cabane sur la plage, une bouteille de tequila, et dire : « Qu'ils se débrouillent sans moi. »

— Ce n'est pas la même chose.

— C'est vrai. Mes ennuis ne me donnent pas le droit de baisser les bras, mais les vôtres non plus. Et je peux vous assurer que ce n'est pas parce que la vie vous a malmenée que je vais vous laisser me mener par le bout du nez.

Ses yeux lançaient des éclairs de fureur. Mais, au lieu d'être effrayée, elle ressentit un trouble purement sexuel. Ils possédaient tous les deux une volonté de fer. Ils étaient passionnés et pleins d'énergie. Bien que le traumatisme qu'il avait vécu ne fût pas aussi dramatique que le sien, elle savait qu'il comprenait ce qu'elle traversait. Elle n'était cependant que moyennement désolée de l'avoir poussé dans ses retranchements, car, au moins, ils étaient maintenant quittes. Et les choses étaient un peu plus claires entre eux.

Mais ils étaient toujours aussi attirés l'un par l'autre. La promesse qu'il avait faite de ne plus l'embrasser sembla tout à coup appartenir à une époque révolue. Il soutenait son regard, et l'intensité de leur désir fut flagrante. Tandis que sa colère se dissipait et que les battements de son cœur s'accéléraient, elle sut qu'il allait l'embrasser.

Une petite voix en elle lui cria de s'enfuir à toutes jambes si elle ne voulait pas perdre la tête comme lors de leur précédent baiser. Elle savait qu'un baiser ne lui suffirait pas. Elle voulait plus. Pas parce qu'elle aimait Darius, mais parce que son corps était avide de satisfaire le désir brûlant qu'il avait éveillé.

Elle était consciente cependant que faire l'amour avec un quasi-inconnu la laisserait sur sa faim. A ses yeux, le sexe sans sentiments n'était qu'un substitut pathétique de l'amour.

C'était pourquoi elle ne pouvait pas le laisser l'embrasser.

Et, en même temps, elle ne pouvait pas s'échapper.

Alors qu'elle se débattait avec ses pensées contradictoires, il ôta la main de son épaule, recula d'un pas, puis il pivota sur lui-même et sortit de la cuisine.

8

Il avait encore failli l'embrasser.

Debout devant le lavabo de sa salle de bains, Darius fixait son reflet dans le miroir. Il avait eu beau s'asperger le visage d'eau glacée à deux reprises, il ne parvenait pas à se débarrasser du regret de ne pas l'avoir fait. Son instinct lui soufflait que le choc aurait sans doute été salutaire pour Whitney. Il l'aurait libérée de la prison dans laquelle elle s'était elle-même enfermée. Mais ses motivations n'étaient pas altruistes. En effet, ce n'était qu'à son propre plaisir qu'il pensait, au goût de ses lèvres contre les siennes, au contact de sa peau sous la paume de ses mains.

Le désir qu'il éprouvait pour elle n'expliquait cependant pas tout, et c'était là que les choses se compliquaient. Derrière son attitude réservée se cachait une femme merveilleuse et passionnée, il en était persuadé. Une femme qu'il pourrait comprendre. Une femme qu'il pourrait aimer.

C'était cela qui l'effrayait au-delà du raisonnable. Les sentiments qu'il éprouvait pour elle lui étaient totalement inconnus. Décontenancé par leur puissance, il n'avait trouvé le salut que dans la fuite.

Après s'être séché le visage, il retourna dans sa chambre. Il aurait voulu ignorer les émotions qui se bousculaient en lui. Whitney et lui allaient élever Gino ensemble, un point c'est tout. Une liaison était hors de question. C'était dangereux et égoïste. Il dirigeait une entreprise énorme, des milliers d'employés dépendaient de lui. Il aurait à peine le temps d'être là pour Gino. Comment pourrait-il se consacrer en plus à Whitney ? Son manque d'attention la ferait inévitablement souffrir.

Le lendemain matin, quand elle entra dans la nurserie, Whitney trouva Darius en train de donner le biberon à Gino. Leur discussion la nuit précédente l'avait incroyablement affectée. Non seulement parce qu'il lui plaisait de plus en plus, mais parce qu'elle ne cessait de retourner dans sa tête certaines choses qu'il lui avait dites.

Il avait dit qu'elle était adorable et cette seule pensée la faisait sourire. Durant ces trois dernières années, on l'avait qualifiée de froide, de distante. Personne n'avait pris la peine de chercher derrière cette façade la véritable Whitney. Sauf lui.

Prenant une profonde inspiration, elle s'approcha de lui.

— Laissez-moi lui donner le biberon. Je me sens prête.

Il se leva et la laissa prendre sa place dans le rocking-chair. Quand elle fut installée, il lui tendit Gino, puis le biberon.

L'appréhension faisait trembler sa main tandis qu'elle introduisait la tétine dans la bouche du bébé. Chaque fois qu'elle l'avait touché, les souvenirs l'avaient assaillie. Et ils avaient été suivis par des heures à ressasser son sentiment de culpabilité. Mais, cette fois-ci, l'image de Layla ne s'imprima pas dans son esprit quand il se mit à téter. Elle ne voyait que Gino, ses yeux noirs et ses cheveux sombres.

Elle rit.

Darius se détourna.

Son cœur fit un bond dans sa poitrine. Son silence la mettait mal à l'aise. Elle se sentait honteuse et égoïste. Ne lui avait-il pas avoué la veille qu'il était très seul ?

— Je suis désolée à propos de votre mère.

— Tout va bien.

— Vous voyez ? Voilà ce qui arrive quand j'essaie de parler avec les gens. Personne n'a vécu une expérience aussi tragique que la mienne, donc personne n'ose me parler de ses propres problèmes.

Quand il se tourna vers elle, son visage exprimait la confusion.

— Mais… c'est ridicule ! dit-il.

— Vous ne me croyez pas ? Regardez-vous. Vous refusez de me parler de votre mère.

Il fit mine de s'absorber dans le rangement des pots de crème sur la table à langer.

— Il n'y a pas grand-chose à dire, dit-il finalement.

— Mais vous disiez que vous étiez seul au monde.

— Ça m'a échappé. Ce que je voulais dire, c'est que vous n'étiez pas la seule à avoir perdu un être cher. Mais je reconnais que nos situations sont très différentes. Même si deux de mes frères semblent vouloir m'ignorer, j'ai la chance d'avoir un petit frère que je vais élever et dont je serai proche.

Elle médita quelques instants ses paroles.

— Si vous tenez vraiment à former une famille et leur faire rencontrer Gino, vous devriez les inviter sans attendre une occasion spéciale. Prenez le taureau par les cornes et impliquez-les dans son éducation dès maintenant. Plus vous attendrez, plus le fossé entre eux et vous, comme entre eux et Gino, se creusera. Et moins ils auront envie d'accepter votre invitation.

— Vous êtes experte en conseil familial ? demanda-t-il en croisant les bras.

— Je suis avocate. Je ne suis peut-être pas douée pour régler mes problèmes personnels, mais je le suis pour voir clairement les solutions qui conviennent à mes clients.

Elle baissa son regard sur Gino, puis revint vers lui. Un sourire flottait sur ses lèvres.

— Vous n'êtes pas vraiment un client, reprit-elle, mais je viens seulement de faire votre connaissance ; c'est pour cela que j'ai le recul nécessaire pour être de bon conseil.

— Et, d'après vous, je devrais inviter mes frères ?

— Oui. Vous devez créer une occasion pour nouer des liens.

— Nouer des liens ? C'est un truc de filles…

— Pas du tout. Il suffit de trouver un dénominateur commun. Quelque chose qui vous intéresse tous les trois et qui vous aidera à vous sentir proches.

Gino venait de terminer son biberon. Elle lui fit faire son rot, mais, quand elle voulut l'asseoir sur ses genoux, il se débattit. Darius revint vers eux et prit le bébé dans ses bras.

— Tu m'as l'air d'avoir envie de jouer, toi, dit-il.

Gino gazouilla joyeusement et Darius se dirigea vers la corbeille à jouets. Une vague de tendresse la submergea. Il aimait vraiment son petit frère, et les raisons qui le poussaient à vouloir qu'il fasse partie de sa vie étaient bonnes. Il voulait une famille. Le sentiment de culpabilité qui l'envahit n'avait plus rien à voir avec son passé. Elle s'en voulait de lui avoir prêté de sombres desseins, sans rien savoir de lui.

Et si ses frères raisonnaient comme elle ? Peut-être ne haïssaient-ils pas leur aîné ? Peut-être ne le connaissaient-ils simplement pas suffisamment pour l'aimer.

Darius sortit quatre gros cubes multicolores du panier et les posa sur le tapis où il s'assit à côté de Gino. Elle n'allait pas le laisser se défiler.

— Je persiste à dire que vous devriez inviter vos frères, dit-elle.

— Je n'ai pas envie de « nouer des liens ».

— Si c'est ça qui vous gêne, vous n'avez qu'à considérer cela comme une occasion pour leur parler de la situation de la compagnie, de votre père, et des choses que vous avez en commun.

— Et vous pensez que parler arrangera tout ?

— C'est un début. Et ça vaut la peine de tenter le coup.

Il poussa les cubes vers le bébé, qui s'empara du jaune et se mit à l'examiner attentivement.

Résolue à aider Darius, même malgré lui, et voyant qu'il hésitait toujours, elle décida de recourir au chantage.

— Si vous parvenez à faire venir vos frères pour un week-end, je resterai ici avec Gino jusqu'au lundi suivant leur visite.

— Leur agenda doit être aussi chargé que le mien, répondit-il. Il se peut que huit ou dix semaines s'écoulent avant qu'ils ne puissent se libérer tous les deux ensemble.

— Ça me va.

Darius passa quelques heures ce jour-là au téléphone avec ses frères. Ou, plutôt, avec une armée de secrétaires auxquelles il essaya de soutirer les numéros de portables privés respectifs de Nick et Cade. Sans succès. Tout ce qu'il obtint, ce fut l'assurance que son message serait transmis et que ses frères le rappelleraient. Ce qu'ils firent, contrairement à toute attente.

Bien que peu enchantés par son invitation, Nick et Cade finirent par l'accepter quand il leur rappela combien eux-mêmes avaient regretté l'absence de leur père durant leur enfance. Voulaient-ils vraiment que Gino grandisse sans connaître sa famille ? Quand il leur posa cette question, le ton de la discussion changea comme par enchantement. Tous deux acceptèrent de passer un week-end à Montauk.

La satisfaction qu'il éprouva en raccrochant fut de courte durée. Il réalisa ce que signifiait cette visite, prévue trois semaines plus tard. Non seulement il allait devoir passer trois jours avec ses frères, qui ne le portaient pas dans leur cœur, mais Whitney allait aussi passer trois jours avec eux.

Avec Cade, le cow-boy richissime au charme canaille, et avec Nick, le parfait gentleman du Sud.

Un sentiment de jalousie l'envahit.

C'était totalement nouveau pour lui. Aucune femme n'avait jamais provoqué un tel accès de possessivité chez lui. Pourquoi elle, alors qu'il savait qu'il n'était pas l'homme qu'il lui fallait ?

La sonnerie du téléphone l'arracha à ces réflexions troublantes.

— Oui ?

— Je suis avec Mary Alice Conrad, dit Whitney d'une

voix enthousiaste. Si vous avez une minute, j'aimerais que vous la rencontriez.

Après l'entrevue de cinq minutes que Darius eut avec Mary Alice Conrad, Whitney eut une meilleure idée du type de nounou qu'il envisageait pour Gino. Elle ne fit plus appel à lui pour les autres entretiens et sélectionna elle-même Liz Pizzaro et Jaimie Roberts, qu'elle convoqua pour un entretien à Montauk deux jours plus tard.

Le jeudi, en rentrant du travail, ils s'installèrent dans le bureau de Darius. Il s'assit derrière son bureau, tandis que Gino mâchonnait un de ses cubes de plastique sur le tapis de jeu. Ce fut Whitney qui accueillit Jaimie Roberts quand Mme Tucker la fit entrer. C'était une grande rousse, vêtue d'un jean slim et d'une veste de cuir rouge.

De toute évidence, elle ne fit pas bonne impression à Darius, qui se montra froid pendant tout l'entretien.

En revanche, quand la jolie Liz Pizzaro entra, sa chevelure blonde formant un halo autour de son visage sublime, son expression s'illumina.

— Entrez, dit-il en se levant du canapé en cuir sur lequel il s'était entretenu avec Jaimie.

A sa grande surprise, Whitney sentit sa poitrine se serrer. La maîtresse de maison jalouse de la nounou… C'était un tel cliché qu'elle refusa d'envisager que ce puisse être vrai.

Darius présenta Gino. Sans attendre qu'il l'y invite, Liz se pencha vers le bébé et le prit dans ses bras.

— Comment ça va, petit gars ? demanda-t-elle d'une voix câline.

Elle ne se démonta pas quand Gino lui répondit par un cri strident.

— On dirait que tu es fatigué, dit-elle. Mais je ne le trouve pas particulièrement grincheux. Je suppose que ce n'est pas un bébé trop difficile.

— C’est aussi notre avis, répondit Darius en riant. Mais nous ne sommes pas objectifs.

En le taquinant, Liz avait réussi à faire cesser les cris de Gino qui semblait maintenant ravi d’être dans ses bras.

— Les papas ne sont pas censés être objectifs, n’est-ce pas ? répondit Liz.

— Je suis son demi-frère, pas son père, dit Darius.

— Bien sûr que vous êtes son papa. A la façon dont vous le couvez, je peux voir que vous prenez votre rôle très au sérieux. C’est ce que font les papas.

Whitney retint un sourire. Avant même que Liz ait quitté la pièce, elle savait que le choix de Darius se porterait sur elle.

— Gino semblait plus à l’aise avec elle, dit-il, comme pour se justifier.

Whitney lui lança un clin d’œil.

— Et puis, elle vous a dit que vous étiez son papa…

— C’est mal ? demanda-t-il en levant les yeux vers elle.

Devant l’évidente affection qu’il vouait à son petit frère, elle se demanda si elle avait le droit de le priver du garçonnet une semaine sur deux. Elle ne pouvait pourtant pas chambouler son existence pour s’installer ici, avec un homme qu’elle connaissait à peine.

Malheureusement, aucune solution intermédiaire ne semblait exister à ce problème. A moins que Darius ne forge des liens solides avec ses autres demi-frères et que Gino ne soit plus sa seule famille.

9

Le vendredi soir, après le dîner, Whitney vint retrouver Darius dans son bureau.

— J'ai pris la liberté de demander à mon assistante de rassembler quelques informations sur vos frères, dit-elle.

— Vous l'avez incitée à enquêter sur leurs existences ?

— Ne montez pas sur vos grands chevaux ! Je lui ai juste demandé de me donner les grandes lignes. Rien de trop personnel. J'aime arriver bien préparée aux réunions.

— Moi aussi.

— Vous voyez ? dit-elle avec un sourire.

Sur son invitation, elle s'assit à côté de lui sur le canapé. A la seconde où elle s'enfonça dans le cuir moelleux, elle fut submergée par sa présence masculine. Il était sorti se promener après avoir joué un moment avec Gino, quand ils étaient rentrés de New York, et il sentait le grand air et le lait de toilette pour bébés. Une semaine auparavant, ces parfums l'auraient plongée dans un profond désespoir. Aujourd'hui, ils lui rappelaient seulement à quel point elle était attirée par lui. C'était une réalité qu'elle ne cherchait même plus à nier.

Humectant ses lèvres soudain devenues sèches, elle s'efforça de se concentrer sur les informations que sa secrétaire avait trouvées.

— Commençons par Cade, dit-elle. Age : trente et un ans. Sa fortune est évaluée à…

Au prix d'un effort, elle parvint à prononcer le chiffre

astronomique d'une voix relativement naturelle. Il laissa échapper un sifflement admiratif.

— C'est un solitaire qui ne fréquente pratiquement personne, mis à part les employés de son ranch, dit-elle.

— Rien que je ne sache déjà.

— O.K., voilà ce que je propose : vous n'avez qu'à parcourir le dossier de Cade, pendant que je lis celui de Nick. Si nous trouvons quelque chose qui vaille la peine, nous le lisons à voix haute.

Il prit les feuilles qu'elle lui tendait et se cala plus confortablement sur le canapé. Elle se retint in extremis de l'imiter quand elle réalisa que leurs épaules seraient inévitablement amenées à se toucher.

Malgré tout, un désir désormais familier l'envahit à cette seule pensée. Son bon sens la rappela cependant à la raison. Elle n'avait plus peur de l'attirance qu'elle éprouvait pour lui, mais elle savait qu'une relation entre eux serait nécessairement compliquée. Sans compter qu'elle aurait des conséquences sur Gino.

— Ah, voici une info intéressante, dit-il au bout de quelques minutes. Cade est marié. C'est bizarre… Il était seul aux funérailles.

— Vous pensez qu'il est du genre à laisser sa femme à la maison ?

— Je n'en sais rien ! Mais ne doit-on pas s'attendre à tout avec un cow-boy texan ? Franchement, je suis surpris qu'il s'intéresse à Gino. Il a sa compagnie pétrolière. Son ranch est si immense que lui-même doit en ignorer la superficie exacte. Et il évite autant que possible la compagnie des gens.

— C'est sans doute lui qui nous posera le plus de problèmes, alors.

Darius se contenta d'un grognement en guise d'acquiescement.

— Je lis ici que Nick possède une usine, dit-elle. Sa fortune est estimée au quart de celle de Cade.

— Mouais. Ce qui signifie qu'il pèse quand même un

demi-milliard de dollars. Je vous conseille de ne pas le sous-estimer. Vous allez le voir débarquer avec ses belles manières de gentleman du Sud et, sans que vous vous en aperceviez, il repartira avec l'argenterie.

Elle écarquilla les yeux de surprise.

— Il est kleptomane ?

— Non, c'est un charmeur.

Elle ne put s'empêcher d'éclater de rire.

— Alors comme ça, vous avez un charmeur et un ronchon comme frères ?

— Vous oubliez un bébé… Je dois être fou pour vouloir que nous apprenions à mieux nous connaître.

— Pourquoi fou ? Vous pourriez considérer que vous êtes le pilier de la famille.

— C'est ça…

— Allons, vous savez que vous avez de l'énergie à revendre.

Les traits de Darius trahissaient la plus grande confusion. Celle-ci se mua cependant rapidement en un sourire éclatant et il lui donna un coup de coude affectueux dans les côtes.

— Et c'est vous qui dites cela, dit-il, taquin.

Elle eut toutes les peines du monde à cacher le trouble où la jetait le plus innocent contact physique avec lui. Si seulement elle n'était pas autant en manque d'affection ! Si seulement il n'était pas aussi séduisant !

Se rappelant ses sages résolutions, elle s'arracha au cours dangereux qu'empruntaient ses pensées. Mieux valait ne pas gâcher la complicité qui s'était instaurée avec lui au fil des jours en rêvant à une relation qui n'existerait jamais.

Eprouvant le besoin de mettre un peu d'espace entre eux, elle se leva et se dirigea vers la cheminée.

— N'allez pas vous faire des idées, dit-elle. Ce que je veux dire, c'est que quelqu'un qui dirige une entreprise comme la vôtre possède nécessairement certaines qualités.

— Lesquelles ?

— Par exemple, vous êtes vaniteux et arrogant, répondit-elle avec un sourire narquois. Vous voulez vraiment que je continue l'énumération ?

Il se leva à son tour et la rejoignit.

— Je préférais l'autre liste, dit-il. Celle où vous évoquez les bonnes choses.

Il s'interrompit pour scruter son visage, comme s'il pensait à la même chose qu'elle, lorsqu'elle était assise près de lui sur le canapé. Qu'il serait si facile de s'abandonner à cette chose mystérieuse qui se passait entre eux.

Dans l'espoir de ramener la conversation sur un terrain plus sûr, elle déclara :

— D'accord, vous êtes fort. Vous êtes un leader. Et, dans la pire des situations, vous essayez toujours de faire au mieux.

Un large sourire éclairait son visage à présent.

— Vous voyez ? Je savais que vous aviez une meilleure liste en réserve.

— Vous me donnez envie de revenir à celle qui commençait par « vaniteux et arrogant ».

— Non !

Il avait repris son sérieux. Ils continuèrent à se dévisager sans mot dire. Elle aurait voulu se persuader que l'attirance qu'elle éprouvait était purement sexuelle et qu'elle pourrait y échapper en gardant ses distances. Mais, quand son regard se perdait dans le sien, elle savait que c'était faux. Elle avait découvert la véritable personnalité de Darius Andreas. Si elle-même n'avait pas été si vulnérable, si effrayée, elle serait tombée irrémédiablement amoureuse de lui, parce qu'il était le genre d'homme qu'une femme ne pouvait s'empêcher d'aimer.

— Entendu, dit-elle avec un soupir faussement exaspéré. Je m'en tiendrai à la liste où vous essayez toujours de faire au mieux.

— Merci.

Son expression était si intense qu'elle se demanda s'il n'essayait pas de lui dire autre chose. Pourquoi voulait-il tellement qu'elle l'apprécie ?

Elle étouffa cependant dans l'œuf la vague d'espoir qui

gonfla son cœur. Il méritait mieux qu'une femme aussi émotionnellement fragile qu'elle.

— Ça doit vous sembler bizarre d'avoir des frères aussi différents, dit-elle dans un effort pour détourner la conversation vers un sujet moins personnel.

S'il vit clair dans son manège, il ne fit aucune remarque quand elle retourna s'asseoir sur le canapé.

— Oui et non. Nous ne nous sommes jamais rencontrés avant l'âge adulte, si bien que j'ai été élevé comme un enfant unique. Quand nous avons fait connaissance, nous ne nous sommes pas plu. Ils m'en voulaient parce que notre père avait épousé ma mère et pas les leurs. Stephone a vécu longtemps avec la mère de Nick. Ça a été un choc qu'il parte plutôt que de l'épouser.

Il prit le tisonnier et réarrangea les bûches dans la cheminée, avant de reprendre :

— Ce qui n'est rien comparé à ce qui est arrivé à la mère de Cade. Notre père n'a passé qu'une nuit avec elle. Il refusait de répondre à ses appels jusqu'à ce qu'elle l'oblige à se soumettre à un test A.D.N. après la naissance de Cade. Je ne connais pas bien Cade, mais, si quelqu'un avait traité ma mère ainsi, je l'aurais aussi haï.

— Pas étonnant qu'ils soient amers.

— Et puis, nos mères nous ont à chacun raconté une histoire différente. La mienne a toujours aimé notre père. Elle m'a appris à le respecter. Dieu sait pourtant que je voulais le haïr, moi aussi. Pas pour ce qu'il m'avait fait, mais pour ce qu'il lui avait fait à elle. Il l'aimait, mais il ne pouvait pas s'empêcher de la tromper.

Elle comprenait la colère qui l'habitait, mais son expérience des divorces, en tant qu'avocate, l'avait rendue réaliste.

— Certains hommes sont tout simplement incapables d'être fidèles. Et, d'ailleurs, la plupart des femmes qui tombent amoureuses d'eux savent à quoi s'attendre. Je sais que c'était le cas pour Missy. Elle savait à quoi s'en tenir avec votre père et elle était d'accord pour profiter de l'instant présent.

Je suis persuadée qu'elle n'a jamais été malheureuse, parce qu'elle ne se berçait pas d'illusions.

Il se tourna vers elle, et ses yeux noirs plongèrent dans les siens. Elle crut un instant qu'il allait parler, mais, sans un mot, il tourna la tête et se dirigea vers le bar. Un silence tendu s'installa, qu'elle voulut briser en reprenant le fil de leur conversation avant qu'elle ne bifurque sur le sujet de la fidélité.

— Je crois que nous servirons de la bière et des steaks, dit-elle, et, puisque Nick est du Sud, un bon whiskey du Tennessee s'impose.

— Et des crevettes.

— Et des pinces de crabes.

— C'est à mes frères ou à vous-même que vous voulez faire plaisir ? demanda-t-il avec un air amusé.

— Si je dois être présente, autant profiter de votre fortune et de vos relations pour avoir du bon poisson frais. Et maintenant, si nous en avons terminé, j'aimerais aller discuter avec la cuisinière et passer un coup de fil à mon père.

— Pourquoi ?

— Je connais une fabuleuse recette de *jambalaya*, et mon père m'a parlé d'un whiskey que je suis sûre que vos frères vont adorer.

— Vous n'êtes pas obligée de vous donner tout ce mal.

— Non, mais ça me fait plaisir.

En effet, elle adorait prendre les choses en main. Elle pouvait déjà sentir la poussée d'adrénaline qui s'insinuait en elle à la perspective d'organiser le séjour de ses frères. Elle était restée si longtemps repliée sur elle-même qu'elle avait oublié l'énergie qui dormait en elle. Après un bref sourire, elle quitta la pièce.

Il la suivit du regard, s'attardant sur le balancement de ses hanches et la ligne de ses longues jambes délicieusement fuselées. Il s'appuya contre le bar et passa la main sur ses lèvres d'un geste dubitatif. Prenait-il ses désirs pour des réalités, ou son petit discours sur les hommes volages signifiait-il qu'elle n'était pas par principe opposée à une aventure sans lendemain ?

Se pouvait-il qu'après s'être habituée à son rôle auprès de Gino, elle ait accepté comme naturelle l'attirance qui existait entre eux ?

Il n'y avait qu'un moyen de le découvrir.

Le samedi après-midi, une fois que Gino se fut réveillé de la sieste, ils l'installèrent sur le tapis de jeu dans la nurserie. Il rampa aussitôt vers un cube qui n'avait pas été rangé dans sa boîte.

— Vous avez vu ça ? dit Darius. Il marche à quatre pattes !

Son excitation la fit éclater de rire.

— Il vous faut une caméra, dit-elle.

— Je me contenterai de ça pour l'instant, répondit-il en sortant son téléphone portable de sa poche.

Tandis qu'il commençait à filmer, elle se glissa derrière Gino et sortit d'autres jouets du coffre, pour la plus grande joie du bébé qui tapa énergiquement les mains par terre pour signifier son contentement. Darius dirigea son téléphone vers elle.

— Non ! dit-elle en levant la main pour se cacher.

— Pourquoi ? Vous êtes superbe.

— C'est possible, mais je ne veux pas être sur vos photos.

— Pourquoi ?

— Parce que nous…, nous…

Elle voulait dire qu'ils n'étaient pas suffisamment proches. Elle ne faisait pas partie de sa famille et il n'avait pas besoin de l'inclure dans sa vie. Mais c'était faux. Ils partageaient l'envie d'élever Gino du mieux qu'ils pouvaient. Que cela lui plaise ou non, ils étaient liés. Peut-être même jusqu'à la fin de leurs jours.

Elle leva les mains en signe de capitulation.

— En fait, ça m'est égal, dit-elle. Filmez-moi si ça vous chante.

— Quel enthousiasme ! Hein, Gino ?

En entendant son nom, le bébé leva la tête et sautilla sur place, toujours assis.

— Dommage qu'il ne marche plus à quatre pattes, dit-il, déçu.

Elle prit une balle colorée dans le coffre et la fit rouler à quelques pas du bébé.

— Hé, Gino ! Tu vois la balle ?

Gino se mit à crier d'excitation. Il bascula en avant et se mit à crapahuter vers la balle.

Le visage de Darius s'épanouit.

— Je l'ai ! dit-il.

Elle se redressa.

— Il vous faut une vraie caméra, dit-elle. Prenez Gino et allons dans votre bureau. Nous allons en commander une sur internet.

— Excellente idée !

Quand ils pénétrèrent dans son bureau, elle ne fut pas surprise de découvrir qu'un transat pour bébé était posé à côté du fauteuil. Quand Gino ne faisait pas la sieste, Darius le gardait généralement près de lui.

Après avoir confortablement installé le bébé, il mit en route le mobile musical intégré au siège, puis il s'assit devant son bureau et alluma l'ordinateur.

Au bout de quelques minutes, fatiguée de se pencher pour regarder l'écran, elle appuya naturellement sa hanche contre le bras de son fauteuil, puis s'y assit à moitié afin de mieux voir. Une fois qu'il eut repéré la caméra qui bénéficiait du plus grand nombre d'avis favorables sur différents sites spécialisés, il passa la commande.

— Elle sera livrée demain, dit-il en refermant la page d'accueil du moteur de recherche.

Ce ne fut que lorsqu'il leva les yeux vers elle qu'elle s'aperçut à quel point ils étaient proches. Elle s'étonnait de ne pas avoir ressenti le trouble qu'elle éprouvait généralement dans cette situation, quand elle réalisa une chose étrange :

ils étaient si près l'un de l'autre que leurs bras s'étaient à plusieurs reprises frôlés…, sans qu'elle en ressente la moindre panique. Comme si ce contact était naturel. En fait, elle était parfaitement détendue près de lui. Presque… heureuse.

A quoi bon le nier ? Elle était heureuse. Il lui plaisait. Elle l'appréciait. Et pas seulement en tant que cotuteur et ami.

Dans un sursaut de bon sens, elle s'arracha à l'accoudoir.

— Eh bien, voilà qui est réglé, dit-elle d'une voix qu'elle s'efforça de garder naturelle.

Il était hors de question qu'elle « apprécie » Darius. Cela impliquait trop de choses. Comme l'embrasser pour de bon. Apprendre à se connaître. Faire l'amour.

A cette simple pensée, son cœur manqua un battement. Il lui suffisait de fermer les yeux pour s'imaginer en train de faire l'amour avec lui. Une petite voix lui souffla : « Et pourquoi pas, après tout ? » Ils étaient attirés l'un par l'autre. Et ils s'étaient déjà embrassés.

Comment avaient-ils dépassé les barrières qu'ils avaient eux-mêmes érigées ? Elle était incapable de le dire. Et cela lui était égal. Une chose était sûre, cependant. Elle ne pouvait pas se lancer dans une relation sérieuse avec un autre homme. Surtout pas quand ce qui les reliait était un bébé.

10

Pour la première fois depuis qu'il avait « hérité » de Gino, Darius avait l'impression que sa vie prenait une tournure de plus en plus plaisante. Chaque jour, il se sentait davantage à l'aise dans son rôle de père. Et maintenant qu'il savait que pour Whitney certains hommes n'étaient pas faits pour la vie de couple, la possibilité d'avoir une aventure avec elle semblait tout à fait envisageable.

Alors qu'ils étaient dans la limousine, sur le chemin du retour, le mardi suivant, la vision de Whitney plongée dans ses dossiers à côté de lui, ses longues jambes croisées et ses cheveux blonds frôlant ses épaules, fouetta son désir. Durant les semaines qui s'étaient écoulées, elle avait progressivement changé sa façon de s'habiller. Ses tailleurs stricts avaient cédé la place à des jupes et à des pulls très simples. Ses cheveux eux-mêmes étaient coiffés de manière plus décontractée. Cette femme nouvelle le fascinait et, s'il ne cessait pas immédiatement de la regarder, tout cela finirait mal. Dans l'espoir de retrouver son sang-froid, il engagea la conversation :

— Le vol de Nick a été avancé. Il arrivera vendredi pour le déjeuner, au lieu du soir.

Elle leva ses superbes yeux de chatte siamoise vers lui.

— Vous voulez que nous rentrions plus tôt pour l'accueillir, ou êtes-vous prêt à courir le risque de vous faire chiper l'argenterie ? répondit-elle, moqueuse.

— Ce n'est pas tellement l'argenterie qui m'inquiète. Je ne suis pas sûr de vouloir le laisser seul avec Liz.

— Vous exagérez !

— C'est un coureur de jupons.

Réalisant qu'il était culotté d'accuser son frère d'être un séducteur alors que lui-même avait l'intention d'attirer bientôt Whitney dans son lit, il baissa la tête et s'absorba dans la contemplation de la moquette de la limousine.

— Il a treize ans de plus qu'elle, dit-il en marmonnant.

— Arrêtez de vous conduire comme un vieux chnoque, répondit-elle. Même vous, le grand frère, vous n'avez même pas trente-huit ans.

Sa voix amusée lui procura un frisson de plaisir. Cette conversation l'excitait d'autant plus qu'ils n'auraient jamais pu l'avoir quelques semaines seulement auparavant. Et c'était lui qui avait aidé la jeune femme à sortir de sa coquille.

— En fait, je ne suis pas vieux, disons plutôt expérimenté.

Elle haussa les épaules et se mit de nouveau à lire ses papiers.

— Je n'en doute pas, dit-elle.

Il taquina son escarpin de la pointe de son mocassin.

— Vous voulez en juger par vous-même ?

Quand elle leva les yeux vers lui, il crut y déceler une lueur de panique. Mais ce fut très fugace et bientôt remplacé par de la curiosité. Apparemment, elle avait envie de répondre « oui ». Le désir qui titillait le creux de ses entrailles gonfla et l'envahit comme un torrent en crue. S'il s'écoutait, il lui aurait fait l'amour sur-le-champ, dans la limousine.

La violence de son désir le choqua. C'était comme si son cerveau était incapable de concevoir autre chose que le plaisir qu'il éprouverait dans ses bras. Un plaisir qu'il n'envisageait que pleinement partagé.

— Ne faites pas trop le malin, dit-elle finalement, avant de retourner à ses dossiers.

Elle avait beau le prendre de haut, elle le désirait autant que lui.

Il savait que coucher avec lui serait une étape importante dans sa vie et il était impatient de faire renaître la femme épanouie qui sommeillait en elle. Certes, il ne ferait pas revenir sa fille. Il ne pourrait pas effacer ses souvenirs. Mais il l'aiderait à reprendre goût à la vie.

Après dîner, il estima que le moment était venu d'avoir une conversation sérieuse. Pour que personne ne souffre, il devait en effet écarter tout risque de malentendu.

— Auriez-vous quelques minutes à m'accorder ? demanda-t-il.

— Bien sûr.

Une fois dans son bureau, il l'invita à s'asseoir sur le canapé puis il se dirigea vers le bar.

— Voulez-vous un verre de vin ?

Songeant à la pile de dossiers qui l'attendaient, elle refusa poliment. Il grimaça.

— Que se passe-t-il ? demanda-t-elle. Vous vouliez me soûler ?

— Oui. Enfin… non, répondit-il en débouchant une bouteille. Je voulais simplement que vous soyez détendue pour aborder le sujet dont je comptais vous parler.

— Je vous écoute.

Il prit une profonde inspiration avant de se jeter à l'eau :

— Whitney…, vous êtes consciente que nous sommes attirés l'un par l'autre…

Ses mots la prirent complètement au dépourvu. Au lieu de s'asseoir sur le canapé, comme il l'y avait invitée, instinctivement, elle fit un pas en direction de la porte.

— Et… ? demanda-t-elle.

— Je sais que je vous ai promis de ne plus jamais vous embrasser, mais j'ai changé d'avis. A présent, je pense que nous devrions faire quelque chose au sujet de cette attirance.

Hypnotisée par ses yeux sombres et brillants, elle laissa errer son regard sur ses lèvres sensuelles. Un désir comme elle en avait rarement éprouvé la submergea. Son trouble ne lui fit cependant pas oublier qu'elle avait décidé de ne pas s'engager sur cette voie périlleuse avec lui. Un petit rire nerveux lui échappa tandis qu'elle reculait encore un peu.

— Je ne suis pas prête pour une relation sérieuse, dit-elle.

En quelques pas, il fut à côté d'elle.

— Qui a parlé d'une relation sérieuse ? demanda-t-il en jouant avec une mèche de ses cheveux.

Résistant du mieux qu'elle pouvait à la tentation, elle balbutia :

— Avez-vous oublié que nous allons élever un enfant ensemble pendant les dix-huit années à venir ?

— Nous sommes tous les deux adultes. Vous avez souffert par la faute d'un homme qui a trahi votre confiance. Et moi, j'ai vu combien les infidélités de mon père minaient ma mère. Je ne ferai jamais subir le même sort à une femme.

— Et vous pensez que les femmes ne souffrent pas dans une aventure sans lendemain ?

— Pas si les règles sont fixées dès le départ. Comme elles l'étaient entre mon père et Missy.

De toute évidence, il avait mal interprété ses paroles à propos de la relation entre Stephone et Missy.

— Ce n'est pas la même chose, dit-elle.

— En quoi est-ce différent ?

Que pouvait-elle répondre ? Sa fierté l'empêchait de lui avouer la déception qu'elle avait ressentie quand il lui avait proposé une simple aventure.

Elle voulut s'écarter, mais il lui prit les mains.

— Ecoutez, mon père était d'une infidélité pathologique et je pense qu'il m'a transmis ses gènes. Mais, même si ce n'était pas le cas, mon travail m'accapare trop et je ferais un mari déplorable. C'est pourquoi je ne veux pas me marier. Si je vous épousais, je sais que je vous ferais souffrir. Et puis, il y a autre chose. Grâce aux cinq millions de dollars que mon père m'a donnés — comme il l'a fait avec mes frères — quand j'ai eu dix-huit ans, j'ai pu aller à la fac. Je me suis plongé corps et âme dans les études. Je suis tombé amoureux d'une camarade de classe. Elle venait d'une famille assez modeste et nous étions à Wharton. Sachant que ce serait plus facile, financièrement, pour elle, je lui ai rapidement proposé d'emménager avec moi et, peu après, j'ai payé ses frais de scolarité.

— Ça s'est mal terminé, n'est-ce pas ?

— Environ un an plus tard, je l'ai surprise dans les bras d'un autre homme, alors que je rentrais à la maison à l'improviste. Elle m'a avoué qu'elle m'aimait au début, mais qu'elle avait fini par rester avec moi parce que c'était son seul moyen pour payer la fac.

Elle s'imaginait le désarroi qu'il avait dû éprouver, si jeune.

— Parfois, l'honnêteté frise l'insensibilité, dit-elle.

Il eut un petit rire chargé d'amertume.

— Ne soyez pas naïve, dit-il. Beaucoup de choses dans la vie tournent autour de l'argent. Votre mari ne s'est-il pas suicidé parce qu'il ne gagnait pas autant que ses frères et sœurs ? C'est l'argent qui nous aide à nous comparer aux autres. C'est lui qui nous donne de l'assurance. Il n'est peut-être pas la source de tout le mal sur terre, mais il accentue les points faibles ou les défauts, comme cela a été le cas pour Jen.

— Si je comprends bien, vous me proposez une aventure sans lendemain pour mon propre bien ?

— L'honnêteté peut faire mal sur le moment, mais, au bout du compte, elle permet de garder les pieds sur terre.

Curieusement, ses paroles lui semblaient sensées au regard de sa propre expérience.

— Vous devez revenir dans le pays des vivants, dit-il. Je peux vous y aider. Et sans contraintes ni pour l'un ni pour l'autre.

Afin de briser le sortilège où son regard vibrant la maintenait prisonnière, elle détourna la tête.

— Et Gino ? Vous ne pensez pas qu'il va souffrir quand notre aventure s'essoufflera ?

— Pour commencer, je ne pense pas que nous nous essoufflerons. Nous évoluerons.

Elle ne put retenir un éclat de rire. La prenant par les épaules, il l'obligea à lever les yeux vers lui.

— Avec le temps, notre relation va simplement s'apaiser, dit-il. Nous aurons toujours envie l'un de l'autre et, si nous nous y prenons bien, nous pourrions être amis, mais avec un petit quelque chose en plus.

— Vous voulez dire : des parents avec un petit quelque chose en plus ?

— Si vous voulez, dit-il en riant à son tour.

Quand il se pencha vers elle et mordilla doucement le lobe de son oreille, elle sentit son corps s'amollir.

— Vous n'en avez pas envie ? murmura-t-il.

— Une partie de moi en a envie.

— Gino ne souffrira pas de notre relation. Pas plus que vous ou moi. Je ne peux pas vous promettre que je serai fidèle, mais je serai toujours honnête et j'attends la même chose de vous. Quand le temps viendra pour nous de passer à autre chose, vous serez peut-être déçue, mais vous ne souffrirez pas. Parce que nous aurons été honnêtes l'un envers l'autre et parce que ce qui existe entre nous est puissant.

— Pas assez cependant pour durer toujours ?

— Rien n'est éternel. Tant de choses peuvent mettre fin à une relation qui paraissait solide au départ. Dans ce domaine, mieux vaut être lucide.

— Pourquoi ce que vous dites a-t-il l'air si sensé ? demanda-t-elle en riant.

— Parce que j'ai raison, répondit-il en l'enlaçant. Et puis, vous avez envie de moi, alors il vous est facile d'être d'accord avec moi.

Il la faisait rire avec ses théories, mais, au fond d'elle, elle savait pourquoi ses paroles trouvaient un écho en elle : « pour toujours » était une illusion. N'était-ce pas ce que la mort de Burn et Layla lui avait appris ?

— Alors… que faisons-nous maintenant ? demanda-t-elle.

Il s'écarta légèrement.

— Quoi ? Vous pensiez que j'allais vous séduire ce soir ?

Une partie d'elle-même l'avait espéré, effectivement.

— Pourquoi pas ? répondit-elle. Ce serait fait.

— Ce n'est pas ce que j'avais en tête, dit-il en se dirigeant vers le bar où il se servit un verre de vin. Je voulais prendre mon temps. Flirter. Jouer au chat et à la souris.

— Au risque de me transformer en loque à bout de nerfs ?

— Vous pourriez aussi devenir tellement impatiente que c'est vous qui me séduiriez.

— N'y comptez pas ! répondit-elle en riant.

— Oh ! vous ne connaissez pas mon pouvoir de persuasion.

Le vendredi soir, Liz venait de changer Gino quand Darius et Whitney entrèrent dans la nurserie.

— J'allais descendre lui donner ses céréales, dit la nounou.

Whitney avait remarqué que Liz respectait scrupuleusement des horaires réguliers pour Gino et elle l'approuvait. En effet, les bébés étaient plus heureux quand leur vie quotidienne était parfaitement réglée. Elle savait aussi que la jeune femme devait réviser pour ses cours à la fac le lendemain.

— Laissez ! Darius et moi prenons la relève. Nous ne l'avons pas vu depuis ce matin.

Déjà, il avait pris le bébé des bras de la jeune fille.

— C'est que… Je lui ai déjà donné son bain, dit Liz, l'air inquiet.

— Ne vous en faites pas, répondit-il, rassurant. Ce ne sera pas la première fois que je lui donnerai ses céréales.

Elle hésita encore quelques secondes, puis capitula :

— Dans ce cas, je vous le confie et je vais réviser dans ma chambre.

Ils se séparèrent sur le palier, et Darius et Whitney se dirigèrent vers l'escalier menant au rez-de-chaussée.

— Je rêve, ou elle ne voulait pas me le confier ? demanda-t-il quand ils arrivèrent dans la cuisine.

Elle ouvrit l'armoire où, après leur mémorable chasse

aux ustensiles de cuisine, ils avaient fait regrouper tout ce dont ils pouvaient avoir besoin pour eux-mêmes ou Gino.

— Je la comprends, répondit-elle en attrapant les céréales, un bol et la cuillère de Gino. Elle n'a pas envie de repasser derrière nous.

— Pourquoi s'inquiète-t-elle ? Nous sommes pros !

— Je suis pro ! dit-elle en riant. Vous êtes toujours un débutant. Allez installer Gino dans sa chaise.

Secouant la tête, il alla dans la salle à manger. Quand les céréales furent prêtes, elle les rejoignit. Gino tapait des poings sur la tablette de sa chaise haute. Darius lui ôta le bol et la cuillère des mains et posa le bol devant le bébé.

— C'est moi qui vais lui donner à manger, dit-il. Liz a blessé mon amour-propre.

— Votre amour-propre est vraiment sensible.

— Disons que j'aime qu'on me fasse confiance.

Gino poussa un cri strident pour se rappeler à leur souvenir. Quand ils se tournèrent vers lui, ils découvrirent avec horreur qu'il avait profité de leur bref échange pour plonger les mains dans le bol et se barbouiller le visage de céréales.

— Liz va vous tuer, dit Darius.

— Me tuer ? Il y a vingt secondes à peine, c'était votre honneur qui était en jeu ! répondit-elle en attrapant une serviette. Mais il n'y a pas de quoi paniquer. Nous allons lui préparer un autre bol de céréales et, une fois qu'il aura fini, nous lui donnerons un nouveau bain.

Elle se leva après avoir pris le bol.

— Je peux vous le confier pendant que je vais dans la cuisine ? demanda-t-elle.

— Maintenant c'est vous qui me vexez !

Haussant les épaules, elle retourna dans la cuisine. Quand elle revint, elle se chargea d'autorité de donner à manger à Gino. Puis elle se leva et attendit qu'il prenne le bébé dans ses bras.

— Qu'est-ce que vous attendez ? demanda-t-elle quand elle vit qu'il se contentait de le fixer d'un air dubitatif.

— Comment suis-je censé l'attraper sans me mettre de la bouillie partout ?

— Bienvenue dans la vie pleine de sacrifices du père de famille !

Sa boutade le fit rire, et il obtempéra, ce qui ne l'empêcha pas de grimacer quand le pyjama couvert de céréales entra en contact avec son pull. Elle éclata de rire et pouffait encore en passant la tête par l'entrebâillement de la porte pour balayer le hall du regard.

— C'est bon, la voie est libre, dit-elle. Si nous ne faisons pas de bruit, Liz ne soupçonnera rien.

Ils traversèrent le hall à pas de loup et grimpèrent quatre à quatre les escaliers. Puis, une fois la porte de la nurserie refermée sur eux, un fou rire les secoua pendant quelques minutes.

Quand il eut retrouvé son souffle, Darius allongea Gino sur la table à langer et lui ôta son pyjama et sa couche.

— Je vous laisse vous occuper du reste, dit-il en s'écartant.

— Hé ! Vous disiez que vous vouliez apprendre tout ce qui touchait aux soins d'un bébé. Le bain en fait partie.

— Mais… il va être tout nu.

— Et alors ?

— Je n'ai pas envie qu'il me fasse pipi dessus.

Elle éclata de rire et souleva Gino dans ses bras pour l'emporter dans la salle de bains. Une vague de fierté le submergea quand il vit à quel point elle était désormais à l'aise avec le bébé. Grâce à lui, elle avait surmonté ses appréhensions, et elle était heureuse.

Il la suivit dans la pièce qui ressemblait en tout point à une salle de bains normale, mis à part qu'à hauteur du lavabo se trouvait encastrée une baignoire miniature.

De sa main libre, Whitney tourna le robinet et fit couler un bain. Après avoir vérifié la température de l'eau, elle plongea Gino dedans. Il crut entendre le petit garçon ronronner de plaisir.

— On dirait qu'il aime l'eau, dit-il en s'appuyant sur le montant de la porte.

— Ne croyez pas que vous allez rester là les bras ballants. Passez-moi le savon, un gant et le shampooing.

Quand il lui eut donné ce qu'elle réclamait, il s'apprêtait à s'éloigner de nouveau mais elle le retint par la manche.

— Il vaut mieux être deux pour s'occuper d'un bébé costaud comme Gino. Je vous donne le choix : soit vous le tenez, soit vous le lavez.

— Je pense que je vais plutôt le tenir.

— Dans ce cas, approchez-vous, dit-elle. Maintenant, glissez votre main gauche sous son dos.

Gino choisit ce moment pour frapper l'eau de toute la force de ses petits bras, éclaboussant Darius. Elle rit.

— J'ai l'impression que vous vouliez que je me fasse éclabousser, dit-il d'un ton accusateur.

— Non, répondit-elle. Je voulais vous faire partager le plaisir.

Le bain ne dura pas plus de cinq minutes, mais, avant que Gino ne soit propre, Darius fut complètement trempé. Whitney, quant à elle, était sèche. Quand il l'interrogea sur ce mystère, elle prit une mine offusquée.

— Mon instinct me dit quand il faut reculer.

— C'est ça…

Le gratifiant d'un sourire moqueur, elle enroula Gino dans une immense serviette-éponge.

— Je suis sérieuse. C'est tout un art.

Elle emporta Gino gigotant dans la nurserie.

— Vous pouvez aller vous changer, dit-elle quand elle l'eut déposé sur la table à langer.

— O.K.

Il se dirigea vers sa chambre, mais, au moment de refermer la porte communicante, il se ravisa. Ce n'était peut-être pas fair-play d'ôter sa chemise devant elle, mais ils n'avaient pas vraiment flirté depuis le soir où ils avaient ouvertement évoqué la possibilité de devenir amants. A vrai dire, chaque fois qu'il essayait, le bébé réclamait son biberon, ou tout simplement de l'attention. Au point qu'il commençait à se demander comment les parents faisaient pour avoir un deuxième enfant quand le premier les accaparait à ce point.

Le rire joyeux de Gino l'arracha à ses réflexions. Bientôt s'y mêla celui de Whitney, et son estomac se noua. Il avait envie de lui faire l'amour comme il n'avait jamais eu envie de faire l'amour à aucune femme. Il lui suffisait d'ailleurs d'y penser pour qu'une joie sauvage s'empare de lui.

Ces sentiments n'étaient-ils pas en totale contradiction avec le discours qu'il lui avait tenu ?

Non, car il persistait à vouloir maintenir une certaine distance entre eux. Pour leur bien commun.

Certes, ils coucheraient ensemble. Mais il ne voulait pas que les sentiments qu'ils éprouvaient soient mal interprétés.

Quelques jours plus tard, Whitney frémissait encore chaque fois qu'elle se remémorait Darius en train d'enlever sa chemise. Malgré la longue discussion qu'ils avaient eue à propos de leur attirance mutuelle, elle était toujours persuadée que ce n'était pas une bonne idée d'avoir une aventure avec lui.

Mais les arguments de Darius avaient porté. Chaque jour, quand il la faisait rire, quand il la frôlait comme par inadvertance, ou qu'il la regardait dans les yeux, elle sentait sa résolution flancher.

Quand il la rejoignit dans son bureau, le samedi suivant, elle avait les nerfs à fleur de peau. Elle ne pouvait s'empêcher de s'interroger. Ce soir serait-il le soir ? Allait-il la soulever dans ses bras et l'emporter dans sa chambre ? L'embrasserait-il jusqu'à lui faire perdre la raison ?

Toutes ces questions qui s'entrechoquaient dans sa tête étaient à la fois enivrantes et effrayantes. Etait-elle prête ? Leur amitié résisterait-elle à leur liaison ? Elle n'avait jamais été une adepte du sexe sans sentiments. En fait, elle n'avait couché qu'avec un petit ami, qui était devenu son fiancé, puis son mari. Les promesses d'amour éternel n'avaient cependant pas empêché Burn de l'abandonner de la plus atroce manière, en emportant leur fille dans la mort avec lui.

Darius avait-il raison quand il disait que la stabilité et la constance étaient une illusion ?

— En tout cas, quand mes frères seront là, je pense qu'il faudra que l'un de nous deux soit toujours avec eux dans la nurserie.

Redescendant sur terre, elle tourna les yeux vers lui. Vêtu d'un jean et d'un T-shirt usé, il s'était affalé sur le canapé.

— Rafraîchissez ma mémoire. Voulons-nous les empêcher de kidnapper Gino, ou cherchons-nous à protéger Liz ?

— Protéger Liz ! dit-il. Vous n'écoutiez donc pas ce que je disais ?

— Je travaillais quand vous êtes entré, dit-elle pour justifier sa distraction.

— Eh bien, je vous serais reconnaissant de vous arrêter pour m'écouter, dit-il sèchement. Mes frères arrivent le week-end prochain. Il faut que nous soyons prêts.

Au fond, elle était soulagée de constater que la conversation tournait autour de détails pratiques. Au moins, il ne pensait plus à coucher avec elle. Et elle non plus. Du moins voulait-elle le croire.

Il semblait si nerveux à l'idée de recevoir ses frères qu'elle abandonna sa lecture pour lui accorder son entière attention. Ne voulant cependant pas trop s'approcher de lui — il aurait pu interpréter son mouvement comme une invitation —, elle fit les cent pas.

— Qu'est-ce qui vous préoccupe ? Nous avons minutieusement fixé les menus et toutes les activités pour chaque journée. Ils seront tellement occupés qu'ils ne penseront qu'à s'en aller pour pouvoir enfin souffler un peu.

— Je ne pensais pas aux grandes lignes, mais aux petits détails. Ma mère répétait toujours qu'on n'est jamais assez prêt.

— Votre mère était une femme avisée. Et je parie qu'elle était fière de vous.

Au lieu de répondre, il bondit du canapé et fut près d'elle en quelques enjambées. La saisissant par les épaules, il l'obligea à lui faire face.

— Pourquoi ai-je l'impression que vous me parlez de ma mère pour éviter de parler d'autre chose ?

— Vous dites n'importe quoi.

— Dans ce cas, pourquoi tournez-vous comme un lion en cage ?

— Je l'ignore, répondit-elle en haussant les épaules. Peut-être que je m'ennuie ?

— Ça fait plusieurs semaines que nous sommes coincés ici…

Une lueur amusée illumina son regard, et son expression sérieuse disparut.

— Peut-être devrais-je entreprendre de vous séduire ce soir ?

Elle sentit son souffle lui manquer. Les yeux rivés aux siens, elle était incapable de prononcer la moindre parole.

— Nous avons suffisamment flirté. Le moment est venu de nous embrasser.

Joignant le geste à la parole, il prit son visage en coupe entre ses mains et l'embrassa, puis il se redressa :

— Tu es si belle, Whitney, dit-il dans un murmure. Le jour où nous nous sommes rencontrés, j'ai été immédiatement intrigué par tes yeux. Cette nuance de bleu est si rare…

Un délicieux frisson d'excitation remonta le long de ses bras. Sa voix veloutée s'insinuait en elle, enflammait son sang, embuait son cerveau.

— Et tes lèvres…, elles sont sublimes. Si douces. Elles appellent le baiser.

De nouveau, il s'inclina vers elle. Elle n'envisagea pas une seconde de protester. Sa poitrine semblait prête à exploser sous l'effet de l'émotion. Ses jambes la portaient à peine. Personne ne lui avait jamais parlé ainsi. C'était la façon la plus sexy qu'elle pouvait imaginer de lui faire comprendre qu'il la désirait. Comment aurait-elle pu résister ?

Quand ses lèvres se posèrent sur les siennes, ses paupières se fermèrent d'elles-mêmes. Des sensations incroyables l'envahirent. Une boule de feu prit naissance dans le creux de son ventre et se diffusa dans tout son corps. A la différence de leur premier baiser, cette fois-ci, elle n'embrassait pas juste quelqu'un. Elle embrassait Darius. Un homme qu'elle connaissait. Qui lui plaisait. Et à qui elle plaisait.

Un petit gémissement de déception lui échappa quand il mit soudain un terme à leur baiser.

Dans les prunelles sombres fixées sur elle, elle pouvait voir combien son geste lui coûtait. Lui aussi mourait d'envie d'approfondir ce baiser.

— Nous devrions faire ça plus souvent, dit-il en s'écartant.

Puis il laissa glisser ses mains le long de ses bras et prit ses doigts entre ses mains. Lui lançant un regard intense, il déclara :

— Bonne nuit.

Sur ces mots, il la relâcha et se dirigea vers la porte.

Avant qu'elle ait pu lui faire remarquer qu'il n'était que 20 heures — bien trop tôt pour se coucher —, il était parti. Quelle importance, au fond ? Ce soir ne serait peut-être pas le soir où ils feraient l'amour, mais c'était celui où elle commençait à sentir qu'elle était de nouveau vivante. Pas un instant, elle n'avait pensé au passé. Elle n'avait fait aucune comparaison. Elle ne songeait qu'à vivre l'instant présent, avec lui.

Etait-elle effrayée ? Oui, car il pouvait passer à l'étape suivante n'importe quand et, alors, ce serait la véritable épreuve qui déterminerait si elle était prête à aller de l'avant.

11

Le vendredi où ses frères devaient arriver, Darius passa la matinée dans son bureau de la maison pour régler quelques affaires urgentes par téléphone pendant que Whitney veillait aux derniers préparatifs en vue du week-end.

Durant la semaine qui s'était écoulée, il avait profité de la moindre occasion pour l'embrasser, sans toutefois essayer de passer à l'étape suivante. De toute évidence, les sentiments qu'ils éprouvaient l'un pour l'autre étaient de plus en plus forts et elle se sentait désormais « chez elle » à Montauk.

Peu avant 13 heures, quand le chauffeur appela pour les prévenir qu'il arrivait avec Nick dans une dizaine de minutes, elle se leva, incapable de cacher son impatience. Darius s'approcha d'elle et l'enlaça nonchalamment.

— Je crois que j'ai eu tort de me faire une montagne de ce week-end, dit-il. Après tout, mes frères ne sont pas si difficiles à contenter que cela. Cade a des goûts plutôt simples et Nick est tellement bien élevé qu'il féliciterait la cuisinière même si le dîner était immangeable. Il se débrouillerait pour ne pas avoir à le manger, mais il la féliciterait quand même.

Eclatant de rire, elle le repoussa d'une légère tape sur l'épaule.

— Vous avez une opinion déplorable de vos frères, c'est tout. Et j'espère que ce week-end y remédiera.

A peine eut-elle fini sa phrase que la porte d'entrée s'ouvrit et que Nick apparut.

Darius se figea et les deux frères se dévisagèrent en chiens de faïence pendant un long moment.

Elle réprima un soupir. Fille unique, elle aurait donné n'importe quoi pour avoir une sœur. Même un frère aurait fait son bonheur. Elle n'allait pas laisser les frères Andreas ruiner toute chance de trouver un terrain d'entente.

— Je ne vous demande pas de vous embrasser, dit-elle, mais vous pourriez au moins vous serrer la main.

A sa grande satisfaction, Darius s'avança immédiatement, la main tendue. Apparemment, il avait retenu ce qu'elle lui avait dit. Non seulement il l'avait écoutée, mais il suivait ses conseils.

Nick serra la main de son frère.

— Ce n'est pas une trêve, dit-il néanmoins.

Darius se contenta d'éclater de rire et de lui donner une tape affectueuse dans le dos.

— Tu vas droit au but, pas vrai ? dit-il.

— Je ne connais pas de meilleure manière de négocier.

— Règle numéro trente-six dans le livre de papa.

— Contredite par la règle numéro dix-sept : ne jamais laisser la partie adverse deviner ce que vous voulez.

— Je pensais que j'étais le seul à avoir remarqué cette incohérence, dit Darius dans un nouvel éclat de rire.

Quand Nick se tourna vers elle, toute trace de suspicion disparut de son visage et il la scruta de la tête aux pieds. Puis un sourire éclaira ses traits.

— Whitney Ross, n'est-ce pas ?

Elle acquiesça, puis recula d'un pas.

— Je suis désolée, nous avons oublié de faire les présentations.

— C'est inutile, nous nous sommes rencontrés dans le bureau de votre père. Je n'oublie jamais un joli visage.

— Attends de voir Liz, dit Darius.

— Qui est Liz ?

— La nounou de Gino.

Elle n'en croyait pas ses oreilles. Quelle mouche l'avait

piqué ? Il jetait Liz en pâture à Nick alors qu'il affirmait la veille encore qu'il voulait avant tout protéger la jeune fille de ses frères.

— Le déjeuner est prêt, dit-elle en le foudroyant du regard. Quand nous aurons terminé, Gino sera réveillé de sa sieste et Nick pourra aller le voir.

Le regard de Nick alla d'elle à Darius.

— Elle est avocate, si je me rappelle bien ?

— Malheureusement, dit Darius.

— Et un peu autoritaire ?

— Oui. Cette réunion était son idée.

— Le week-end promet d'être intéressant, dit Nick en les suivant dans la salle à manger.

Tout au long du déjeuner, Darius répondit aux questions de Nick à la place de Whitney. Jamais il n'avait été aussi possessif ni aussi jaloux. Bon sang ! Elle était encore très fragile émotionnellement et son instinct lui soufflait que ses frères risquaient de réduire à néant le climat de confiance qu'il avait réussi à instaurer entre elle et lui. Mais il n'allait pas les laisser faire.

Quand ils entrèrent dans la nurserie, Liz finissait de changer Gino. Darius s'en voulait à présent d'avoir fait cette remarque sur le physique avenant de la nounou devant son frère. Mais le regard appréciateur dont Nick avait toisé Whitney avait aiguillonné sa jalousie. Pour se racheter, il dit à Liz qu'il donnerait lui-même son biberon à Gino et qu'elle pouvait les laisser.

Après avoir suivi la jeune femme du regard tandis qu'elle quittait la pièce, Nick fixa son attention sur Gino.

— Il est mignon, dit-il.

— Oui, répondit Darius. Quand je lui aurai donné son biberon, tu pourras le prendre dans tes bras.

— Super, dit Nick, avant de se frotter la nuque, comme

s'il hésitait à parler. Tu es au courant, pour la femme de Cade, n'est-ce pas ? dit-il enfin.

— Quoi ? Il s'est finalement décidé à l'amener ?

Nick secoua la tête.

— Non. Elle est morte.

Cette nouvelle fracassante laissa Darius sans voix.

— Elle est tombée malade il y a quelques années, fit Nick. Elle a lutté tant qu'elle a pu, mais en vain. Je préfère te prévenir, pour que tu ne fasses pas de gaffe.

Son premier réflexe fut de remercier son frère, mais il se ravisa. Pour commencer, cela semblait bizarre de le remercier pour lui avoir annoncé la mort de la femme de Cade. Et puis, il connaissait Nick. Ce n'était pas seulement pour lui épargner une situation embarrassante qu'il l'avait informé. Ses frères étaient froids et calculateurs. S'il voulait garder la main, il avait intérêt à ne pas faire preuve de faiblesse.

Lorsque Gino eut fini son biberon, Nick le prit dans ses bras avec une aisance qui le surprit d'abord, quand il se souvint que sa mère dirigeait une crèche. Il laissa son frère babiller avec Gino jusqu'à 15 heures, puis, en compagnie de Mme Tucker, il le conduisit à sa chambre, avant de rejoindre Whitney dans la bibliothèque.

Dès qu'il eut refermé la porte, il la prit par la taille et l'attira dans ses bras pour l'embrasser fougueusement.

— Que me vaut l'honneur ? demanda-t-elle quand il la relâcha.

— J'en mourais d'envie depuis ce matin.

Elle éclata d'un rire joyeux, ce qui déclencha en lui une sensation d'une intensité fulgurante. Il crut d'abord qu'il s'agissait de désir, avant de réaliser que c'était bien plus que cela. Quand elle riait, il semblait que les mauvais souvenirs s'étaient effacés de sa mémoire. Il eut soudain la certitude que, quel que soit le temps que durerait leur histoire, il avait le pouvoir de la rendre heureuse, et réciproquement. C'était une sensation inédite et mystérieuse pour lui.

Avant qu'il ne puisse creuser davantage cette découverte,

Mme Tucker entra dans la pièce. Whitney s'écarta aussitôt de lui, comme elle le faisait chaque fois qu'ils étaient surpris.

— Je suis désolée de vous déranger, monsieur Andreas, mais votre frère Cade a appelé pour prévenir qu'il arriverait plus tôt que prévu.

— O.K. C'est parfait, dit-il d'une voix neutre.

— Quel enthousiasme ! dit Whitney, moqueuse, quand Mme Tucker eut quitté la pièce.

Si elle croyait qu'il se réjouissait d'avoir ses frères dans les parages alors qu'il ne pensait qu'à coucher avec elle ! Il la reprit dans ses bras et murmura :

— Gino dort et Nick est occupé. Que diriez-vous de venir dans ma chambre ? Faire l'amour n'est-il pas la meilleure façon de se détendre ?

Tout en parlant, il parsemait son visage de baisers légers, puis il s'empara de ses lèvres pour un baiser passionné auquel elle répondit avec la même fougue.

Un discret raclement de gorge les rappela brutalement à la réalité. Nick, que, trop absorbés par leur étreinte, ils n'avaient pas entendu entrer, se tenait devant eux.

De nouveau, elle s'écarta comme une collégienne prise en faute. Darius étouffa un juron.

— Je pensais que tu faisais la sieste, dit-il.

— Pas du tout ! dit Nick en éclatant de rire.

Il avait troqué son costume contre un jean et un pull irlandais. D'un pas nonchalant, il s'approcha de la table de billard. Passant une main sur le cadre d'acajou, il demanda :

— Tu joues souvent ?

— Je n'ai pas tellement le temps.

Un sourire carnassier étira les lèvres de Nick.

— Vraiment ? Moi non plus.

Darius commençait déjà à rassembler les boules au milieu de la table.

— Je vais vous laisser, dit Whitney. J'ai encore pas mal de rapports à lire. Je vous retrouve pour le dîner.

Darius la suivit du regard. Quand il se tourna vers Nick, il constata que celui-ci l'observait.

— J'aurais pensé que la nounou était plus ton genre, dit son frère.

Darius alla choisir une queue dans le présentoir.

— Elle a dix-neuf ans, dit-il.

— Justement.

D'un mouvement sec, Darius fit éclater le paquet de boules. Il en rentra quatre.

— Je choisis les rayées, dit-il avant de lever les yeux vers Nick et d'ajouter : et pour ta gouverne, je ne prends pas mes conquêtes au berceau.

— Si je me fie à ce que je vois, Whitney est ta chasse gardée ?

Darius rentra une autre boule rayée, mais sans que son joli coup ne lui apporte le moindre sentiment de satisfaction. En fait, la question de Nick le troublait. Cela faisait paraître sa relation avec Whitney tellement… permanente. Or il n'était pas du genre à se fixer. Convaincu d'avoir trouvé le moyen d'avoir une relation à la fois physique et amicale avec elle, il n'avait pas l'intention de s'engager davantage.

Toutefois, il était hors de question que son frère se sente autorisé à flirter avec elle. Cette simple pensée le rendait furieux.

— Disons que pour ce week-end je me la réserve, dit-il en fixant son frère droit dans les yeux.

Contrairement à toute attente, Cade avait troqué ses habituels Stetson et bottes contre un costume coupé sur mesure, chemise blanche et cravate marine. A l'heure du dîner, il se contenta d'ôter sa veste et sa cravate, et de retrousser les manches de sa chemise. Il fut le plus rapide des trois pour tirer la chaise de Whitney quand celle-ci arriva à table. Ensuite, il entama une conversation amicale avec elle, où il fut davantage question de son métier d'avocate que du bébé.

Darius s'aperçut qu'il ne l'avait jamais interrogée sur sa vie professionnelle. Certes, il connaissait mieux son passé et sa vie privée que Cade, mais ce dernier voulut savoir quelles étaient ses aspirations pour l'avenir.

— Je suppose qu'un de ces jours, vous allez devenir associée à part entière ? demanda-t-il.

— Je pense même que je vais avoir le contrôle du cabinet. Mon père possède la majorité des parts et je suis de plus la plus ancienne des partenaires juniors. C'est moi qui déciderai qui sera associé ou pas.

Cade éclata de rire.

— Oh ! c'est intéressant ! J'adore les femmes qui n'ont pas peur du pouvoir.

Elle rougit légèrement sous le compliment, et le sang de Darius ne fit qu'un tour. Ayant tous les deux perdu un conjoint, Cade et Whitney avaient plus en commun que lui-même avec elle. Si Cade continuait à flirter comme il le faisait, ils allaient bientôt se rendre compte que, des trois frères Andreas, c'était Cade qui constituait le meilleur choix pour Whitney, et que lui, Darius…

Quoi ? Il la perdrait ? Il ne s'était jamais soucié de savoir s'il risquait de perdre une femme. Pourquoi cela le préoccuperait-il maintenant ?

— Il est à peine 20 heures, dit-elle en posant sa serviette sur la table. Si nous montons maintenant, nous pouvons souhaiter bonne nuit à Gino.

Pour bien marquer son territoire, Darius posa la main sur la taille de la jeune femme quand ils quittèrent la salle à manger.

Le petit déjeuner, le lendemain matin, se déroula dans le calme. Whitney avait délibérément déjeuné de bonne heure. Elle sentait que sa présence constituait une distraction et fournissait un prétexte aux trois frères pour éviter d'avoir une conversation digne de ce nom.

De son poste d'observation, dans la cuisine, elle pouvait voir Cade, Nick et Darius à travers l'entrebâillement de la porte. Son cœur se gonfla de fierté. Bien que ses frères ne lui rendent pas la tâche facile, Darius ne baissait pas les bras. Parfaitement maître de lui-même, il était bien décidé à tisser des liens avec eux, malgré la mauvaise volonté dont ils faisaient preuve. Mais elle sentait qu'il était tendu et elle regretta l'intrusion de Nick dans la bibliothèque, la veille.

Elle savait que s'ils étaient montés dans sa chambre — pour se détendre, comme il disait —, s'ils avaient fait l'amour, elle aurait ensuite posé la tête sur son épaule masculine tout en caressant son torse puissant. Repus de plaisir et les jambes tendrement emmêlées, ils auraient parlé. De Gino. De ses frères. De ce qu'il ressentait. Et elle l'aurait réconforté. Elle savait qu'elle avait ce pouvoir sur lui. Tout comme lui-même l'avait apaisée et aidée à ne plus avoir peur de la vie. A comprendre qu'elle pouvait aimer de nouveau.

L'image de leurs corps enlacés s'imprima dans son esprit avec une acuité incroyable, sans qu'elle en éprouve la moindre crainte. Seulement de la joie.

Une peur nouvelle s'insinua cependant soudain en elle quand elle comprit la portée de ce qu'elle ressentait.

Elle aimait Darius. Elle l'aimait vraiment.

Et cela n'était pas prévu dans leur pacte.

Quand elle pénétra dans la salle à manger, ce soir-là, Darius ne laissa pas ses frères lui voler l'occasion de lui avancer sa chaise pour qu'elle puisse s'asseoir. Elle ne savait pas s'il fallait rire ou pleurer devant tant de prévenance.

Si elle était irrémédiablement tombée amoureuse de lui, c'était parce qu'il lui avait redonné goût à la vie. Il l'avait arrachée au sombre désespoir où elle se débattait depuis la mort des siens. Il avait fait preuve de tendresse, de bonté. De son côté, elle savait que sa compagnie l'apaisait. Mais elle ne lui avait donné aucune raison de l'aimer. En ce qui le concernait, mis à part leur amitié, rien n'avait changé depuis le jour où ils avaient fait connaissance. Elle l'attirait physiquement, c'était tout.

Comme la veille, la conversation se focalisa sur elle. S'étaient-ils renseignés sur son passé comme elle-même l'avait fait ? Toujours est-il qu'ils n'abordèrent pas de sujets qui auraient pu se révéler douloureux. Si Cade se cantonnait dans les limites d'une conversation mondaine, Nick ne se gênait pas pour flirter.

Après le repas, prétextant qu'elle devait prendre la relève de Liz pour s'occuper de Gino, elle les laissa à leur partie de billard.

— Alors ? Qu'est-ce qui se passe entre Mlle Ross et toi ? demanda Cade quand les trois frères furent dans la bibliothèque.

— Nous partageons la garde de Gino.

Nick éclata de rire et se tourna vers Cade.

— Ne songe même pas à entreprendre quoi que ce soit, elle est la chasse gardée de Darius.

— Sérieusement ? demanda Cade. Vous sortez ensemble ?

— Non.

Cade fit quelques pas et se planta devant lui.

— Dans ce cas, tout le monde peut tenter sa chance, dit-il, d'un ton plein de défi.

Une vague de colère envahit Darius. Cela faisait deux jours qu'il assistait sans broncher aux manœuvres de séduction de ses frères et la coupe était pleine. Si Cade cherchait la bagarre, il allait l'avoir !

— Ne t'approche pas d'elle, dit-il d'une voix menaçante.

— Pourquoi ?

— Parce qu'elle est encore fragile. Elle se remet à peine de la perte d'êtres chers, elle n'est pas en état de t'écouter pleurer sur ton deuil.

Voyant que la situation s'envenimait, Nick s'interposa entre ses frères.

— Hé ! Ça suffit, dit-il. Cade, tu es ici pour faire la connaissance de Gino et rien d'autre. Et Darius, calme-toi. Je comprends que tu sois sentimental…

Darius fit taire son frère d'un regard glacial.

— Sentimental ? C'est comme ça que tu me vois ?

Une lueur malicieuse faisait pétiller le regard de Cade quand il répliqua :

— Tu préfères : jaloux, furieux et… une cible facile ?

Il alla tranquillement prendre une queue de billard et revint vers la table.

— Au moins, nous connaissons maintenant ton point sensible, dit-il. Si nous voulons te faire perdre tes moyens, il nous suffira de bavarder avec Whitney.

Furieux contre lui-même, Darius prit une queue à son tour. Quel idiot il faisait ! Cade ne projetait rien avec Whitney. Il voulait seulement voir comment il réagirait s'il la courtisait.

— Ne vous faites pas trop d'idées à propos de ce que vous croyez avoir compris, dit-il. Mlle Ross et moi finirons sûrement par coucher ensemble, mais je suis un Andreas ; les relations durables, très peu pour moi ! Si l'un de vous deux me la fauchait…, je passerai à autre chose.

— Alors, c'est juste une passade ? demanda Cade.

— Evidemment !

Enfin ! Il se reconnaissait dans cette affirmation ! En effet, les sentiments inconnus, la jalousie, la complicité, tout ce qu'il ressentait en présence de Whitney, ce n'était pas lui. Dire qu'il avait fallu la visite de ses frères pour lui ouvrir les yeux. L'homme romantique, tendre, qu'il commençait à devenir ne lui ressemblait vraiment pas. De plus, cet homme n'aurait eu aucune chance face à ses deux frères. S'il voulait leur tenir la dragée haute, il devait être aussi intraitable qu'eux.

*
* *

Une fois Gino endormi, Whitney décida finalement de rejoindre Darius et ses frères. Mais, à l'instant où elle allait entrer dans la bibliothèque, les bribes de conversation qu'elle capta lui apprirent qu'ils parlaient d'elle, aussi s'immobilisa-t-elle dans le couloir.

— Tu aurais pu tout simplement nous prévenir que tu ne voulais pas que nous nous approchions de Whitney, dit Cade.

— Je pensais l'avoir fait, répondit Darius.

— Tout ce que tu as fait, c'est te montrer jaloux comme un pou !

Eclatant de rire, ses frères lui assenèrent quelques tapes amicales dans le dos, puis la partie reprit.

Elle se sentit ridicule d'éprouver un tel plaisir en entendant ces paroles. Ainsi, il avait interdit à ses frères de l'approcher. Cela pouvait-il signifier qu'il était un peu amoureux d'elle ? Certes, ils s'étaient mis d'accord pour que leur relation ne dépasse jamais le stade de l'aventure purement physique. Mais les semaines passées ensemble, leur complicité, leur affection grandissante pour Gino, leurs fous rires et leurs baisers avaient pu le faire changer d'avis.

De toute évidence, l'attitude de Cade avait éveillé sa jalousie. N'était-ce pas le signe qu'il tenait à elle plus qu'il ne voulait l'admettre ? Le cœur battant, elle remonta dans sa chambre, où elle fouilla dans ses affaires pour dénicher une tenue qui soit un peu sexy. Une tenue qui en un seul coup d'œil ferait comprendre à Darius qu'elle était prête. Ce soir, ils feraient l'amour.

A sa grande déception, elle ne trouva qu'un caraco de soie qu'elle enfila sur son bas de pyjama. Ainsi vêtue, elle ouvrit la porte, inspecta le couloir et, voyant que la voie était libre, elle se glissa dans la chambre de Darius.

Une heure plus tard, Darius monta se coucher. Même s'ils avaient mis les choses au point à propos de Whitney, ses frères et lui n'étaient pas plus proches que le jour de la mort de leur père. Il fallait dire que Cade et Nick ne faisaient pas le moindre effort. Ils semblaient n'être venus à Montauk que pour voir Gino de plus près.

Son sentiment de frustration se volatilisa cependant comme par enchantement quand il ouvrit la porte de la suite de maître. Whitney était assise sur son lit, comme un charmant cadeau qui ne demandait qu'à être déballé.

Finalement, c'était elle qui faisait le premier pas.

— Salut, dit-il.

— Salut, répondit-elle en esquissant un sourire timide.

Au prix d'un immense effort, il se retint de se débarrasser de ses vêtements en s'avançant vers le lit. Sachant le courage qu'il lui avait fallu pour venir à lui, il ne voulait surtout pas la brusquer.

— Comment s'est passée la soirée ? demanda-t-elle.

— Exaspérante au possible. Mes frères sont des crétins.

Son ton maussade la fit rire.

— Je pense qu'ils ont chacun leurs qualités, dit-elle.

— Ça ne m'étonne pas ! Ils n'ont pas arrêté de vous flatter. Alors que moi, ils m'ont réduit en chair à pâté.

— Ils vous testent, c'est tout. C'est comme de jouer au Roi de la montagne. Vous avez beau être l'aîné, vous n'avez pas été élevés ensemble. Ils veulent vous faire comprendre que vous ne leur dicterez pas votre loi.

Elle avait sans doute raison. Un besoin irrésistible de se confier s'empara de lui. Il aurait voulu lui faire part de ses doutes quant à la possibilité de former un jour une véritable fratrie avec Cade et Nick. Mais la présence des deux hommes, dans l'autre aile, lui rappela qu'ils l'avaient traité de « sentimental ».

Si tout ce qu'il attendait d'elle, c'était une aventure sans lendemain, il n'avait aucune raison de lui confier ses pensées les plus intimes.

— J'ai l'impression que l'idée de nouer de véritables liens familiaux ne les enthousiasme pas…, mais je n'ai pas envie de parler d'eux, dit-il, avant de se pencher vers elle et de l'embrasser.

Etait-ce l'effet de la surprise ? Toujours est-il qu'elle répondit à son baiser avec une douceur qu'il n'avait jamais connue. Quand il s'en aperçut, il s'interrompit. Ce n'était pas de la tendresse qu'il attendait d'elle. Pas ce soir. Il voulait de la passion. Quelque chose qu'il pouvait facilement étiqueter. Compartimenter. Oublier.

Oublier ? Il s'arracha littéralement du lit et se mit à parcourir la chambre comme un lion en cage. La simple idée d'oublier Whitney lui transperçait le cœur comme une flèche. Et, pourtant, pouvait-il nier que c'était exactement ce qu'il avait l'intention de faire ? Les relations à court terme étaient « oubliables ». C'était justement là que résidait leur charme.

Mais Gino les obligerait à se voir jusqu'à la fin de leurs jours et c'était en toute connaissance de cause qu'ils avaient décidé d'avoir une liaison. Une petite voix intérieure lui souffla cependant de s'assurer qu'ils étaient sur la même longueur d'onde.

— Puisque vous êtes ici, j'en déduis que vous êtes toujours d'accord pour coucher avec moi ? demanda-t-il.

— En fait…

La vérité la frappa comme la foudre. Un homme qui serait tombé amoureux de la femme avec laquelle il avait d'abord eu l'intention de n'avoir qu'une aventure sans lendemain ne ferait pas les cent pas devant son lit. Il lui dirait qu'il l'aimait, il l'embrasserait, il lui ferait l'amour.

Apparemment, elle avait été incapable de décrypter les signaux.

Passant une main dans ses cheveux, elle déclara d'une voix blanche :

— Vous ne m'aimez pas.

Le visage de Darius refléta le choc qu'il ressentit, puis le désarroi. Mais son expression était devenue impénétrable quand il s'assit à côté d'elle.

— Ce n'est pas ce que nous avions décidé, dit-il. Mais

ne croyez pas que je n'éprouve rien pour vous. Si c'était le cas, nous serions déjà nus et enlacés sous ce drap. Je tiens beaucoup à vous. En fait, je ressens tellement de choses…, des choses que je n'ai jamais ressenties pour aucune autre femme, et cela me fait peur.

Elle le connaissait trop bien pour s'accrocher au mince espoir que cet aveu avait éveillé malgré elle. Il prenait ses décisions rapidement. S'il y avait la moindre chance qu'il puisse l'aimer un jour, il l'aurait su. Il le lui aurait dit.

— Vous éprouvez des sentiments pour moi, mais vous ne m'aimez pas, dit-elle.

Son silence en disait plus que tous les discours. Où allait-elle puiser la force de quitter la pièce sans s'effondrer en larmes ?

Il saisit son menton et l'obligea à soutenir son regard.

— Je pensais que nous voulions la même chose.

— Moi aussi.

— Mais vous avez changé d'avis ?

— Je croyais que nous étions sur la même longueur d'onde.

La lueur qui brilla dans ses prunelles noires lui dit qu'il venait seulement de comprendre la portée de ses paroles.

— Vous pensiez que nous étions tombés amoureux ? demanda-t-il.

— Je suis tombée amoureuse.

Il ferma brièvement les yeux.

— Whitney, je… Je…

— Dites-le ! Vous ne m'aimez pas.

Voyant qu'il était incapable de parler, elle se leva et se dirigea vers la porte, pressée de sortir de la pièce avant qu'il ne surprenne les larmes qui mouillaient déjà ses paupières. Avant qu'elle atteigne la sortie, cependant, il l'avait rejointe.

— Il ne s'agit pas de vous et moi, dit-il. Mon père…

Elle s'arrêta et lui fit face.

— Arrêtez ! dit-elle d'un ton sans réplique. Ne me suivez pas et cessez de tout mettre sur le dos de votre famille. Je ne veux plus entendre ces balivernes sur vos gènes. Il s'agit de choix. Votre père a choisi d'être un coureur de jupons.

Vous disiez que notre relation serait basée sur l'honnêteté. Alors, ayez le courage de me dire que je ne vous plais pas suffisamment pour que vous me choisissiez.

— Vous ne comprenez pas…

— Non. Vous ne comprenez pas. Si vous m'aimiez, vous ne pourriez pas résister. Vous n'auriez pas peur de vous engager.

Sur ces paroles cinglantes, elle quitta la pièce.

Elle resta prostrée quelques heures sur son lit, jusqu'à ce que sa décision soit prise. La douleur anesthésiait son corps, mais pas son cerveau. Au milieu de la nuit, elle entra sans faire de bruit dans la nurserie, où elle prépara le sac de Gino. Puis elle descendit dans la cuisine pour prendre quelques biberons et des céréales. Enfin, elle réveilla Liz et le chauffeur de Darius. Avant le lever du soleil, elles franchirent le seuil de son loft de SoHo. Gino dormait paisiblement dans son couffin.

12

Quand il se réveilla, le lendemain, Darius avait l'impression d'avoir la gueule de bois. Ce n'était pourtant pas les deux verres de vin qu'il avait bus la veille qui l'avaient mis dans cet état. Plutôt le manque de sommeil.

Après sa discussion houleuse avec Whitney, il avait pris une interminable douche pour calmer le brasier du désir que la vision de Whitney, l'attendant sur son lit, avait allumé. Lorsqu'il retourna dans sa chambre, cependant, la maison était plongée dans le silence. Ne percevant aucun bruit de l'autre côté du couloir, il en déduisit qu'elle s'était endormie.

Il avait cependant été long à trouver le sommeil. Il lui suffisait de fermer les yeux pour que l'image de Whitney s'impose à son esprit. Toute la maison était à présent imprégnée de sa présence. Tantôt il la voyait riant aux éclats, tantôt son expression trahissait ses appréhensions. Il se souvenait du courage qu'il lui avait fallu pour s'approcher de Gino, pour le prendre dans ses bras, puis pour s'en occuper. Chaque souvenir lui serrait le cœur et lui donnait l'impression de s'être conduit comme un salaud. Il avait pourtant toujours joué franc jeu avec elle. C'était elle qui avait rompu leur pacte. Et, maintenant, c'était à lui de payer les pots cassés. Il saurait qu'il était responsable de la tristesse qu'il lirait désormais dans son regard, et non plus son mari défunt.

Non, il ne pouvait pas envisager l'avenir dans ces conditions. Il devait absolument mettre les choses au clair. Fort de cette résolution, il se leva. Après s'être habillé à la hâte, il entra dans la nurserie, pour découvrir que le berceau était vide. A sa grande honte, un sentiment de soulagement l'envahit devant le répit qui lui était accordé, quand il remarqua une enveloppe posée contre un ours en peluche sur la commode. Il s'avança rapidement et l'ouvrit.

« J'ai changé d'avis et je ne veux plus vivre à Montauk. J'ai emmené Gino et Liz avec moi en ville. Bien entendu, vous êtes libre de lui rendre visite quand vous voulez. Veuillez simplement me prévenir un peu à l'avance. Je demanderai à mon père de rédiger une convention parentale pour fixer les modalités de garde.

« Whitney »

Abasourdi, il relut la lettre pour s'assurer qu'il ne rêvait pas. Contrairement à toute attente, il ne ressentait aucune colère. Juste une terrible douleur au niveau du cœur. Avant qu'il ait pu analyser cette étonnante réaction, Nick et Cade entrèrent dans la nurserie. Immédiatement, ils se dirigèrent vers le berceau.

— Où est Gino ? demanda Nick.

— Apparemment, Whitney l'a emmené chez elle, répondit Darius en agitant la note.

Ses deux frères le dévisagèrent sans cacher leur surprise.

— Qu'est-ce que tu as fait ? demanda finalement Cade.

— Qu'est-ce qui te fait penser que j'y suis pour quelque chose ?

— Ce discours que tu nous as tenu, hier soir, sur le fait que la seule chose qui t'intéressait était de coucher avec elle m'a semblé plutôt vaseux.

— Je n'avais jamais entendu un tel ramassis de bêtises, dit Nick avec un rire sarcastique. Ça saute aux yeux : tu es amoureux.

Une rage sourde gronda en lui. Il avait envie de leur écraser son poing sur la figure à tous les deux, ne serait-ce que pour effacer leur expression goguenarde.

— Je ne suis pas amoureux, dit-il.

— Oh que si !

— Qu'en savez-vous ? Vous n'êtes pas plus experts en la matière qu'aucun des hommes de la famille.

Nick secoua la tête en riant.

— Tu peux répéter ça tant que tu veux, dit-il. Tu peux aussi continuer à prétendre que tu ne peux pas l'aimer, ou lui être fidèle, si ça te chante. On verra où ça te mènera.

Un rayon de soleil filtrant à travers la baie vitrée de son loft, et les pleurs de Gino réveillèrent Whitney à 10 heures du matin. En un bond, elle sortit du lit et s'agenouilla devant le berceau de fortune qu'elle avait installé dans un tiroir de commode.

— Salut, petit bonhomme, dit-elle d'une voix chantante. Laisse-moi le temps de te changer, puis je te donnerai ton biberon.

Frottant ses yeux gonflés de sommeil, Liz entra dans la chambre.

— Je vais préparer le biberon, dit-elle.

— Je me débrouille. Retournez plutôt vous coucher.

— Nous sommes toutes les deux épuisées. Nous devrions nous partager les tâches jusqu'à ce que nous ayons récupéré.

Whitney lui adressa un sourire reconnaissant. Maintenant que Darius l'avait aidée à surmonter ses appréhensions, elle ne voyait plus de raisons de refuser l'aide d'une tierce personne.

— D'accord.

Pendant que Liz alla préparer le biberon, elle changea Gino. Puis elle le prit dans ses bras pour le faire patienter. Ce geste si simple, si naturel, ne lui faisait plus peur à présent.

Par une association d'idées, les souvenirs des moments passés avec Gino et Darius lui revinrent à l'esprit. Elle ne parvenait toujours pas à admettre qu'un homme qui s'était montré si attentionné pour elle, si sensible aux tourments qui la hantaient, puisse être incapable de fidélité et d'amour.

Tel était pourtant le cas et il avait toujours été clair sur ce point. C'était elle qui avait pris ses désirs pour des réalités et, à présent, elle en payait le prix. Certes, elle avait repris confiance en elle. Elle avait retrouvé la capacité d'aimer de nouveau, mais c'était justement cela qui l'exposait aujourd'hui à avoir le cœur brisé.

13

Le dimanche matin, quand il rentra dans le vestibule après avoir accompagné ses frères jusqu'à la limousine qui devait les conduire à l'aéroport, Darius ressentit une immense impression de vide.

C'était comme si Gino et Whitney, en partant, avaient emporté une partie de son cœur. A peine énoncée, l'absurdité de cette réflexion le frappa. Bon sang ! Il avait presque quarante ans. Exception faite de Jen, aucune de ses relations n'avait duré plus de quatre mois et cela lui avait toujours convenu. S'il avait fait souffrir Whitney, c'était parce qu'il s'était égoïstement persuadé qu'ils étaient d'accord sur la nature de leur relation. Il aurait pourtant dû détecter les signaux. Comprendre qu'elle était tombée amoureuse de lui. Il puisait un semblant de réconfort dans la pensée qu'ils n'avaient pas couché ensemble. La souffrance de la jeune femme en aurait été décuplée.

Dans l'espoir de ne plus penser à elle, il travailla d'arrache-pied tout l'après-midi. Mais elle lui manquait.

Durant la semaine qui suivit, il évita soigneusement de la croiser au siège d'Andreas Holdings. Il ne voulait pas courir le risque de raviver son chagrin. Ni, pour être honnête, le sien. Le jeudi, cependant, il dut se résoudre à aller la voir pour l'avertir qu'il avait l'intention de prendre Gino pour le week-end.

Quelle ne fut sa surprise, en arrivant dans son bureau, de

découvrir qu'il était vide. Maisey Lenosky, l'assistante qu'il lui avait attribuée, se matérialisa devant lui.

— L'après-midi, Whitney travaille pour Montgomery, Ross et Swaggart maintenant.

— Mais… nous étions convenus que…

— Si ça ne vous plaît pas, dit la grande brune qui travaillait pour la compagnie depuis des décennies, adressez-vous directement à elle. Je n'ai pas l'intention de vous servir d'intermédiaire. Mais, croyez-moi, à sa place, j'aurais fait pareil.

— Que vous a-t-elle dit ?

— Rien. J'ai bien vu que vous ne lui aviez rien donné à faire depuis le début de la semaine. Elle est donc retournée là où ses compétences étaient appréciées.

— Très bien, dit-il, soulagé d'apprendre que Whitney n'avait pas parlé de leurs problèmes à Maisey. Je vais l'appeler.

Une fois revenu dans son bureau, il l'appela à son cabinet. Ce fut sa secrétaire qui décrocha.

— Pouvez-vous demander à Mme Ross de me rappeler ?

— Puis-je savoir à quel sujet ?

Il faillit répondre « non », mais se ravisa. Ce n'était pas le moment de se mettre à dos une secrétaire récalcitrante.

— Nous partageons la garde de mon demi-frère, dit-il aussi posément que possible. J'aimerais le prendre pour le week-end chez moi, à Montauk.

— C'est parfait ! Je lui transmettrai votre message.

Une dizaine de minutes plus tard, l'assistante rappela.

— Mme Ross est d'accord pour que vous veniez prendre Gino et Liz chez elle à 18 heures vendredi.

Il perçut comme une gifle le fait qu'elle ait chargé sa secrétaire de lui transmettre sa réponse. Mais, se rappelant qu'il l'avait blessée, il finit par accepter qu'il ne récoltait que ce qu'il avait semé. Il avait bien l'intention, toutefois, de parler avec elle le vendredi soir. Il lui dirait à quel point il était désolé.

*
* *

Toute la journée du vendredi, il fut sur les charbons ardents à la perspective de la revoir. Quelle ne fut sa déception de constater que seule Liz vint l'accueillir sur le seuil de l'appartement. Quand il voulut savoir où était Whitney, elle lui répondit qu'elle venait de partir pour dîner chez ses parents.

En l'absence de Whitney, il fut tendu tout le week-end. Bien sûr, il s'occupa de Gino et joua avec lui comme il le faisait quand elle était là, mais ce n'était plus la même chose.

Comme les jours précédents, il passa une grande partie de sa soirée devant la fenêtre de sa chambre, à contempler le spectacle désolant de l'océan glacial en broyant du noir et en s'accablant de reproches. Quoi qu'il prétende, il était foncièrement différent de son père. Jamais il n'avait fait de peine à une femme avec qui il était sorti. Ce qui était arrivé avec Whitney était donc totalement involontaire de sa part. Ce qui ne l'empêchait pas de s'en vouloir à mort.

Comme il pouvait s'y attendre, elle n'était pas à l'appartement quand il raccompagna Liz et Gino, le dimanche soir.

Le lundi matin, bien décidé à avoir une conversation avec elle, il alla directement dans son bureau en arrivant. Pour trouver Maisey assise à sa place.

— Où est Whitney ?

— Elle a changé son emploi du temps, lui dit la secrétaire avec un sourire. En fait, elle ignore à l'avance si elle viendra travailler le matin ou l'après-midi.

— Elle m'évite.

— Non. En fait, son père lui a confié une affaire importante et elle était impatiente de se plonger dans le dossier. Quand elle m'a annoncé la nouvelle, on aurait dit une petite fille le matin de Noël.

Il se réjouissait pour elle — il savait combien son travail la passionnait —, mais cette nouvelle ne blessa pas moins son orgueil. De toute évidence, il ne lui manquait pas. Elle se moquait qu'il ne fasse plus partie de sa vie. Il avait l'impression d'être une vieille chemise qu'elle avait jetée dans un coin.

Le mardi matin, il n'alla pas au bureau. Il passa ses coups de fil importants depuis la maison et lut des rapports financiers toute la journée. Il ne se rasa pas. Il ne mangea pas. Le mercredi matin, il resta également chez lui. Au lieu de lire des rapports, toutefois, il alternait la contemplation du feu dans la cheminée avec celle de l'océan. Quand Mme Tucker vint lui annoncer qu'il avait un coup de fil, il sursauta.

— Je vous ai dit que je ne prenais aucun appel, dit-il.

— C'est votre frère Nick.

Quand elle eut quitté la pièce, il décrocha le téléphone.

— Qu'est-ce que tu veux ?

— Oh ! je vois… On est de mauvais poil.

— Je n'ai pas le temps, Nick. Je…

Il s'interrompit, incapable de trouver les mots pour se débarrasser de l'importun.

— Elle te manque, dit Nick.

Bien sûr qu'elle lui manquait ! Quelle déclaration stupide !

— Je l'ai blessée.

Nick eut le culot d'éclater de rire.

— Oh ! Darius ! A t'entendre, elle t'a fait plus de mal que tu ne lui en as fait.

— Je me sens misérable à l'idée de ce que je lui ai fait.

— Et c'est pour ça que tu te terres chez toi ?

— Ça, et le fait que je n'ai pas envie de me raser.

De nouveau, le rire joyeux de son frère retentit à ses oreilles.

— Ne me dis pas que c'est la première fois que tu as le cœur brisé ! En t'écoutant, j'ai l'impression de m'entendre quand Maggie, mon ex-femme, m'a quitté. Je ne mangeais plus. Je ne dormais plus. Tout ce que je pouvais faire, c'était fixer ce maudit océan toute la journée.

Darius resta silencieux.

— C'est ce que tu fais ? demanda Nick.

— Oui, dit-il à regret. Depuis deux jours. Mais il n'y a pas de quoi en faire un drame.

— Pourquoi ?

Pourquoi ? Il fut sur le point de raccrocher ou d'envoyer promener son frère quand il s'aperçut que Nick avait raison. Il souffrait. Whitney lui manquait terriblement. Pas comme une petite amie qui aurait annulé un rendez-vous à la dernière minute. Ou une maîtresse qui l'aurait laissé tomber. Plutôt comme si, en partant, elle avait emporté une partie de lui-même. Au fil des semaines, il s'était fait à l'idée qu'ils allaient vivre ensemble, élever Gino ensemble. Il s'imaginait, vivant heureux auprès d'elle pendant de longues années…, sans même réaliser ce que ces projets d'avenir impliquaient.

Si son absence le désolait, c'était parce qu'elle était cette part de lui-même qui lui avait toujours manqué. A présent, il prenait conscience de la raison pour laquelle il avait enchaîné les aventures sans lendemain après l'échec de sa relation avec Jen. C'était non seulement pour ne plus jamais éprouver la souffrance d'être rejeté, mais surtout parce que, au fond de lui, il gardait le secret espoir de rencontrer un jour la femme à qui il pourrait confier son cœur.

Et il l'avait trouvée.

Il l'avait trouvée… et il l'avait perdue.

Etrangement, Nick semblait avoir suivi le cheminement de ses pensées, car, quand il reprit la parole, ce fut pour dire :

— Va la chercher.

Le conseil semblait couler de source. Malheureusement, il n'avait aucune idée de la manière dont il devait s'y prendre. Comment réagirait-elle ? Elle lui avait dit qu'elle l'aimait, mais n'avait-il pas tué cet amour ? Une douleur intense le traversa. Il n'avait jamais abordé de femme dont il n'était pas sûr qu'elle le désirait. Cette situation était inédite pour lui, et il se sentait vulnérable.

— Elle plaide dans une grosse affaire, dit-il. Je ne peux pas simplement faire intrusion dans le tribunal et l'enlever. Surtout que je ne suis même pas rasé.

— Qui te demande d'aller au tribunal ? répondit Nick d'un ton où perçait la sympathie. Prends une douche, rasetoi et arrête-toi chez un fleuriste. Achète un gros bouquet de roses et va à son appartement. Liz t'ouvrira et Whitney finira bien par rentrer. Et, un dernier conseil : ne passe pas le reste de la journée à broyer du noir. Pense à ce que tu vas lui dire, mais ne répète pas trop.

Nick s'interrompit un bref instant avant de conclure :

— Appelle-moi demain pour me raconter comment ça s'est passé.

Ces derniers mots — qui montraient que Nick se souciait sincèrement de lui — émurent Darius au plus haut point. Il n'avait jamais imaginé que les encouragements de son frère lui remonteraient le moral et lui insuffleraient du courage.

— D'accord, dit-il. Merci.

Lorsque Whitney ouvrit la porte de son appartement, les bras chargés de deux sacoches pleines de dossiers, une délicieuse odeur de soupe de palourdes lui mit l'eau à la bouche.

— Liz ? appela-t-elle en déposant les sacoches sur la table où elle comptait travailler.

N'entendant pas de réponse, elle alla dans la cuisine, où elle ne trouva personne. Elle éteignit le feu sous la marmite où la soupe bouillonnait.

— Liz ?

Devant l'absence de réponse, elle céda à la panique. Le souvenir du soir où elle avait découvert les corps de Burn et Layla dans le garage lui revint à l'esprit. Comme ce soir, elle était entrée dans une maison plongée dans le silence alors qu'elle s'attendait à des cris d'enfant.

Complètement terrifiée, elle pivota sur elle-même pour se précipiter dans les chambres et elle tomba nez à nez avec Darius qui sortait de sa chambre, Gino dans les bras.

— Je suis désolé.

Son cœur manqua un battement. Puis une vague d'intense soulagement la submergea. Quand elle eut retrouvé ses esprits, toutefois, elle enregistra avec un choc l'apparence de Darius.

Il avait l'air épuisé. Ses cheveux étaient ébouriffés et il ne s'était visiblement pas rasé depuis plusieurs jours.

Son expression dut trahir ses pensées, car il dit :

— Ne vous inquiétez pas, j'ai pris une douche.

Son commentaire saugrenu la fit éclater de rire. Mais elle se ressaisit aussitôt. Avait-elle donc oublié le mal que cet homme lui avait fait ? Certes, c'était partiellement de sa faute. N'avait-elle pas mal interprété ses intentions ? Mais elle ne voulait pas qu'il la fasse souffrir de nouveau.

— Vous deviez prévenir à l'avance quand vous vouliez voir Gino.

— Je l'ai fait. J'ai appelé Liz. Elle était ravie que je lui propose de garder Gino cet après-midi car elle avait justement besoin d'aller à la bibliothèque.

— Vous avez passé l'après-midi ici ?

— Et j'ai apporté de la soupe préparée par notre cuisinière en gage de paix. Elle m'a aussi donné un plat de lasagnes pour demain.

A l'évocation des lasagnes, elle ne put s'empêcher de saliver. Au prix d'un effort, elle parvint toutefois à maîtriser sa gourmandise. Ce n'était pas parce que ses intentions étaient bonnes — Gino semblait heureux comme un poisson dans l'eau — et qu'il avait apporté des plats exquis qu'elle allait prétendre que tout allait bien entre eux. Certes, elle savait qu'ils devraient finir par trouver un terrain d'entente, mais il était encore trop tôt. Elle avait besoin de temps pour se remettre du rejet qu'elle avait subi.

— Je suis désolée, mais…

Puis elle prit soudain conscience qu'il avait l'intention d'être encore là le lendemain, et fut saisie d'une franche indignation.

— Oh non ! Non, non et non. Je ne vais pas vous laisser vous installer ici pour l'année à venir, dit-elle. Si j'ai quitté Montauk, c'est que j'avais une bonne raison…

— Je sais, dit-il.

Il s'approcha encore un peu.

Les battements de son cœur s'accélérèrent et tout son corps frémit de le sentir si proche. Mais sa détermination ne fléchit pas. S'il croyait qu'il lui suffisait de la toucher pour la faire fondre…

Passant à côté d'elle, il alla installer Gino dans son transat.

Elle sentit le rouge de la honte lui monter aux joues. Quand donc accepterait-elle que cet homme ne voulait pas d'elle ? Pourquoi se faisait-elle toujours des fausses idées sur ses intentions ?

Quand il se retourna vers elle, ce fut d'une voix grave et empreinte de sincérité qu'il déclara :

— Je suis désolé de vous avoir causé de la peine.

Son cœur fondit un tout petit peu. Après tout, il n'y avait pas de mal à accepter des excuses d'un homme avec qui elle allait être en relation pour de nombreuses années à venir. Elle devait cependant penser à se protéger du charme qu'il exerçait sur elle.

— Très bien, je…

— Non, ce n'est pas très bien, répondit-il.

Cette fois, quand il s'approcha, elle perçut une sorte d'hésitation et eut soudain une révélation qui lui donna le vertige. Il avait peur ! Elle ne l'avait jamais vu effrayé auparavant.

— Je ne suis pas très bon dans ce genre de situations. Il faut dire que c'est complètement nouveau pour moi, dit-il.

Elle avait d'abord été séduite par la puissance qui émanait de toute sa personne. Ensuite, elle avait admiré son honnêteté. Comment pourrait-elle lui résister s'il lui dévoilait sa part de fragilité ?

— Je vous aime.

Cette fois-ci, elle crut que son cœur allait vraiment s'arrêter de battre.

— Je pensais que j'étais incapable d'aimer, dit-il avec un petit rire amer. Que j'étais comme mon père. Alors qu'en fait, je n'avais tout simplement jamais rencontré la femme de mes rêves.

Sa déclaration, prononcée en la fixant intensément dans les yeux, la laissa sans voix.

— C'est Nick qui m'a aidé à voir clair en moi, dit-il. Il a été marié, vous savez ? Sa femme l'a quitté. Il m'a dit que je présentais tous les symptômes d'un cœur brisé, mais que j'avais de la chance.

Il hésita un instant avant d'ajouter :

— Je pense qu'il n'est pas trop tard pour m'excuser et demander une seconde chance. Vous seriez d'accord ?

— Vous avez dit que vous m'aimiez…

— Tellement que mon cœur me fait mal.

Quand il ouvrit les bras, elle s'y blottit sans hésitation. Elle se sentait merveilleusement euphorique et des larmes de joie lui picotèrent les yeux. Elle n'aurait jamais cru pouvoir ressentir une telle joie de nouveau. Miraculeusement, la vie lui offrait une seconde chance. Qu'elle appréciait pleinement, car elle savait à présent que la fragilité de la vie décuplait la valeur de l'amour véritable.

Elle ne considérerait jamais Darius comme allant de soi.

— Alors ? demanda-t-il. Tu n'as rien à ajouter ?

Elle rejeta la tête en arrière de façon à soutenir son regard.

— Je te pardonne.

— Merci, mais j'espérais un peu mieux que ça.

— Mieux que le pardon ? fit-elle, joueuse.

— Beaucoup mieux. J'espérais quelque chose qui résiste au temps qui passe. Qui signifie que nous serons toujours là l'un pour l'autre, que nous élèverons Gino ensemble.

Elle cligna des yeux. Les sentiments les plus fous se bousculaient en elle.

— Tu es en train de me demander de t'épouser ?

— Ça dépend. Vas-tu enfin me dire ce que j'ai besoin d'entendre ?

Ses lèvres tremblèrent mais elle refusa de pleurer. Elle était en train de vivre le moment le plus heureux de sa vie, les prémices d'un nouveau départ !

Prenant une profonde inspiration, elle se hissa sur la pointe des pieds et déclara :

— Je t'aime, moi aussi.

Et leurs lèvres s'unirent.

Epilogue

Le mariage eut lieu en juin, dans la propriété de Montauk. Les frères de Darius furent ses témoins. Deux amies d'enfance de Whitney furent demoiselles d'honneur. Sa robe était très simple — de soie blanche, sans manches — et mettait ses courbes féminines en valeur. Elle portait un bouquet de roses. Sa chevelure dorée était coiffée en un chignon lâche dans lequel s'entremêlaient de minuscules boutons de rose.

Au premier rang, Gino faisait d'incessants allers-retours entre les genoux de Liz et ceux de Julia Ross, la mère de Whitney, jusqu'à ce qu'il s'aperçoive que Darius et Whitney se trouvaient à quelques pas seulement de lui. Il gigota tant et si bien que le prêtre dut interrompre la cérémonie.

— Je vais le prendre avec moi, dit Darius en riant.

Avant même qu'il n'arrive devant la mère de Whitney, Gino se jeta dans ses bras. A presque un an, il n'était pas de tout repos, surtout quand il se mettait en tête de marcher plutôt que d'être porté. Vêtu d'un petit smoking, comme ses demi-frères, il pouvait aisément prétendre au titre de plus beau des frères Andreas.

Sauf aux yeux de Whitney pour qui aucun homme ne pouvait éclipser Darius. A cette pensée, ses yeux s'embuèrent. Ce fut le moment que Gino choisit pour lui sauter dans les bras. Elle l'attrapa in extremis.

La centaine d'invités assemblés dans la salle de bal de la résidence de Montauk éclatèrent de rire.

Darius se tourna vers la foule hilare :

— Quelqu'un aurait un cookie ? demanda-t-il.

Mme Tucker bondit de sa chaise. Avec son tailleur jaune et son chignon couture, elle était incroyablement chic. Elle sortit un biscuit de sa poche.

— Je peux parer à toute éventualité, dit-elle.

La foule éclata de nouveau de rire. Gino prit le cookie et Darius le hissa dans ses bras.

— Nous pouvons poursuivre, dit-il.

Le prêtre sourit. Whitney glissa son bras sous celui de Darius. Ils avaient complété les papiers pour adopter Gino. Une fois toutes les formalités accomplies, ils ne seraient plus les tuteurs de Gino, mais ses parents. Pendant que le petit garçon dégustait son biscuit, ils échangèrent leurs vœux.

Ils étaient maintenant mari et femme.

Les parents de Gino.

Whitney était la belle-sœur de Nick et Cade.

Darius était le gendre de Gerry et Julia Ross.

Tous ensemble, ils formaient une famille.

Et Darius ne passerait jamais plus Noël seul.

SUSAN MEIER

L'enfant du bonheur

INTÉGRALE
UN BÉBÉ À TOUT PRIX

Traduction française de
ADELINE MAGNE

SAGAS
HARLEQUIN

Titre original :
SECOND CHANCE BABY

Ce roman a déjà été publié en 2017

1

— Votre femme a posé sa candidature pour le poste d'assistante.

Nick Andreas leva brusquement la tête et lança un regard surpris à Julie Farnsworth, sa fidèle secrétaire, qui se préparait à partir à la retraite.

— Ma femme ?

— Eh bien, oui… Maggie Forsythe, votre ex-épouse.

Maggie… Qu'est-ce que cela signifiait ? Il revenait de six semaines harassantes à New York, il était épuisé et n'avait qu'une envie : rentrer chez lui au plus vite, se débarrasser de son costume-cravate et piquer un somme dans son hamac. D'ailleurs, s'il n'avait pas dû s'inquiéter du lancement de l'appel d'offres, il ne serait même pas passé au bureau. Mais c'était une échéance essentielle pour son entreprise, puisqu'il s'agissait du renouvellement d'un contrat gouvernemental, rien de moins.

Et, pour ce travail, il lui fallait une assistante. Sur-le-champ. Mais son ex-femme, tout de même… Lorsqu'il planchait sur un appel d'offres, il avait besoin d'une collaboratrice dix heures par jour, six jours sur sept. Aucun homme n'était prêt à passer autant de temps avec son ex. Même une ex qu'il n'avait pas vue depuis quinze ans. Une ex qu'il avait quasiment effacée de sa vie…

Il laissa tomber son stylo sur le bureau.

— Vous ne me parleriez pas d'elle si elle n'avait pas les compétences pour le poste.

— En effet. A certains égards, elle est même trop qualifiée.

— C'est elle qui a posé sa candidature ?

— Bien sûr. Personne n'est allé la chercher.

Il recula sur son siège en souriant. Ainsi, Maggie voulait travailler pour lui… A cette pensée, une vague de sentiments étranges le submergea. Il n'avait pas repensé à elle depuis des années, mais, à la simple évocation de son nom, il se souvenait avec netteté du reflet du soleil dans ses cheveux roux, de son rire spontané et contagieux.

— Maggie et moi ne nous sommes pas vraiment quittés en bons termes. Je trouve un peu… surprenant qu'elle choisisse de travailler à Andreas Manufacturing.

— Elle a besoin de ce travail.

Vraiment ? Etait-elle à court d'argent, comme lui lorsqu'ils s'étaient connus ?

Une cascade d'images se déversa dans son esprit : Maggie à six ans, partageant son goûter avec lui avant d'entrer dans la cour de l'école afin que personne ne s'aperçoive qu'il n'en avait pas… Maggie à douze ans, pêchant avec lui… Maggie à seize ans, qui venait dans la boutique pour touristes où il travaillait pour l'aider à passer le temps lors de ces après-midi interminables, pendant la morte-saison… Maggie à dix-huit ans, enceinte de lui.

L'aiguillon d'une douleur qu'il pensait oubliée lui arracha une grimace. Cette femme dont il avait gardé un souvenir tellement affectueux n'avait pas hésité à le plaquer lorsqu'elle avait perdu leur bébé. Elle ne l'avait jamais vraiment aimé. D'ailleurs, sans ce bébé, elle ne l'aurait même pas épousé. A peine rentrée de l'hôpital après la fausse couche, elle était partie sans lui dire adieu.

Il ne l'avait plus revue.

— Elle devrait être aussi embarrassée que moi à l'idée de travailler ici.

— Sa belle-mère est décédée lorsque vous étiez à New

York. D'après ce que j'ai entendu dire, Maggie est revenue pour l'enterrement et a décidé de rester s'occuper de son père. Dans la foulée, elle a démissionné de son ancien emploi, à Pittsburgh, et depuis elle cherche un travail dans la région, sans succès, jusqu'à présent… à moins de faire des allers-retours jusqu'à la ville.

Julie le regarda par-dessus ses lunettes.

— Les perspectives d'emploi sont minces, à Ocean Palms, à part dans le tourisme… et dans votre entreprise.

Il reprit son stylo.

— Entendu. Je l'engage.

Elle le regarda avec étonnement.

— Vraiment ?

— Bien sûr. Nous étions gamins lorsque nous nous sommes mariés. C'est de l'histoire ancienne.

Qu'est-ce qu'elle croyait ? Qu'il était mufle au point de refuser son aide à une femme simplement parce qu'elle avait croisé sa route, des années plus tôt ? Il était bien placé pour savoir ce qu'être à bout de ressources voulait dire. Pendant toute son enfance, lui et sa mère avaient tiré le diable par la queue. Maggie avait été son seul soutien, à cette époque, et l'avait même tiré de situations périlleuses, à deux ou trois reprises. Il ne pouvait pas lui tourner le dos à présent… Et si Julie était convaincue de ses compétences professionnelles, il n'avait véritablement aucune raison d'hésiter.

— Très bien, dit-elle en se levant. Elle attend dans mon bureau. Elle m'a dit qu'elle pouvait commencer aujourd'hui. Je vais la faire entrer et nous pourrons nous mettre au travail.

Il sursauta. Aujourd'hui ? Il n'avait même pas dix minutes pour se préparer mentalement ? Sans remarquer sa réaction, Julie gagna la porte et l'ouvrit.

— Entrez, Maggie.

En bon gentleman sudiste, il se leva pour accueillir la jeune femme. En attendant son arrivée, il promena un regard sur la pièce, sur les tapis persans, les lampes en porcelaine de Chine, l'imposant canapé de cuir, les gravures d'art sur les murs. Devant toutes ces manifestations de sa réussite, il eut la faiblesse de ressentir une fierté vaniteuse. Il avait rempli la promesse qu'il s'était faite dans sa jeunesse : mettre à profit son intelligence et ses compétences pour devenir plus riche que personne ne l'aurait imaginé. En entrant dans son bureau, Maggie comprendrait tout de suite quel genre d'homme il était devenu.

Un rapide claquement de talons résonna dans le couloir, puis elle apparut dans l'encadrement de la porte. Ses cheveux roux, toujours aussi splendides, tombaient en boucles autour de son visage. Elle les portait lisses du temps de leur mariage. Ses yeux verts, autrefois pétillants, exprimaient à présent une gravité sereine. Un sourire hésitant relevait ses lèvres écarlates.

De même qu'il n'était plus le gamin qu'elle avait connu, elle avait changé. Cette femme n'avait plus rien à voir avec sa Maggie. Il se détendit légèrement, et son regard tomba sur sa robe : une robe rouge de coupe simple, sans manches, qui mettait en valeur son hâle et son ventre légèrement bombé. Bombé ? Elle était enceinte ?

Il l'observa avec d'avantage d'attention.

Oui, elle était à l'évidence enceinte.

Tout à coup, il eut de nouveau dix-huit ans, et elle, l'amour de sa vie, portait leur bébé. Il avait tant rêvé au genre de père qu'il serait pour ce petit. Son cœur déborda pour cette femme enceinte de lui.

Mais justement, elle n'était pas enceinte de lui. Elle avait perdu leur bébé. Et elle ne l'aimait plus. Pas plus que lui, d'ailleurs.

— Entre, dit-il d'une voix plus contrainte qu'il ne l'aurait voulu.

Elle fit quelques pas hésitants. La jeune fille maigrelette était devenue une jeune femme épanouie, qui portait sa grossesse comme d'autres une robe de couturier. Mais au fait, elle était sans doute mariée. Mariée et heureuse en couple, à des années-lumière de la gamine au pied du mur et morte de peur qui l'avait épousé seulement parce que sa belle-mère l'avait chassée et qu'elle avait besoin d'un toit.

Il respira profondément. Pas de sensiblerie. Il n'allait tout de même pas se laisser aller pour une femme perdue de vue depuis quinze ans… Oui, la revoir lui procurait une certaine émotion, bien sûr, mais de là à parler de sentiments… Non, il s'agissait plutôt de vestiges poussiéreux qui disparaîtraient dès qu'il connaîtrait un peu mieux cette nouvelle Maggie.

— Julie approuve ta candidature, mais j'ai quant à moi quelques réserves.

Ces paroles lui avaient échappé, ou plutôt il n'avait pas essayé de les retenir. D'accord, il venait d'accepter de l'embaucher, mais c'était avant de découvrir qu'elle était enceinte. Dans son état, serait-elle opérationnelle ?

Elle s'assit avec grâce sur le siège en face de son bureau.

— Parce que nous avons été mariés, tu veux dire ?

Un bref rire narquois échappa à Nick. Elle s'éclaircit la voix.

— Que diriez-vous d'un petit café ? demanda Julie.

— Elle n'en boit pas.

— Merci, je n'en bois pas.

Leurs deux voix avaient fusé en même temps.

— Très bien. Je vais en faire pour moi, alors, dit Julie en s'empressant de partir.

Il reprit son fauteuil et s'efforça de puiser au fond de lui-même le calme qui avait fait sa réputation. Il fallait agir avec Maggie comme avec n'importe quel autre employé.

— Pendant les quatre prochaines semaines, je vais avoir besoin de mon assistante dix heures par jour.

— Et six jours par semaine, je sais. Julie me l'a dit.

— Te sens-tu capable de tenir ce rythme ?

— Bien sûr. Je suis enceinte, Nick, pas malade.

Un silence lourd de sous-entendus tomba. De nouveau, tels des fantômes menaçants, des souvenirs du jour où elle avait perdu le bébé assaillirent Nick. Elle soupira comme si elle devinait ses pensées.

— Je vais bien, Nick, je t'assure. Mais il me faut absolument ce travail. Si tu ne m'embauches pas, je serai obligée d'en chercher dans une autre ville et de faire des allers-retours de deux heures.

— Cela vaut peut-être mieux pour une femme enceinte que de courir partout dans l'entreprise pour rassembler les documents dont j'aurai besoin.

Son regard émeraude étincela d'un feu tel qu'il perdit le fil de son propos. Dans le temps, le feu de ses prunelles était toujours une invite à la passion la plus débridée.

— Je viens de te dire que je peux tenir le coup.

Il prit une profonde inspiration. Inutile de se mettre dans ces états. Maggie était une femme mariée qui voulait travailler pour lui, rien de plus. Il était absolument hors de propos de se rappeler comment son tempérament sauvage s'était manifesté sous les draps.

— C'est toi qui le dis, dit-il entre ses dents.

Un doux sourire calme se dessina sur son visage.

— Dans quelques mois, je ne serai plus enceinte, et tu regretteras d'avoir laissé passer ta chance de m'embaucher.

Il laissa échapper un rire. Ah ! il reconnaissait bien sa Maggie : elle passait avec une rapidité déconcertante du feu au calme, et son côté logique et pragmatique était aussi séduisant que son naturel passionné !

Mais elle était mariée. Et lui n'était plus ce jeune écorché vif en manque d'attaches sentimentales. En cela, sa mésaventure avec elle avait été une gifle salutaire. Il n'était plus Nick Roebuck, en révolte contre son père, qui n'aspirait qu'à une vie familiale établie, avec une femme, des enfants. Il avait été remplacé par Nick Andreas, le play-boy.

— Par ailleurs, dit-elle, mon père a besoin de moi.

Il poussa un violent soupir. Au fond, peu importait qui ils étaient devenus, l'un et l'autre. Elle était casée, point final.

— Je suis au courant pour ta belle-mère. Toutes mes condoléances.

— Merci.

— Je n'étais pas à Ocean Palms lors de l'enterrement, autrement, je serais venu.

Elle baissa légèrement les yeux.

— Je sais.

— Est-ce que tout était… enfin… Est-ce que tout allait bien ?

Il maudit sa maladresse, mais comment formuler les choses ? Pouvait-il lui demander carrément si elle avait fait la paix avec Vicki ? Sa « chère » belle-mère ne l'avait jamais considérée comme sa fille à part entière, elle l'avait même chassée en apprenant qu'elle était enceinte, l'obligeant à se réfugier chez lui et sa mère.

Elle haussa les épaules d'un air évasif.

— C'est toujours dur de perdre quelqu'un, tu sais.

Ce qui, au fond, ne voulait rien dire, mais de toute façon de quoi se mêlait-il ? Il chercha une parole de circonstance.

— Oui, je comprends. Mon père est mort en janvier.

— Oh ! tu as donc fini par rencontrer ton père ? Vous vous êtes réconciliés ?

Les yeux de la jeune femme brillèrent joyeusement.

— Oui et non.

Il pianota sur le bord du bureau, luttant contre une envie soudaine et inattendue de tout lui raconter. Ils n'étaient plus amis. Elle lui rappelait sans doute la jeune fille qu'il avait aimée, mais elle n'était plus la même personne. De même qu'il n'était plus ce garçon transi d'amour qu'elle avait épousé.

Pourtant, il ne pouvait pas laisser sa question sans réponse.

— Oui, je l'ai rencontré, mais nous n'avons jamais réussi à créer un lien. Sauf si par « lien », tu entends dîner ensemble une fois tous les deux ans.

— Comme c'est triste, dit-elle avec un regret sincère. Et ta mère, comment va-t-elle ?

Un léger rire le secoua.

— A merveille. Elle dirige son centre aéré comme un général en jupons. Elle adore les enfants, mais elle les mène à la baguette.

Elle partit aussitôt d'un rire spontané et chaleureux.

— Elle m'a manqué, tu sais.

— Toi aussi, tu nous as manqué.

Cette phrase lui avait échappé : preuve qu'il commençait à se sentir à l'aise avec elle. Il était temps de corriger le tir. S'ils travaillaient ensemble, il leur faudrait s'en tenir à une relation strictement professionnelle.

Elle détourna les yeux.

— Après avoir perdu le bébé, je n'avais aucune raison de rester.

Il opina brièvement. Malgré les années, il avait toujours autant de mal à encaisser ces paroles.

— Avant que je ne tombe enceinte, nous avions de grands projets, tous les deux.

— C'est à cela que tu pensais pendant que je discutais avec l'avocat de mon père ?

Pendant des années, cette question l'avait taraudé. Pourquoi l'avait-elle quitté le jour même où son père, qui l'avait ignoré toute sa vie, avait voulu lui accorder une dotation généreuse ?

Elle soutint son regard.

— Oui.

Quel idiot ! Son cœur se serra douloureusement. Pourquoi avait-il ressenti le besoin de lui poser cette question ? Il avait tiré un trait sur ces événements, tourné la page. A quoi bon revenir sur le passé ? En quinze ans, il avait construit une nouvelle vie sans elle. Une vie de bon vivant, dont il profitait pleinement.

Et puis, leur passé ne devait pas faire obstacle à leur relation de travail. Une seule chose importait : vérifier si elle possédait les compétences et l'expérience requises pour ce poste.

— Je vois que tu as un diplôme en gestion.

Elle se redressa d'un air volontaire.

— Oui, mais ne pense pas que je sois trop qualifiée. Je suis convaincue que mon profil peut t'être utile à maints égards.

— Quel était ton dernier poste ?

— J'ai travaillé comme analyste pour une firme qui

mettait en relation des sociétés de capital risque avec des entreprises à la recherche d'investisseurs ou de repreneurs.

— Tu as une expérience en industrie ?

Elle sourit doucement.

— La plupart des entreprises qui recherchent un investisseur ou un repreneur appartiennent justement au secteur industriel.

Il tapota de son stylo le bord du bureau. Il était au pied du mur. Il avait absolument besoin d'une assistante et, comme Julie l'avait souligné, Maggie possédait les compétences requises. Mais de là à accepter de passer dix heures par jour, six jours sur sept en compagnie de son ex…

Leurs regards se croisèrent, et les années semblèrent s'évanouir. Elle ne le dévisageait plus avec méfiance, comme lorsqu'elle était entrée. Son sourire était sincère, entier. Le cœur de Nick vacilla. De toutes les femmes qu'il avait connues, il n'avait vraiment aimé qu'elle. Il lui avait fallu des années pour se faire à l'idée qu'elle l'avait quitté, pour cesser d'espérer que chaque sonnerie du téléphone soit un appel d'elle, pour arrêter de la chercher dans la foule. Et, quinze ans plus tard, une simple conversation de cinq minutes suffisait pour déclencher une avalanche de souvenirs. Les choses se présentaient mal.

Tout à coup, la porte s'ouvrit et Julie entra.

— Je viens d'avoir les Ressources humaines au téléphone. Avant de prendre ses fonctions, Maggie doit s'acquitter de quelques formalités administratives. Elle en aura pour le reste de l'après-midi, vous ne pourrez donc commencer à travailler ensemble que demain.

— Oh ! fit Maggie.

Il haussa les épaules.

— C'est parfait. Je n'avais pas l'intention d'attaquer l'appel d'offres avant demain, de toute façon.

Julie fit signe à Maggie de la suivre et referma la porte derrière elles. Une fois seul, les coudes sur le bureau, il appuya son front sur ses mains. Après six semaines aux commandes du conglomérat qu'il codétenait avec ses frères, une entreprise cotée pour une valeur de plusieurs millions de dollars, il aurait vraiment eu besoin d'une journée de repos. Autant ne plus y penser : il était trop énervé pour dormir. A la rigueur, il pouvait sortir pour une promenade en voiture le long de la côte. Lorsqu'il n'entendit plus de bruit de pas dans le couloir, il se leva, saisit ses clés et son téléphone portable, et partit.

Cinq heures plus tard, les formalités enfin achevées, Maggie regagna le parking écrasé sous la chaleur de juin et prit une profonde inspiration pour se calmer. Tout de même, c'était incroyable. Elle sortait d'un mariage calamiteux et aurait dû être vaccinée contre les hommes, mais c'était tout le contraire ! Au premier regard sur Nick, elle avait eu le souffle coupé, comme si, de nouveau, elle avait dix-huit ans et qu'il était son homme.

Un soupir fatigué lui échappa. On ne pouvait pas s'approprier les gens. Nick n'avait jamais été son homme, pas plus que Josh, d'ailleurs. Oui, bien sûr, Josh avait prononcé un beau serment devant un prêtre, mais cela ne l'avait pas empêché de la tromper. Et lorsqu'elle lui avait demandé des comptes, il l'avait quittée pour vivre avec une autre.

Le dard du chagrin s'enfonça de nouveau dans son cœur. D'un geste vif, elle mit le contact et démarra. Elle aurait dû être à jamais immunisée contre les hommes. Et pourtant, cinq petites minutes avec Nick avaient suffi pour ressusciter une foule de souvenirs d'une époque meilleure. Elle avait oublié à quel point elle l'avait aimé. A quel point il était beau, avec ses boucles sombres et ses yeux noirs. A quel point il en imposait.

Et voilà, c'était reparti… Quelle idiote ! Si elle était incapable de garder un quadragénaire au crâne dégarni, comment pouvait-elle s'attendre à exercer la moindre attirance sur un dieu grec de trente-trois ans ? Un dieu grec qu'elle avait laissé tomber, de surcroît. Certes, elle avait agi pour de bonnes raisons, mais le résultat était le même : elle lui avait brisé le cœur. Et il était trop fier pour jamais lui pardonner.

Arrivée à destination chez son père, elle le chercha quelques instants avant de le trouver dans la cuisine. Il venait de prendre une douche, à voir ses cheveux mouillés et soigneusement peignés en arrière. Il portait également une chemise à carreaux et un jean propres. C'était bon signe. Mais à son regard terne et éteint, il était clair qu'il pouvait très bien rechuter à tout moment. Elle ne pouvait pas le laisser tout seul dans cet état.

— Alors, verdict ?

— Je suis engagée, répondit-elle avec un sourire.

Une expression de surprise fugitive passa sur les traits fatigués du vieil homme, puis il reprit son air de lassitude indifférente.

— Eh bien, c'est normal. Nick et toi, vous avez toujours été bons amis, que je sache. Il n'y a aucune raison pour que vous ne le soyez plus.

Elle se détourna. Son père avait toujours pensé que Nick l'avait épousée parce qu'elle était tombée enceinte de lui. D'après lui, leur mariage n'avait plus aucune raison d'être dès lors qu'elle avait perdu le bébé. C'était faux, évidemment. Elle ne l'aurait jamais quitté si elle ne l'avait pas entendu refuser une donation de cinq millions de dollars que lui offrait son propre père, à la seule condition qu'il divorce. Sachant qu'il n'accepterait jamais un tel chantage, elle avait fait sa valise et était partie. A l'époque, cette décision avait été un crève-cœur, mais quel bonheur de voir qu'il avait su faire bon usage de cet argent !

Bah, à quoi bon ressasser ces histoires anciennes ? Personne n'était au courant, de toute façon, et en parler à un homme qui venait de perdre sa femme aurait été totalement hors de propos.

— Si tu voyais son bureau… Un vrai musée.

— C'est ce qu'on raconte, dit son père en sortant du

réfrigérateur des légumes pour une salade. Il a plus d'argent que tous les habitants de la ville réunis.

Elle sentit son cœur se gonfler de fierté. Cette réussite, il la devait en partie au sacrifice qu'elle avait consenti pour lui. Un sacrifice qui lui avait coûté l'amour de sa vie.

L'amour… Grâce à Josh, elle savait à quoi s'en tenir. La plupart du temps, le sentiment qu'on parait d'un si beau nom n'était que du désir. Le véritable amour, lorsqu'il existait, finissait toujours par mourir, ne laissant qu'un goût amer de solitude.

Mais justement, seule, elle ne l'était plus. Elle avait son père, et bientôt, un enfant qui aurait besoin d'elle. Et, avec cet emploi, sa vie prenait un nouveau départ, un tournant pour le mieux dont elle devait se réjouir au lieu de perdre son temps à regretter ce qui ne pourrait pas être.

2

Nick entendit son portable sonner à l'instant où il rentrait sa Porsche dans le garage de sa maison de bord de mer. Il s'était promené tout l'après-midi, mais cela l'avait à peine calmé. Il coupa le contact et attrapa le téléphone sur le siège du passager. Un coup d'œil à l'écran lui apprit que c'était son frère qui l'appelait.

— Darius, quoi de neuf ?

— Il faut que tu partes en Arabie saoudite pour y rencontrer le prince.

— Moi ?

— Oui, toi. C'est toi qui gères les affaires à ma place pendant ma lune de miel, non ? Tu es plus au courant des dossiers que moi. En plus, tu es de la famille. Le prince refuse de traiter avec une personne extérieure. Idéalement, il faudrait que tu prennes le premier avion. Gino commence à peine à s'habituer à moi et à Whitney. Il n'a que quelques mois, je ne peux pas le quitter maintenant.

Nick claqua la portière avec un soupir.

— Ecoute, demande à Cade de s'en occuper.

— Cade ? Oh ! non ! Il ne me supporte pas.

— Mais non, répondit-il en souriant. Simplement, il ne voit pas pourquoi les rênes de l'entreprise reviendraient à l'aîné de nous trois.

Nick fouilla dans sa poche et en sortit un trousseau de clés.

— Il te mène la vie dure pour se faire respecter.

— Quoi ? Pour lui, jongler entre ma femme, Gino et la gestion d'Andreas Holdings, ce n'est pas assez ?

Il pénétra dans la cuisine de service et se débarrassa de sa sacoche sur le plan de travail en granit noir. Les murs étaient surmontés de panneaux métalliques.

— Qui dit que les relations entre frères sont faciles ?

Darius lâcha un profond soupir.

— Tu as raison. C'est toujours mieux que de vivre chacun de notre côté en nous ignorant mutuellement.

Nick approuva avec un vague grognement. Les trois frères Andreas avaient à peine connu leur père. Ils avaient grandi séparément, élevés par des mères différentes. Seul Darius avait été reconnu, ce qui l'avait mis dans une situation délicate à la mort de leur père.

— C'est bien pour cela que je me permets de faire appel à toi, dit Darius, insistant.

— Désolé, mais c'est impossible en ce moment. Nous devons renouveler un appel d'offres crucial pour mon entreprise. A ce propos, j'ai recruté une nouvelle assistante.

— Ah ! enfin !

— J'étais bien obligé.

— Elle ne te convient pas, dit Darius avec un petit rire perspicace.

— Si, au contraire. Seulement, c'est mon ex-femme.

Darius s'étrangla.

— Quoi ? Ton ex ? Mais tu es complètement stupide !

— Nous étions des gamins à l'époque, rappelle-toi. J'avais dix-huit ans, elle était enceinte. C'est vieux, tout cela. Depuis, nous ne nous étions même pas revus.

— Quand même, certaines choses ne s'oublient pas.

Nick sortit une bouteille de Jack Daniel's du bar.

— Je sais, mais je suis dos au mur, et elle a toutes les compétences requises. Je n'ai pas le choix.

— Tu veux mon avis ?

— Non, mais vas-y quand même.

— A ta place, je mettrais tout à plat avec elle. Je parlerais ouvertement du passé. Sinon vous allez passer votre temps à marcher sur des œufs.

Nick se versa un verre avec un haussement d'épaules. Bien sûr ! C'était exactement ce qu'il lui fallait : une bonne discussion avec Maggie, histoire d'apprendre qu'elle avait trouvé l'amour de sa vie, qu'elle s'était mariée et qu'elle attendait un enfant. Et puis quoi, encore ?

— Nous nous sommes mariés il y a quinze ans. Il est inutile de revenir là-dessus.

— Comme tu voudras. Mais si tu te mets à boire en plein après-midi tu peux commencer à t'inquiéter.

La main de Nick se figea en l'air. Il était 17 heures : plus tout à fait l'après-midi, mais pas encore la soirée. Oh ! zut ! D'accord, il buvait l'après-midi. Il vida tout de même son verre d'un trait et s'en servit un autre.

— Tu sais bien que j'ai raison, dit Darius comme s'il était content de lui.

— Oui, grand frère, dit Nick avec un soupir. Ce n'est pas une raison pour t'en réjouir.

Le lendemain, Maggie se tenait près de la fenêtre lorsqu'une Porsche noire se gara sur le parking de la société.

— Le voilà.

Julie se mit aussitôt au garde-à-vous.

— D'accord. Laisse-moi faire. Il va être de mauvaise humeur, aujourd'hui.

— A quoi le vois-tu ? demanda Maggie en souriant.

— Au bout de dix ans, j'ai fini par le connaître. Il s'est absenté six semaines et revient juste pour le renouvellement de notre principal contrat. Il a dû passer la nuit à y réfléchir, et aujourd'hui il est probablement sur les nerfs.

Comme Julie achevait sa phrase, la porte du bureau s'ouvrit brutalement. Nick apparut, les yeux derrière des lunettes noires et les joues bleuies par une barbe d'un jour. Vêtu d'un jean et d'un T-shirt dont les manches soulignaient ses biceps, il n'avait rien perdu de sa prestance de jeune homme.

Il ôta ses lunettes et, les yeux mi-clos, détailla Maggie des pieds à la tête. Aussitôt, elle se sentit devenir écarlate. Il avait dû s'apercevoir de son regard admiratif !

— Tu n'as pas besoin de venir habillée comme cela.

D'un geste de la main, il désigna son tailleur bleu, son chemisier à fleurs et ses escarpins blancs. Elle s'éclaircit la voix.

— Excuse-moi.

— Nous sommes à dix kilomètres de la plage. La moitié des salariés font du surf avant le travail. Tu ne verras personne ici en talons hauts. Demain, viens en jean.

Sur ces paroles, il remit ses lunettes, tourna les talons et entra dans son bureau. Maggie se tourna vers Julie, qui dissimulait difficilement un sourire.

— Je t'avais bien dit qu'il serait à prendre avec des pincettes.

— A Pittsburgh, certaines collègues ne venaient jamais travailler sans bas.

Julie la dévisagea avec une expression horrifiée.

— Seigneur ! Dieu merci, ici, on ne fait pas de chichis.

— J'ai pris les habitudes du Nord, apparemment, répondit Maggie.

— Au moins, enlève ta veste. On est en juin, chérie.

Julie prit une pile de dossiers et un calepin de sténo, et lui fit signe de la suivre.

Maggie s'empressa de se mettre à son aise et se glissa derrière elle. Julie lui désigna six piles de documents sur une table de conférence, dans un angle de la pièce.

— Voici les dossiers dont tu auras besoin pour l'appel d'offres, mais pour l'heure ils ne sont pas prioritaires.

Nick hocha la tête comme Julie prenait place devant son bureau. Maggie s'assit précipitamment.

— Ceux-là, en revanche, sont en souffrance depuis six semaines, et sont très urgents, dit Julie en montrant les documents qu'elle tenait sur ses genoux.

Un à un, elle les tendit à Nick par-dessus le bureau et nota avec application les courriers et les recommandations qu'il lui dictait. Il n'avait toujours pas ôté ses lunettes de soleil. Une fois la pile terminée, Julie se leva pour partir, et Maggie l'imita.

— Non. Toi, tu restes, dit-il, rugissant presque, en pointant le doigt vers elle.

Julie sortit précipitamment et referma la porte derrière elle. Il ouvrit le premier tiroir de son bureau et saisit un petit flacon d'analgésiques dont il fit sauter le bouchon.

— Tu as mal à la tête ?

Il leva ses lunettes de soleil et l'écrasa d'un regard noir. Elle sentit sa gorge se nouer. Lorsqu'ils se connaissaient, jamais il ne l'avait regardée avec une telle colère. Preuve supplémentaire, s'il en était besoin, qu'ils avaient bien changé.

— J'ai la gueule de bois, si tu veux tout savoir. Hier, j'ai…

Mais elle l'interrompit en levant la main.

— Ne te sens pas obligé de me répondre. Excuse-moi. Je ne sais pas pourquoi je t'ai posé cette question. C'était grossier de ma part.

Il fit pivoter sa chaise et l'inclina en arrière.

— Si je n'avais pas la migraine, tu en prendrais pour ton grade, crois-moi. Nous ne nous sommes pas vus depuis quinze ans, mais ce n'est pas une raison pour faire comme si nous étions des étrangers. Nous avons été amis, je te rappelle.

Il baissa ses lunettes sur son nez et la cloua d'un regard intense.

— Amis intimes, même.

A ce mot d'« intimes », elle se sentit parcourue d'un long frisson. Mille souvenirs s'épanouirent comme des fleurs dans son esprit. Elle tombait dans son piège ! Il voulait simplement la faire réagir.

— Qu'est-ce que tu veux ? Une scène de ménage ?

— Pourquoi pas ?

Elle ouvrit des yeux ronds.

— A quoi joues-tu, à la fin ?

Il se renversa dans son siège.

— Hier, en apprenant que j'avais embauché mon ex, mon frère m'a conseillé de mettre la situation à plat, autrement, d'après lui, nous n'allons pas nous en sortir. Sur le coup, je n'étais pas d'accord avec lui, mais je me rends compte à présent qu'il avait raison.

Il tourna vers elle son regard camouflé par les lunettes noires.

— C'est comme arracher un pansement : certains préfèrent prendre leurs précautions, et font durer le supplice, d'autres y vont franchement et ne souffrent que quelques secondes. Je préfère la seconde méthode.

— Et moi, j'ai le choix ?

— Non. C'est moi le patron, dit-il avec un sourire. Nous avons quatre semaines pour rédiger une réponse à cet appel d'offres. Pas de temps à perdre.

— Donc, tu veux qu'on discute.

— Commençons par ce que tu as fait ces quinze dernières années, veux-tu ?

— Comme je te l'ai dit, j'ai travaillé pour une firme qui mettait en relation des sociétés de capital risque avec des entreprises en difficulté.

— Oui, je le sais. C'est ta vie privée qui m'intéresse.

Elle ouvrit la bouche, la referma. Lui parler de son mariage raté ? Elle en avait autant envie que de se pendre… Mais, c'était lui le patron.Et surtout, du fait de leur passé commun, il était normal qu'ils soient curieux l'un de l'autre. Restait seulement à espérer que son histoire à lui serait encore pire que la sienne…

— Si je te raconte ma vie, tu me racontes la tienne.

— C'est le but de l'opération.

Il n'aurait pas été aussi prompt à répondre s'il avait connu pire qu'un divorce calamiteux. Elle promena le regard sur le bureau à la décoration soignée.

— Bon. Je n'ai pas besoin de t'interroger : ta réussite parle d'elle-même.

— N'est-ce pas ? dit-il avec un sourire satisfait.

Elle se redressa, fière de lui et fière d'elle-même.

— Je n'ai pas à rougir de ce que j'ai fait. J'ai abandonné un travail prestigieux pour venir m'occuper de mon père.

Comme elle se taisait, il l'incita de la main à continuer.

— Et puis ?

— Et puis quoi ?

— Eh bien, c'est tout ?

Elle grimaça. Seigneur, il ne lui épargnait rien. Sa vie récente n'avait rien de réjouissant ni de positif. Comparée à lui, de quoi aurait-elle l'air ? Après tout, cette technique d'arrachage de pansement n'était pas si stupide : autant raconter l'essentiel une bonne fois pour toutes.

— Très bien.

Elle inspira profondément.

— Après le lycée, j'ai trouvé un emploi à Pittsburgh, j'ai épousé un avocat…

— Un avocat ? Allons bon !

Elle redressa le menton.

— Tous les avocats ne sont pas des escrocs. Josh était un homme charmant, au contraire.

De nouveau, il baissa ses lunettes.

— Comment cela, « était » ?

— Nous avons divorcé.

Il la dévisagea fixement, mais se garda du moindre commentaire. Elle se rendait pourtant bien compte qu'il cogitait.

— Tu te demandes pourquoi un couple sur le point d'avoir un enfant s'est séparé.

— Oui et non. Je m'aperçois que nous aurions dû poser certaines règles à cette discussion. J'ai l'impression de fourrer mon nez dans ce qui ne me regarde pas. En fin de compte, l'idée de Darius n'était pas si bonne que cela, dit-il en se massant le front.

— Ce n'est pas grave.

Comment aurait-elle pu lui en vouloir ? Il était illusoire de prétendre dissimuler la vérité sur son mariage. Dans une petite ville, tout finissait par se savoir. Les gens parlaient. Si elle ne lui racontait pas sa version des faits, il risquait d'en entendre une encore pire. Non, vraiment, mieux valait s'en tenir à la vérité, rien que la vérité…

Jusqu'à un certain point, du moins. Quinze ans plus tard, pouvait-elle lui dire qu'elle l'avait aimé, après lui avoir fait croire le contraire ? Comment s'étonner qu'il ait du mal avec elle ? Elle lui avait brisé le cœur.

Mais, à l'époque, ils étaient si jeunes… Et lui avait tellement besoin d'argent… Le bébé perdu, elle n'avait plus aucune raison de le retenir, de le retarder.

De nouveau, elle balaya la pièce du regard. Non, elle n'avait pas de regret à avoir : il avait vraiment su mettre à profit la donation de son père.

Il laissa tomber ses lunettes sur son bureau, signe sans doute que les analgésiques commençaient à faire effet.

— Je vais appeler le support technique pour qu'ils te donnent accès au système de comptabilité. Une fois ton compte ouvert, tu n'auras qu'à suivre les instructions de Julie.

Il fit pivoter son siège de manière à lui faire face et décrocha le téléphone. La communication achevée, elle se leva avec un sentiment d'amertume. Il était d'accord pour lui accorder un mot de passe, mais, sur le plan personnel, il se méfiait d'elle. C'était normal : il lui avait donné son cœur, et elle l'avait rejeté. Elle aurait aussi bien pu lui dire qu'elle l'avait épousé pour ne pas finir à la rue. Le pire était que la vérité ne résoudrait rien, car elle reviendrait à admettre qu'elle l'avait induit en erreur sur ses sentiments… pour la bonne cause, évidemment, mais quelle importance ? Entre eux, désormais, il y aurait toujours un vide.

Il ne lui restait que la satisfaction d'avoir pris la bonne décision. Forte de cette pensée, elle pivota sur ses talons et sortit.

*
* *

Reclus dans son bureau, toutes portes fermées, Nick n'arrivait pas à se concentrer. Maggie l'avait cueilli à froid en lui annonçant qu'elle était divorcée. Elle était enceinte, bon sang… Sa première réaction avait été de se demander quel genre de mari — quel genre d'homme — pouvait bien se séparer de sa compagne après lui avoir fait un enfant. Incapable de dissimuler sa colère, il avait préféré envoyer la jeune femme au service informatique.

Par la suite, pourtant, il n'avait pu écarter la possibilité que cette séparation soit de son fait à elle. Elle n'en était pas à son coup d'essai, après tout. Sauf que dans leur cas elle serait restée si le bébé avait vécu. C'était même à cause du bébé qu'elle l'avait épousé. Donc, non, elle n'aurait jamais choisi de divorcer une fois enceinte. A moins que son mari ait fait quelque chose…

Ah ! bon sang, il fallait qu'il arrête de penser sans cesse à elle ! Cela finissait par devenir stupide, ridicule. De quoi se mêlait-il, à la fin ? Elle n'était plus sa femme, elle était son assistante.

A 5 heures du soir, Julie frappa un coup discret à la porte.

— Si vous n'avez pas besoin de nous deux, nous nous en allons.

Il aurait largement eu de quoi les occuper. Il y avait des données à compiler, des chiffres à vérifier, mais dans son énervement il était incapable de leur assigner aucune tâche. Darius avait raison : il aurait du mal à travailler avec Maggie. Peut-être avait-il eu tort d'écourter leur conversation. Il aurait dû écouter son histoire jusqu'à la fin. Elle lui aurait sans doute fait comprendre qu'ils ne partageaient plus rien, en bien comme en mal. Il n'avait même plus aucune raison d'être en colère contre elle.

Et pourtant, c'était plus fort que lui. Rien à faire, il n'arrivait pas à lui pardonner.

Trois quarts d'heure plus tard, incapable de travailler, il préféra ranger ses affaires et partir. Une remorque chargeait une Chrysler Sebring dans le parking. Le malheureux propriétaire de la voiture allait devoir marcher deux kilomètres en plein soleil, car les locaux étaient implantés en rase campagne. Cette occasion d'aider un employé tombait à point nommé pour lui changer les idées.

Il se glissa sur le siège de la Porsche et jeta sa sacoche à l'arrière puis, capote baissée, roula jusqu'au véhicule de dépannage.

— Eh ! Je vous dépose quelque part ?

Le visage de Maggie apparut par-dessus l'épaule du conducteur de la remorque. Nick réprima une moue ennuyée. Voilà ce qui arrivait lorsqu'on recrutait son ex…

— C'est vrai ? Cela ne t'embête pas ?

Il se pencha pour ouvrir la portière du côté passager.

— Pas du tout. Monte.

Elle échangea quelques paroles avec l'employé, qui lui donna sa carte, puis elle se glissa sur le siège du passager. Nick attendit que le camion de remorquage quitte le parking avant de sortir à son tour.

— Jolie voiture, dit-elle en souriant.

Coincée derrière la remorque, la Porsche ne roulait pas assez vite pour qu'ils ne puissent pas s'entendre. Impossible donc de s'abstenir de répondre.

— C'est un cadeau que je me suis fait pour mon trentième anniversaire.

— J'espère que tu t'es remercié.

— Je n'y manque pas chaque fois que je prends le volant.

Mille questions assaillirent de nouveau son esprit. Darius avait raison. Il lui serait impossible de collaborer avec elle s'ils s'obstinaient à marcher sur des œufs. Puisque les circonstances leur donnaient l'occasion d'être ensemble, autant en profiter, faute de quoi il n'aurait jamais l'esprit à son travail. A quelques semaines de l'échéance de l'appel d'offres, c'était du suicide.

— Toi aussi, tu aurais besoin d'une nouvelle voiture, on dirait.

— Oui, mais je ne peux pas me permettre d'en avoir une aussi jolie.

— Quel genre, alors ?

Elle grimaça. Ils venaient de dépasser la dépanneuse, de sorte qu'elle dut crier par-dessus le vrombissement du moteur pour se faire entendre.

— N'importe lequel, pourvu que j'obtienne un crédit.

Il savait qu'elle était à court d'argent, mais la nouvelle de sa grossesse et de son divorce avait fait passer ce « détail » au second plan. A présent, l'expression prenait un relief tout à fait différent.

— Comment se fait-il que tu sois dans la difficulté ? Ton mari et toi aviez un travail, une maison.

— La maison était hypothéquée, et nous avions acheté le reste à crédit. En plus, mon ex-mari avait accumulé des dettes que nous avons épongées en vendant tous nos biens. Donc, je ne dois rien à personne, mais je n'ai pas un sou devant moi non plus. Qu'est-ce qu'il y a de drôle ? demanda-t-elle comme il éclatait de rire.

— Rien, rien.

Il accéléra et haussa la voix par-dessus le vent qui leur fouettait le visage.

— C'est ton sang-froid qui me fait rire. A ta place, je serais mort d'angoisse.

Elle lui jeta un bref regard.

— J'ai eu mon lot de nuits blanches. J'aimais vraiment mon mari. Le moins que l'on puisse dire est que je n'étais pas payée de retour.

Elle renversa la tête en arrière et offrit son visage aux chauds rayons du soleil. De nouveau, il se souvint d'elle lorsqu'ils étaient jeunes : spontanée, pleine de vie.

— Mais j'ai tourné la page, dit-elle d'un ton sec. Pour mon bébé, je dois regarder de l'avant.

Il la dévisagea avec soulagement. Sauf erreur de sa part, elle allait bien. Elle était divorcée, enceinte, sans ressources, mais le moral était bon. Inutile de s'inquiéter. A vrai dire, à présent qu'ils avaient discuté un peu, il était même surpris de se sentir à l'aise avec elle. Plus rien dans cette jeune femme ne lui rappelait l'ancienne Maggie, et les souvenirs s'étaient éloignés.

Un silence tomba. Ils entrèrent bientôt dans la petite ville, bruissante d'animation à cette heure du soir. De longues files de touristes se pressaient devant les restaurants de fruits de mer, les boutiques de souvenirs étalaient leurs marchandises chamarrées. Après avoir dépassé le quartier touristique, ils s'engagèrent dans une avenue calme, bordée de maisons aux couleurs vives décorées de parterres fleuris. Une rue qu'ils avaient maintes fois dévalée à vélo, lorsqu'ils étaient enfants... du temps où ils étaient amis. Avant cette nuit magique où ils s'étaient laissé emporter et avaient fait l'amour.

L'amour ? Balivernes... Qu'est-ce que deux gamins de dix-huit ans pouvaient bien y connaître ? Pour preuve, à peine quelques mois plus tard, elle le quittait. Dieu merci, depuis lors, il était débarrassé de ses illusions. Il menait une vie de play-boy, sans attaches ni promesses.

Sitôt arrivés, elle bondit de la voiture.

— Merci.

— Je t'en prie.

A mi-chemin dans l'allée, elle ne l'entendit pas. Il fronça les sourcils. C'était elle qui lui avait fait du tort, et, pourtant, elle se dépêchait de s'éloigner comme si elle lui reprochait quelque chose. Il secoua la tête, interloqué, et reprit la route de sa maison sur la plage, qui lui parut étrangement vide, ce soir-là.

3

Maggie jeta un coup d'œil excédé à sa montre. Cette journée n'en finissait pas ! Nick avait commencé à compulser les données pour l'appel d'offres, mais il ne faisait appel à elle ou à Julie que pour demander, de temps à autre, un dossier ou un rapport. Autre sujet d'énervement, son père avait du mal à se souvenir qu'il était censé la conduire au bureau et la récupérer le soir. Ce matin, il était parti au champ sans l'attendre, et il avait fallu qu'elle l'interrompe dans son travail. A 16 h 30, elle lui téléphona pour lui rappeler de venir la chercher : sans surprise, elle tomba sur le répondeur. A 17 heures, par chance, il décrocha. Elle rentra donc suffisamment tôt pour lui proposer, après un dîner rapide, une petite sortie au stand de glaces. Ils reprirent place dans la camionnette et suivirent la route du front de mer.

— Quand vas-tu te décider à changer ton tas de ferraille ?

— Pourquoi ? Il marche très bien.

— Un jour, il va rendre l'âme et nous n'aurons aucun moyen de transport.

Son père lui jeta un coup d'œil malicieux. Le vent qui s'engouffrait par la vitre agitait ses cheveux roux et ses yeux pétillaient.

— Bien sûr que si : ta voiture, lorsqu'elle sera réparée.

Elle roula des yeux exaspérés.

— Je n'ai aucunes nouvelles du garagiste. A croire qu'il m'a oubliée.

— Quand lui as-tu confié ta voiture ?

— Hier.

— Il te rappellera certainement lundi prochain pour te dire ce qui ne va pas, après quoi l'intervention durera une semaine ou deux.

— Une semaine ou deux ?

Le parking du stand de glaces était déjà comble. A l'écart des circuits touristiques, le petit kiosque était essentiellement fréquenté par une clientèle locale. C'était un point de rendez-vous de prédilection pour les adolescents, qui s'y retrouvaient pour discuter et flirter, mais aussi pour les familles.

Maggie inspira profondément l'air chargé de parfums marins et éprouva un élan de joie sans mélange. Aucun autre endroit n'incarnait mieux l'ambiance de sa petite ville natale : des enfants qui couraient sur l'herbe avec des rires et des cris stridents, des parents qui savouraient une glace en discutant, des jeunes qui se retrouvaient entre amis.

Elle était ici chez elle. Vraiment chez elle. Finis factures, mari décevant. Sa vie prenait un nouveau cours, dans la ville de son enfance, aux côtés de son père, qui avait besoin d'elle et, bientôt, de son bébé. Une deuxième chance s'offrait à elle.

Elle se laissa glisser hors du véhicule et avisa un groupe d'enfants qui jouaient au Wiffle Ball, une variante du base-ball qui se pratiquait avec une balle en mousse. Un peu d'exercice lui ferait du bien. A cinq mois de grossesse, son ventre se remarquait à peine, mais elle se trouvait déjà énorme.

— Tu viens, Papa ?

— Tu plaisantes ? J'ai travaillé douze heures au champ, je n'ai pas besoin d'exercice pour mériter ma glace.

Le cœur léger, elle se dirigea vers le groupe de joueurs et porta la main en visière sur son front, espérant reconnaître un adulte avec qui faire équipe. Elle repéra soudain la mère de Nick, Becky Roebuck, postée derrière un petit garçon qui tenait fermement une batte en plastique rouge. Vêtue d'un corsaire rose et d'un chemisier blanc, ses cheveux blonds tombant librement sur ses épaules, on lui aurait donné quarante ans plutôt que cinquante-cinq.

— Voilà ! Donc, lorsque la balle arrive, tu donnes un coup comme ceci.

Ses mains sur celles du petit garçon, elle mima le geste.

— Tu vois : facile.

— Allez, Timmy, montre-moi.

Maggie tressaillit en reconnaissant la voix de Nick. Elle tourna la tête : c'était bien lui. En T-shirt, short en jean et tongs. Elle demeura pétrifiée, déchirée entre l'envie de s'enfuir à toutes jambes et celle de contempler chaque parcelle de son corps hâlé. A la vue de sa peau luisante de sueur et de la saillie de son biceps comme il ramassait une balle imaginaire, une brusque bouffée de désir la submergea. Le souffle difficile, elle sentit son pouls s'affoler. Ses amies de Pittsburgh l'avaient prévenue que sa grossesse risquait de stimuler sa libido, mais elle ne s'en était aperçue qu'avec Nick. Pourtant, elle n'était pas prête à reconnaître l'attirance qu'il lui inspirait. Mieux valait incriminer ses hormones.

N'empêche, malgré cette bonne excuse, rester, c'était tenter le destin : un peu comme tremper un orteil dans un bassin rempli de requins. Nick ne l'avait pas remarquée. Il était encore temps de partir.

Elle se détournait lorsque la voix de Becky la fit sursauter.

— Eh, Maggie ! C'est toi ?

Rougissante, Maggie alla vers elle avec un sourire hésitant.

— Oui, c'est moi.

— Tu es venue pour une partie de Wiffle Ball ?

Maggie lança un bref regard vers Nick. Il avait repris cette expression de méfiance qu'il avait au bureau. Sans lui laisser le temps de répondre, Becky accourut et la serra contre elle, puis la tint à bout de bras pour mieux la contempler.

— Tu m'as manqué, ma chérie !

Les yeux de Maggie se remplirent de larmes.

— Toi aussi.

— Pourquoi n'es-tu jamais venue nous rendre visite ?

La question était directe, mais la réponse délicate… Par où commencer ? Elle pouvait bien sûr se contenter d'une vérité connue de tous : elle et Vicki ne s'étaient jamais entendues. Ou alors, rappeler une évidence : elle avait blessé Nick et hésitait à le revoir. Ou encore, dire que son mari détestait ce qu'il appelait « un repaire de ploucs pour touristes bas de gamme ». Non… Mieux valait ne pas y songer.

— Je n'ai jamais trouvé le temps. J'étais très prise par mon travail et mon mari était sans cesse sollicité par ses clients.

Becky promena un regard autour d'elle.

— Où est-il, ton mari ?

— Nous venons de divorcer.

— Oh ! je suis désolée de l'apprendre !, répondit-elle avec une tristesse sincère.

Maggie ressentit de nouveau le sentiment de liberté qu'elle avait éprouvé en arrivant au stand avec son père. Son divorce lui avait ouvert les yeux sur les défauts de Josh, son narcissisme, son goût pour la dépense, ses habitudes autoritaires. Il lui avait fallu ce choc pour qu'elle se rende compte qu'elle n'avait jamais été heureuse avec lui. Ses lèvres se relevèrent en un sourire.

— Oh ! tu sais, j'ai fini par me rendre compte que c'était un mal pour un bien !

Becky accrocha son bras au sien.

— Je suis obligée d'en convenir, puisque ton divorce t'a ramenée parmi nous. Donc, dit-elle en lui donnant une bourrade amicale, quelle position prends-tu ?

A quoi bon se défiler ? Nick l'avait vue, et les enfants commençaient à s'impatienter. Sur le terrain, les places les plus importantes étaient déjà occupées.

— Eh bien, arrêt-court, par exemple.

Becky lui tapota le bras.

— Très bonne idée. Personne n'a été arrêt-court depuis longtemps.

Tout en se mettant en place, Maggie jeta un rapide regard autour d'elle et s'aperçut que Nick se tenait à quelques mètres derrière elle. Ils échangèrent un bref salut. L'instant d'après, un grand gaillard envoya la balle tout droit vers elle, et elle bondit en avant.

— Je l'ai !

Mais, deux secondes avant qu'elle ne referme les mains, Nick s'élança devant elle et saisit le projectile au vol.

— Jimmy, tu es éliminé, dit-il en lançant la balle à une fillette blonde.

Maggie lui saisit le bras.

— Eh ! C'était ma balle.

Il regarda brièvement sa main, et elle s'écarta comme si elle s'était brûlée. Il eut un sourire narquois, aiguisé par un regard où la colère le disputait au désir. Aussitôt, elle sentit sa libido s'enflammer comme sous l'effet d'une allumette. Le sang siffla à ses oreilles, ses jambes tremblèrent et l'air sembla vibrer autour d'eux, comme chargé d'électricité.

— Pauvre chérie.

— Eh ! Qu'est-ce qui t'a pris, de sauter devant moi ?

Comme il s'éloignait sans répondre, elle leva la main pour lui reprendre le bras, mais se ravisa et posa les poings sur ses hanches.

— C'est une partie de Wiffle Ball, monsieur le Macho, pas un match de championnat !

Il s'éloigna en riant et le jeu reprit. Au bout d'un quart d'heure, elle essuya son front baigné de sueur. Malgré le soir, la chaleur ne tombait pas. Nick proposa une pause et se dirigea vers elle.

— Ça va ?

— Oui, oui. Tu as interrompu la partie à cause de moi ?

— Tu fais peur à voir.

— Merci ! dit-elle avec un grand sourire.

— Non, vraiment. Tu as l'air au bord de l'évanouissement.

Elle posa inconsciemment le regard sur son torse brillant de sueur.

— Parle pour toi. Tu as l'air près d'éclater.

Comme il accueillait cette remarque d'un rire franc, elle

le prit par les épaules pour le faire pivoter, puis le poussa en avant d'un grand coup pour le renvoyer à son poste. Il s'éloigna en affectant un air dégagé, mais l'empreinte de sa main sur son dos lui avait laissé comme une brûlure. Son sang frémissait dans ses veines.

Mais il était inutile de s'emballer, cette émotion était parfaitement explicable : Maggie était la première femme qu'il avait touchée, la première qu'il avait goûtée, il était normal qu'elle exerce sur lui un *sex-appeal* particulier. Depuis, heureusement, il en avait connu bien d'autres. Il n'avait pas besoin de flirter avec elle, même pour se divertir.

En position devant lui, elle se pencha pour rattraper la balle, révélant des jambes parfaites. Il cligna les paupières et trébucha. Un membre de l'équipe adverse, éliminé, sortit du terrain. Elle bondit de joie et tapa dans la main du garçon qui lui avait lancé la balle, exactement comme elle faisait avec lui lorsqu'ils jouaient à ce jeu, étant enfants, puis adolescents. De nouveau, le passé et le présent se heurtèrent de plein fouet. Peu importait qu'il ne l'aime plus. Les sentiments, les souvenirs surgissaient avec la force d'un geyser, irrépressibles.

Furieux contre lui-même, il alla s'asseoir à l'écart tandis que le reste des enfants continuaient de féliciter Maggie. Le coach de l'équipe lui donna une accolade qui suscita sa jalousie, et décupla sa colère. D'un geste brusque, il prit une petite brique de jus de fruit dans la glacière de sa mère, et fit semblant de ne pas remarquer Maggie lorsqu'elle s'approcha. Elle se posta devant lui avec un sourire heureux.

— Je t'avais bien dit que je n'avais pas besoin d'aide.

Il lui lança un regard indécis. Manifestement, elle n'avait aucun mal à s'accommoder de la situation et semblait tout à fait satisfaite de se comporter avec lui comme avec un ami. Pour lui, en revanche, il n'en allait pas de même. Bien sûr, ce n'était pas elle qui avait été amoureuse. C'était elle qui était partie. A force de se rappeler cette évidence, il finirait peut-être par se débarrasser des sentiments étranges qui l'étreignaient chaque fois qu'il posait les yeux sur elle.

— Je n'ai jamais pensé que tu avais besoin d'aide.

— Alors pourquoi as-tu bondi devant moi pour rattraper cette balle ?

Il se leva, embarrassé.

— Je ne sais pas… Je ne voulais pas que tu te fasses mal.

Elle le regarda avec stupeur.

— Comment ça, me faire mal ?

— Eh bien… oui. Tu es enceinte, répondit-il gauchement.

Elle le dévisagea en silence, puis éclata de rire.

— On jouait au Wiffle Ball, Nick. La balle est si légère que l'on joue à mains nues.

Le désir de flirter avec elle, de l'embrasser, de la caresser s'empara de lui avec une violence qui le fit trembler.

— Très bien, j'ai compris.

Il se leva brusquement et regagna sa voiture sans se retourner. Une fois sur la route du front de mer, il donna un coup sur le volant. C'était absurde ! Il ne pouvait tout de même pas faire un détour de cent kilomètres pour éviter de tomber sur elle. Il fallait absolument qu'il se contrôle.

A son arrivée chez lui, son frère Cade l'attendait, appuyé contre la portière d'un énorme 4x4 noir garé devant la maison. Vêtu comme d'habitude d'un Stetson, d'un jean et de bottes, il ressemblait davantage à un cow-boy nonchalant qu'au milliardaire du pétrole qu'il était.

Il le suivit dans le garage et ouvrit la portière de la Porsche tandis qu'il coupait le contact.

— Je te croyais à New York pour discuter avec Darius de ton déplacement en Arabie saoudite.

Cade lui donna une puissante tape dans le dos.

— C'est l'avantage d'avoir un avion privé : je peux m'arrêter partout où j'en ai envie. Approche, que je te tire les oreilles. Pourquoi dois-je partir alors que c'est à toi que Darius s'est adressé en premier ?

Nick lui fit signe de le suivre jusque dans la cuisine.

— Désolé, je ne sais pas où donner de la tête, en ce moment.

— Et moi, alors ?

— Sans doute, mais je viens de passer six semaines à m'occuper de Andreas Holdings, alors que, toi, tu es resté chez toi, probablement à regarder des rediffusions de *Lost*.

Cade eut un haussement d'épaules. Nick sourit. Cette soirée finirait moins mal qu'elle n'avait commencé. Ils allaient sortir les chaises longues et siroter une bière sous les étoiles.

— Moi, au moins, je ne viens pas d'embaucher mon ex.

Son exaspération repartit de plus belle. Pourtant, il était hors de question d'en rien laisser paraître à Cade. Il sortit deux bières du réfrigérateur et lui en tendit une.

— Je vais devoir remercier Darius pour sa discrétion.

— Eh, pas de secrets entre nous, tu te souviens ? C'est ce que nous avons convenu en décidant de devenir frères à part entière.

— C'est vrai.

Sur le moment, l'idée lui avait semblé excellente, mais appliquée à lui elle lui plaisait beaucoup moins.

Il pointa le doigt vers les portes-fenêtres.

— Sortons. Il me faut l'océan, les étoiles et une bonne chaise longue.

Cade hocha la tête et l'aida à déplier les chaises. Dès qu'ils furent installés, il revint à la charge.

— Alors, elle est comment ?

Nick soupira. Avec un demi-frère aussi têtu, mieux valait jouer la carte de la franchise.

— Elle n'a pas changé. Toujours aussi jolie, grande, mais délicate.

— Délicate, dit Cade en s'esclaffant. Allons bon, quelle chochotte ! Elle te fait toujours de l'effet, on dirait.

— Arrête, veux-tu ?

— Wouhouh ! J'avais raison !

Nick haussa des sourcils excédés.

— D'accord, je suis encore attiré par mon ex. Satisfait ? Ce genre de sentiment ne disparaît pas comme ça.

Cade avala une gorgée de bière.

— Bien sûr que si. Deux de mes contremaîtres préfèrent encore traverser la rue plutôt que de croiser leur ex-femme. Tu devrais coucher avec elle, dit-il en lui jetant un coup d'œil.

Nick faillit s'étrangler.

— Hein ? Et puis quoi, encore ?

— Non, je suis sérieux. Couche avec elle et qu'on n'en parle plus.

— Arrête.

— Mais non. J'ai l'impression que tu as une image idéalisée d'elle, comme si elle était l'amour de ta vie.

Nick haussa les épaules. Pourtant, force était d'admettre que cette réflexion n'était pas dénuée de sens. Depuis quinze ans, il n'avait jamais songé à l'amour ou à s'engager avec une femme, sauf à présent que Maggie surgissait de nouveau dans sa vie.

— Au fil du temps, tu as sans doute oublié ses défauts, toutes ces petites choses qui la rendaient humaine. Tu n'as gardé que les bons souvenirs.

— Je ne peux pas coucher avec elle.

— Pourquoi ?

— Je suis son patron, plus son mari.

— Qu'est-ce qui te fait croire qu'elle ne ressent rien pour toi ? Darius m'a dit qu'elle était divorcée. Elle a peut-être quitté son mari parce qu'il ne te valait pas. Et la voilà de retour, travaillant pour toi, comme par hasard…

— Ou venant jouer au Wiffle Ball… Ma mère dirige un centre aéré, dit-il comme Cade le regardait sans comprendre, elle connaît tous les enfants du coin. Presque tous les soirs, elle descend au kiosque de glaces et organise des jeux afin de permettre aux parents de souffler un peu.

— Et ton ex était là ? demanda Cade en souriant.

Nick acquiesça d'un hochement de tête.

— Tu vois qu'elle tourne autour de toi ! dit Cade avec un éclat de rire triomphal. Vas-y, tu verras que j'ai raison. Elle est revenue pour tâter le terrain.

De telles paroles étaient du petit lait pour son orgueil d'homme. Ce soir, en particulier, il en avait bien besoin.

— Vous vous êtes fait une image idéalisée l'un de l'autre, dit Cade, le regard perdu sur l'océan. Couchez ensemble une bonne fois pour toutes, histoire de comprendre que vous n'êtes pas des demi-dieux merveilleux, après quoi vous pourrez tourner la page.

4

Maggie passa toute la nuit à se tourner et se retourner dans son lit. L'attitude de Nick la veille la désolait autant qu'elle la contrariait. Elle n'était pas revenue pour le replonger dans son passé. D'ailleurs, si les circonstances ne l'y avaient pas obligée, elle ne lui aurait même pas demandé de l'embaucher. Mais, à présent qu'ils travaillaient ensemble, ils étaient bien contraints d'apprendre à cohabiter.

Réveillée en retard, elle eut toutes les peines du monde à se préparer, puis fut obligée d'aller retrouver son père au champ et d'attendre qu'il change ses bottes pour la conduire. Lorsque la vieille camionnette parvint enfin à destination, elle sauta du véhicule, courut vers les bâtiments et arriva à bout de souffle. Nick l'attendait, appuyé contre le bureau de Julie. Elle vit tout d'abord ses pieds chaussés de sandales de cuir, puis ses longues jambes revêtues d'un jean, puis son T-shirt, puis ses sourcils sévères. Bingo…

— Désolée pour le retard. J'avais oublié que je n'avais plus de voiture. Il a fallu que j'aille chercher mon père et…

Il l'interrompit d'un bref mouvement de la main.

— Julie vient d'appeler. Elle a dû partir à Las Vegas, au chevet d'une amie.

La peur la paralysa.

— Elle est partie ?

— Oui. Elle a pris ses jours de congé.

— Mais… ma formation ?

— Tu en as besoin ?

Elle leva le menton d'un air volontaire.

— Non.

Au fond, ce n'était pas le travail qui lui faisait peur, mais la perspective de se retrouver avec lui, sans intermédiaire.

— Non, ça ira, dit-elle de nouveau.

— Bien.

Il se redressa et se dirigea vers son bureau. Inconsciemment, elle laissa son regard traîner sur son dos puissant, sur ses fesses. Bon sang, pourrait-elle jamais le voir sans penser à ces deux semaines pendant lesquelles ils avaient été mariés ? Cette attirance était folle et dangereuse. Les secondes chances n'arrivaient pas tous les jours. Il fallait qu'elle se ressaisisse.

Arrivé devant la porte, il s'arrêta soudain et se tourna vers elle.

— Eh bien, qu'attends-tu ? Prends de quoi écrire et viens.

Soulagée qu'il n'ait pas surpris son regard posé sur le bas de son dos, elle hocha la tête et le rejoignit, bloc-notes et stylo en main. Il indiqua de la main la table de conférence, encombrée de dossiers et de papiers.

— Assieds-toi là, dit-il en désignant une chaise.

Il s'installa en bout de bureau, en diagonale face à elle, si près qu'il aurait pu la toucher. Elle lutta contre l'envie de s'écarter. Fichues hormones !

Il promena le regard sur les papiers en désordre et lâcha un profond soupir.

— Bon, par où commençons-nous ?

— Par les dossiers, sans doute. Autrement, nous risquons de nous éparpiller.

Il grimaça, mais tendit la main vers une chemise verte qu'il ouvrit et se mit à lire.

— O.K. Cette analyse récapitule les différences entre le cahier des charges d'il y a cinq ans et le document que nous soumettons dans le cadre de l'appel d'offres. La partie touchant à la fabrication a été profondément modifiée.

Il alla chercher un cylindre de dessins qu'il déroula sur la table.

— Et ces changements se répercuteront sur la réponse à l'appel d'offres, dit-elle, les yeux levés vers lui.

Il détourna vivement le regard.

— Pendant mon absence, le service des devis a réuni les chiffres. Pour commencer, il faudra que tu les leur demandes.

— A qui dois-je m'adresser ? demanda-t-elle en notant la consigne sur son carnet.

— A John Sprankle, le chef du service. Etant donné l'importance de l'appel d'offres, il aura fait le travail lui-même.

— Très bien.

De nouveau, il évita son regard. Décidément, quelque chose ne tournait pas rond. Comme la veille, au kiosque de glaces, il se sentait mal à l'aise avec elle. Il fallait crever l'abcès tout de suite, faute de quoi ils n'arriveraient jamais à travailler ensemble. Elle s'éclaircit la voix.

— Nick… à propos d'hier.

Il lui lança un regard méfiant.

— Eh bien ? Julie a-t-elle laissé du travail ?

— Non, pas du tout. Seulement… Je m'en veux que tu aies quitté la partie si tôt.

— Il n'y a pas de quoi, dit-il en détournant les yeux. Cade, mon frère cadet, m'attendait devant chez moi. Il voulait me faire une surprise.

Un élan de joie saisit la jeune femme. Nick se rapprochait de sa famille ? Quelle bonne nouvelle, surtout pour une personnalité comme la sienne, qui détestait la solitude !

— Et ? Qu'est-ce qui s'est passé ?

— Quand ça ?

— Eh bien, hier, entre toi et ton frère, gros bêta.

Comme elle accompagnait ces paroles d'une tape espiègle sur son avant-bras, un frisson électrique courut sur sa peau. Aussitôt, elle fut transportée dans le passé. C'était ainsi que tout avait commencé, cette nuit où, d'amis, ils étaient devenus amants : par un geste aussi anodin, qui avait fait l'effet d'une allumette. Ils s'étaient regardés et l'étincelle électrique avait déclenché une avalanche de désir.

Ouf… étant donné sa libido, ce genre de pensées n'étaient pas recommandées.

— Ton frère est passé te voir pour la semaine ou le week-end ?

Penché sur les plans, il prétendit ne pas l'avoir entendue. Elle savait qu'il valait mieux le laisser travailler, mais c'était plus fort qu'elle. Sa curiosité titillée était devenue incontrôlable.

— Allez, comment est-il ? Grand, mince, grognon, sympathique ?

Il leva les yeux au ciel.

— Pourquoi ? Veux-tu que je te présente à lui ?

— Pas du tout ! Je suis juste curieuse, voilà tout. Curieuse pour toi.

Elle ne put s'empêcher de lui tapoter de nouveau le bras et réprima un soupir. Sa peau douce, mais si masculine, attirait ses doigts comme un aimant. Il regarda sa main fine, puis son visage. Leurs yeux s'accrochèrent, étincelant d'un même désir.

— Pourquoi es-tu venue ici ? demanda-t-il enfin.

Fascinée, elle entendit la question sans la comprendre.

— Comment cela, ici ?

— Dans mon entreprise. Travailler pour moi.

— Parce que je n'aurais pas trouvé un autre emploi ailleurs.

Il soupira.

— Tiens, nous parlions de Cade à l'instant… Eh bien, d'après lui c'est un prétexte et tu es revenue parce que tout n'est pas fini entre nous.

Les sens de Maggie s'embrasèrent. Si elle répondait par l'affirmative, comment réagirait-il ? Allait-il l'embrasser ? Elle secoua la tête, catastrophée. Encore ces fichues hormones… Elle n'était tout de même pas bête au point de désirer un homme qu'elle avait quitté.

Mais non. Il avait raison. Elle se voilait la face : elle était encore attirée par lui et n'avait jamais cessé de l'être. Venir travailler pour lui avait été l'une des pires décisions de sa vie.

— Il n'y a rien entre nous.

— Tu en es sûre ?

— Sûre et certaine.

— Menteuse.

Elle se leva, furieuse, et se mit à faire les cent pas dans la pièce.

— Evidemment ! A quoi bon raviver une vieille flamme, à ton avis ? Je vais avoir un bébé, dit-elle en posant les mains sur son ventre. Je n'ai aucun intérêt à essayer de faire renaître une relation qui, de toute façon, s'était soldée par un échec.

Ces paroles firent à Nick l'effet d'une douche froide. Quel idiot. Dans son énervement, il avait oublié un tout petit détail : c'était elle qui l'avait quitté, pas lui. Elle n'avait jamais été amoureuse de lui, si bien que le conseil de Cade ne lui était d'aucune utilité. Certes, une attirance subsistait entre elle et lui, il n'avait pas le moindre doute là-dessus, mais quant à parler d'amour… Par ailleurs, il avait absolument besoin des services qu'elle lui proposait en tant qu'assistante.

— Tu as raison, je dis des bêtises. Revenons-en à notre travail, veux-tu ? Je vais te dicter des notes à insérer dans la partie descriptive de la réponse à l'appel d'offres. Est-ce que tu connais la sténo ?

Elle le regarda avec un soulagement qui lui ôta ses derniers doutes : elle n'était vraiment revenue que pour le travail.

— Non, mais j'écris très vite.

— Excellent.

Concentré sur sa tâche, il parvint à écarter leur échange de son esprit, mais à peine fut-elle sortie du bureau qu'il enfouit son visage dans ses mains. Il pouvait remercier ses frères pour leurs conseils…

Contre toute attente, le père de Maggie se souvint, ce soir-là, de passer la chercher. En le voyant arriver, en tenue de travail et son chapeau à la main, Nick consulta sa montre : il était 19 h 15. Il n'avait pas vu le temps passer, cet après-midi. En tout cas, il était content de revoir Charlie, d'autant qu'il n'avait pas encore eu l'occasion de lui adresser ses condoléances.

— Charlie Junior a appelé aujourd'hui, dit le vieux monsieur avec excitation.

Alors qu'il avait commencé à se lever pour aller le saluer, Nick retomba dans son fauteuil.

— C'est vrai ? demanda Maggie, en rassemblant ses affaires.

— Oui. Toujours aussi occupé, le pauvre. Il n'a pas une minute à lui.

Nick fronça les sourcils. Elle venait de passer dix heures au bureau, mais son père ne semblait pas le remarquer, obnubilé qu'il était par son fils adoré. Rien n'avait changé, en quinze ans. Il ferma les yeux et secoua la tête. Les problèmes de Maggie n'étaient pas les siens. Il ne devait pas se laisser entraîner dans ce qui ne le regardait pas. La dernière fois, c'était ainsi que tout avait commencé : Vicki avait chassé Maggie, et elle était venue vivre avec lui et sa mère. A présent, c'était fini. Qu'elle se débrouille.

Et pourtant, malgré tout, l'envie de la défendre, de la réconforter, de prendre soin d'elle grondait en lui comme une bête féroce.

Maggie passa soudain la tête par la porte entrebâillée.

— Si tu n'as pas besoin de moi, je m'en vais.

Il hocha la tête avec brusquerie.

— Pas de problème. A demain.

Lorsqu'elle fut partie, il se leva et enfonça les doigts dans ses cheveux. C'était plus fort que lui. Il ne pouvait pas s'empêcher de se rappeler Maggie à dix-huit ans, si triste, si seule et désemparée, et ce souvenir lui brisait le cœur. C'était ridicule, étant donné qu'elle n'avait pas hésité une seconde à le quitter. Elle l'avait fait souffrir, bon sang !

Alors, pourquoi s'inquiétait-il de ce qu'elle soit malheureuse ?

5

Nick dormit mal. Le lendemain, debout très tôt, il prit une douche rapide et fila au travail, espérant que l'activité l'aiderait à ne plus penser à Maggie. A son arrivée, elle était déjà là, comme un rayon de soleil.

— Bonjour !

Il s'éclaircit la voix.

— Bonjour.

— Je suis venue une heure plus tôt terminer quelques dossiers, pour que nous puissions commencer dès ton arrivée.

— Ah ! Bien, bien.

Elle eut l'air dépitée par son manque d'enthousiasme. Aussitôt, la douleur étreignit le cœur de Nick. Il était inutile de se comporter comme un mufle avec elle. Mieux ils travailleraient ensemble, plus vite l'appel d'offres serait terminé, et plus vite il retournerait à New York et à ses plaisirs nocturnes. Il afficha un grand sourire.

— Non, vraiment, c'est très bien. La journée va être chargée. Prends ton carnet et suis-moi.

Sur ces mots, il lança ses clés et son téléphone portable sur le bureau avec un entrain retrouvé. A présent qu'il s'était fixé une ligne de conduite, plus rien de ce qu'elle pourrait faire ou dire n'altérerait sa bonne humeur.

Elle se dirigea d'un pas guilleret vers le siège qu'il lui désignait. Comme la veille, il s'assit en bout de table, en diagonale face à elle, et se plongea dans la lecture d'un dossier.

Une minute s'écoula sans qu'ils échangent une parole. Elle croisa ses mains sur ses genoux pour se retenir d'agiter les doigts nerveusement. Une deuxième minute passa, puis une autre… Désœuvrée, elle promena les yeux autour d'elle. Son regard s'arrêta sur les diplômes encadrés sur le mur.

— Waouh !

Il leva brusquement la tête.

— Quoi ?

— Tu as rédigé une thèse ?

— Oui, et alors ? fit-il en se replongeant dans ses papiers. Tu as l'air surprise.

— Eh bien, oui. Tu as fondé ta société à dix-huit ans.

— J'ai suivi des cours du soir.

— Beaucoup de cours, je suppose, dit-elle, admirative.

— On ne gère pas une entreprise correctement sans un certain bagage théorique.

— Je comprends. Tu ne pouvais pas te permettre de gaspiller les cinq millions de ton père.

Il la dévisagea fixement.

— Pardon ?

Elle se sentit rougir. Il ne lui avait jamais parlé de cette donation, mais pourquoi éviter le sujet ? Quinze ans s'étaient écoulés. Tous les deux avaient avancé dans la vie.

— Eh bien, oui… La donation de ton père. J'ai surpris ta conversation avec l'avocat, le jour où nous avons perdu le bébé.

Il posa son stylo et la fixa avec un regard qui exigeait une explication.

— Tu… tu avais refusé son offre. J'ai pensé que tu ne pouvais pas laisser passer une pareille chance.

Le visage de Nick prit une dureté de pierre.

— Ne me dis pas que tu m'as quitté à cause du chantage de mon père, dit-il lentement.

— J'étais bien obligée, sinon tu n'aurais pas pris cet argent.

— Mais je n'en voulais pas, de toute façon !

Les traits figés par une horreur incrédule, il se leva brusquement. Elle sourit d'un air gêné, saisie malgré elle d'un doute qu'elle s'efforça de balayer.

— Tu plaisantes ? Pour sauver notre mariage, j'aurais dû te faire perdre cinq millions de dollars, après vous avoir vus tirer le diable par la queue pendant des années, ta mère et toi ? Tu comprends bien que c'était impossible.

Il eut un rire douloureux.

— Impossible, dis-tu ? Eh bien, tiens-toi bien…

Il plaqua les mains sur la table et se pencha vers elle.

— Je n'ai pas pris l'argent.

— Quoi ?

— Je n'ai pas pris l'argent. Je n'en voulais pas. Je tenais à prouver à mon père que je pouvais réussir sans son aide.

Assommée par ces paroles, elle le dévisageait, muette.

— Donc, tu vois, il n'aurait pas été inutile de me consulter avant de prendre une décision aussi importante, dit-il en manière d'estocade.

Elle avala péniblement sa salive.

— Sérieusement, tu n'as pas pris l'argent ?

— Non.

Il secoua la tête comme s'il se refusait à croire ce qu'il venait d'entendre, puis sortit du bureau en claquant la porte. Sous le choc, elle n'essaya pas de le retenir. Une minute plus tard, elle entendit le grondement de la Porsche qui s'éloignait. Mille pensées, mille émotions tourbillonnaient et s'entrechoquaient dans sa tête. Elle avait sacrifié leur amour pour qu'il puisse profiter de cet argent…

Et il ne l'avait pas pris.

Nick était arrivé en ville lorsque son téléphone portable sonna. Encore tremblant de fureur, il n'aurait pas répondu si l'appel n'avait pas été de sa mère. Il inspira profondément pour se calmer.

— Oui, Maman, qu'est-ce qu'il y a ?

— Nick, c'est une catastrophe. Les toilettes de mon bureau fuient !

— Contacte un plombier…

— C'est déjà fait, tu penses bien, mais il n'est pas disponible ce matin. Ça déborde, Nick ! J'ai peur pour mon nouveau plancher.

Becky Roebuck était une femme d'affaires avisée, mais elle perdait tous ses moyens dès qu'elle devait résoudre des problèmes simples de la vie quotidienne. Ce manque d'esprit pratique avait toujours amusé Nick… Mais à présent, il n'était pas d'humeur à rire.

— Bon, calme-toi. Je suis sur la route de toute façon. J'arrive dans quelques minutes.

Il prit aussitôt le chemin du centre aéré. Il devait se calmer. Il n'y avait pas de quoi se mettre dans cet état. Que signifiait l'aveu de Maggie, au fond ? Oui, il avait été trop en colère pour rester dans la même pièce qu'elle, et oui, à son retour, il espérait trouver sur son bureau une note lui signifiant qu'elle démissionnait. Pourtant, il était ridicule de souffrir pour une histoire vieille de quinze ans ! Mais c'était plus fort que lui. Il ne supportait pas de penser qu'elle l'avait aimé… qu'elle n'avait peut-être jamais cessé de l'aimer… qu'elle l'avait quitté par amour.

Il s'arrêta devant le pimpant bâtiment de brique rouge où sa mère avait installé son centre puis, les mains crispées sur le volant, il compta jusqu'à 400, sortit de voiture et remonta l'allée en se répétant de ne pas penser à Maggie. La porte s'ouvrit comme il tendait la main vers la poignée et sa mère le tira par la manche, l'entraînant au pas de course dans le couloir. A chacun de ses mouvements, sa longue jupe froufroutait doucement.

— Vite !

— Du calme, Maman ! Ton parquet ne risque rien. Et même si c'était le cas, tu pourrais encore utiliser des serviettes.

Il avait vu juste : une montagne de serviettes-éponges barrait le seuil de la pièce.

— Tu vois ? Tout va bien, fit-il en entrant dans les toilettes. Il suffit simplement de resserrer ce boulon et d'appeler un autre plombier.

Becky s'appuya contre le chambranle, les bras croisés sur la poitrine.

— Pourquoi ? Tu ne saurais pas le réparer toi-même ?

— Si, peut-être, mais je peux aussi payer un plombier.

— Tu dois repartir tout de suite au travail ?

Incapable de mentir à sa mère, il éluda la question par un haussement d'épaules.

— Ah bon ? tu ne pars pas ? Voyons, donc, qu'est-ce qui ne va pas ?

Elle entra dans la pièce d'un pas léger qui faisait danser sa jupe autour d'elle. De fins bracelets d'or tintaient à ses poignets.

— Tu viens de passer six semaines à New York, donc tu as du travail à rattraper. Par contre, tu viens d'embaucher ton ex-femme. Est-ce que c'est cela, le problème ?

— Les nouvelles vont vite.

— Les rumeurs intéressantes ne traînent jamais, tu le sais bien, dit-elle avec un sourire. Lorsque Maggie est partie, hier soir, Mary Bryant nous a raconté que c'était elle ta nouvelle assistante.

Il affecta un haussement d'épaules dégagé.

— Et alors ? Où est le problème ? Maggie et moi ne nous sommes pas vus depuis quinze ans. Nous n'avons aucune peine à travailler ensemble. Tout va bien.

Elle éclata de rire.

— Bien sûr que non. Hier, je t'ai vu partir au bout d'une manche. Je me suis bien rendu compte que la présence de Maggie te gênait.

Bon sang, rien n'échappait à sa mère…

— D'accord, tu as gagné : ça ne va pas.

— Donc, que s'est-il passé ce matin ?

Il roula les épaules pour se détendre.

— Elle m'a dit qu'elle avait entendu l'avocat de Papa

le jour où elle a perdu le bébé. Elle m'a quitté pour que je puisse toucher la donation.

Becky cligna les paupières et inclina la tête.

— Mais tu n'en as pas voulu, de cet argent.

— Je sais bien.

Silencieuse pendant quelques secondes, elle l'observa avec attention.

— Tu n'es pas seulement en colère, dit-elle finalement. Tu es surpris.

— Bien sûr. J'ignorais jusqu'à aujourd'hui qu'elle était au courant de cette conversation.

Elle secoua la tête en un geste qui agita ses boucles souples.

— Oh ! Nick, mon petit, à qui mens-tu ? A moi ou à toi-même ? Avoue-le, ce qui te surprend, ce n'est pas de savoir qu'elle a entendu ta conversation avec l'avocat, mais d'apprendre pourquoi elle t'a quitté.

Il ferma les yeux. Décidément, elle ne lui épargnerait rien…

— Ecoute, Maman, il faut que je parte.

Elle le retint par le bras.

— Attends. Maggie est une fille bien. Elle connaissait nos problèmes et n'aurait pas supporté que tu refuses cinq millions à cause d'elle.

La mâchoire de Nick se crispa.

— J'étais amoureux d'elle.

— Et elle aussi, elle t'aimait. Elle vient de t'en offrir la meilleure preuve qui soit.

— Sans blague, dit-il avec un soupir en glissant une main nerveuse dans ses cheveux.

Elle prit son visage entre ses mains pour le forcer à la regarder.

— C'est ça qui t'embête, n'est-ce pas ? Qu'elle t'ait aimé.

A la manière d'un éclair dans une nuit tourmentée, cette vérité illumina son esprit. Il s'était toujours forcé à oublier Maggie en se disant qu'il fallait être stupide pour regretter un amour non partagé. A présent qu'il savait qu'elle l'avait aimé, son cœur se brisait de nouveau. Mais cela, il n'était prêt à le dire à personne, pas même à sa mère.

— Elle aurait dû me consulter. Nous étions mariés, non ?

Le regard perspicace de sa mère lui fut insupportable. Il enjamba les serviettes et regagna la porte d'entrée.

— Demande à Bernice de contacter d'autres plombiers. Tu n'auras qu'à m'adresser la facture.

— Je peux régler mes factures, maintenant. Et puis là n'est pas la question. Je vois bien que tu es furieux, blessé, alors que tu n'as pas lieu de l'être.

Il se retourna brusquement.

— Ah bon ? Tu veux savoir ce que je ressens ? J'ai l'impression qu'on m'a arraché la vie pour la balancer en l'air, et qu'en retombant elle s'est brisée en mille morceaux.

— Mais non, Nick. Tout est parfaitement clair, au contraire. Maggie venait de perdre son bébé, à dix-huit ans. Elle était sous le choc.

Il pressa ses paupières brûlantes pour chasser de son esprit l'image d'une jeune Maggie, seule, meurtrie par la mort de son enfant. A l'époque, il ne lui avait été d'aucun secours, alors qu'il était son mari. Becky lui sourit avec douceur.

— Vous devez apprendre à vivre avec cela. C'était il y a quinze ans. Depuis, Maggie a tourné la page et, toi, tu as fait quelque chose de ta vie. Il faut en prendre votre parti.

Maggie attendit le retour de Nick toute la matinée. En début d'après-midi, voyant qu'il ne revenait pas, elle décida de se familiariser avec les programmes de comptabilité qu'elle serait amenée à utiliser. A 17 heures, elle rassembla ses affaires pour s'en aller, en espérant que cette fois-ci son père ne l'aurait pas oubliée : autant rêver ! Comme de bien entendu, il ne répondait pas au téléphone, ni la première fois ni lorsqu'elle le rappela une demi-heure plus tard, puis à 18 heures. A 18 h 30, il décrocha enfin en s'excusant et promit qu'il arrivait tout de suite.

Elle attendait devant le bâtiment lorsque la vieille camionnette brinquebalante s'arrêta.

— Excuse-moi, ma chérie.

Maggie s'efforça de sourire.

— Ce n'est pas grave. Tu es très occupé. Je comprends.

— Je n'arrive pas à rester enfermé dans la maison. Je ne peux pas m'empêcher de penser à Vicki.

Les yeux de Maggie se remplirent de larmes. Toute la journée, elle avait gardé son sang-froid. Tout au long de cette horrible journée ! Elle était restée à son bureau, à prétendre qu'elle allait bien, à espérer que, malgré sa colère, Nick réfléchirait à ce qu'elle lui avait dit et finirait par se rendre compte qu'elle l'avait aimé, qu'elle avait voulu faire pour le mieux. Ils étaient si jeunes, à l'époque… Trop jeunes.

Mais il n'était pas revenu, signe qu'il ne lui pardonnait pas son geste. Allait-il la renvoyer ? C'était envisageable et, pis, compréhensible : ils n'arrivaient pas à travailler ensemble. A vrai dire, elle n'aurait même jamais dû postuler chez lui. Elle aurait dû prendre sur elle et rester à Pittsburgh. Oui, mais son père avait besoin d'elle…

— Je sais combien il est dur de perdre quelqu'un qu'on aime.

Elle sentit sa gorge se serrer. Pourquoi ces paroles la faisaient-elles autant souffrir ? Elle n'était qu'une gamine lorsqu'elle avait perdu Nick. Depuis, elle s'était mariée à un autre homme, dont elle attendait un bébé. Cette histoire avec Nick était si ancienne qu'elle n'aurait pas dû en être affectée.

— Plus dur que tu ne le penses, répondit son père sans se rendre compte de son émotion. Vicki et moi formions une véritable équipe, à nous deux…

Exactement comme elle et Nick… jusqu'à la décision fatale. Une décision qu'elle avait été bien obligée de prendre seule. Malgré tous ses efforts, ses larmes débordèrent. Son père lui jeta un bref regard.

— Ça va ?

— Oui, oui, dit-elle avec un sourire tremblant. Je suis

juste un peu fatiguée. C'est la grossesse, je suppose. Je pleure pour un oui ou pour un non.

Il éclata de rire.

— C'était exactement pareil avec Vicki, lorsqu'elle était enceinte de ton frère. Elle pleurait pour un rien. En plus, je sais qu'il est difficile de travailler tout en étant enceinte. D'un autre côté, cet emploi est une vraie chance, pour toi.

Une drôle de chance… Embauchée depuis seulement cinq jours, elle avait d'ores et déjà perdu tous ses repères, et avait de nouveau blessé Nick.

— Tu crois ?

— Bien sûr. Nick est un type bien. Tout le monde l'apprécie. Il paraît qu'il octroie des primes de fin d'année particulièrement généreuses à ses employés. Il ne lésine pas sur les salaires. Et il faut bien avouer que tu as besoin d'argent, en ce moment.

Elle déglutit. Son père avait raison : elle avait vraiment besoin d'argent.

— Sans parler de la couverture santé. Tu n'auras pas droit à l'assurance avant la naissance du bébé, mais tu pourras quand même bénéficier de la sécurité sociale. Il te faudra juste économiser suffisamment pour être en mesure de régler les factures à l'arrivée du petit.

Encore une fois, son père n'avait pas tort.

— Donc, oui, tu as de la chance.

Non, elle n'avait pas de chance. Elle était coincée. C'était différent.

6

Lorsque Nick arriva au bureau, le samedi matin, Maggie l'attendait déjà. A ses yeux rouges et cernés, elle devina qu'il n'avait pas beaucoup dormi. Leurs regards se croisèrent, s'accrochèrent. Un long silence s'installa, chargé de mille questions.

— On est samedi, dit-il enfin.

— Je sais, mais Julie m'a dit que, pour l'appel d'offres, nous allions travailler dix heures par jour, six jours sur sept… Alors me voilà.

Optimiste, elle avait pensé en toute franchise qu'il serait content de sa présence. Au lieu de cela, il détourna le regard.

— Ta voiture est réparée ?

Une vague de déception la submergea, suivie d'un sentiment de peur. Si elle répondait oui, allait-il la licencier au motif qu'elle pouvait travailler hors d'Ocean Palms ? Qui allait la recruter dans son état, sachant qu'elle partirait bientôt en congé maternité ? Les paroles de son père lui revinrent en tête : elle avait vraiment de la chance qu'il l'ait embauchée. Elle ne pouvait pas se permettre de perdre cet emploi.

— Non, ma voiture n'est toujours pas réparée. J'ai demandé à mon père de me déposer ici avant qu'il ne parte travailler.

Il passa les doigts dans ses cheveux en bataille, puis pivota sur ses talons et se dirigea vers son bureau.

— Très bien. Prends de quoi écrire et suis-moi.

Un soupir de soulagement lui échappa. Bloc-notes en main,

elle se précipita derrière lui et reprit sa place de la veille à la table de conférence tandis qu'il laissait tomber son téléphone portable et ses clés sur le bureau. Aujourd'hui, cependant, elle ne pouvait voir les diplômes encadrés sans un sentiment de honte. Elle revit l'expression d'horreur incrédule avec laquelle il avait accueilli la nouvelle et son ventre se serra encore davantage.

Il s'assit en bout de table et attira à lui le dossier qu'il avait commencé à lire la veille. Puis il ouvrit une série de feuillets rouges qu'il empila les uns sur les autres devant elle.

— Tiens, dit-il après s'être éclairci la voix. Ce sont les rapports de production. Ils sont quotidiens et permettent de suivre la productivité de chaque employé. Je m'en sers pour évaluer nos coûts salariaux.

— D'accord.

— J'aimerais pouvoir lire ces données sur ordinateur, dit-il en barrant un élément d'une liste manuscrite qu'il tenait devant lui. Pour cela, il faudrait que tu passes ces documents en revue pour t'assurer qu'il existe un dossier pour chaque semaine.

— Je peux me charger des calculs, tu sais.

— Tu veux chiffrer les coûts salariaux ? fit-il d'un ton sarcastique sans même la regarder.

Elle haussa les épaules.

— Eh bien, oui. Pourquoi pas ?

— Contente-toi de vérifier les rapports et imprime ceux qui manquent, répondit-il en soupirant.

Un élan de panique la gagna, et son cœur se serra. Comment pourrait-elle lui prouver ce dont elle était capable s'il la cantonnait à la photocopieuse ?

— Tu penses que ce travail est au-dessus de mes capacités parce que je suis une femme, ou parce que tu es encore en colère contre moi ?

— Cette tâche est en dehors de tes attributions, c'est tout.

— Monsieur n'aime pas la concurrence ?

Il l'écrasa du regard.

— Quelle concurrence ?

— A moins que tu n'aimes pas penser que ton assistante soit aussi compétente que toi.

Il reposa son dossier sur la table et leva vers elle des yeux étincelants de fureur.

— Fais attention à ne pas dépasser certaines limites, Maggie.

Le cœur battant, elle fut saisie d'une brusque envie de fuir, aussitôt contrebalancée par un sursaut d'audace, la même qu'il lui avait fallu pour quitter Ocean Palms à dix-huit ans. Elle était Maggie Forsythe, que diable ! Une femme capable, intelligente, courageuse.

Elle se pencha vers lui.

— Je ne cherche pas la bagarre. Je veux simplement faire mon travail.

— Le chef, ici, c'est moi, dit-il en avançant vers elle un visage furieux.

Elle soutint son regard avec fermeté.

— J'ai toujours mieux su gérer les plannings que toi.

— Normal, tu n'hésites jamais à bousculer les gens.

— Bien sûr, s'il faut en passer par là pour obtenir un résultat.

— D'accord ! Occupe-toi des calculs.

Il déposa brusquement le tas de feuillets rouges devant elle.

Le cœur battant à tout rompre, elle s'empara des papiers et regagna son bureau. Voilà bien quinze ans qu'elle ne s'était pas défendue de la sorte et, bon sang, comme elle se sentait bien ! Non seulement il ne l'avait pas licenciée, mais elle allait lui montrer de quoi elle était capable ! D'ailleurs, pourquoi craignait-elle pour son travail ? Ce qui comptait, c'était ses compétences, et pas le passé. Quoi qu'il en coûte, elle allait lui montrer de quel bois elle se chauffait !

*
* *

Une fois seul, Nick se frotta les yeux avec lassitude. Pourquoi trouvait-il Maggie tellement sexy, alors qu'il était censé être en colère contre elle ?

Sans doute parce qu'il retrouvait *sa* Maggie dans cette jeune femme pétulante et dynamique. Tout comme l'autre soir, au kiosque de glaces, elle s'était lissé les cheveux en une coupe qui la rajeunissait. Elle s'était convertie aux jeans et aux T-shirts, avait cessé de se maquiller, elle ne craignait pas de le bousculer, de lui donner des ordres. Oui, cette jeune femme était bien sa Maggie.

Sauf que sa Maggie l'avait quitté, précisément. Pour une bonne raison, sans doute, mais le résultat n'en était pas moins là. Elle, de son côté, avait avancé dans sa vie, mais lui, qui venait d'apprendre ce qu'elle savait depuis quinze ans, n'avait pas dépassé le stade de la colère. Au point où il en était, il était incapable de ressentir le même détachement. Incapable de comprendre ce qui lui arrivait. Elle l'avait quitté parce qu'elle l'aimait, et pas l'inverse ? Fallait-il s'en réjouir ? Au moins, tant qu'il était dans l'ignorance, il pouvait mettre ses choix de vie sur le compte de son cœur brisé : les relations d'un soir, cette peur de l'amour qui le conduisait à mépriser les sentimentaux du genre de son frère Darius, incapables de vivre sans une femme à leurs côtés. A la lumière de ce qu'il venait d'apprendre, toute sa vie récente apparaissait creuse, vide de sens. Un profond soupir lui échappa. C'était vraiment le comble : non seulement elle lui avait menti, mais c'était lui qui se sentait coupable.

A 15 heures, Maggie avait terminé son travail et remit les calculs à Nick. Il la remercia du bout des lèvres et alla prendre un dossier jaune sur la table de conférence.

— Voici les CV des cadres et des employés impliqués dans le projet, ainsi que des données concernant le profil des opérateurs.

Il saisit un énorme classeur blanc.

— Et voilà notre réponse à l'appel d'offres d'il y a cinq ans. A partir de la section sur la formation et l'expérience, j'aimerais que tu crées un document sur le modèle de celui d'il y a cinq ans en y insérant les mises à jour.

Elle regarda successivement la chemise jaune, le dossier d'appel d'offres, puis Nick et sourit. Enfin, un vrai travail à se mettre sous la dent.

— D'accord.

— Ne fais pas la maligne. C'est un énorme morceau que je te demande. Je t'ai embauchée pour que tu m'aides, alors au travail. Ouste !

Ravie, elle regagna son bureau et se plongea dans la lecture des documents. A 16 h 30, loin d'avoir terminé, elle téléphona à son père pour l'avertir de ne pas venir la chercher avant qu'elle ne l'appelle. Comme d'habitude, il ne répondit pas. Une heure plus tard, nouvelle tentative infructueuse. A 18 heures, sans interrompre sa lecture, elle orienta son siège de manière à pouvoir surveiller le parking par la fenêtre. Mais c'était inutile, son père l'avait encore oubliée. Il était 19 heures lorsqu'il décrocha l'appareil.

— Oh ! Je suis vraiment désolé, ma chérie.

— Ne t'en fais pas. Apparemment, nous allons finir plus tard que prévu.

— Comment cela, « apparemment » ?

— Ecoute, il ne me parle pas, donc je ne sais pas comment il s'organise de son côté, mais je m'en irai lorsqu'il partira.

— Il est encore en colère ?

— Peut-être, à moins qu'il ne soit devenu complètement grincheux avec le temps.

Au lieu de rire comme elle s'y attendait, son père soupira.

— Tu n'aurais pas dû attendre aussi longtemps pour lui parler de cette donation.

— Ne sois pas ridicule, Papa. Nick et moi nous étions perdus de vue.

— Eh bien, il aurait sans doute fallu tout lui raconter le jour où tu l'as quitté.

Elle ferma les yeux. A quoi bon remuer le passé ?

— Bon, écoute, je t'appelle quand nous aurons terminé, d'accord ?

— Peux-tu me dire dans combien de temps, à peu près ?

— Non. Je te téléphone dès qu'il s'en va.

— D'accord. A tout à l'heure.

A 20 heures, Nick sortit enfin de son bureau et s'arrêta net en la voyant.

— Qu'est-ce que tu fabriques encore ici ?

— Je travaille, qu'est-ce que tu crois ? C'est toi qui parlais de journées de dix heures. Du coup, je reste aussi longtemps que toi.

Chez toute autre assistante, il aurait admiré une ténacité pareille, mais, s'agissant d'elle, il aurait voulu qu'elle soit partie. C'était un sentiment foncièrement injuste, bien sûr : Maggie était compétente, et elle ne ménageait pas sa peine. Pourtant, c'était plus fort que lui. A présent qu'il connaissait la vérité, son monde bien ordonné était retourné, sens dessus dessous. Chaque fois qu'il la regardait, il ne pouvait s'empêcher de penser qu'elle l'avait suffisamment aimé pour sacrifier son propre bonheur. Son cœur n'en finissait pas de se briser à l'idée de ce qui aurait pu être s'il avait su.

Ce qui aurait pu être, si… C'était ridicule. La vie ne laissait pas de place pour les « si », seulement pour les faits. Or, en ce qui les concernait, le fait était qu'elle avait pris une décision primordiale sans le consulter. D'une certaine manière, elle l'avait trahi et, quinze ans plus tard, il continuait de payer pour l'erreur qu'elle avait commise. Ces questions allaient finir par le rendre fou.

Il eut un sourire contraint.

— Prends tes affaires. Je te ramène.

— Oh ! ce n'est pas la peine ! Mon père…

— Prends tes affaires, dit-il de nouveau avec une brusquerie involontaire.

Elle s'empressa d'obtempérer et le suivit sans rien dire jusqu'à la voiture. Ils faisaient route depuis quelques minutes lorsqu'elle rompit le silence :

— J'ai presque fini de réunir les données sur le profil des opérateurs.

Il crispa les mains sur le volant. Pourquoi fallait-il qu'elle soit si compétente ? Pouvait-elle une fois, rien qu'une, commettre une faute, aussi minime soit-elle, sur laquelle il pourrait diriger sa colère ?

— Ce n'était pas bien difficile, dit-elle. Il m'a fallu deux minutes pour trouver les CV sur l'ordinateur. Du coup, je n'ai rien eu à taper, il m'a suffi d'organiser les informations.

Elle écarta de longues mèches rousses que le vent faisait voltiger autour de son visage.

— Comme tu m'avais laissé l'appel d'offres, j'en ai profité pour y jeter un coup d'œil, ce qui m'a permis de mieux me rendre compte du travail qui reste à faire. Je sais que tu n'aimes pas l'admettre, mais tu minimises l'aide dont tu as besoin. Arrête un peu de me chercher chicane continuellement et accepte que je puisse t'être utile.

Alors ça, c'était la meilleure ! Si elle pensait que ce petit sermon pouvait lui faire oublier qu'elle l'avait trahi, elle se trompait lourdement. Même en admettant qu'elle ait pris cette décision dans un état de choc émotionnel, elle n'aurait pas dû agir seule. Ils étaient censés former un couple, bon sang, une équipe ! Et, pour comble, elle agissait à présent comme si de rien n'était. Il n'en pouvait plus, il devenait fou ! Elle lui proposait son aide ? Il n'en avait pas besoin. Il voulait couver sa douleur. Il lui avait fallu cinq ans pour arriver à tourner la page, cinq ans ! Il avait bien mérité le droit d'être en colère, non ?

Il freina brutalement en arrivant chez elle et, une fois qu'elle fut descendue, il s'apprêtait à repartir lorsque Charlie Forsythe apparut sous le porche et lui fit signe. Il lui rendit son salut.

— Bonsoir, monsieur Forsythe.

— Entre donc boire une bière.

Pressé de rentrer, il secoua la tête.

— Je vous remercie, mais il commence à se faire tard.

— Tard ? Il est seulement 20 h 30. Allez ! Ça fait des années que je ne t'ai pas vu. Tu donneras bien cinq minutes de ton temps à un vieux bonhomme.

Nick n'était pas grossier au point de refuser l'invitation d'un homme qui venait de perdre sa femme, d'autant plus qu'il n'avait pas encore eu l'occasion de lui présenter ses condoléances. Il jeta un bref regard vers Maggie : immobile sur la pelouse, elle ne semblait pas se réjouir de la proposition de son père… Résignée, plutôt.

— Allez, fit Charlie.

Nick coupa le contact et sortit de voiture. Elle précéda les deux hommes sous le porche.

— Tu pourrais nous apporter deux bières, ma chérie ?

Elle hocha la tête avec un léger sourire et disparut derrière la porte moustiquaire. Charlie s'installa dans la balancelle tandis que Nick allait s'adosser à la rambarde du porche.

— Tu n'es pas venu depuis une éternité.

— Quinze ans.

Charlie secoua la tête.

— Quinze ans… Bon sang, comme le temps passe.

Elle revint avec deux bières fraîches qu'elle leur tendit.

— Merci, dit Nick sans la regarder.

— Je t'en prie. Je vais me changer.

— Bonne idée, dit son père avec un léger rire.

Nick attendit qu'elle fût rentrée pour parler.

— Je suis désolé pour Vicki.

— Merci.

Charlie marqua une pause avant de jeter un coup d'œil dans la maison, puis il se tourna vivement vers Nick.

— Elle s'est mariée à un gredin.

Nick faillit s'étrangler en avalant une gorgée de bière.

— Elle ne t'en parlera pas parce qu'elle a sa fierté, mais elle m'a tout raconté le lendemain de l'enterrement de sa belle-mère. Son ex la trompait avec une espèce de bimbo qu'il avait rencontrée dans un club de gym. Il a quitté Maggie, puis il l'a mise enceinte un jour où il était revenu à la maison pour récupérer ses affaires. Lorsqu'elle lui a annoncé la nouvelle, il lui a dit d'avorter. Il a tout de même fini par accepter de lui verser une pension, mais il ne voudra jamais reconnaître ce petit. Tu ne peux pas savoir à quel point je te suis reconnaissant de l'avoir embauchée.

Lui dire cela, à lui qui venait de songer à la renvoyer ! Un sentiment de honte le submergea.

— Il est inutile de me remercier. Maggie est une fille douée et intelligente. Pour tout dire, elle travaille beaucoup mieux que Julie. Nous en sommes déjà à la moitié de la réponse à l'appel d'offres, nous devrions terminer en trois semaines au lieu de quatre. Etant donné ses compétences, je suis à peu près sûr que la société ne se ressentira pas de mon absence lorsque je devrai séjourner à New York pour aider mon frère.

— Tu t'en vas souvent, on dirait.

— Mon père avait malheureusement laissé ses entreprises aller à vau-l'eau durant les deux dernières années de sa vie, et mon frère a besoin de moi pour réparer les dégâts.

— Tout de même, cela me semble bizarre, de négliger une affaire pour en rattraper une autre.

De sa chambre, Maggie entendait toute la conversation par la fenêtre ouverte. Elle se laissa tomber sur son lit sans savoir si elle devait rire ou pleurer. Non seulement son père venait de raconter son plus lourd secret à Nick, son ex-mari et patron, mais voilà qu'il lui reprochait d'être trop souvent absent.

— Pas du tout, dit celui-ci. Nous nous en sortons.

— Tu es sûr ? Je parie que ton père disait la même chose lorsqu'il laissait ses entreprises partir en sandwich au pâté.

Le rire de Nick la surprit. Il était furieux contre elle, ne tolérait sa présence que parce qu'il ne pouvait pas se passer d'elle, mais il ne reportait pas sa colère sur son père.

— Partir en sandwich au pâté ?

— Je n'ai jamais compris ce que voulait dire « à vau-l'eau », alors que parler d'un sandwich au pâté, c'est beaucoup plus clair, avec le cholestérol et tout le reste. Rien de tel pour t'envoyer *ad patres*.

Nick rit de nouveau, d'un rire qui suscita en elle une joie douce et chaude, teintée de mille souvenirs. A certains égards, elle était contente que le jeune homme immature d'il y avait quinze ans soit devenu un adulte responsable. Mais, d'un autre côté, elle regrettait l'insouciance de Nick Roebuck, aux antipodes de l'efficacité d'un Nick Andreas, homme d'affaires.

— Bien, dit Nick. Merci pour la bière.

— Tu ne restes pas pour le dîner ?

Il y eut un bref silence.

— Je regrette, mais il faut que je téléphone à mon frère. Il doit me mettre au courant de ce qui s'est passé cette semaine au sein d'Andreas Holdings.

La balancelle grinça.

— Comme tu voudras. Par contre, lundi prochain, pourrais-tu emmener Maggie au travail ? C'est plus logique pour toi que pour moi de la conduire, elle est sur ton chemin.

Consternée, elle eut envie de crier. Si elle n'avait pas été en sous-vêtements, elle se serait penchée à la fenêtre pour crier à Nick de ne pas écouter son père.

— A moins que tu ne viennes la chercher demain. Mais je te préviens, je n'aime pas les gens qui passent leur dimanche à travailler. Tout le monde a besoin d'un jour de repos. Viens lundi.

Elle sentit son visage s'empourprer.

— D'accord, pas de problème, dit Nick. Je passerai la prendre lundi.

7

Tout au long du trajet jusqu'à chez lui, Nick pensa au mariage malheureux de Maggie. Elle lui avait déjà dit qu'elle avait dû éponger les dettes de son mari, et qu'il l'avait quittée en apprenant qu'elle était enceinte, mais voilà qu'en plus il l'avait trompée. Les différents éléments de son histoire s'assemblaient comme un puzzle et il la voyait avec une netteté poignante, seule le soir, souffrant en silence.

Il sortit de voiture et flanqua un grand coup de poing contre le mur de l'escalier qui menait dans la cuisine. Il ne comprenait pas les émotions qui le bouleversaient, notamment cette colère qu'il éprouvait contre elle. Il n'aurait pas dû être autant affecté par le fait qu'elle avait épousé un crétin, mais il n'y pouvait rien. Oui, elle l'avait fait souffrir, mais était-ce une raison pour se réjouir de ses malheurs ? Il fallait être stupide pour raisonner de la sorte.

Il téléphona à Darius pour faire le point sur l'activité d'Andreas Holdings, mais il écourta la conversation, de peur qu'elle ne prenne un tour personnel. Il profita de la journée du dimanche pour avancer son travail et oublier Maggie. Puis il rentra chez lui à 20 heures, dîna d'une glace au chocolat et s'effondra sur son lit pour s'endormir aussitôt d'un sommeil de plomb.

Le lundi matin, il ne se souvint qu'en cours de chemin qu'il s'était engagé à emmener Maggie au travail et dut faire un crochet jusqu'à chez elle. Dès son arrivée, elle apparut sous le porche et accourut si vite qu'il eut à peine le temps de s'arrêter. Pour la première fois depuis des jours, il éclata de rire.

— Tu as si peur que ton père m'accapare de nouveau ?

Elle le regarda d'un air circonspect.

— Et toi ?

— Bah, il ne faut pas lui en vouloir. Il se sent seul, il voulait parler un peu, c'est tout.

Dieu merci, elle ne répondit rien. Mais de nouveau il pensa à sa conversation de l'autre soir, avec Charlie Forsythe, et le sentiment de malaise qu'il s'efforçait d'ignorer repartit de plus belle.

— Vivement que ma voiture soit réparée.

D'accord ! Il était inutile d'insister, il avait compris. Divorcée, contrainte de prendre un emploi auprès de son ex, et pour couronner le tout en panne de véhicule, elle accumulait suffisamment les ennuis pour mériter un minimum de politesse de sa part. Il n'allait pas lui refuser un brin de causette.

— Pourquoi ? Ça t'embête que je te conduise au travail ?

— Oui et non. Je suis surtout gênée que mon père t'ait imposé cette contrainte.

— Ce n'est pas grave, va.

— C'est facile à dire. J'ai absolument besoin d'un moyen de transport, pas seulement pour le travail, mais aussi pour pouvoir me changer les idées, de temps en temps.

Il repensa à ses longues promenades en voiture sur le front de mer.

— Je te comprends.

Elle tourna vers lui un visage triste et fatigué.

— C'est vrai ? Pourtant, tu vis seul. Tu ne manques pas d'intimité, chez toi.

— Justement, la maison est tellement tranquille que je réfléchis trop.

Elle éclata de rire.

— Ce serait bien la première fois.

— Je t'en prie. Ne viens pas me dire que ton père fait la nouba tous les soirs.

— Non, bien sûr, répondit-elle avec un haussement d'épaules. A vrai dire, il s'occupe autant que possible pour éviter de penser à Vicki. Du coup, il remarque à peine ma présence.

Nick s'efforça de se concentrer sur la route pour chasser la question qui s'était installée dans son esprit : comment pouvait-elle ne pas en vouloir à son père qui l'avait toujours tenue pour quantité négligeable ?

— Donc, ça va bien, avec ta famille ?

— Oui, pourquoi ?

— Finis, les problèmes avec ton frère ?

— Quels problèmes ?

Il réprima une grimace gênée.

— Eh bien, tu sais… Tes parents avaient une préférence pour lui.

— Ah ! Mon Dieu, si tu remontes jusqu'aux années de lycée… Tout est rentré dans l'ordre lorsque je suis partie à l'université. Là-bas, j'avais mon chez-moi. Je me suis forgé mon identité, un sentiment d'autonomie. Je ne sais pas comment l'expliquer, mais, d'un seul coup, ce qui ne fonctionnait pas quand j'étais chez eux fonctionnait chez moi.

— Donc, toutes ces histoires sont terminées ?

— Complètement, dit-elle avec un sourire. D'ailleurs, Vicki venait parfois à Pittsburgh sans papa pour faire les boutiques.

Un court silence tomba, puis elle se tourna vers lui.

— Et toi ? Tu m'as dit que tu ne voyais ton père que pour manger avec lui une fois tous les deux ans, et pourtant tu as pris son nom, y compris pour ton entreprise.

Il fronça les sourcils.

— Je voulais lui faire un affront.

— Un affront ? Comment cela ?

Il jeta un coup d'œil vers elle. Les cheveux agités par le vent, elle le regardait d'un air doux, mais sérieux. De vieux souvenirs resurgirent. Souvenirs de discussions, de secrets partagés… Il ne s'était jamais confié à personne d'autre, pas même à sa mère ou à ses frères, et, à présent que l'occasion lui était offerte, l'envie le reprenait, irrésistible.

— Réfléchis. Tu es Stephone Andreas, multimilliardaire à la tête d'un immense conglomérat, et voilà que tout à coup une toute petite entreprise en Caroline du Nord porte ton nom. Et devine quoi ? Elle est dirigée par un fils que tu refuses de reconnaître.

— Ouille.

Il haussa les épaules.

— J'étais jeune, à l'époque. Jeune et en colère. Je lui avais jeté ses cinq millions à la figure et je voulais lui faire savoir que je pouvais me passer de lui.

— Mais à présent, tu regrettes ton choix.

C'était un constat, pas une question. Il la regarda de nouveau brièvement.

— Oui et non, répondit-il enfin. Je ne regrette pas d'avoir refusé sa donation, mais je m'en veux d'avoir été aussi stupide. A cet âge-là, j'étais ravi d'être une épine dans son pied, mais, dès que ma société a pris de l'importance, je me suis rendu compte de ma bêtise. Il nous avait peut-être abandonnés, ma mère et moi, mais il essayait, à sa manière, de se faire pardonner.

— Et toi, lui as-tu pardonné ?

Comment lui expliquer qu'il marchait dans les pas de son père ? Etant donné sa vie de play-boy, il aurait été mal placé pour donner des leçons de morale.

— Oui, je lui ai pardonné.

— Tu ne m'as jamais raconté tes débuts. Pourtant, sans argent, ça n'a pas dû être facile.

— Eh bien, par relation, j'ai connu un entrepreneur spécialisé dans la revente de vieux équipements. Il se trouve qu'il avait un contrat à solder et qu'il a accepté de m'impliquer, avec à la clé une participation aux bénéfices. C'est ainsi que j'ai glissé un pied dans les affaires.

— Astucieux.

Il sentit son cœur se gonfler de fierté. Oui, il était talentueux et il avait réussi : personne ne pouvait le contester.

Il se gara et, à la suite de Maggie, entra dans les locaux. Toutefois, à peine dans son bureau, la réalité s'imposa à lui avec la brutalité d'une claque. Elle n'était plus son amie, mais son employée. C'était Nick Roebuck qu'elle avait aimé, pas Nick Andreas. Nick Andreas chérissait trop sa liberté pour la sacrifier à une femme. Par ailleurs, elle avait besoin de ce travail autant que lui avait besoin de son aide. Il ne devait pas oublier certaines priorités.

Lorsqu'elle fut prête à se mettre au travail, il l'appela dans son bureau et lui dicta une série de tâches à effectuer dans la matinée. Puis il s'enferma pour se concentrer sur l'appel d'offres.

A 13 heures, au retour de sa pause déjeuner, Maggie jeta un regard désœuvré sur les fiches des salariés. Un détail attira soudain son attention. Lorsque Nick revint à son tour de la cafétéria, elle leva vivement la tête vers lui.

— Eh ! Viens voir. J'ai remarqué quelque chose d'intéressant.

Il s'arrêta puis, après une hésitation, se retourna vers elle.

— Quoi donc ?

A son air méfiant, il était manifeste que leur complicité du matin n'était plus qu'un lointain souvenir. Il fallait bien s'y faire : elle ne pouvait pas prétendre à son amitié, et devait s'estimer heureuse d'avoir ce travail.

— Il s'agit de cet employé, Jake Graessle, dit-elle en tapotant une fiche. Regarde comme, chaque fois, la productivité de ses voisins de machine augmente.

Il s'approcha et tenta de lire le document à l'envers, puis contourna le bureau et se pencha par-dessus son épaule.

— Intéressant…

A la manière d'un voile délicieusement troublant, un parfum boisé d'after-shave enveloppa Maggie.

— Si son chef d'équipe rencontre des difficultés avec un employé, il pourrait essayer de le placer à côté de Jake et vérifier sa productivité.

— Mmm...

Il s'écarta.

— Fais venir son supérieur.

Elle saisit son bloc-notes.

— A quelle heure veux-tu le voir ?

— Pas moi, toi. C'est à toi que revient cette découverte, c'est donc à toi de lui parler et de l'aider à exploiter cette information.

Le visage de Maggie rayonna de joie.

— C'est vrai ?

— Bien sûr, répondit-il sans la regarder. Je te laisse carte blanche. Agis comme tu l'estimes nécessaire.

Elle opina et fit monter le supérieur de Jake dans son bureau. L'entrevue ne dura pas plus d'une demi-heure, et, lorsqu'elle fut terminée, elle se retrouva de nouveau désœuvrée. Avec un profond soupir, elle prit son bloc-notes et entra dans le bureau de Nick.

— Oui ? fit-il sans même lever les yeux.

— Je n'ai rien à faire.

Après une courte hésitation, il redressa la tête et désigna la table de conférence.

— Installe-toi. J'arrive.

Elle prit place à son siège habituel, mais au lieu de se mettre en bout de table, comme les autres fois, il s'assit froidement face à elle, comme s'il ne la connaissait pas. Elle se sentit gagnée par une gêne étrange qu'elle s'efforça de balayer aussitôt. Pas de malaise, pas de tristesse : le seul sentiment qu'elle était en droit d'éprouver pour lui, c'était la gratitude.

— Ces rapports sont issus du logiciel de comptabilité, dit-il en ouvrant un dossier. Certains sont mensuels, d'autres, hebdomadaires, d'autres, enfin, quotidiens. Après les avoir imprimés, pose-les sur mon bureau.

Il dicta ensuite d'une voix monocorde quelques courriers, puis se leva, plus que jamais distant.

— C'est tout. Avec tout ça, tu devrais avoir de quoi t'occuper jusqu'à ce soir.

Revenue à son bureau, elle enfouit sa tête dans ses mains. Sa bonne impression de tout à l'heure n'avait pas fait long feu. Elle soupira. Qu'avait-elle espéré, au fond ?

En fait, elle avait espéré qu'il prenne ces cinq millions. Elle avait espéré qu'il se vante de sa réussite, de même qu'elle aurait souhaité pouvoir se vanter de son sacrifice. Au lieu de quoi, en plus de s'en être sorti sans son « aide », il lui en voulait d'avoir pris une décision sans le consulter. Elle avait échoué sur toute la ligne.

A 6 heures du soir, son travail terminé, elle décida de partir sans même l'en avertir. Elle appela son père et laissa un message sur son répondeur, puis ramassa ses affaires et sortit. Mais, arrivée sur le parking désert, elle se souvint que c'était Nick qui était censé la reconduire chez elle. A supposer que son père écoute le message qu'elle venait de lui laisser, il penserait sans doute qu'il datait de la semaine précédente et n'en tiendrait pas compte. Elle se tourna vers les bâtiments, mais ne bougea pas. Pourquoi le destin s'acharnait-il sur elle ? En était-elle vraiment réduite à se tourner les pouces dans son bureau ou à frapper à la porte de Nick pour quémander du travail ? Elle attendit encore quelques minutes dans l'espoir de voir arriver une fée dans son carrosse, ou un collègue qui aurait oublié quelque chose au bureau. Puis, comme personne ne venait, elle se résigna à remonter. Furieuse, elle alla donner un coup sec à la porte de Nick.

— Désolée, mais je suis de nouveau désœuvrée. Pourrais-tu me donner du travail en attendant que tu t'en ailles ?

— Nous pouvons partir maintenant, si tu veux, dit-il en se levant.

Elle le regarda prendre son téléphone portable et ses clés, saisie par un sentiment de gêne et d'humiliation.

— Je ne t'ai pas demandé de me ramener toutes affaires cessantes. Je voulais juste de quoi m'occuper jusqu'à ce que tu sois prêt à partir.

— Je suis prêt, justement.

En fait, il l'avait observée par la fenêtre. Il l'avait vue arriver sur le parking comme pour y attendre son père, puis se retourner vers les locaux avec l'air de se souvenir de qui devait la ramener. Il aurait dû descendre la rejoindre à ce moment-là, mais il était resté dans son bureau, à la regarder.

Tout au long de la journée, il avait reculé devant les occasions de se trouver en sa présence. Cet après-midi, il avait eu les pires peines du monde à rester assis en face d'elle. Elle sentait si bon, sa voix douce était si caressante… Autant que possible, il aurait voulu être dispensé d'avoir à la reconduire chez elle.

— Je ne veux pas que tu arrêtes tout pour…

— Mais non, ça va, répondit-il avec brusquerie.

— Ah ! Merci.

Comme il la rejoignait, elle se tourna de côté, et son ventre, à peine visible de face, apparut de profil. Cette vision cingla sa fierté masculine comme un coup de fouet. Le jour où elle était partie, ils ne s'étaient pas seulement perdus l'un l'autre : ils avaient aussi perdu un bébé. Ils avaient perdu des rêves, des espoirs, des projets de vie de famille… Tout. Si elle était restée, ils auraient eu d'autres enfants. A l'heure actuelle, il aurait été père, au lieu du coureur de jupons qu'il était devenu. Il aurait eu une famille qui l'aurait attendu chaque soir, plutôt que de retrouver cette grande maison pleine de silence. Il n'éprouverait pas le besoin de retourner régulièrement à New York pour aider son frère — la belle excuse ! —, mais surtout pour profiter de la vie nocturne.

Comme il lui faisait signe de descendre, elle se tourna, lui offrant la vue de son dos gracile et de ses hanches aux courbes harmonieuses. Comme lors de sa première grossesse, elle n'avait pas pris beaucoup de poids. Autrefois, lorsqu'ils étaient ensemble, elle se trouvait invariablement trop mince, trop androgyne pour être sexy. Lui l'avait toujours aimée telle qu'elle était, avec sa peau de velours, au goût de miel…

Quel idiot sentimental. De nouveau, il se laissait dominer par des souvenirs qu'il idéalisait, tout simplement parce qu'elle avait été la première. Dieu merci, il avait fait le deuil de leur relation et était à présent un célibataire heureux, riche et épanoui.

— C'est vraiment gentil de ta part, tu sais, dit-elle en s'installant sur le siège du passager.

— Il n'y a pas de quoi.

Il se tut pendant tout le trajet, bien décidé à ne pas commettre la bêtise d'engager la conversation. Au diable la politesse ! Il lui en avait déjà trop raconté sur lui. Il n'était pas question de lui donner de faux espoirs et de la laisser croire qu'ils pouvaient redevenir amis, tous les deux.

Alors qu'ils arrivaient, elle lui lança un sourire.

— Tu sais, je tenais à te dire une chose, après quoi, j'en aurai fini avec les remarques personnelles.

Il la regarda en silence, disposé à l'écouter, mais pas à lui répondre.

— Je suis fière de toi. Tu es allé au bout de tes ambitions.

Il répondit par un bref hochement de tête, tremblant de fureur. Au lieu de le flatter, ces louanges avaient mis à nu la source de sa colère. Il s'éloigna dès qu'elle mit pied à terre et, lorsqu'il fut hors de vue de la maison, donna un violent coup de poing sur le volant. Il comprenait à présent pourquoi il lui en voulait autant, pourquoi, quinze ans plus tard, il continuait à souffrir autant. Elle ne l'avait pas seulement quitté à cause de cette donation. Elle était partie principalement parce qu'elle ne pensait pas qu'il s'en sortirait. Du moins, pas sans aide. C'était cela qui le mettait dans une telle fureur : elle ne lui avait pas fait confiance. Elle n'avait pas cru en lui. La personne au monde dont il avait attendu un appui à toute épreuve l'avait laissé tomber.

Parce qu'elle n'avait pas cru en lui.

8

De retour chez lui, Nick appela Darius pour prendre des nouvelles de l'entreprise, mais fut soulagé que son frère ne décroche pas. Le ton de sa voix aurait forcément trahi son état émotionnel, et Darius lui aurait demandé des explications qu'il n'était pas prêt à donner. L'histoire de son passé avec Maggie était devenue pour ses frères le nouveau feuilleton à la mode, il était temps que cela cesse.

Lorsque Darius le rappela, le lendemain matin, il s'était ressaisi. A présent qu'il avait compris les véritables motifs pour lesquels elle l'avait quitté, il lui était facile de maîtriser sa colère. Il n'était plus question d'un jeune naïf plaqué par la fille qu'il aimait, mais d'un homme d'affaires travailleur et ambitieux qui avait commis l'erreur d'accorder sa confiance à la mauvaise personne. Ce raisonnement en tête, il arriverait à digérer sa colère. Certes, entre elle et lui, l'amitié était désormais impossible, mais ils pouvaient au moins travailler ensemble. C'était d'ailleurs impératif, étant donné l'échéance de l'appel d'offres.

La semaine se termina dans cet état d'esprit. Maggie ne cherchait plus à engager de conversations personnelles et lui n'hésitait pas à lui confier des tâches difficiles, ce qui lui permettait de dégager du temps pour des tâches que lui seul pouvait mener à bien. Du coup, il n'y avait plus de questions, de moments embarrassants. La journée du samedi se déroula sans anicroche. Ils en étaient revenus à des relations normales entre un patron et son assistante. Aussi, le dimanche matin, lorsque Darius lui demanda de prendre séance tenante l'avion pour New York, Nick n'hésita pas une seconde à téléphoner à Maggie chez elle.

Charlie Forsythe décrocha.

— Nick, quelle bonne surprise !

— Bonjour, Charlie. Je dois être à New York demain matin. Mon frère Cade me prête son avion cet après-midi. J'aurais souhaité passer chez vous sur le trajet vers l'aérodrome. Je dois donner à Maggie quelques instructions concernant le travail à effectuer pendant les deux jours où je serai absent.

— Bien sûr. Tu veux déjeuner avec nous ?

— Merci, je n'aurai pas le temps. Je m'arrêterai à peine deux minutes.

Il raccrocha et, tout en faisant sa valise, griffonna à la va-vite une liste de recommandations pour Maggie avant de sauter dans sa voiture et d'arriver dans un nuage de poussière. Sa feuille d'instructions à la main, il se dirigeait vers le porche lorsqu'il entendit un plongeon dans une piscine. Il se revit aussitôt à six ans avec Maggie, nageant dans cette même piscine sous la surveillance attentive de Charlie. A cette époque-là, Maggie venait de perdre sa mère, mais son père ne connaissait pas encore Vicki. Charlie leur servait toujours de maître-nageur. Comme il les avait fait rire, cette fois où il avait fait un plat ! Ne pouvant résister au plaisir de le taquiner à ce propos, il contourna la maison et s'arrêta net à la vue de Maggie. Elle sortait de la piscine, à couper le souffle dans un maillot échancré qui mettait en valeur ses longues jambes fines. Son ventre, encore discret, attirait moins les regards que sa poitrine épanouie. De longs filets d'eau coulaient sur ses bras, ses cuisses, et ruisselaient entre ses seins.

Comme elle se penchait pour prendre une serviette, elle remarqua sa présence et ouvrit de grands yeux.

— Nick ? Qu'est-ce que tu fais ici ?

Tout en parlant, elle détailla le complet noir, la chemise

blanche barrée d'une cravate rayée, les mocassins italiens, puis elle remarqua les flaques sur le carrelage de la piscine.

— Attends. Je viens vers toi.

— Non, ça va, dit-il en avançant précautionneusement vers elle. J'ai eu ton père au téléphone tout à l'heure. Je lui ai dit que j'allais passer.

— Il a dû oublier de me prévenir, répondit-elle avec une moue exaspérée.

Le regard de Nick tomba fugitivement sur ses longues jambes, puis remonta aussitôt à son visage.

— Oui, sans doute. Je vais prendre l'avion pour New York et je tenais à te donner quelques instructions avant mon départ.

Elle s'étendit sur une chaise longue et lui en désigna une de la main.

— Installe-toi.

Décontenancé, il obtempéra et s'assit de côté. Elle poussa un soupir de bien-être et ferma les yeux. Ainsi allongée au soleil, elle offrait l'image du bien-être. Il passa un doigt autour de son col pour le desserrer. Il était si près d'elle qu'il aurait pu la toucher en tendant le bras.

— Je… Comme je te l'ai dit, mon frère Darius m'a appelé ce matin. Il a besoin de moi à New York.

Elle ouvrit les yeux et le regarda fixement.

— Et l'appel d'offres ?

— Justement. Nous sommes en avance sur nos prévisions et, comme tu es parfaitement familiarisée avec le travail, j'ai dressé une liste de tâches qui restent à effectuer, dit-il en lui montrant le papier. J'y ai joint mon numéro de portable ainsi que celui de Julie en cas de besoin.

Elle prit la feuille et la parcourut des yeux.

— D'accord.

Un sourire releva le coin de ses lèvres pleines et sensuelles et alluma des étincelles dans ses yeux verts. En cet instant, il aurait tellement voulu l'embrasser, caresser ses cheveux lisses et soyeux, sa peau si douce, colorée d'un léger hâle par le chaud soleil de juin.

Il s'éclaircit la voix.

— Tu n'as pas de questions ? Tout ira bien ?

Elle hocha la tête.

— Ne t'inquiète pas. De toute façon, si j'ai un problème, je sais comment te joindre, fit-elle en agitant le papier.

— Moi ou Julie, dit-il un peu précipitamment. Elle va rentrer de Las Vegas cette semaine. Elle serait mieux à même de t'aider, puisqu'elle a classé tous les documents de l'appel d'offres.

— Bien.

Voyant qu'il se levait, elle l'imita, et se dressa face à lui. Aussitôt, un désir furieux déferla en lui. Preuve que, s'agissant de Maggie, ses réactions restaient toujours aussi imprévisibles et extrêmes. Dire que, jusqu'à l'instant, il pensait avoir définitivement réglé le problème. De mercredi jusqu'à samedi, ils avaient travaillé ensemble sans problème, au point que leur attirance mutuelle n'avait été qu'un lointain souvenir. Force était de reconnaître que cette attirance était encore là, bien vivante, plus forte que jamais. Elle chauffait son sang, affolait son cœur, rendait sa respiration difficile.

A moins que… à moins que ce qu'il éprouvait ne soit qu'une réaction naturelle à l'égard d'une femme splendide, quelle qu'elle soit. Oui, bien sûr ! Cette attirance était purement sensuelle. Les sentiments n'y avaient aucune part.

Il leva stupidement la main en direction de sa voiture.

— Bon, eh bien… Dans ce cas, j'y vais.

Oui, mais elle lui barrait le chemin : impossible de reculer sans trébucher contre la chaise longue ou d'avancer sans frôler Maggie… effleurer sa poitrine de son torse, toucher ses cuisses nues, prendre ses lèvres…

Pas de doute : les sentiments qu'il éprouvait pour elle étaient de l'ordre du pur fantasme, voilà tout. Il s'écarta d'un pas de côté.

— Je serai de retour mardi après-midi ou mercredi matin.

— Pas de problème. Oh ! Nick, fit-elle comme il s'éloignait.

Il se retourna.

— Oui ?

— Merci.

— De quoi ?

Elle agita le papier.

— De ta confiance. J'ai vraiment besoin de cette deuxième chance.

Il s'éclaircit la voix avec un hochement de tête, puis s'éloigna sans se retourner. Ce n'était pas la première fois qu'elle lui rappelait, sans le vouloir, que les liens qui les avaient rapprochés n'étaient pas purement charnels. Elle ne l'avait pas aimé, certes, mais ils avaient été liés par une amitié très proche, pour le meilleur et pour le pire. Cela dit, justement, cette amitié avait eu un effet pervers. A trop s'occuper de lui, elle avait fini par se convaincre qu'il était incapable de se débrouiller tout seul et elle l'avait laissé tomber au moment où il avait eu le plus besoin d'elle.

Lorsqu'il fut parti, Maggie saisit brusquement sa serviette et regagna à grands pas la maison. Quelle idiote ! Pourquoi ne pouvait-elle pas se comporter naturellement avec Nick ? A sa décharge, personne d'autre n'avait jamais eu pour elle ce genre de regard affamé. Elle avait oublié à quel point elle aimait cet éclair qui tremblait dans ses yeux chaque fois qu'ils se promenaient sur son corps. Elle avait aussi oublié le sentiment enivrant de toute-puissance qui pulsait alors dans ses veines. Jamais elle n'avait rien ressenti de tel avec un autre homme.

Lui, en revanche, était loin d'éprouver la même attirance, à voir son empressement à s'en aller. C'était parfaitement normal, au fond : les années avaient passé. Il était devenu riche. A ce qu'il paraissait, il s'était également transformé en séducteur invétéré, alors qu'elle avait épousé le premier homme qui lui avait fait les yeux doux à l'université.

Elle baissa les yeux sur son ventre. En quoi une femme enceinte pourrait-elle bien intéresser un play-boy ?

— Donc, à ce que raconte Cade, on dirait que ça ne s'arrange pas, entre toi et ton ex.

Assis à l'arrière de la limousine de Darius, Nick regarda alternativement ses deux frères.

— Pas de secrets entre nous, rappelle-toi, dit Cade avec un petit rire.

— Justement, j'ai réfléchi à notre pacte. Je ne vous ai jamais autorisé à fourrer votre nez dans ma vie privée, alors parlons d'autre chose, d'accord ?

— Allez, avoue, tu l'aimes toujours.

— Mais pas du tout ! Je suis son patron avant d'être son ex-mari, ou même son ex-amant. La situation est claire entre nous deux. Maggie est ma secrétaire, point final. Elle est même la secrétaire la plus compétente que j'ai jamais eue, à tel point que je lui ai confié l'appel d'offres sans m'inquiéter de ce que mon entreprise parte en sandwich au pâté.

Il s'interrompit au souvenir des paroles de Charlie, surpris de l'importance que les Forsythe, père et fille, avaient pris dans sa vie.

La limousine noire s'arrêta devant l'allée circulaire qui bordait la propriété familiale, à Montauk. En sa qualité d'aîné, Darius avait hérité du domaine ainsi que de l'entreprise paternelle, mais la maison, énorme, servait de pied-à-terre pour Cade et Nick lors de leurs déplacements à New York.

— Donc, tout va bien, dit Darius tandis que le chauffeur ouvrait sa portière.

— Oui. La situation a évolué, depuis la visite de Cade. Maggie est vraiment stupéfiante, parfaite.

— Tant mieux. Du coup, nous pourrons peut-être songer à officialiser ton rôle au sein d'Andreas Holdings. J'ai besoin de déléguer.

Sans attendre sa réponse, Darius entra dans la maison. Nick s'apprêtait à le suivre lorsque Cade le retint par le bras.

— Ecoute, je vais être clair. Darius ne te le dira jamais carrément, mais il a besoin de toi à temps plein. Entre ses responsabilités de président et la gestion d'Andreas Shipping, il ne s'en sort plus. D'ailleurs, si tu veux mon avis, il est temps que tu passes à la vitesse supérieure.

— Comment cela ?

— Eh bien, vends ta maison de plage et viens t'installer ici, à New York.

— Vendre ma maison ?

— Ou alors, garde-la pour les week-ends. Surtout si tu dois descendre une fois par mois pour t'assurer que ton entreprise tient la route, lorsque tu en auras confié la responsabilité à ton ex.

— Hein ? Mais qu'est-ce que tu racontes ?

— Eh bien, oui. Je ne te parle pas de renoncer à ton poste. Avec les fax et l'internet, tu peux gérer ton entreprise à distance, surtout si ton ex se charge des affaires courantes et te laisse t'occuper des tâches plus compliquées.

Maggie, à la tête d'Andreas Manufacturing ? Et lui à New York toute la semaine ? Un vertige le saisit.

— Maggie n'est pas en état d'assumer de telles responsabilités. Elle est enceinte.

— Et alors ? Pour l'heure, elle travaille, non ? En plus, elle aura le meilleur bureau, avec un fauteuil confortable, un canapé… Il ne lui manquera que la télévision pour se sentir chez elle.

— Et qui s'occupera de l'entreprise lorsqu'elle partira en congé maternité ?

— Toi. Pendant ce temps, je te remplacerai au sein d'Andreas Holdings.

— Et pourquoi pas nous partager le boulot, comme avant ?

— Alors ça, non ! Je peux modifier mon emploi du temps pendant quelques mois à la rigueur, mais pas plus. Je dirige un ranch et une société pétrolière, moi ! Pour faire mon travail, il faudrait au moins deux personnes, si ce n'est quatre. Toi, tu ne possèdes qu'une entreprise, et ta remplaçante est toute trouvée. Tu viens de nous dire qu'elle s'acquittait à merveille de la tâche.

Nick se frotta la nuque. Il était pris au mot… D'un autre côté, il ne pouvait nier qu'il faisait vraiment confiance à Maggie pour la gestion de son entreprise. Devant son silence, Cade soupira.

— Allez. Pourquoi hésites-tu ? Ta vie est à New York. Tu adores sortir, faire la fête, tu aimes t'occuper de Gino.

— Je vais y réfléchir, répondit-il avec un soupir.

— Fais vite, alors.

Du menton, il lui fit signe de se retourner. Whitney, tel un ange blond, était apparue, portant Gino, qui agitait ses petits bras dodus vers Darius.

— Nous ne pouvons pas nous décharger sur lui de toute la pression d'Andreas Holdings. Il a d'autres responsabilités, à présent.

A son retour, mardi, en fin d'après-midi, Nick eut un coup au cœur en voyant Julie installée au bureau de Maggie. La panique le cloua sur place. Maggie était partie ? Elle avait démissionné ? Sans le prévenir ? Au moment où il allait lui proposer le boulot de sa vie ? Mais pourquoi, bon sang ?

Allons, il savait bien pourquoi. Comme patron, il avait été en dessous de tout : arrogant, désobligeant, acariâtre. Elle lui avait toujours donné des preuves de bonne volonté, et lui n'avait cessé de la rabrouer.

— Où est M… ?

Avant qu'il ait terminé sa question, Maggie accourut dans le bureau.

— Je viens de voir la voiture de Nick.

Elle s'arrêta net en l'apercevant. Aussitôt, il la revit sortant de la piscine, ruisselante, pour s'installer sur une chaise longue. Tout son corps fut parcouru d'un frémissement.

Oui, il comprenait parfaitement qu'elle en ait assez, de cette tension sensuelle…

Mais, malgré tout, elle n'avait pas démissionné : elle était bien là, prête à travailler. Et lui la fixait avec une insistance gênante. Il fallait qu'il se ressaisisse.

Reculant d'un pas, elle baissa les yeux.

— J'ai demandé à Julie de revenir pour m'aider à mettre la main sur certains dossiers.

— Très bien.

Julie se pencha derrière Maggie pour attirer son attention.

— De toute façon, je vous devais une semaine.

— C'est vrai.

Une bouteille d'eau à la main, Maggie passa dans son bureau à lui. Sans une hésitation, elle lui fit signe de la rejoindre et, s'installant devant l'ordinateur, pianota sur le clavier : un nouveau document s'afficha. A la voir aussi à l'aise à cette place, il ne put s'empêcher de repenser aux paroles de Cade. Pour une fois, son frère n'avait peut-être pas tort.

— Et voilà ta réponse à l'appel d'offres, dit-elle en désignant fièrement l'écran. Terminée.

Il contourna lentement le bureau.

— *Terminée ?*

— Oui. C'était élémentaire, dit-elle en lui lançant un bref regard inquiet. Ton système ne marchait pas mal, mais tu demandais à chaque service de mettre à jour d'anciens formulaires, puis tu intégrais leurs informations dans le nouveau document. Il est beaucoup plus simple et plus rapide de créer les nouveaux documents et de les faire remplir directement par les personnes intéressées.

— C'était beaucoup plus simple, fit Julie derrière lui.

Il se tourna vers celle-ci.

— Vous étiez de mèche ?

— Non, j'ai juste suivi le bon déroulement du travail. C'est Maggie qui a organisé le système, elle qui a demandé à chaque responsable de remplir les nouveaux documents.

Il lui fit face.

— Donc, l'initiative te revient.

Elle s'empourpra.

— Seulement si tu es satisfait.

— En toute franchise, je n'en crois pas mes oreilles, mais je ne peux pas me dire satisfait avant d'avoir jeté un coup d'œil à cette réponse.

— Je comprends tout à fait, dit-elle en se levant précipitamment. Tiens, assieds-toi.

Alors qu'elle lui cédait la place, elle ne put éviter de se retrouver face à face avec lui, à quelques centimètres. Elle le regarda, et ses yeux brillèrent d'un éclat soudain, aussi révélateur que sa respiration saccadée. Elle éprouvait de l'attirance pour lui ?

Ils demeurèrent un instant immobiles dans une contemplation mutuelle, et une sensation étrange s'empara d'eux. D'une certaine manière, ils étaient restés les deux adolescents qui s'étaient aimés, mais, à d'autres égards, ils avaient changé radicalement : ni tout à fait les mêmes ni tout à fait différents… En revanche, l'attirance qu'ils ressentaient l'un pour l'autre avait survécu. C'était sans doute pour cela que le mariage malheureux de Maggie le mettait dans de telles colères. Il n'avait jamais cessé de s'intéresser à elle, de veiller sur elle comme sur la moitié d'un tout qu'ensemble ils étaient censés former. Comme si, ces quinze dernières années, il avait été perdu sans elle.

S'intéresser à une femme qui n'avait jamais cru en lui… Quel imbécile !

Il s'écarta vivement pour la laisser passer. Au même instant, Julie se dirigea vers la porte.

— Il est 17 heures. Je m'en vais, si vous n'y voyez pas d'inconvénient. D'ailleurs, dit-elle en se tournant vers Nick, comme la réponse à l'appel d'offres est pratiquement terminée, je n'ai pas de raison de revenir demain, sauf si vous avez besoin de moi.

— Non, ça ira, dit-il en souriant. Merci de votre aide.

Une fois seul avec Maggie, il lui jeta un coup d'œil. Assise en face de lui, elle affichait un sourire penaud. Pourquoi s'attendrissait-il sur elle ? Leur histoire était terminée depuis longtemps. Ce bébé qu'elle attendait n'était pas le sien. Ses problèmes non plus n'étaient pas les siens.

Il s'efforça de lire le document sur l'écran, en vain. Incapable de se concentrer, il remua sur son siège et finit par lever les yeux vers Maggie, qui était suspendue à son verdict. Pour se détendre, il ôta sa veste d'un mouvement d'épaules, alla l'accrocher dans la penderie et revint s'asseoir. Puis il déboutonna les poignets de sa chemise blanche.

— Aurais-tu une version papier, par hasard ?

— Oui, bien sûr.

Elle disparut et revint, à peine une minute plus tard, avec un document de l'épaisseur d'une ramette de papier qu'elle lui tendit. De nouveau, ils étaient face à face, cette fois-ci séparés non plus par un bureau, mais par une ramette de papier. L'air sembla se tendre autour d'eux, comme une corde près de se rompre. Au diable cette attirance ! Sur le point de lui proposer une opportunité en or, un emploi bien payé qui lui permettrait de donner la mesure de ses potentialités et de réparer les injustices du passé, il n'allait tout de même pas tout gâcher par un moment de folie…

Il prit le document avec brusquerie et alla s'installer à la table de conférence. Elle le suivit, son bloc-notes à la main.

— Si tu veux, je m'assois ici, de manière à relever la section et la page pour chaque erreur que tu remarqueras. Ensuite, je transmettrai mes notes par e-mail aux services concernés.

Il s'enfonça dans son fauteuil et la regarda d'un air dubitatif. Il aurait voulu qu'elle s'en aille. Sa voiture était réparée, il l'avait vue sur le parking en arrivant, elle aurait pu partir sur-le-champ, mais ils allaient devoir réviser ce document ensemble. Il soupira.

— Donc, ta méthode fait l'unanimité…

— Les chefs de service étaient même ravis. Vraiment, dit-elle en réaction à son rire narquois. Tout le monde est d'accord pour dire que tu en prends trop sur tes épaules. Tu pourrais déléguer davantage et avoir plus de temps pour toi.

Il grimaça. Décidément, ils se liguaient tous pour le mettre à la porte de sa propre entreprise… Il parcourut les premières pages de l'appel d'offres, les plus faciles : elles consistaient essentiellement en une présentation de l'entreprise. Pas mal… Les différentes sections étaient claires, courtes, précises. Il pointa la feuille du doigt.

— Qui a rédigé cette partie ?

— Moi.

Ah… Il comprenait mieux la brièveté des paragraphes : elle était due à sa relative méconnaissance de l'entreprise, ce qui lui avait évité l'écueil du hors sujet. Il poursuivit sa lecture. Maggie, jambes croisées, balançait son pied si près de sa jambe que ses orteils se crispèrent nerveusement.

— Est-ce que les chefs de service t'ont transmis une documentation pour étayer leurs chiffres ?

— Oui, attends.

Elle partit vers son bureau et en ramena aussitôt une pile de documents volumineux qu'elle posa sur la table. Excellent : avec tout cela, il aurait de quoi s'occuper jusqu'au lendemain matin. Il tenait enfin un prétexte pour la renvoyer chez elle. Il n'avait qu'à lui dire qu'il avait besoin de calme pour lire.

— Très bien, dit-il en se levant. Puisque j'ai tout ce qu'il me faut, tu peux t'en aller.

— Ah bon ? Tu n'auras pas besoin de moi pour noter les erreurs que tu relèveras ?

— Non, c'est inutile. Tu n'aurais pas un œil neuf sur ce document, puisque c'est toi qui l'as rédigé. Rentre chez toi, va. Il est 17 heures passées, de toute façon.

Devant son regard inquiet, le cœur de Nick se serra. Il détestait la voir soucieuse, d'autant plus qu'elle n'avait aucune raison de l'être : il envisageait de lui accorder une promotion, de prendre soin d'elle.

— Tu as fait un travail remarquable.

Elle continua de le regarder fixement, mais ses yeux

s'adoucirent. Il comprit alors qu'elle n'avait plus peur. Elle le dévisageait parce qu'elle était fascinée, sous l'emprise de cette sensation qu'il percevait également, cette attirance qu'il ne pouvait s'empêcher d'éprouver… Ils étaient pourtant mal placés pour ressentir quoi que ce soit d'autre que du ressentiment ou des regrets l'un pour l'autre.

Mais il se pencha vers elle…

Elle renversa la tête…

Et leurs lèvres s'unirent.

Oh ! oui, c'était bien sa Maggie, sa chère Maggie, si douce !

Il prit sa tête entre ses mains et l'inclina en arrière pour approfondir leur baiser. Elle entrouvrit la bouche comme pour soupirer, et s'offrit sans retenue à la caresse de sa langue. Un gémissement sourd lui échappa et le fit vibrer d'un sentiment d'exaltation et de triomphe. Mille sensations l'assaillaient, chacune connectée à un souvenir bref comme un flash : le grondement de l'océan… l'éclat du soleil… la chaleur de l'innocence…

Mais bientôt il ne pensa qu'au plaisir de l'instant présent. Il promena la main sur son visage, sur son cou, jusqu'à l'échancrure de son chemisier, et son bon sens lui revint comme un éclair. L'embrasser était une chose, mais la toucher, une autre.

Il s'écarta lentement, et leurs regards se heurtèrent. Un silence tomba, troublé seulement par leurs souffles saccadés. Il ne savait quoi dire, quoi faire. Il se sentait tellement vivant, mais cette sensation pouvait n'être qu'une illusion, une simple réminiscence de sensations du passé… C'était probable, même : il ne connaissait pas suffisamment la nouvelle Maggie pour la désirer avec une telle ferveur. Ce baiser ne prouvait rien, si ce n'était que, dans leur jeunesse, ils avaient été liés par une alchimie puissante. C'était même une erreur qui risquait de mettre en péril les projets qu'il avait pour elle.

— Je suis désolé.

Elle cligna les paupières.

— Comment cela, désolé ?

— Tu sais bien que nous ne devons pas franchir certaines limites.

Elle acquiesça d'un bref hochement de tête.

— Parce que nous travaillons ensemble… Je comprends.

Il recula d'un pas. Tant qu'il n'avait pas relu la réponse à l'appel d'offres, il ne pouvait pas lui parler de la promotion qu'il envisageait de lui accorder. Dès lors, mieux valait se rabattre sur l'excuse qu'elle-même venait de lui fournir.

— Oui, et parce que nous ne nous connaissons plus vraiment. Pour l'heure, nous avons besoin l'un de l'autre, c'est tout. De toute façon, à supposer que nous éprouvions quelque chose l'un envers l'autre, il nous serait difficile d'effacer le passé. Par conséquent, oublions ce baiser, veux-tu ?

Devant son regard triste, il se sentit envahi d'un sentiment de honte.

— Ecoute, j'ai eu tort de t'embrasser. Je ne sais pas ce qui m'a pris. En tout cas, c'était une regrettable erreur.

Il se détourna pour revenir à son fauteuil.

— Rentre chez toi. Je voudrais lire ce dossier calmement, sans être interrompu. Nous en reparlerons demain matin.

9

Le lendemain, Nick arriva au travail comme Maggie allumait son ordinateur.

— Prends ton carnet et suis-moi, lui dit-il sans s'arrêter. J'en suis seulement à la moitié de la réponse, mais j'ai déjà relevé quelques erreurs. Mineures, rassure-toi.

Munie d'un stylo et d'un bloc-notes, elle l'escorta jusqu'à son bureau et alla s'asseoir à la table de conférence. Une bouffée de tristesse l'envahit. La veille, lorsqu'il l'avait embrassée, elle s'était soudain prise à rêver à un miracle. Elle avait espéré, prié même, qu'il ait agi non par curiosité, mais sous l'effet d'une impulsion irrésistible, et peu importait si cette impulsion était suscitée par des souvenirs. A présent qu'elle était de retour à Ocean Palms, elle se sentait très proche de la Maggie qu'elle avait été, à dix-huit ans. S'il l'avait aimée à l'époque, pourquoi pas maintenant ?

Elle oubliait encore qu'elle l'avait blessé, et qu'il était trop fier, trop orgueilleux, trop… *Nick* pour jamais lui pardonner. Dès lors, à quoi bon espérer…

Il prit place à côté d'elle.

— Hier, lorsque j'en ai eu assez de ma relecture, j'ai jeté un œil sur ton CV et je me suis aperçu que tu n'avais aucune expérience en matière d'appels d'offres. Comment as-tu fait pour t'en sortir ?

Elle haussa les épaules.

— En tant qu'analyste, j'en ai étudié des centaines, pour

ne pas dire des milliers. Si une entreprise n'arrive pas à décrocher des contrats, neuf fois sur dix, la faute en revient soit à un problème interne, soit à des erreurs dans les réponses aux appels d'offres. Mais ce n'est pas le cas pour toi, dit-elle avec un sourire hésitant. Je me suis contentée de rationaliser ta façon de procéder. Andreas Manufacturing est une société qui marche, et je comprends pourquoi ce contrat vous est régulièrement renouvelé.

Il eut un toussotement gêné qui lui rappela tellement le Nick de sa jeunesse qu'elle faillit lui donner une bourrade amicale.

— Où est le mal à te dire que tu fais du bon travail ?

Le visage de Nick prit une expression méfiante qui l'attrista. Manifestement, il regrettait de l'avoir embrassée.

— J'ai dressé une liste de questions ou de problèmes que j'ai relevés. J'en parlerai directement avec les services concernés, mais je souhaiterais que tu assistes à la réunion.

Elle leva brusquement les yeux.

— Ah bon ?

Il lui tendit un papier sans la regarder.

— Tiens, voilà la liste des services à contacter.

Une bouffée de parfum masculin flotta jusqu'à elle et l'anima d'un désir aussi brutal que la veille, lorsque leurs lèvres s'étaient unies.

— J'aimerais que tu appelles tous les responsables pour convenir avec eux d'un rendez-vous.

Comme elle se penchait pour lire la liste, leurs épaules se frôlèrent et il s'écarta vivement. Elle sentit alors s'éteindre la flamme vacillante de son espoir. Elle ne lui était sans doute pas indifférente, mais il ne faisait que subir l'attirance qu'il éprouvait, et il s'efforçait de la vaincre. Un homme aussi fort et déterminé que lui n'aurait aucune peine à étouffer un sentiment non désiré.

— Prévois une heure pour chaque service, avec une pause à midi et une reprise à 13 heures. Nous devrions pouvoir les voir tous les sept avant la fin de la journée.

Elle opina et retourna à son poste pour passer les appels. Combiné à l'oreille, son regard errait vers le bureau de Nick. Il compulsait un dossier le front dans les mains, d'un air intelligent, efficace. A ce spectacle, elle éprouva un élancement de douleur douce-amère. Sachant qu'il avait refusé la donation, elle souffrait encore plus. Comment ne pas penser à ce qui serait arrivé si son père ne lui avait pas proposé les cinq millions, ou si elle n'avait pas entendu cette conversation… Ou encore, si elle ne s'était pas sentie coupable de ce qu'il risquait de renoncer à cet argent pour elle…

Si, si, si… Et pourtant… Ils étaient encore attirés l'un par l'autre, après quinze ans. Quinze ans. Quel couple auraient-ils formé, s'ils étaient restés ensemble… s'ils avaient réussi à gommer leurs différences et à…

— Oui, Maggie ?

La voix dans le combiné la fit sursauter.

— Ah ! Mark !, fit-elle, la main sur son cœur. Nick veut te voir dans son bureau. Il souhaite s'entretenir avec tous les chefs de service séparément pendant une heure. Comme tu es le premier que je contacte, je te laisse choisir l'heure.

— O.K. Fais-moi passer tout de suite, dans ce cas.

Le rendez-vous noté, elle raccrocha et jeta un regard vers Nick. Pourrait-elle un jour ne plus rien ressentir pour lui ?

Du fait des réunions, Nick resta au bureau jusqu'à 23 heures. Il avait renvoyé Maggie chez elle vers 19 heures en l'assurant qu'il n'en aurait pas pour très longtemps. Pieux mensonge…

Cade avait raison. Il continuait d'éprouver de l'attirance pour elle. Une attirance si forte qu'il ne pourrait pas lui résister éternellement. Tôt ou tard, il finirait par la séduire, et avec quelles conséquences ? Il risquerait de la blesser, de la pousser à la démission… Auquel cas, en plus de se priver d'une assistante compétente, il allait perdre une possible administratrice, ce qui était inenvisageable, pour lui comme pour elle. La solution la plus simple était encore de partir à New York, ainsi que l'avait suggéré Cade.

De retour chez lui, il s'affala sur un canapé, alluma la télévision sur un match de base-ball puis composa le numéro de Darius.

— C'est à cette heure-ci que tu appelles ?

Soulagé d'entendre la voix de son frère, il se détendit.

— Je te réveille.

— Non. Personne n'est encore au lit, à part Gino. Whitney est en train de lire des dépositions en face de moi.

— Salut, Nick !

Celui-ci sourit en entendant la voix de la jeune femme.

— Dis à Whitney que je l'embrasse.

— Nick t'embrasse ! Donc, dis-moi ce qui se passe.

— Eh bien, Cade a raison. Je devrais travailler à plein temps pour Andreas Holdings.

Un silence éloquent lui répondit.

— Voici plusieurs jours que j'y réfléchis. Ce qui a emporté ma décision, c'est qu'à mon retour la réponse à l'appel d'offres était pratiquement terminée. Maggie avait tout fait, mis à part la relecture et la vérification des données chiffrées.

— C'est elle qui l'a rédigée ?

— Elle a coordonné la rédaction assurée par les différents services.

— Chapeau, fit Darius avec un sifflement admiratif.

— Je sais. Cade pense qu'elle pourrait me remplacer en me déléguant les travaux les plus difficiles par téléphone, par fax ou par mail.

— Où est le problème ?

— Elle n'a aucune expérience en la matière. Avant de venir chez moi, elle était analyste.

— Et pourtant, elle a réalisé la réponse à ton appel d'offres.

— Oui, elle connaît la théorie, c'est la pratique qui lui manque.

— Dans ce cas, forme-la.

— Je ne veux pas lui dire que je pense lui accorder une promotion si elle ne fait pas l'affaire en définitive.

— Tu ne pourras pas le savoir avant de l'avoir vue à l'œuvre.

— Je le sais bien, mais, comprends-moi, c'est une situation délicate. J'ai tellement envie de lui donner cette promotion que je me demande si je lui attribue des qualités qu'elle n'a pas.

— Pff ! Ne sois pas ridicule. Il y a quelques jours, tu nous racontais que tu ne ressentais rien pour elle.

Il plissa les yeux. Il mourait d'envie de se confier à son frère, mais un homme devait régler certains problèmes tout seul.

— Maggie est enceinte et dépend absolument de son travail. Il faudrait que je sois sans-cœur pour ne rien ressentir pour elle.

— On dirait qu'elle te fait pitié.

Pitié, Maggie ? Pourvu que non. Elle ne le supporterait pas.

— Non, pas du tout. Chaque fois que je pense à tout ce qu'elle a enduré après notre rupture, je suis plutôt furieux. Elle ne méritait pas de souffrir autant. J'aimerais voir sa vie prendre un tour meilleur.

— Ecoute, viens avec elle pour l'anniversaire de Gino. Je me chargerai d'évaluer ses qualités. Tu verras que je peux la mettre à l'épreuve sans même qu'elle s'en aperçoive.

— Bonne idée, mais quel prétexte me donnes-tu pour la faire venir ?

— Tu n'as qu'à lui dire que tu as besoin d'elle pour prendre des notes lors d'une réunion entre Cade, toi, et moi. Ma secrétaire ne peut pas y assister parce que, du fait de sa position au sein d'Andreas Holdings, sa présence entraînerait un conflit d'intérêts.

Excellente idée ! Le visage de Nick s'épanouit.

— Très bien, c'est entendu. A samedi, donc.

En arrivant au travail, le lendemain matin, Nick aperçut Maggie qui se dirigeait vers l'entrée des locaux. Il sortit précipitamment de voiture et courut lui tenir la porte.

— Merci.

— Je t'en prie, dit-il en lui emboîtant le pas.

Elle sourit, légèrement déstabilisée par sa prévenance. Devait-elle l'attendre ? Marcher à côté de lui ? Bavarder ? Elle en avait tellement envie. Elle espérait tellement qu'en lui laissant le temps il finirait par changer d'avis. Pourtant, il fallait se rendre à l'évidence : pour un signe d'intérêt, il lui en donnait dix d'indifférence. Pourquoi en irait-il autrement aujourd'hui ? Il lui avait tenu la porte, il avait laissé son regard s'attarder sur elle, mais, tout à l'heure, il irait s'enfermer dans son bureau et en sortirait pour sa pause de midi sans lui dire une parole. Il était ridicule d'espérer.

Tandis qu'elle s'installait, il s'arrêta à la porte de son bureau et se tourna vers elle.

— Je… euh… j'ai eu une discussion avec mon frère Darius, hier soir.

— Ton frère aîné ?

— Oui, celui qui vit à New York, le P.-D.G. d'Andreas Holdings. Il organise une fête pour le premier anniversaire de notre petit frère et il m'a demandé si tu pouvais venir.

Le cœur de Maggie cessa de battre. Elle était invitée à une fête familiale ? A New York ?

— Je dois retrouver mes frères pour une réunion samedi matin, mais le procès-verbal ne peut être dressé par un employé d'Andreas Holdings pour des raisons de conflit d'intérêts. Voilà pourquoi Darius a eu l'idée de te faire venir en qualité de secrétaire.

Elle le regarda fixement. Comment avait-elle pu être assez stupide pour se figurer qu'elle était invitée à titre privé ? Quand finirait-elle par comprendre qu'il ne ressentait rien pour elle ?

— Je… je…

Il jeta un regard sur son ventre.

— Quel idiot… Excuse-moi, j'avais oublié que tu n'étais pas en état de voyager.

— Si, je peux voyager.

— Oh !

Elle se ressaisit. Après tout, elle était son assistante. S'il lui demandait de le suivre à New York, elle était tenue d'obéir.

— Je serai ravie de venir. Remercie ton frère de m'avoir invitée.

— Très bien. Nous partirons demain matin. Darius nous logera dans sa propriété de Montauk. Prévois des vêtements de plage.

La plage ! Voilà qui lui remontait le moral. Elle ne vivait qu'à quelques kilomètres de la mer, mais, entre le travail et ses problèmes de voiture, elle n'avait pas encore eu la possibilité d'aller se baigner. En fin de compte, ce week-end lui permettrait peut-être de joindre l'utile à l'agréable.

Le lendemain, vêtue gaiement d'un corsaire blanc et d'un débardeur jaune vif, Maggie retrouva Nick sur le petit aérodrome d'Ocean Palms. Il l'attendait devant le seul avion sur le tarmac.

— Cet avion est à toi ?

Il la soulagea de son sac, qu'il tendit à un homme en uniforme bleu de pilote, puis lui fit signe de monter derrière lui.

— Non, à mon frère Cade. Il l'a mis à ma disposition pour cette année.

— Pour une année ? Ton frère est généreux.

Il balaya l'air d'un geste désinvolte.

— Il en a sept autres. Celui-ci ne lui manque même pas.

Sept avions ? L'ampleur des changements dans la situation familiale de Nick ne cessait de l'étonner, ou de lui rappeler qu'ils appartenaient désormais à des mondes tellement distincts qu'il était illusoire de songer à une relation avec lui.

En haut de la passerelle, elle se figea, stupéfaite. Avec ses canapés de cuir blanc et son élégant bar de bois luisant, l'intérieur de l'avion ressemblait davantage à un salon confortable qu'à une cabine.

— Le salon manque d'espace parce qu'il y a un bureau et

une chambre à l'arrière, dit-il, se méprenant sur les raisons de son hésitation.

Elle se tourna vivement vers lui.

— C'est magnifique.

— Cade n'est pourtant pas du genre à en profiter. C'est un drogué de travail qui ne s'arrête que pour dormir, et encore ! Je suis à peu près sûr qu'il ne s'est jamais assis sur ces canapés ou même qu'il n'a jamais jeté un coup d'œil par le hublot.

Assis l'un en face de l'autre, ils attachèrent leur ceinture pour le décollage. Quelques minutes plus tard, il se leva et se dirigea vers le bar.

— Je te sers quelque chose ?

— Non merci.

— Je ne parlais pas d'alcool. J'ai du jus d'orange, du jus de pomme, de l'eau minérale.

Elle secoua la tête.

— Je n'ai pas soif, vraiment.

— Comme tu voudras.

Comme il reprenait sa place, un soda à la main, elle jeta un regard autour d'elle, en quête d'un sujet de conversation. Ils n'allaient tout de même pas passer deux heures sans rien se dire…

— Donc, tu as un petit frère.

Le rire de Nick la surprit.

— Oui… C'est incroyable, non ? Et le meilleur, c'est que nous l'avons appris seulement le jour de la lecture du testament, quand l'avocat de papa l'a remis aux bons soins de Darius. Pour couronner le tout, Gino possède une part d'Andreas Holdings au même titre que nous trois, dit-il avec un léger rire.

Elle inclina la tête d'un air interrogateur.

— Ça t'embête ?

— Pas vraiment, non. Je n'ai pas besoin de l'argent d'Andreas Holdings, donc je me fiche un peu de savoir en combien de parts l'entreprise est scindée. Ce gosse est adorable, dit-il avec un sourire béat. Un vrai petit Andreas, brun aux yeux noirs, mais bâti comme un futur joueur de football américain.

Elle sourit à son tour, attendrie par sa fierté et son affection.

— J'ai hâte de le voir.

— C'est justement son premier anniversaire que nous allons célébrer. Tu pourras sans doute persuader Whitney de te le confier, histoire de t'entraîner un peu, dit-il en pointant le doigt vers son ventre rond.

— Peut-être.

Elle ne pouvait s'empêcher de ressentir une pointe de douleur à le voir aussi heureux, aussi attaché à ce petit garçon. Il aurait été un père formidable pour le bébé qu'ils avaient perdu.

Un long silence tomba. Au bout de quelques minutes, Nick ouvrit sa sacoche et en sortit des dossiers et des papiers qu'il étala sur le canapé.

— Va travailler dans le bureau, si tu veux, dit-elle.

— Ça ne t'embête pas ?

Elle haussa les épaules.

— Non. Je peux même venir prendre des notes si nécessaire.

— Très bien. Je te fais signe au besoin.

Laissée seule, elle se mit à l'aise sur le canapé et ne tarda pas à s'endormir. Nick la réveilla en lui posant la main sur l'épaule.

— Nous arrivons. Le pilote nous demande de boucler nos ceintures.

Elle ouvrit les yeux. Accroupi devant elle, son regard à la hauteur du sien, il la contemplait avec douceur, tendresse, même. Il se leva et se détourna comme s'il était gêné qu'elle surprenne cette expression sur son visage. Peut-être se faisait-elle des idées… à moins qu'il ne l'ait vraiment observée pendant son sommeil. Auquel cas, avait-il des sentiments pour elle ? Après tout, il l'avait invitée à passer le week-end au sein de sa famille. D'accord, elle était chargée de dresser le compte rendu d'une réunion, mais ils auraient aussi bien pu confier ce travail à quelqu'un d'autre.

Ils débarquèrent bientôt sur une piste d'atterrissage privée. Devant une longue limousine noire étaient postés un grand homme brun en costume sombre, un bébé dans les bras, ainsi qu'une jeune femme blonde vêtue d'une robe fourreau noire et d'un chapeau à large bord de même couleur. Tous les trois portaient des lunettes de soleil. Maggie ne put s'empêcher de sourire. Ce couple au comble de la richesse et de l'élégance était aux antipodes de son monde à elle.

Nick sortit de l'avion en premier et lui tendit la main pour l'aider à descendre.

— Je vous présente Maggie, dit-il au trio qui s'approchait à leur rencontre.

— Bonjour.

Maggie sourit à la vue de Gino, adorable, avec ses petits bras potelés, ses boucles noires et ses fossettes.

— Il est à croquer.

Le bébé fut secoué d'un rire léger comme une cascade de grelots.

— Je sais, dit Darius en faisant sautiller le garçonnet sur son bras. Il est difficile de lui résister.

Whitney serra la main de Maggie, et s'aperçut alors de son ventre rond.

— Vous êtes enceinte.

— Oui. J'en suis à six mois.

— C'est formidable ! dit-elle en la prenant par l'épaule pour la mener à la limousine. Darius et moi envisageons d'avoir un enfant afin que Gino ne soit pas trop gâté.

— Pas trop gâté ! Tu crois vraiment que nous pourrons éviter ça ?

Whitney éclata de rire.

— Là-dessus, fais-moi confiance.

Maggie promena le regard autour d'elle. La piste était silencieuse et vide. Apparemment, elle devait appartenir à la famille Andreas. Le chauffeur ouvrit la portière et Whitney s'installa avec l'aisance d'une personne habituée au luxe.

Désemparée, Maggie chercha Nick du regard. Il se précipita aussitôt vers elle.

— Tout va bien ?

Elle opina et relâcha lentement sa respiration. Elle était folle de paniquer ainsi. D'un autre côté, elle se sentait totalement déplacée au milieu de tout ce luxe. Heureusement, Nick était si prévenant…

Mais, justement, sa gentillesse suscitait d'autres questions. Sans qu'elle ait rien dit, il avait deviné son désarroi. De là à penser qu'ils étaient en phase l'un avec l'autre, comme au temps de leur jeunesse…

— Oui, ne t'inquiète pas. Je tenais juste à m'assurer que j'entrais dans la bonne limousine.

— Amusant, dit-il avec un éclat de rire.

Installée sur un siège en cuir moelleux, Maggie détailla du regard les vitres teintées, le bar discret. Dès que le véhicule reprit sa route, Darius se tourna vers elle.

— Je tenais à vous remercier d'être venue pour retranscrire notre réunion de demain matin.

— Je vous en prie, tout le plaisir est pour moi. A vrai dire, j'espère bien trouver un moment pendant ces deux jours pour une petite promenade le long de la mer. J'habite à cinq minutes de la plage, mais je n'y vais jamais, faute de temps.

— Entendu, répondit Whitney. Je vous accompagnerai, si vous voulez.

— Oh ! ce n'est pas la peine ! Même sans boussole, je dois pouvoir suivre le rivage sans m'égarer.

— Vous avez un joli sens de l'humour. J'apprécie.

Maggie sourit, mais un bref regard entre Nick et son frère lui mit la puce à l'oreille. Lorsque Josh l'avait présentée à sa famille, elle avait remarqué le même genre d'échange muet. A présent, le doute n'était plus permis. Cette histoire de compte rendu n'était qu'un prétexte. En réalité, ils l'avaient fait venir pour l'observer, la jauger. Oh ! Seigneur… Le moindre de ses gestes allait être examiné, soupesé. Nick avait dû leur dire quelque chose qui les avait mis en garde contre elle.

Cherchaient-ils à s'assurer qu'elle ne risquait pas de le faire souffrir de nouveau ? Non, Nick ne supporterait pas qu'on s'immisce ainsi dans sa vie privée.

Mais alors… Seigneur, il avait vraiment des sentiments pour elle !

10

A leur arrivée, le magnifique domaine des Andreas bruissait comme une ruche. Presque tous les employés étaient vêtus d'uniformes noirs ou blancs et, sur le carrelage en damier du hall, ils ressemblaient à des pièces d'échec en mouvement.

— Qu'est-ce qui se passe ?

Whitney se tourna vers Nick avec un sourire rayonnant.

— Ce sont les préparatifs de la fête de samedi.

— Quoi, tout ce branle-bas de combat pour l'anniversaire d'un bébé d'un an ?

— Mais non, voyons.

Whitney s'interrompit pour signer un papier sur une écritoire que lui tendait une femme apparue à côté d'elle.

— La fête des enfants se déroulera dimanche après-midi. Samedi soir, nous organisons un gala pour réunir des fonds au nom de Gino. L'argent récolté sera reversé à l'une des trois organisations caritatives que nous avons sélectionnées. Ensuite, pour remercier nos donateurs, nous donnerons un bal.

Voyant Maggie blêmir, Nick se précipita pour lui prendre le bras. Elle leva vers lui un regard dans lequel il ne sut s'il devait lire de la peur, de la stupéfaction ou un sentiment de malaise… ou les trois à la fois.

— Un bal ?

— Oh ! Il n'y aura pas grand monde : juste 200 invités. Pas de quoi s'inquiéter, dit Whitney devant son expression catastrophée.

Les mains à plat sur son ventre, Maggie inspira profondément. Aussitôt, Nick sentit son cœur se serrer. Le soir où elle avait perdu le bébé, elle ne s'était plainte d'aucun signe avant-coureur. Tout à coup, elle avait eu mal, rien de plus.

— Maggie ?

— Je ne… enfin, je… je n'ai pris que des vêtements pour la plage.

Une vague de soulagement le submergea. Whitney, cependant, se tourna vers Darius.

— Tu ne leur as pas parlé du bal ?

— Non, j'avoue que j'ai complètement fait l'impasse.

— Pas de soucis. Nous irons faire les boutiques ensemble.

— Mais je…

— S'il vous plaît, ne me dites pas non. Les sorties entre filles sont devenues si rares, pour moi.

Lui prenant le bras, elle lui fit monter l'escalier.

— Nous en reparlerons plus tard, voulez-vous ? Pour l'heure, reposez-vous un peu. Faites donc une sieste, ou prenez un bon bain, ou allez vous promener sur la plage. Faites-moi signe lorsque vous serez prête.

Elle abandonna Maggie dans une chambre meublée d'un lit aux draps de satin ivoire. D'énormes oreillers surmontés de petits coussins invitaient au sommeil. Les fenêtres, bordées de rideaux de satin ivoire également, offraient une vue superbe sur la mer. La pièce disposait d'un petit salon vert cendré meublé d'une bergère de même couleur, d'un canapé vert et blanc, de tables et d'une armoire en merisier.

Elle entreprit de déballer ses minces effets personnels : un short, des débardeurs, quelques corsaires et un vieux jean. Une visite dans les magasins s'imposait. Pourtant, elle rechignait à dépenser une fortune pour une robe qu'elle ne porterait qu'une seule fois dans sa vie… Car elle avait peu de chances d'être de nouveau invitée à un bal.

Un coup frappé à la porte interrompit ses pensées.

— Entrez.

S'attendant à un employé qui lui apporterait des serviettes

de toilette parfumées ou des chocolats d'importation, elle fut surprise de voir Nick.

— Maggie, je suis vraiment désolé.

— Ce n'est pas grave. Moi non plus, je ne me serais jamais attendue que l'anniversaire d'un enfant d'un an donne lieu à un gala de bienfaisance.

— J'aurais dû me méfier. Whitney profite de toutes les occasions pour réunir des fonds en faveur d'associations d'aide à l'enfance. Elle a perdu un bébé, vois-tu.

— Oh ! non ! fit-elle en posant la main sur son cœur. Comme c'est triste.

— Elle se porte mieux. Evite de la questionner sur son passé, c'est tout. J'aurais pu me douter qu'elle utiliserait l'occasion pour récolter des dons.

— Ce n'est pas grave, dit-elle de nouveau.

— Sauf qu'il va te falloir faire les frais d'une robe.

— Ta belle-sœur va me porter secours, dit-elle, légère.

Il éclata de rire. Un frisson délicieux courut sur la peau de Maggie. Quel plaisir de se trouver seule avec lui, à l'écart des regards indiscrets. Ici, ils pouvaient être eux-mêmes, libres de leurs sentiments et de leurs paroles. Et manifestement, il s'intéressait vraiment à elle. Certes, elle était étrangère au monde de luxe auquel appartenaient les Andreas, mais ils n'habitaient justement pas à New York. Ils vivaient dans une petite ville où tout le monde se connaissait et se disait bonjour.

— Tout de même…

Il plongea la main dans sa poche et en sortit une carte de crédit.

— Tiens, prends ça. Je connais les goûts de Whitney, et je sais qu'ils ne sont pas à la portée de ta bourse.

Un élan d'humiliation et de déception la traversa, contre lui, d'abord, pour cette offre condescendante, mais aussi contre elle-même, incapable de se payer une robe. Bien sûr, le vêtement en question était une tenue de soirée pour un bal chic, mais quand même ! Elle avait toujours travaillé pour subvenir à ses besoins et ne dépendre de personne. Elle avait toujours économisé à grand-peine l'argent que Josh dilapidait si facilement, et voilà qu'un autre ex lui faisait la charité…

— C'est inutile. Moi aussi, j'ai une carte de crédit.

— Je sais, mais tu ne vas pas nous faire risquer un découvert ?

Elle éclata de rire. *Nous…* Se rendait-il compte de ce qu'il disait ? De nouveau, il parlait d'eux comme d'une équipe. Une myriade d'émotions l'assaillirent : tout à la fois, elle regrettait d'avoir épousé Josh, elle craignait les suites que pourrait avoir une relation avec Nick, elle l'aimait pour sa gentillesse. Elle l'aimait d'un amour pur, d'un amour simple, comme on n'en connaît qu'un seul dans sa vie.

Surgie de nulle part, cette pensée la stupéfia. Ses sentiments pour lui n'avaient jamais disparu. Elle n'avait jamais cessé de l'aimer. Mais lui, comment savoir ce qu'il ressentait pour elle ? Peut-être imaginait-elle des sentiments qu'il n'éprouvait pas. Argent, cadeaux, elle ne voulait rien recevoir de lui en attendant de comprendre ce qui se passait entre eux.

— Ça ira, je t'assure, dit-elle en repoussant la carte de crédit.

Il fronça les sourcils, regarda alternativement la carte et Maggie, qui lui lança un sourire tremblant.

— Comme tu voudras, dit-il avec un soupir. Mais si tu rencontres la moindre difficulté, n'hésite pas à m'appeler.

— Ne t'inquiète pas. Tout ira bien.

Nick entra dans le cabinet de travail du premier étage et se laissa tomber sur le canapé. Darius, au téléphone, lui décocha un bref regard et écourta sa conversation.

— Je te sers quelque chose ?

— Non. Il est trop tôt pour boire.

— Tu fais des progrès, dit-il en riant. Le jour où tu as recruté Maggie, tu buvais l'après-midi.

— Pas du tout, il était largement 17 heures !

— Peu importe. Je l'aime bien, Maggie, dit-il en le rejoignant sur le canapé.

— Tout le monde l'aime bien.

— Allons, ne fais pas l'innocent. Tu la dévorais des yeux, dans la limousine.

Nick haussa les épaules.

— Elle est enceinte et un peu perdue, parmi nous. J'agirais ainsi pour n'importe qui.

Darius se leva avec un rire narquois.

— Puisque tu es d'humeur aussi sérieuse, j'ai trois contrats à te faire lire.

Nick ne lui prêtait plus attention. Non, il n'avait pas dévoré Maggie des yeux. Il avait été prévenant, voilà tout. Pourtant, si son frère se faisait des idées sur sa relation avec Maggie, il y avait de fortes chances qu'elle ait la même fausse impression. Il était temps de mettre les choses au point.

La limousine ralentit à l'entrée de la ville. Assises côte à côte, un verre à la main, Whitney et Maggie avaient épuisé la conversation concernant leurs parents et la scolarité qu'elles avaient suivie.

— Il y a quelque chose entre toi et Nick ?

— En dehors du fait que nous avons été mariés, tu veux dire ?

Une moue contrite plissa les lèvres de Whitney.

— Excuse-moi. Darius m'en a parlé, en effet, et je ne voulais pas te donner l'impression de n'être pas au courant. De toute façon, c'est le futur qui m'intéresse.

— Il n'y a vraiment rien à dire. Je travaille pour lui, un point, c'est tout.

— Voyons ! Tu crois vraiment à cette histoire de compte rendu ?

— Oui et non, répondit-elle en jouant avec son verre de jus de fruits.

Pourquoi ne pas lui dire ce qu'elle avait sur le cœur ?

Whitney lui inspirait une confiance instinctive et, dans l'état de confusion où elle se trouvait, un avis extérieur ne lui serait pas inutile.

— J'ai l'impression que Nick veut savoir ce que Darius pense de moi.

Whitney, songeuse, tapota ses lèvres de son index fin.

— Intéressant… Nick et ses frères ont grandi sans se connaître. Je ne t'apprends rien, bien sûr, puisque tu étais à l'école avec lui, dit-elle en souriant. En revanche, l'hiver dernier, tous les trois ont décidé de rattraper le temps perdu, et depuis ils ont réussi à créer une véritable complicité, des liens de confiance. Si Nick veut avoir l'avis de Darius, c'est qu'il a une bonne raison pour le faire.

— C'est-à-dire ? Il veut me faire passer un test ?

— Non, je pense plutôt qu'il t'a invitée pour voir si tu t'accordes bien avec sa famille. C'est bon signe, donc.

Mais Maggie secoua la tête avec véhémence.

— Pas du tout ! J'espère bien que ce n'est pas le cas.

— Pourquoi donc ? répondit Whitney en riant. Il te manque juste une robe, c'est tout, et encore, ce n'est même pas ta faute, mais celle de Darius, qui a oublié de te parler du bal. Tout ira bien, tu verras.

— Tu crois ?

— J'en suis sûre. Avant ma première soirée caritative, j'étais morte de peur, jusqu'à ce que je trouve la robe qu'il me fallait. Alors, je suis entrée dans la salle de bal la tête haute, en me disant que je n'avais pas à rougir de moi-même, et pouf ! comme par miracle, tout mon trac s'est envolé. Parfois, il suffit juste d'un peu de confiance en soi.

— Oui, tu as peut-être raison…

— J'ai tout à fait raison. Et puis, une jolie robe t'aidera à emporter les dernières hésitations de Nick.

— Ah bon ? Elle doit aussi servir à impressionner Nick ?

Le chauffeur ouvrit la portière et Whitney sortit avec une aisance gracieuse. Vêtue d'un pantalon blanc, d'une chemise noire et d'un chapeau à large bord, le regard dissimulé derrière d'immenses lunettes de soleil, elle était l'image même de la sophistication.

— Une jolie robe peut servir à beaucoup de choses.

La « jolie robe » avait en définitive coûté la bagatelle de plusieurs centaines de dollars. Tout cela pour impressionner un homme… Maggie savait parfaitement qu'elle se serait toujours reproché de ne pas avoir consenti à cet effort. Elle voulait tellement amener Nick à faire un pas vers elle… De retour à Ocean Palms, il serait trop tard : trop de souvenirs étaient attachés à cet endroit.

Comme ils s'installaient dans le petit salon pour dîner, elle s'efforça de chasser ces pensées.

— Donc, fit Darius en étalant sa serviette sur ses genoux, cet après-midi dans les boutiques ?

— Excellent ! Maggie possède un goût très sûr.

Apparemment peu intéressé par le sujet, Nick se tourna vers son frère.

— Qu'as-tu décidé au sujet des Anglais ?

— Le groupe qui veut des parts dans Andreas Holdings, tu veux dire ?

— Oui.

— Je les ai écartés. Mais l'histoire n'est pas terminée pour autant. Nous ne sommes pas les seuls à posséder des actions. Nous devons récupérer celles du secrétaire de papa avant que les Anglais ne le fassent, faute de quoi ils pourraient acquérir un tiers de la société.

Darius se lança alors dans un exposé détaillé sur les risques de cette prise de participation. Tandis que les deux frères parlaient affaires, Whitney racontait à Maggie comment elle arrivait à concilier son travail et l'éducation de Gino. Au terme du repas, Darius proposa qu'ils passent dans la salle de jeu pour une partie de cartes ou de billard. Nick jeta un regard vers Maggie, puis vers la porte.

— Je préfère me retirer. D'ailleurs, je crois que je vais raccompagner Maggie.

Elle réprima un geste de joie. Il voulait être seul avec elle !

— Oui, je suis un peu fatiguée.

Il la prit par le bras et la guida à travers un labyrinthe de couloirs jusqu'à un escalier en colimaçon. Arrivé devant la porte, il se tourna vers elle.

— Me permets-tu d'entrer un instant ?

— Oui, bien sûr, répondit-elle dans un élan simultané de nervosité et d'allégresse.

Il ouvrit et la suivit dans le salon.

— Je t'en prie, assieds-toi, dit-il en désignant le canapé.

— Je te signale que nous sommes dans ma chambre, dit-elle, radieuse.

— C'est vrai, excuse-moi.

De fines rides de rire apparurent au coin de ses yeux. Elle le dévisagea avec attendrissement. Nick Andreas n'était plus le jeune homme qu'elle avait connu, mais elle l'aimait autant, sinon davantage. Elle prit place sur le canapé de manière qu'il s'installe à côté d'elle, ce qu'il fit. Le cœur bondissant, elle tendit les mains sur ses genoux pour en maîtriser le tremblement.

— Maggie, il faut que je te dise quelque chose.

— Oui ?

Elle posa une main à côté d'elle dans l'espoir qu'il s'en saisisse, mais il se contenta de la dévisager avec gravité.

— Je pense que tu as compris que je ne t'ai pas fait venir pour prendre des notes.

Elle sourit, suppliant en silence son cœur de se calmer.

— Il faudrait que je sois aveugle pour ne pas m'en rendre compte.

— Darius n'est pas doué pour les cachotteries.

Elle acquiesça avec un rire léger.

— Donc, voilà pourquoi je t'ai fait venir.

Comme préambule à une déclaration d'amour, il aurait pu mieux faire… Il avait été plus romantique, à dix-huit ans.

— Dimanche et lundi dernier, mes frères et moi avons beaucoup parlé de toi. Cade, mon petit frère, m'a convaincu de sauter le pas.

Suspendue à ses lèvres, elle se remit à trembler. Elle dut serrer les dents pour s'empêcher de prononcer à sa place les paroles qu'elle aurait tant voulu entendre.

— Je vais devoir revenir à New York pour soulager Darius de certaines responsabilités. A cette occasion, je voulais te proposer de devenir directrice adjointe d'Andreas Manufacturing.

Elle accusa le coup. Un long silence tomba.

— Eh bien, c'est tout l'effet que ça te fait ? J'espérais te faire plaisir.

— Oui, oui ! Bien sûr !

Elle se leva vivement et cligna les paupières pour lutter contre les larmes. A quoi jouait-il, à la fin ? Elle lui plaisait, il l'avait embrassée, il l'avait même fait venir pour la présenter à sa famille ! Elle lui fit face brusquement. Ce n'était pas possible, il lui devait une explication.

— Tout ça, c'était pour un emploi ?

— Oui, mais pas n'importe lequel. Je te propose de me remplacer. C'est une grande étape pour moi. Pour nous deux. Qu'en penses-tu ? demanda-t-il après une pause.

Le cœur lourd, elle se détourna de peur qu'il la voit pleurer.

— Maggie ?

Comme elle demeurait immobile, il la prit par les épaules pour la retourner vers lui. La chaleur de ses mains l'apaisa à peine. A défaut de l'aimer, il l'appréciait suffisamment pour lui confier un poste à responsabilité. Elle avait la preuve qu'il lui faisait vraiment confiance. C'était déjà cela.

— Tu aurais voulu qu'il s'agisse de nous deux ?

Silencieuse, elle gardait les yeux baissés.

— Maggie, il ne peut rien y avoir, entre nous, dit-il avec douceur.

— Pourtant, je t'ai aimé, il y a quinze ans, dit-elle, la

voix hachée par l'émotion. Et tu ressens toujours quelque chose pour moi.

Il la contempla avec un rire triste.

— Oui, un désir physique. Mais tu as raison, en ce sens que nous avons toujours été plus que cela, l'un pour l'autre. Tu étais l'une des seules personnes dont j'étais sûr de la confiance.

Elle le dévisagea avec intensité.

— C'est vrai, je te faisais confiance.

Mais il secoua la tête.

— Eh bien, non, puisque tu m'as quitté. Tu ne pensais pas que je m'en sortirais par mes propres moyens, sans la donation de mon père.

Elle fronça les sourcils, prise au dépourvu par ce réquisitoire.

— Mais pas du tout ! J'étais jeune, au bout du rouleau, je venais de perdre mon bébé. Je pensais seulement à cet argent dont ta mère et toi aviez besoin.

— C'est de toi que j'avais besoin, pas d'argent.

Elle se redressa, piquée au vif.

— Ah bon ? Alors, comment se fait-il que tu n'aies jamais effectué la moindre démarche pour me retrouver ? Tu m'as laissée partir, point final. Pourtant, avant d'aller à l'université, je suis restée une semaine entière prostrée chez mon père, mais jamais tu n'es venu. Jamais tu n'as songé à l'état émotionnel catastrophique dans lequel je me trouvais lorsque j'ai pris cette décision.

— Maggie, aucun homme ne courrait après une femme qui n'a pas confiance en lui.

Elle secoua la tête avec un rire incrédule.

— Comment peux-tu affirmer que je n'ai pas confiance en toi ? Lorsque j'ai eu besoin d'un travail, à qui me suis-je adressée ? Lorsque je me suis retrouvée seule et enceinte, vers qui me suis-je dirigée ? Je n'ai pas agi dans l'espoir de renouer avec toi, mais simplement parce que tu étais la seule personne au monde qui pouvait m'aider… Et la seule aussi en qui j'avais confiance. C'est à toi que j'ai pensé. Toi.

Ce plaidoyer fit à Nick l'effet d'un coup de poing.

— Tu es venue à moi parce que tu savais que je pouvais t'aider ?

Elle opina avec véhémence.

— Je suis peut-être venue pour un travail, mais surtout parce que j'étais sûre que tu ne me laisserais pas tomber, toi. Tu as toujours été là pour moi.

Elle avait raison. Par fierté imbécile, il s'était toujours refusé à faire un pas vers elle. Pourtant, depuis le temps, il aurait dû tourner la page. Il n'était plus un gamin avide de reconnaissance, pas plus qu'elle n'était une jeune fille vulnérable. Ils étaient devenus tous les deux des adultes accomplis, chacun à leur manière.

— J'en ai plus qu'assez que tu t'obstines à me faire payer une erreur commise il y a quinze ans, dit-elle d'une voix tremblante. J'en ai assez d'y penser, d'en parler…

— Moi aussi, dit-il tout bas en la serrant contre lui.

Il l'attira à lui et pressa sa bouche contre la sienne avec une avidité brutale. Il avait attendu ce baiser si longtemps ! Elle entrouvrit les lèvres avec un gémissement étouffé qui le fit trembler au plus profond de lui-même. Leur passé n'avait plus aucune importance, il avait même disparu. Seul comptait le présent, et ce désir insatiable qui enflammait son sang. Il promena les mains sur ses bras, sur ses hanches, puis sa poitrine. Leurs souffles s'accélérèrent.

Mais elle s'écarta, haletante.

— Non, attends… Arrête. Tout va trop vite.

C'était vrai. Même au travers du brouillard de la passion, il sentait qu'elle avait peur. Il recula d'un pas. Elle le dévisagea en clignant les paupières.

— Donc, comment vois-tu les choses ?

— Je ne sais pas.

Il mourait d'envie de reprendre leur relation au point où ils l'avaient laissée, mais comment faire l'impasse sur ces quinze dernières années ? Pendant tout ce temps, jamais il n'avait eu de relation stable avec une femme.

— Nous ne pouvons pas disparaître dans le crépuscule, comme dans les films.

Il secoua la tête en souriant.

— Non, bien sûr que non, mais il faut que tu saches que je n'ai plus rien à voir avec l'homme que tu avais épousé.

— Bien sûr.

— J'ai eu une vie sentimentale assez mouvementée.

— Je m'en doute.

— Le problème, c'est que je ne sais pas si je pourrai vivre en couple.

Elle inclina la tête avant d'éclater de rire.

— Veux-tu savoir ce qui ne va pas ? En nous voyant, nous pensons tout de suite au mariage. Nous devrions sans doute tout recommencer… sortir ensemble, par exemple.

— Nous ne sommes jamais sortis ensemble.

— Justement, dit-elle en effleurant ses lèvres d'un baiser.

Il passa les bras autour de sa taille et la serra contre lui.

— Alors ?

— Alors, je vais t'embrasser et tu vas partir.

Il soupira.

— Je ne suis pas sûr que cela me plaise.

— C'est sans doute pour cela que nous avions sauté cette étape. Tu sais être très persuasif.

Ils échangèrent un nouveau baiser.

— Mais c'est tout pour ce soir, dit-elle avec un sourire tendre. Bonne nuit.

11

A 8 h 58, Maggie prit place dans le bureau de Darius, s'efforçant d'avoir l'air calme, sereine, efficace. Elle était présente ici en qualité d'assistante. Il était inutile de penser qu'elle aurait pu passer la nuit avec Nick. Pour l'heure, ni lui ni elle ne tenaient à claironner qu'ils allaient reprendre leur relation de zéro… du moins, pas avant d'avoir pris un peu de recul sur ce qui leur arrivait.

Nick les rejoignit l'instant d'après et la salua d'un bonjour impersonnel avant de la présenter à son frère Cade — un Andreas à cent pour cent, avec ses cheveux sombres, ses larges épaules et ses yeux noirs et profonds.

A peine fut-elle installée que Darius lança la réunion. L'ordre du jour, particulièrement chargé, ne lui laissa pas le loisir de rêvasser, et la matinée passa à toute vitesse. Après une courte pause pour le déjeuner, la séance se prolongea encore deux heures pendant l'après-midi, au terme desquelles elle retourna dans sa chambre pour commencer à consigner ses notes sur ordinateur. Ne résistant pas à l'envie de s'allonger un instant, elle s'endormit aussitôt.

Un coup à la porte la réveilla. Craignant qu'il ne s'agisse de Nick, elle se leva précipitamment et arrangea ses cheveux devant le miroir du salon.

— Entre, dit-elle en ouvrant.

Whitney se tenait dans l'encadrement de la porte, lui tendant une paire de boucles d'oreille en diamant ainsi qu'un collier en or avec un pendentif, en diamant également.

— Tiens.

— Oh ! Whitney, je ne peux pas ! Ils sont trop beaux.

— Ne t'inquiète pas, je te les prête seulement, répondit-elle, espiègle. De toute façon, tu n'as pas le choix : c'est la parure qui s'accorde le mieux avec ta robe. Elle est parfaite.

En effet, « parfaite » était le mot. Et puis, Maggie voulait impressionner Nick.

— Bon, d'accord.

— Bien.

Comme elle se détournait pour s'éloigner, Whitney se ravisa.

— Oh ! et détends-toi ! Darius m'a raconté que la réunion s'était très bien déroulée, et Nick leur a dit qu'il t'avait confié le poste de directeur adjoint.

— C'est vrai ?

La cascade d'événements de ce dernier jour avait fait passer au second plan cette promotion, de même que l'intention de Nick de vivre de nouveau à New York.

— Tout à fait. Par conséquent, respire et amuse-toi un peu.

Une fois Whitney partie, Maggie posa la main sur son ventre. S'amuser ? Si seulement… Sa relation avec Nick avait à peine commencé qu'elle achoppait déjà sur un obstacle : ils allaient devoir vivre séparés.

Le bal avait commencé depuis une dizaine de minutes lorsque Nick vint chercher Maggie dans sa suite. Il avait les nerfs en pelote. Encore quelques instants et tous deux allaient apparaître dans la salle de réception, en couple, officiellement. Il se sentait aussi nerveux qu'un jeune premier !

Elle ouvrit la porte alors qu'il levait la main pour frapper. Jamais il ne l'avait vue aussi splendide. Elle avait relevé ses cheveux roux en un volumineux chignon bouclé dont quelques mèches échappées caressaient sa nuque. Il recula d'un pas pour mieux la regarder. Un léger décolleté dégageait ses épaules et suggérait une poitrine parfaite. La coupe fluide de la robe glissait sur son ventre, galbait délicatement ses formes et s'évasait jusqu'au sol avec une grâce élégante et sensuelle.

— Tu es magnifique.

Un sourire timide effleura les lèvres de la jeune femme.

— Ta belle-sœur a bon goût.

— Prête ? demanda-t-il, radieux.

Elle prit une brève inspiration et opina.

— Tu vas tous les éblouir.

— N'exagère pas. Je ne suis qu'une provinciale, tu sais bien, et mes années en ville n'ont pas été une réussite. J'ai de la chance que tu m'aies donné ce travail, Nick.

Il s'arrêta, en proie à un sentiment de culpabilité. Ils avaient vraiment tout raté, quinze ans plus tôt, elle en le quittant, et lui en la laissant partir.

— Nous avons de la chance de nous être retrouvés.

Il lui offrit le bras et la conduisit jusqu'à la salle de réception, devant laquelle Darius et Whitney les accueillirent. En robe bustier bleu pâle, cette dernière était à couper le souffle, mais, à côté de celle de Maggie, sa beauté paraissait terne à Nick.

— Tu es splendide ! dit-elle en embrassant Maggie sur la joue. Je t'avais bien dit de ne pas t'inquiéter.

— La soirée n'est pas encore terminée, répondit-elle avec un petit rire.

Dès qu'elle apparut au bras de Nick dans la salle, Cade se précipita vers eux.

— Je ne supporte pas ces machins, dit-il avec une grimace en glissant le doigt autour de son col.

— On finit par s'y faire, répondit Nick en riant.

— Toi, peut-être, monsieur le fêtard. Moi, je passe mon temps dans mon ranch ou sur des plates-formes pétrolières. Je n'ai pas l'habitude de soirées comme celle-ci.

Un sentiment de gêne diffus envahit Nick. Cade avait certainement parlé sans aucune malice, mais il ne pouvait ignorer sa réputation de play-boy. La moindre des choses était de respecter la sensibilité de Maggie.

— Pourtant, si cela peut vous consoler, vous êtes magnifique, dit-elle. Je suis sûre que toutes les femmes disponibles piaffent d'impatience de danser avec vous.

— Et vous ?

Elle se figea, mais Nick s'interposa si vite entre son frère et elle qu'elle n'eut pas la possibilité de répondre.

— Désolé, elle est déjà prise.

— Et alors ? Personne ne l'a encore invitée à danser, que je sache.

— Si, moi.

Nick se saisit de sa main et l'entraîna sur la piste, où plusieurs couples virevoltaient au rythme d'une valse. De pas en pas, ils s'approchèrent des portes-fenêtres et poursuivirent leur danse sur le balcon désert, les yeux brillants, souriants, heureux. Lorsque la musique se tut, elle se glissa dans son étreinte et lui tendit ses lèvres.

La voix de Cade les fit sursauter.

— Le dîner va commencer. Nous sommes placés à la table d'honneur, celle de Darius et de Whitney.

Réprimant un soupir, Nick prit la main de Maggie et retourna avec elle dans la salle. Au passage, son frère lui donna une tape dans le dos.

— J'espère que tu n'as pas oublié ton carnet de chèques. Prépare-toi à casser la tirelire, Whitney n'y va pas de main morte.

— Je n'ai pas mon chéquier, répondit-il en riant. J'envisageais plutôt de payer par virement.

— Je te reconnais bien, avec ta manie de vouloir doubler tout le monde.

— Pas du tout, fit-il avec un froncement de sourcils.

— Bien sûr que si. C'est dans les gènes des Andreas.

Nick s'abstint de répondre et présenta un siège à Maggie avant de s'asseoir à son tour. Le dîner servi, Whitney monta sur une estrade pour lancer un appel aux dons, puis l'orchestre se remit à jouer.

Au moment du dessert, comme Nick et Maggie s'attardaient à table, Darius se pencha vers eux.

— Cade, Whitney et moi allons monter dire bonne nuit à Gino. Vous venez avec nous ?

Maggie faillit bondir de sa chaise.

— Oui, bien sûr. Avec plaisir.

Nick se leva en riant. La nursery se trouvait à l'étage, au bout d'un long couloir. Dès la porte ouverte, ils furent assaillis par un tonnerre de cris et de rires.

— Entrez ! cria une jeune fille blonde en leur faisant signe.

Maggie et Whitney obtempérèrent, suivies des trois frères. La pièce avait l'air d'un champ de bataille. Deux garçonnets de l'âge de Gino jouaient bruyamment sur un tapis de sol, tandis que trois petites filles tenant à peine sur leurs jambes se disputaient autour d'une dînette. Indifférent au raffut, un bébé dormait dans un lit à barreaux.

Cade observait la scène avec un malaise palpable. Le vacarme des fillettes, notamment, semblait lui faire l'effet d'une crécelle. Nick se sentait lui aussi en proie à une pression étrange et grandissante. Non qu'il n'aimât pas les enfants, au contraire. Heureusement ! Il allait souvent voir sa mère au centre aéré. Seulement, il les côtoyait… à distance. Jamais il ne s'était occupé d'enfants trop jeunes pour jouer au Wiffle Ball.

— Nous devrions sans doute emmener Gino dans une autre pièce pour lui souhaiter bonne nuit, dit Whitney.

Darius se saisit du bébé, qui tendit aussitôt ses bras vers Nick. Le visage de celui-ci s'illumina. Il adorait ce petit… Preuve qu'il était capable de s'attacher à un gamin de cet âge. Chaque fois que Gino recherchait son contact, lui souriait ou lui donnait l'un de ces baisers maladroits comme seul un bébé peut en avoir, il éprouvait des émotions indéfinissables. Mais, alors, pourquoi les autres bébés de la nursery le mettaient-ils aussi mal à l'aise ? Parce qu'ils étaient trop nombreux ?

Alors qu'ils sortaient de la pièce, l'enfant dans le berceau se mit à pleurer, les criailleries des fillettes s'intensifièrent et le garçon restant sur le tapis de sol se mit à hurler. Tous les adultes froncèrent les sourcils, à l'exception de Maggie et de la nounou.

— Je m'en charge, dit celle-ci.

Maggie souleva le bébé du berceau.

— Je vais le prendre avec moi. Pendant ce temps, essayez de calmer les autres. Je vous le rapporterai lorsque nous reviendrons mettre Gino au lit.

La nounou hocha vivement la tête tout en s'efforçant de ramener au calme les trois petites filles. Dans un salon, Nick alla s'asseoir sur un canapé avec Gino, qui s'amusait à lui donner des tapes sur le visage.

— Oh ! toi, tu es trop énervé pour dormir !

Le bébé répondit par un grand cri qui provoqua l'hilarité générale. Cade s'empara de l'enfant et le fit sauter dans ses bras.

— Bonne nuit, gamin. Je redescends voir si une jolie donzelle ne voudrait pas égayer ma nuit.

— Chut ! Pas devant Gino, dit Darius, choqué.

Whitney éclata de rire.

— Ne monte pas sur tes grands chevaux, mon chéri. Il n'y a pas de quoi s'inquiéter… Pas pour cette année, du moins.

Cade embrassa bruyamment Gino avant de le rendre à Nick et de disparaître. A son tour, Nick donna un baiser rapide à l'enfant, puis le tendit à Darius. Le vacarme avait cessé dans la nursery.

— Je crois que la nounou a commencé à lire une histoire. Il est temps de le coucher.

Whitney se tourna vers Maggie.

— Tu viens ?

— Encore deux minutes, s'il te plaît.

Alors que Darius et Whitney emmenaient Gino à la nursery, Nick se leva et rejoignit Maggie.

— Fais-moi voir ce petit.

Elle lui tendit le bébé en souriant. Nick le prit dans ses bras, s'attendant à éprouver la même émotion profonde que lorsqu'il avait vu Gino pour la première fois… Mais non. Il ne ressentait rien. Pas de joie, ni d'attendrissement, encore moins d'amour. C'était sans doute normal, après tout. Il aimait Gino parce qu'il était son frère, alors qu'il n'avait aucun lien avec les autres enfants de la nursery.

Son regard tomba alors sur le ventre de Maggie et une peur soudaine le transperça. Cette indifférence, il risquait aussi de l'éprouver pour son bébé à elle !

12

De retour à Ocean Palms, Maggie fut frappée par le changement qui s'était opéré en Nick. Il avait subi une véritable cure de jouvence qui l'avait rendu aussi gai et primesautier que le jeune homme qu'elle avait épousé quinze ans plus tôt.

La réponse à l'appel d'offres étant terminé, elle avait débuté tout de suite sa formation. Dans le même temps, ils avaient commencé à sortir ensemble, au cinéma, aux concerts, en promenade sur la plage. Seule ombre au tableau, Nick était contraint de partir travailler deux jours par semaine au siège d'Andreas Holdings. Malgré cela, ils n'évoquaient jamais le déménagement à New York, pour une bonne raison : elle l'aimait de tout son cœur et il semblait avoir pour elle la même force de sentiments, mais pour l'heure ils ne s'étaient fait aucune promesse, ils n'envisageaient aucun projet à deux. A quoi bon, de toute façon ? A supposer, dans le pire des cas, que leur relation échoue, ce poste à New York servirait de solution de repli pour Nick, tandis qu'elle garderait son emploi chez Andreas Manufacturing. Tout allait donc pour le mieux.

La mi-août vint rapidement. Le deuxième vendredi du mois, Maggie arriva au travail dans un 4x4 rouge flambant neuf. A présent parfaitement rodée à ses nouvelles fonctions, elle s'était glissée avec aisance dans ses habits de directeur. Aux manettes de l'entreprise depuis un mois, elle en avait appris tous les rouages et avait acquis le respect des employés. Elle avait même recruté une assistante particulière, une jeune mère célibataire d'une trentaine d'années qui ne rechignait pas devant un travail difficile.

— Bonjour, Janette.

— Bonjour. Tenez, votre courrier.

Maggie s'en saisit d'un geste vif et, sitôt installée, se plongea dans son travail.

— Salut, toi.

Elle leva les yeux, surprise. Nick se tenait dans l'encadrement de la porte, vêtu d'un jean et d'un T-shirt large, les cheveux encore humides d'une douche.

— Je ne pensais pas te voir si tôt.

Il contourna son bureau, fit pivoter sa chaise et se pencha vers elle pour l'embrasser.

— Je suis rentré cette nuit, très tard.

— A quelle heure ?

— Vers 2 heures du matin.

— Tu m'as manqué.

— Toi aussi.

Ce soir était *le* grand soir, celui où ils allaient faire l'amour. Lorsqu'il était parti, mardi dernier, ils se l'étaient promis.

— Mon père part dans l'Ohio aujourd'hui.

— Ah bon ?

— Oui, il va rendre visite à mon frère. Je n'ai donc pas à me soucier de lui demander sa permission pour passer le week-end chez toi.

Il éclata de rire.

— On se croirait revenus à l'époque où nous étions gamins.

Elle prit son visage entre ses mains.

— Pas tout à fait : cette fois-ci, nous savons dans quoi nous nous engageons.

Une ombre fugitive troubla le regard de Nick.

— Quelque chose ne va pas ? demanda-t-elle avec un froncement de sourcils.

— Mais non, tout va bien, dit-il en se redressant.

— Tu as un problème, je le vois bien.

Il secoua la tête.

— C'est vrai : nous allons encore devoir attendre huit heures.

Elle sourit, mais demeura inquiète. Il avait des doutes ? Mais non : si quelque chose n'allait pas, il lui en parlerait, n'est-ce pas ?

Allons, pas d'idées noires. Ils allaient avoir la nuit pour eux. Autant en profiter avant que sa grossesse ne soit trop avancée. Elle ne voulait pas compromettre cette soirée en exigeant qu'il s'explique sur des broutilles.

A 17 heures, Nick tendit l'oreille vers le bureau de Janette. Impatient, il l'entendit ramasser ses affaires, fermer un tiroir, éteindre son ordinateur. Enfin, la jeune femme passa la tête par l'encadrement de la porte.

— A lundi, Maggie. Bon week-end, Nick.

La porte se ferma. Aussitôt, il bondit de son siège.

— Ouf ! J'ai cru qu'elle ne partirait jamais.

Maggie se recula sur son siège en riant.

— Comme tu es pressé ! Il est à peine 17 h 2.

— C'est déjà trop, dit-il en attrapant ses clés et son portable. Allons-y.

— Attends ! Nous n'avons même pas discuté de l'organisation de la soirée.

— Comment cela ? Quelle organisation ?

— Eh bien, tout d'abord, veux-tu m'accompagner chez moi le temps que je prenne mes affaires pour le week-end ? Ensuite, nous partirons chez toi dans ta voiture.

Rongeant son frein, il s'installa au volant et se mit en route à sa suite. Il arriva juste après elle et entra sans frapper, mais s'arrêta net en apercevant Charlie Forsythe attablé dans la cuisine, la tête entre les mains. Maggie, un bras autour de son cou, le serrait contre elle.

— Qu'est-ce qui se passe ?

Maggie leva vers lui un regard implorant.

— Je ne peux pas partir, répondit Charlie d'une voix mouillée.

— Comment cela ?

— C'est à cause de Vicki. Elle lui manque.

— C'est pire. Je n'arrête pas de penser à elle. Lorsque je prends la voiture, je me rappelle les trajets, avec elle et Charlie Junior, et je finis toujours par en revenir à l'époque où nous nous sommes rencontrés.

Nick tira une chaise et s'assit.

— Je comprends. C'est normal.

Charlie plongea les doigts dans ses cheveux avec un soupir.

— Quand ta mère est morte, soudain, j'ai été si seul… Jusqu'à ce que je rencontre Vicki.

Nick jeta un regard vers Maggie. Encore une fois, Charlie parlait comme si elle n'existait pas. Maggie, cependant, ne semblait pas s'en formaliser.

— Je sais, fit-elle en lui tapotant le bras. Vicki t'a fait beaucoup de bien.

— A moi et à Charlie Junior. Elle aimait tellement ce gosse. Elle a été une mère formidable.

Maggie se figea, blessée. Sans s'apercevoir de sa réaction, son père continua :

— Tu te souviens ? Elle adorait l'emmener en promenade, jouer avec lui… Au moindre éternuement, elle lui faisait des cookies.

Les yeux de Maggie se brouillèrent, mais elle se ressaisit et se blottit contre son père pour le réconforter.

— Je sais.

Le cœur de Nick se serra douloureusement. Non, Vicki n'avait pas été une bonne mère. Du moins, pas pour Maggie. Charlie était quelqu'un de bien, et Vicki aussi, mais jamais ils ne s'étaient rendu compte qu'ils avaient traité Maggie comme quantité négligeable.

Alors qu'elle se levait pour apporter un verre d'eau à son père, Nick jeta un regard sur son ventre rebondi. Un frisson d'angoisse le parcourut. Il n'éprouvait rien pour son bébé, si ce n'était de la jalousie. Comme Vicki, il risquait de le négliger parce qu'il était l'enfant d'un autre. Comme Vicki, il risquait de lui faire du mal sans le vouloir.

Il resta encore une vingtaine de minutes pour aider Maggie à préparer le dîner, mais lorsqu'elle sortit les couverts pour mettre la table il s'excusa poliment.

— Tu ne restes pas dîner avec nous ? demanda-t-elle, étonnée.

Il se frotta la nuque d'un air gêné.

— Je vais plutôt rentrer chez moi, histoire de vous laisser un peu seuls, ton père et toi.

Elle opina et effleura ses lèvres d'un baiser.

— Dès qu'il sera endormi, je viendrai te voir.

Il hocha la tête avec un sourire et s'en alla.

Sitôt son père au lit, vers 21 heures, Maggie s'empressa de rassembler ses affaires, prit une douche rapide et, vêtue d'une jolie robe vaporeuse, se rendit chez Nick. Elle entra sans s'annoncer et le trouva debout sur la terrasse, accoudé à la balustrade.

— Ça va ?

— Oui, fit-il sans se retourner.

A côté de lui, les avant-bras sur la rambarde, elle promena ses yeux dans l'obscurité. De l'océan, à une centaine de mètres, leur parvenait une rumeur éloignée, apaisante.

— Les étoiles sont magnifiques, ce soir, dit-elle.

— C'est vrai.

Un silence inconfortable se prolongea. De nouveau, elle ressentit l'inquiétude étrange qu'elle avait éprouvée le matin même. A plusieurs reprises, durant la journée, il avait froncé les sourcils sans motif, alors qu'ils bavardaient tranquillement. Ce soir, il l'avait laissée s'occuper de son père toute seule. Normalement, il serait resté, il aurait parlé avec le vieil homme.

Elle lui tapota l'épaule.

— Dis, pourquoi es-tu parti si vite, tout à l'heure ?

Il ne répondit pas, ne la regarda même pas. Elle sentit son cœur cesser de battre. Toutes ses peurs prenaient corps, tout à coup. Quelle naïveté de penser qu'ils pouvaient repartir de zéro. Il avait des doutes, elle le voyait bien. Peut-être était-il encore trop tôt pour faire l'amour… Il ne se sentait sans doute pas prêt pour une étape aussi décisive.

— Si tu ne veux pas que je reste…, dit-elle en s'écartant de la balustrade.

Il lui fit face vivement.

— Non, Maggie, non… Je suis désolé. C'est juste que… depuis quelque temps, je pense à des choses bizarres.

— C'est-à-dire ?

— Eh bien, est-ce que je… enfin, toi…

Il s'interrompit, prit une profonde inspiration.

— Je n'en reviens pas de ce que ton père a dit sur Vicki.

— Pourtant, c'est vrai qu'elle a été une bonne mère.

— Pour ton frère uniquement.

Elle eut un rire soulagé.

— Je t'ai dit que c'était de l'histoire ancienne.

— Ce n'est pas ce que j'ai lu sur ton visage, ce soir.

— Oh… C'était une faiblesse passagère, rien de plus.

Il lui prit les bras et l'observa avec intensité.

— Tu crois ? Tu as peut-être fini par pardonner à Vicki, mais ton enfance continue de te faire souffrir.

— Parfois, oui, un peu…

A quoi bon le nier ? Surtout devant Nick, son meilleur ami de l'époque. Il était bien placé pour savoir à quel point elle s'était sentie seule, négligée. Inconsciemment, elle caressa son ventre.

— J'ai fait la part des choses. Vicki n'était pas ma mère.

Elle se tut en le voyant blêmir. Il regardait son ventre. Tout à coup, elle comprit. Il n'aimait pas son bébé. Il ne voulait pas de ce bébé.

— Oh ! non !

Elle recula, mais il lui saisit le bras.

— Non, attends ! Ce n'est pas ce que tu crois. Je me pose des questions, c'est tout.

— Des questions ?

— Eh bien, j'ai une relation avec une femme enceinte d'un autre. Je sais aussi que ta belle-mère t'a négligée, qu'elle a toujours favorisé son fils, et que tu en as été longtemps affectée. Je me rappelle t'avoir vue pleurer.

Elle libéra son bras d'une secousse.

— Tu ne veux pas de mon bébé, dit-elle comme une évidence.

— Pas du tout ! Simplement, j'ai peur de…

— Peur de quoi ?

Il glissa la main dans ses cheveux.

— J'ai peur d'agir avec ton bébé comme Vicki avec toi.

Elle fit deux pas en arrière, le regard éperdu, puis pivota sur ses talons et partit en courant. Il se précipita derrière elle.

— Maggie ! Attends ! Il faut qu'on se parle. Je croyais qu'on pouvait discuter de tout !

Elle s'installa au volant sans le regarder.

— Nous nous sommes tout dit. Au revoir, Nick.

Impuissant, il la regarda partir. Comme quinze ans plus tôt, elle décidait de le quitter. Comme quinze ans plus tôt, elle refusait de lui parler. C'était peut-être bien cela qui n'allait pas, dans leur relation.

13

— Tu travailles ici le lundi, à présent ?

Nick roula de grands yeux, exaspéré par la remarque de Darius.

— La formation de Maggie est terminée. Elle peut se débrouiller toute seule.

— Mais elle est en fin de grossesse ! Elle a besoin de toi.

— Son accouchement est prévu dans six semaines.

— Donc, tu restes ici ?

— Oui. A plein temps.

Comme son frère s'obstinait à le dévisager, il lui lança un regard significatif, qui voulait dire « surtout, n'insiste pas ». Darius haussa les épaules.

— Très bien. Tiens, fit-il en laissant tomber une pile de papiers sur le bureau. C'est l'historique des e-mails concernant les investisseurs privés qui veulent acquérir des parts d'Andreas Holdings. Ils savent qu'il existe un autre actionnaire.

— Et donc, je suis censé faire quoi ?

— Essaie de te renseigner sur les dessous de l'affaire. Si nous découvrons trop tard l'identité de cet actionnaire, ce sera la guerre.

Nick se plongea dans la lecture des documents sans arriver à se concentrer. Ses pensées ne cessaient de revenir à Maggie. Il comprenait qu'elle soit déçue, mais elle aurait pu comprendre qu'il n'était qu'un homme, bon sang ! A la croire, il s'était délibérément mis en tête de ne pas aimer son enfant. Il se frotta les yeux et passa ses mains sur son visage. Oui, elle avait beaucoup souffert, mais lui aussi ! Malgré cela, il avait tout de même essayé de l'appeler, de la voir, mais il n'y avait rien eu à faire. Elle était aux abonnés absents. Têtue comme une mule.

Un violent pincement lui serra le cœur. Non, elle n'était pas têtue… Ou du moins, pas tant que cela. Elle était blessée, surtout. Si seulement elle avait accepté son aide. Si seulement elle l'avait laissé tenter de réparer ses torts. Mais comment les réparer, justement ? Etait-ce sa faute, s'il ne ressentait rien pour le bébé qu'elle portait ? Au fond, elle avait sans doute raison de ne plus vouloir le voir.

Toutes ces pensées allaient finir par le rendre fou. En s'abîmant dans le travail, peut-être arriverait-il à oublier Maggie… Fort de cette idée, il se plongea dans la lecture des e-mails et se lança dans les recherches. Lorsqu'il releva la tête, il s'aperçut qu'il était 5 heures du soir. Il ne s'était même pas arrêté pour déjeuner.

Sans rien dire à personne, il quitta les locaux et se rendit directement dans l'appartement que Darius mettait à sa disposition. Il rechignait à rentrer à Montauk pour faire face aux questions de Whitney. Devenue l'amie de Maggie, elle devait être au courant de leur rupture, ou sinon était en passe de l'être. Auquel cas, comment pourrait-il lui expliquer, à elle qui avait perdu un bébé, qu'il ne ressentait rien pour celui de Maggie ? Ce n'était vraiment pas faute d'avoir essayé, mais, chaque fois, il n'éprouvait rien d'autre qu'une jalousie terrible. Maggie allait donner naissance à cet enfant, alors qu'elle avait perdu le leur. Elle n'y était pour rien, bien sûr. Il ne pouvait accuser personne, si ce n'est la nature, le destin. Il n'en gardait pas moins un insupportable sentiment d'injustice. Pourquoi son bébé était-il mort ?

Arrivé à l'appartement, il prit une bouteille de whisky de douze ans d'âge et se planta devant la télévision, bien décidé à trouver le sommeil dans l'alcool.

***

Au bout de deux semaines, Maggie commençait enfin à ne plus pleurer en s'endormant. Elle n'avait pas revu Nick depuis leur rupture. Il avait déménagé à New York pour de bon et ne prenait même plus la peine de venir pour le week-end. A vrai dire, il ne lui téléphonait plus jamais, même à titre professionnel. Chaque vendredi matin, il se contentait d'appeler Janette pour qu'elle le renseigne sur les dossiers qui requéraient son attention.

C'était mieux ainsi, au fond. Il leur épargnait à tous les deux une conversation pénible qui ne réussirait qu'à compliquer davantage la situation… Clairement, il voulait tourner la page et s'estimait vraiment incapable d'aimer son bébé. Il n'y avait donc pas de regrets à avoir. Dans l'hypothèse où le bébé serait un garçon, il lui faudrait une référence masculine, un homme capable de l'aimer et de lui servir de modèle. Elle était bien placée pour savoir qu'un enfant délaissé par un parent du même sexe grandissait avec un sentiment de vide, de solitude insupportable. Elle ne voulait pas de cela pour son bébé.

Tout était pour le mieux. Comme pour s'en convaincre, elle se répéta ces paroles, telle une rengaine, tout au long des semaines qui suivirent. Au bout d'un temps, ses efforts portèrent leurs fruits. Elle finit par ne plus guetter sans cesse la porte, ne s'attarda plus le soir dans l'espoir de le voir arriver. Histoire classée. Seul comptait son bébé.

Le vendredi de la quatrième semaine, après une journée orageuse, le ciel s'obscurcit de nuages noirs comme de l'encre. Lorsque elle revint du travail, son père l'attendait en contemplant l'horizon d'un air soucieux.

— Tu ne préférerais pas que je reste ?

— Bien sûr que non, dit-elle, souriant, en posant son sac sur la table de la cuisine.

Peu convaincu, Charlie ôta sa veste.

— Je peux rater la séance de ce soir, tu sais.

— Il n'en est pas question. Ce groupe de parole te fait un bien fou. Allez !

Traversant la pièce, elle ramassa sa veste et la lui tendit.

— C'est bon, j'y vais, dit-il avec un éclat de rire.

Toutefois, comme il sortait sous le porche, il s'arrêta, hésitant.

— Bon sang, ça va tonner, ce soir.

— Tu devrais sans doute prendre le 4x4, dit-elle.

— Mais non. La camionnette ira très bien.

— Ce tas de ferraille ?

Elle éclata de rire. Pour la première fois depuis plusieurs semaines, elle se sentait humaine, normale.

— Prends ma voiture, dit-elle en lui tendant les clés.

Il sourit mais, considérant avec inquiétude le ventre de sa fille, reposa les clés sur un guéridon dans l'entrée.

— Non, Maggie. Tu ne sais pas conduire la camionnette. S'il y avait le moindre problème, tu serais coincée ici.

— Tu me vois vraiment sortir par un temps pareil ? répondit-elle en levant un doigt vers les nuages qui continuaient de s'amonceler.

— Non, tu as raison.

— Alors, va-t'en.

Pourtant, il s'attardait. Un désagréable frisson d'impatience la parcourut. Elle était exténuée, elle avait mal partout. Pourquoi ne comprenait-il pas qu'elle n'aspirait qu'à aller prendre une bonne douche et s'effondrer devant la télévision ?

Il regarda les clés, puis Maggie.

— Bon, d'accord, dit-il finalement. Je m'en vais.

Elle le congédia avec un sourire fatigué, puis monta se laver. Seigneur, qu'elle avait mal… Son dos l'avait fait souffrir toute la journée. Quant à ses pieds… Mais ces douleurs n'étaient rien comparées à celle de son cœur. Dans la solitude de la maison, le souvenir de Nick l'obsédait de plus belle. Elle avait perdu l'amour de sa vie, pour la deuxième fois. Par comparaison, sa rupture avec Josh avait été une broutille, voire un soulagement, à bien des égards. Rien de tel à présent : son âme était comme brisée, piétinée.

Les larmes aux yeux, elle leva la tête sous le jet d'eau tiède. A quoi rêvait-elle ? Qu'elle aurait pû intéresser un homme tel que Nick, parfait sous tous rapports ? Ce qui se passait était dans l'ordre des choses, au contraire. Au fond d'elle-même, elle avait toujours su qu'elle n'était pas assez bien pour lui. Ni assez jolie, d'ailleurs : avec ce ventre, elle ressemblait à une baleine ! Les larmes débordèrent et coulèrent sur ses joues sans qu'elle cherche à les retenir. A quoi bon ? Elle n'en pouvait plus. Cette nuit, elle allait donner libre cours à son chagrin, après quoi elle irait mieux. Pour son père, pour son bébé, elle se ressaisirait. Aussi intenses sa douleur et sa solitude soient-elles, elle s'efforcerait de sourire et de traverser la vie comme si elle était la femme la plus heureuse au monde. Ce qui, d'ailleurs, serait le cas, lorsque le bébé serait né.

Elle sortit de la douche et s'enveloppa dans un drap de bain. Au même instant, un éclair zébra le ciel. Un élancement dans le dos la fit gémir. Seigneur, encore une semaine à tenir… Elle savait que les derniers temps d'une grossesse étaient souvent pénibles, mais elle ne s'était pas attendue à souffrir autant. Alors qu'elle gagnait péniblement sa chambre, un deuxième éclair déchira les nuages, presque aussitôt suivi par le tonnerre. Les lumières vacillèrent et s'éteignirent. Il ne manquait plus que cela. Pleurer dans le noir, c'était absolument pathétique. Avec un soupir, elle revint dans la salle de bains pour y prendre deux bougies parfumées, puis retourna dans sa chambre, enfila une chemise de nuit et s'allongea sur son lit.

Soudain, son mal de dos irradia dans son ventre. Seigneur, des contractions, déjà ? L'accouchement était prévu dans une semaine ! Et elle n'avait même pas de voiture !

Du calme. Il suffisait d'appeler les urgences. Mais son téléphone portable était dans son sac, lui-même dans la cuisine, et elle avait à présent trop mal pour bouger.

*
* *

Debout sur la terrasse, Nick observait les nuages qui s'amoncelaient sur l'océan, indifférent aux bourrasques qui gonflaient sa chemise. L'orage allait éclater d'une minute à l'autre, mais il n'avait pas envie de rentrer. Le spectacle des éléments l'aidait à se distraire de sa souffrance. Il appuya la main contre son cœur en réprimant une grimace de douleur. Un violent éclair zébra soudain le ciel.

— C'est un ouragan qui se prépare ?

L'inquiétude de Darius le fit sourire. Au même instant, Cade remonta du garage avec une caisse de bières. Pour la première fois depuis qu'il avait appris l'existence de ses frères, Nick fut vraiment heureux de pouvoir compter sur eux.

— Tu parles d'un blanc-bec ! dit Cade, s'esclaffant en les rejoignant dehors. Là d'où je viens, c'est une petite pluie.

Nick les prit par l'épaule et les poussa à l'intérieur.

— Allez, dépêchez-vous de rentrer avant que ça n'éclate.

Les portes-fenêtres étaient à peine refermées qu'une rafale de pluie s'écrasa sur les vitres avec un fracas incroyable. L'instant d'après, les lumières s'éteignirent.

— Super.

— Eh bien, puisque le réfrigérateur est débranché, autant boire ces bières avant qu'elles ne tiédissent.

Nick éclata de rire. Il adorait le pragmatisme de Cade.

— Allez, lance-moi une cannette.

— Ce sont des bières en bouteille. Viens en chercher une toi-même.

Une lampe de poche à la main, Nick prit trois bouteilles et en tendit deux à ses frères.

— Ça, c'est un bel orage, dit Cade.

— Je croyais qu'il en fallait plus pour t'impressionner.

— Oui, mais je n'ai jamais vu d'orage comme celui-ci sur la mer.

Un court silence tomba.

— J'espère que Maggie n'est pas dehors en ce moment, dit Darius.

Nick se rappela alors pourquoi ses frères avaient tenu à l'accompagner à Ocean Palms. Il devait être présent à l'usine lundi matin, et allait revoir Maggie pour la première fois depuis quatre semaines.

— Maggie va bien. Elle a son père, ses amis.

Darius avala une gorgée de bière.

— Non, elle n'est pas du genre à vouloir se faire bichonner. Whitney pense qu'elle s'est probablement renfermée sur elle-même avec son chagrin, à se demander ce qu'elle a bien pu faire de mal.

— Elle n'a rien fait.

— Evidemment. Ce n'est pas à nous que tu dois le dire.

— Vous n'allez pas me dire que vous êtes en colère contre moi ?

— Non, dit Darius avec son calme et son autorité habituels. Surpris, plutôt. Il est clair que tu l'aimes encore, et pourtant tu la laisses tomber au moment où elle a le plus besoin de toi.

— Mais non, c'est faux. Elle n'a pas besoin de moi.

— Oh ! pauvre Nick, l'amour de sa vie n'a pas besoin de lui !

— Tais-toi, Cade.

— Bon, bon, ça va…

Ils s'abîmèrent pendant quelques instants dans la contemplation de l'orage.

— L'électricité restera certainement coupée toute la nuit, dit finalement Nick. Mais Maggie n'est pas seule. Elle peut compter sur son père. Elle a une voiture, un téléphone portable…

Darius hocha la tête.

— Oui, il n'y a certainement pas lieu de s'inquiéter.

— Enfin, que peut-il se passer ? Elle ne doit accoucher que dans une semaine… D'un autre côté, elle avait beaucoup grossi la dernière fois que je l'ai vue, à tel point que je m'étais demandé si elle ne s'était pas trompée dans le calcul de ses dates.

Cade éclata de rire.

— Tu ne lui as pas dit ça, j'espère !

Nick s'enfonça dans son siège et passa une main sur ses joues mal rasées. Il se redressa vivement, frappé d'une pensée soudaine.

— Janette m'a dit que son père allait tous les vendredis soirs dans un groupe de parole. Donc, elle est toute seule chez elle. Bon sang !

Il se leva d'un bond et partit en trombe, sans même s'étonner de ce que ses frères ne le retiennent pas. Tout en courant à sa voiture, il composa le numéro de Maggie sur son portable, mais elle ne répondit pas. Il roula à tombeau ouvert sur la route balayée par des trombes d'eau et jonchée de branches cassées, puis bondit du 4x4 et, le col relevé pour se protéger de la pluie. Il se précipita sous le porche et tambourina à la porte.

— Maggie !

Pas de réponse. Il frappa de nouveau, sans plus de résultat. Il avait sans doute tort de s'inquiéter autant. Peut-être était-elle tout bonnement endormie, à moins qu'elle n'ait conduit son père au groupe de parole et, voyant l'orage, préféré rester avec lui. Il ne servait à rien de se mettre dans ces états.

Il courut à sa voiture sous le grondement du tonnerre, mais sa main se crispa sur la poignée. Et si elle ne l'avait pas entendu ? A cet instant, un éclair s'abbattit sur un arbre dans un fracas assourdissant. Il se rua de nouveau vers la porte et la poussa : elle n'était pas fermée. Maggie était donc là !

— Maggie ? Maggie !

En proie à une inquiétude grandissante, il passa en revue les pièces du rez-de-chaussée plongées dans l'obscurité avant de gravir l'escalier quatre à quatre et de se précipiter dans sa chambre.

— Maggie !

Elle était là, pliée de douleur sur son lit, en larmes.

— Le bébé est en train d'arriver, dit-elle faiblement. Je ne peux pas bouger. Impossible d'aller chercher mon téléphone portable.

Un sentiment de panique noua l'estomac de Nick. Les lignes téléphoniques étaient toutes coupées. A supposer qu'elle ait pu contacter les urgences, étant donné les conditions de circulation, l'ambulance risquait de ne pas arriver à temps. Il s'assit sur le bord du lit et s'efforça de se calmer. Que racontaient tous les livres qu'il avait lus quinze ans plus tôt, lorsqu'elle était enceinte de leur enfant ?

— Je suis si contente que tu sois là, dit-elle en sanglotant.

Seigneur, il était en dessous de tout. S'agissant de Maggie, il n'avait jamais été à la hauteur. Il lui prit la main, mais une contraction plus violente que les autres lui arracha un gémissement.

— Il arrive, Nick ! Maintenant !

Sans réfléchir, il se leva d'un bond et rejeta les couvertures. Elle roula sur le dos, leva les genoux et écarta les jambes.

— Dis-moi où trouver des ciseaux, des serviettes de toilette et une cuvette.

— Les serviettes sont dans le placard de la salle de bains. Les ciseaux, dans le tiroir du haut. Il y a une cuvette dans la cuisine, sous l'évier.

Une bougie à la main, il sortit en hâte. Lorsqu'il revint, chargé des différents objets, Maggie, haletante, s'agitait douloureusement. Sa chemise de nuit avait glissé sur son ventre. Il étala deux serviettes sur le lit, puis se précipita dans la salle de bains pour remplir la cuvette d'eau chaude et saisit un flacon d'alcool. Le front perlé de sueur, il sortait son portable pour appeler les urgences lorsqu'il entendit le cri de Maggie.

— Il arrive !

Il s'aspergea les mains de désinfectant et les essuya en vitesse avant de se ruer au pied du lit. Elle avait raison. La tête était en train d'apparaître, puis les épaules sortirent, l'une après l'autre. Il attrapa le bébé avant qu'il ne tombe sur le lit. D'une main, il prit une serviette pour y envelopper l'enfant, qu'il posa sur le ventre de Maggie afin de pouvoir couper le cordon. Elle soupira, les yeux mouillés de larmes.

— C'est un garçon, Nick ! Regarde comme il est beau.

Il hésita, puis leva les yeux : en effet, c'était un garçon.

— Il est magnifique, murmura-t-il.

Il observa les tout petits doigts et se prit à sourire.

— Bon sang, il est minuscule…

Une émotion confuse s'empara de lui — sûrement le contrecoup du stress. Il se leva pour aller se laver les mains, puis appela les urgences. La communication terminée, il se tourna vers Maggie sans savoir quoi dire ni quoi faire.

— Viens t'asseoir à côté de moi, fit-elle en tapotant le lit.

Il obtempéra et jeta un regard timide vers le bébé.

— Merci, Nick. Je n'ose pas imaginer ce qui serait arrivé si tu n'avais pas été là.

Son cœur se serra à cette pensée, mais il s'efforça de sourire.

— Tu t'en serais très bien sortie. Le bébé est venu quasiment tout seul.

Elle ouvrit de grands yeux.

— Tu ne comprends toujours pas ? Nous avons tous besoin de quelqu'un. Chaque fois que j'ai eu des ennuis, c'est toujours toi qui m'a tirée d'affaire.

Il grimaça un sourire et regarda de nouveau le bébé, puis Maggie.

— N'exagère pas. Je me suis souvent comporté comme un imbécile avec toi.

— Mais non. Il t'a juste fallu un peu de temps pour réfléchir à certaines choses, voilà tout.

Il souleva l'enfant avec précaution.

— Seigneur, il est si petit… Et moi qui pensais que Gino était minuscule lorsqu'on nous l'a confié, à six mois.

Elle prit sa main et la serra dans la sienne.

— Excuse-moi de m'être emportée contre toi.

— Chut, n'en parlons plus, d'accord ? Tout va bien. D'ailleurs, plus je le regarde, plus je me demande comment je pouvais craindre de ne pas être capable de l'aimer. Il est tellement beau.

— Je peux comprendre, Nick. Je…

— Non, Maggie, j'ai réagi par jalousie. Je ne supportais pas l'idée que tu portes l'enfant d'un autre alors que tu avais perdu le nôtre.

— Nick, murmura-t-elle. As-tu fait le deuil de notre bébé ?

Il baissa les yeux.

— Non, je ne crois pas.

— C'est nécessaire, pourtant. Il faut que tu te débarrasses de cette souffrance une fois pour toutes.

— Je ne peux pas m'empêcher de me demander à quoi il aurait ressemblé.

— Je suis sûre qu'il aurait été un vrai petit Andreas : brun aux yeux noirs.

Il hocha la tête en riant.

— Oui, c'est tout à fait ça.

— Alors, chéris son souvenir.

Il opina avec émotion.

— Et prends soin de moi et d'Egbert.

Il leva brusquement la tête.

— Egbert ?

— Eh bien, oui. C'est un prénom familial qui n'a pas été porté depuis des générations.

— Evidemment, c'est un nom horrible.

Elle éclata de rire. Au même instant, la sirène d'une ambulance résonna, et les lumières rouges et bleues d'un gyrophare tournoyèrent bientôt dans la pièce.

— Donc, tu n'aimes pas Egbert, dit-elle. Que proposes-tu, alors ?

Il regarda le bébé et sentit son cœur déborder d'amour.

— Nous l'appellerons Michael Nicholas Andreas.

— C'est un très joli nom, dit-elle en souriant.

Par la fenêtre, Nick vit l'ambulance se garer devant la maison.

— Et nous allons nous remarier.

— Il le faut bien, si tu veux que mon fils porte ton nom.

Avec un éclat de rire, il descendit pour accueillir l'équipe médicale. Quel revirement de destin… Maggie était de retour dans sa vie.

Et il avait un fils.

Epilogue

Whitney et Darius avait insisté pour amener Gino à Ocean Palms pour le baptême de Michael. Le repas se déroulait chez le père de Maggie, à la demande de celui-ci. Pour l'occasion, il avait sorti le joli service en porcelaine de Vicki et les verres de cristal.

— Du calme, tout le monde ! La dinde arrive dans deux petites minutes.

Gino poussa un cri en pointant le doigt vers l'assiette de Whitney.

— Oui, je te ferai goûter de ma purée, dit-elle en riant.

— Désolé d'arriver aussi tard.

Tous les regards se portèrent vers le seuil de la pièce, où Cade venait d'apparaître. Ravie qu'il ait pu se libérer, Maggie allait se précipiter pour le serrer dans ses bras lorsque la voix de Nick s'éleva :

— Tu as raté la cérémonie.

— Tant pis, répondit son frère en s'asseyant à table. De toute façon, je ne pouvais pas aller à l'église en jean, n'est-ce pas ?

Whitney lui tendit une assiette avec un haussement de ses jolies épaules.

— Allons, c'est une excuse commode.

— A force de passer son temps avec ses vaches, il finit par oublier comment se comporter en société, fit Darius.

— Possible, mais au moins je ne suis pas douillet au point d'utiliser des sels de bain.

— Tu as tort, c'est très bon pour la peau, répondit Whitney.

Maggie sourit. Jamais elle n'avait connu une telle convivialité autour de cette table. Enfin, elle avait une famille. La famille qu'elle avait toujours appelée de ses vœux. Celle que Nick lui avait promise, bien des années plus tôt.

SUSAN MEIER

Un bébé au ranch

INTÉGRALE

UN BÉBÉ À TOUT PRIX

Traduction française de

MARIE-CHRISTINE DERMANIAN

SAGAS

HARLEQUIN

Titre original :
BABY ON THE RANCH

Ce roman a déjà été publié en 2016

1

La main posée à côté de l'affichette « Recherche serveuse », Suzanne Caldwell poussa la porte du petit restaurant, le Old West. Elle fut accueillie par une bonne odeur de tarte aux pommes et des bruits de voix. Il n'y avait pas plus d'une dizaine de personnes installées au bar ou dans les box, mais dans la salle le niveau sonore était assez élevé. Les clients, hommes comme femmes, étaient tous en jean et T-shirt. Seul le chapeau de cow-boy distinguait les tenues des hommes.

Suzanne n'avait pas fait deux pas dans l'établissement que le volume baissa. Tous les visages s'étaient tournés vers elle. D'instinct, elle serra un peu plus fort contre elle Mitzi, son bébé de six mois. Rien de tel qu'une pièce remplie d'inconnus pour se sentir plus que jamais seule au monde. Surtout si tous vous fixent en silence.

Seule, elle l'était bel et bien. Elle venait de tomber en panne d'essence à un peu plus d'un kilomètre de Whiskey Springs, Texas, et n'avait aucun proche à appeler à l'aide.

Pas de famille. Sa grand-mère était décédée six mois plus tôt, et sa mère avait quitté ce monde alors qu'elle n'avait que six ans. Quant à son père, il n'avait jamais pris la peine de se manifester, pas même pour la reconnaître. Sa mère et sa grand-mère étant toutes deux enfants uniques, elle n'avait pas non plus d'oncles, ni de tantes ou de cousins.

Pas d'amis. Ses merveilleuses camarades, qui avaient fait le vœu d'être toujours à ses côtés, l'avaient abandonnée quand elle leur avait annoncé qu'elle était enceinte d'un professeur d'université très populaire. Elles l'avaient rendue responsable de ce « fâcheux incident » et l'avaient même accusée de chercher à briser la carrière de Bill Baker. Quelle idée ! C'était lui qui, sachant que sa grand-mère se trouvait à la tête d'une grosse fortune, avait cherché par tous les moyens à la séduire.

Quelque temps plus tard, Martha Caldwell perdait l'essentiel de son capital dans une suite de placements financiers hasardeux… et le professeur Baker lui annonçait son intention de rompre. Bien entendu, il ne voulait rien savoir du bébé qu'elle attendait.

Elle était donc seule. Complètement seule. Et sans le sou. Et pressée de trouver un toit pour son enfant et pour elle.

Elle avait quitté Atlanta pour Whiskey Springs, espérant y obtenir de l'aide. Mais, après avoir parcouru plus d'un kilomètre en bottines à talons sous le chaud soleil de juin, elle n'était plus sûre de rien. Mitzi se tortillait dans ses bras. Le sac contenant les affaires de première nécessité pesait lourd sur son épaule.

Ce fut toutefois la tête haute qu'elle se dirigea vers le premier box libre. Un silence absolu régnait dans la salle quand elle s'y installa.

Une serveuse avança vers elle en traînant les pieds.

— Oui ?

— Je voudrais une part de cette tarte aux pommes qui sent si bon, dit Suzanne après s'être éclairci la voix. Avec un café, un verre de lait, et du pudding, s'il vous plaît.

— Quelle sorte de pudding ?

Elle déglutit. Les regards étaient toujours rivés sur elle, et personne n'avait repris la parole.

— Eh bien… qu'avez-vous à me proposer ?

— Vanille ou chocolat.

— Mitzi adore la vanille.

Avec un hochement de tête à peine perceptible, la serveuse tourna les talons.

— Vous n'êtes pas du coin, dit une voix masculine.

L'homme qui venait de prendre la parole ne pouvait s'adresser qu'à elle, aussi se tourna-t-elle dans sa direction. Elle eut l'impression d'être transpercée par son regard. Un regard si noir qu'elle avait du mal à distinguer les pupilles de l'iris. Un regard inflexible, qui la jaugeait.

— En effet, dit-elle, prudente.

— Et que faites-vous ici ?

— Ce que font tous les gens dans ce genre d'établissement, je suppose : boire et manger !

Stupéfaite, elle vit l'homme franchir en quelques pas la distance qui les séparait, et se laisser tomber sur le siège situé en face d'elle. Ses lèvres pleines s'étaient retroussées en un sourire narquois.

— Allons, ne le prenez pas mal, fit-il.

Grand et bien bâti, il avait la carrure d'un héros de western. L'espace d'un instant, elle imagina un face-à-face avec lui dans une ruelle, et ressentit un frisson. Un frisson qui n'était pas dû à la peur, mais à un étrange intérêt pour cet homme dont l'attitude frisait l'insolence.

— Rassurez-vous, disait-il déjà. Voyez-vous, tout ce qui se passe à Whiskey Springs me concerne. Parce qu'il s'avère que cette ville est la mienne.

Elle haussa un sourcil.

— C'est-à-dire ? En êtes-vous le shérif ?

Cette question lui valut un éclat de rire pour toute réponse. Les autres personnes présentes dans la salle rirent aussi.

— Non. Je suis Cade Andreas, et cette ville m'appartient. J'ai acheté tous les bâtiments l'an dernier et je les loue aux habitants qui les exploitent à des fins commerciales.

Seigneur… Cet homme-là était Cade Andreas ?

La brusque attirance qu'il avait suscitée en elle se mua en un mélange de trouble et d'appréhension. La famille Andreas n'était-elle pas ruinée ? Elle-même possédait un tiers des actions de l'entreprise, qu'elle n'avait pas pu vendre à cause des difficultés que celle-ci connaissait.

— Je souhaiterais donc savoir, reprit-il sans se départir de son assurance, ce qui vous amène en quelque sorte *chez moi.*

Cette fois, elle prit le temps de le dévisager. Il portait une barbe d'un jour qui lui donnait des allures de mauvais garçon très séduisant, avec des traits fermes et une belle bouche charnue. Une cicatrice — souvenir d'une bagarre, probablement — lui barrait le nez. Loin de le défigurer, cette marque ajoutait encore à son charme.

Leurs regards se croisèrent, et elle eut l'impression que son cœur battait un peu plus fort.

Non.

Pour acheter une ville entière, cet homme devait être plus qu'arrogant. Un mégalomane ! Elle avait déjà eu affaire à un narcissique en la personne du professeur Baker, et préférait ne pas pousser plus avant son étude de cas cliniques.

Il n'en restait pas moins qu'elle avait besoin de travailler. Elle possédait un capital en actions qui représentait des millions de dollars, mais personne n'en voulait. Les actions étaient à la baisse, et le potentiel n'était pas porteur. Les dividendes en revanche, si. Or, l'entreprise Andreas n'en avait versé aucun durant les deux dernières années. Dans la mesure où elle détenait un tiers de l'entreprise, elle espérait bien pouvoir au moins y travailler.

C'était Cade, le plus jeune des trois frères adultes, que Suzanne avait décidé d'approcher. Pour une simple raison de commodité : elle pouvait se rendre au Texas en voiture, mais pas à New York, où se trouvait le siège de la société. Bien entendu, si les Andreas lui proposaient un poste là-bas, elle n'hésiterait pas à rejoindre la Grosse Pomme. A vrai dire, elle était prête à aller n'importe où, pourvu qu'elle puisse y travailler et y poser ses valises.

— Qu'est-ce qui vous a conduite ici ? *Chez moi.*

Il s'était exprimé cette fois d'une voix presque dure, où perçait l'impatience.

Elle se tourna vers le comptoir. Debout derrière le bar, la serveuse tenait la cafetière d'une main et l'assiette avec la part de tarte qu'elle avait commandée de l'autre. A croire qu'elle attendait l'autorisation de Cade Andreas pour se décider à la servir.

Réprimant une grimace, Suzanne reporta son attention sur celui qui s'était invité à sa table. Le maître de la ville ! En l'espace de quelques secondes, les traits de son visage s'étaient tendus. Il affichait un air mécontent, qui, elle le savait, s'accentuerait quand elle lui aurait expliqué *qui* elle était. Il n'apprécierait sans doute pas qu'elle expose l'objet de sa visite devant les gens rassemblés là, qui semblaient tous le tenir en haute estime. Elle était prête à parier son dernier dollar que personne ne soupçonnait la situation difficile dans laquelle se trouvait l'entreprise Andreas.

Il lui était donc momentanément impossible de révéler le motif de sa présence à Whiskey Springs, mais elle ne pouvait pas non plus faire croire qu'elle passait là par hasard. Personne n'arrivait *par hasard* dans cette petite bourgade éloignée des grands axes.

Elle regarda autour d'elle, en quête d'inspiration, et vit l'annonce affichée sur la porte de l'établissement. Sans hésiter, elle saisit cette chance — la seule qui ait daigné se placer sur son chemin depuis un an.

— J'ai appris qu'« on » cherchait une serveuse et j'ai décidé de me présenter.

— Dans vos jolies chaussures à talons, avec votre bébé tiré à quatre épingles ?

— Nous voulions faire bonne impression, dit-elle, décidée à ne pas se laisser impressionner.

Dans l'absolu, elle n'aimait pas mentir. Mais quelqu'un qui prétendait être « propriétaire d'une ville » méritait bien une petite entorse à la vérité. Elle jouait en quelque sorte l'avenir de sa famille, et ce monsieur n'avait jamais jugé utile de lui consacrer un peu de son temps lorsqu'elle avait cherché à le joindre au téléphone.

Une petite femme ronde aux cheveux bruns sortit alors de la cuisine.

— Vous cherchez du travail ? demanda-t-elle en resserrant la ceinture de son tablier blanc.

— Oui.

S'entendre répondre ainsi la replongea dans la réalité. Elle avait en effet décidé de venir à Whiskey Springs pour y trouver un emploi. Un emploi *dans la société Andreas.* Ce projet ne pourrait cependant pas être mis tout de suite à exécution, puisque sa rencontre avec Cade Andreas ne se déroulait pas exactement comme elle l'avait imaginé.

Ce n'était pas dans l'espoir de devenir serveuse qu'elle avait fait tout ce trajet. Elle avait besoin d'argent, et sans plus tarder. Il lui en restait assez pour régler sa commande, mais le soir venu elle devrait regagner sa voiture et y dormir avec son bébé.

— Je m'appelle Suzanne Caldwell, dit-elle.

Les biens de sa grand-mère étaient gérés par des administrateurs, et son nom ne figurait sur aucun document en possession des Andreas, ce qui lui permettait de donner son patronyme sans aucune crainte.

— Et je vous présente Mitzi, dit-elle avec un sourire qui se voulait confiant et serein.

Le bébé choisit précisément ce moment-là pour fondre en larmes. La brune aux formes replètes qui s'était adressée à elle vint vers le box d'une démarche décidée.

— Amanda Mae, dit-elle en lui tendant la main. Si vous cherchez du travail, le poste de serveuse est à vous !

Suite à quoi elle se tourna vers Cade, qu'elle fusilla du regard.

— Les hommes, les vrais, ne font pas pleurer les bébés !

Ce commentaire lui valut la sympathie immédiate de Suzanne.

— Hé ! dit Cade en levant les deux mains, je suis resté de ce côté-ci de la table. Je n'ai pas touché à un cheveu de cette petite.

— Peut-être, mais vous avez menacé sa mère !

— Pardon ? fit-il, les yeux écarquillés.

— Le ton de votre voix est menaçant !

Il hésita puis haussa les épaules.

— Ah… Peut-être…

Amanda se rapprocha de Suzanne et prit le bébé dans ses bras.

— Que dirais-tu d'un biberon, ma jolie ?

— J'ai commandé du lait et du pudding.

Amanda leva les yeux au ciel et se tourna vers le comptoir.

— June Marie ! Qu'attends-tu au juste pour servir cette table ?

La serveuse arriva, presque au pas de course cette fois, et posa devant Suzanne une part de tarte aux pommes et un café avant de repartir en trombe vers la cuisine.

Les yeux plissés, Cade examinait la jeune femme assise en face de lui. Elle était vraiment ravissante. Le bleu de ses prunelles, très vif, lui rappelait celui des myosotis sauvages qui poussaient dans la prairie au printemps. Ses cheveux bruns coupés au carré ajoutaient une petite touche sophistiquée à son élégance naturelle. Ces bottines noires à talons, cette allure, ne correspondaient décidément pas à l'idée qu'il se faisait d'une serveuse.

Et ce n'était pas seulement une question d'apparence. La nouvelle arrivée avait aussi des manières qui trahissaient son appartenance à une certaine classe sociale. Ainsi qu'une indéniable assurance, aussi bien dans le regard que dans la façon de parler. Et des mains parfaites. En résumé, elle avait un profil peu compatible avec le métier qu'elle prétendait exercer.

Il se leva.

— Puisque Amanda vient de vous confier ce poste de serveuse, nous ne devrions pas tarder à nous revoir…

Elle lui répondit par un sourire. Un sourire froid, distant, qui ne fit que l'intriguer davantage. *L'intriguer* seulement ? Il réprima un rire sec. Allons, aussi charmante que soit Suzanne

Caldwell avec son nez parfait et sa bouche pulpeuse, elle ne l'intéressait pas.

— Où logez-vous ? lui demanda Amanda.

— Eh bien, en fait je… nulle part.

— Il n'y a pas d'hôtel ici, dit Cade en rejoignant son tabouret au comptoir. Il faut pousser jusqu'au village voisin pour se loger.

Cette remarque lui valut un nouveau regard sévère d'Amanda.

— Notre jeune amie peut aussi s'installer dans l'appartement du dessus. Jusqu'à ce qu'elle y voie un peu plus clair.

Elle reporta son attention sur Suzanne.

— Oh… si c'est possible, j'en serais ravie, répondit-elle, reconnaissante.

Elle adressa à Amanda un sourire sincère, empreint de gratitude. Se trouverait-elle dans une situation délicate ? Qui sait, ce jean griffé et ce joli chemisier blanc représentaient peut-être ses plus beaux atours, comme elle le lui avait laissé entendre. Il ne se rappelait pas avoir entendu de bruit de moteur précédant son arrivée. Un regard vers la rue confirma ses soupçons : aucun véhicule inconnu n'y était garé.

Elle n'avait peut-être plus de voiture. Plus de domicile. Plus un centime.

Il en doutait. Ce n'était pas ce que lui indiquait son flair d'homme d'affaires. Il devinait en elle quelqu'un qui avait évolué dans des milieux aisés. Riches, même.

Bizarre. Il chercherait à en savoir davantage à son sujet.

Sitôt Cade parti, Amanda conduisit Suzanne à l'étage pour lui montrer le petit meublé.

— Cet appartement a souvent dépanné l'une ou l'autre des serveuses, ce qui explique qu'il soit meublé.

Le visage de Suzanne exprimait une profonde reconnaissance lorsqu'elle avança vers Amanda pour lui poser la main sur le bras. Grâce à la propriétaire de l'Old West, elle ne serait pas obligée de dormir avec sa fille dans la voiture.

— Merci infiniment.

Amanda haussa les épaules et plongea la main dans sa poche. Elle en sortit quelques billets, qu'elle lui mit d'office dans la main.

— Voilà de quoi faire quelques emplettes de première nécessité. Il y a un magasin au coin de la rue.

Suzanne sentit le rouge lui monter aux joues. Il y avait tout juste un an, elle annonçait à sa grand-mère qu'elle était enceinte de trois mois, et que le père ne voulait rien savoir d'elle. Martha, aussi merveilleuse que toujours, l'avait serrée dans ses bras et avait tout mis en œuvre pour la rassurer. Ses derniers investissements s'étaient certes avérés désastreux, lui avait-elle dit, mais il leur restait les actions de la société Andreas, dont elles détenaient un tiers du capital.

Les deux mois suivants avaient viré au cauchemar. Les banques avaient fait main basse sur leur maison. Et surtout, *surtout*, elle avait perdu sa seule famille au monde. Du statut de petite-fille adorée, elle était passée à celui de mère célibataire et sans le sou.

— Je vous rembourserai, dit-elle à Amanda d'une voix brisée.

— Rien ne presse. Tout ce qui compte pour le moment, c'est que vous puissiez m'aider le matin. Les clients arrivent tous en même temps à l'heure du petit déjeuner, et je ne sais plus où donner de la tête !

Comme il rentrait au ranch, Cade appuya sur la touche mémoire de son portable, où était enregistré le numéro de son bras droit.

— Salut, Cade.

— Salut, Eric.

Eric venait tout juste de terminer ses études quand il lui avait proposé ce poste. Outre ses connaissances et son intelligence, il était doté d'une mémoire extraordinaire. Si quelqu'un citait devant lui un oncle, un cousin, ou un ami perdu de vue depuis longtemps, il s'en souvenait — même s'il n'avait entendu ce nom-là qu'une seule fois auparavant.

— Voyons, Eric, si je te dis Suzanne Caldwell, que me réponds-tu ?

La question fut suivie de quelques secondes de silence.

— Rien, répondit-il enfin.

Cade soupira.

— Et qui est cette dame ou demoiselle ? fit Eric.

— Aucune idée, justement. Elle est arrivée tout à l'heure à l'Old West, prétendant être intéressée par le poste de serveuse — qu'Amanda lui a d'ailleurs tout de suite confié. Il y a quelque chose qui… me chiffonne.

— Ah, ce sixième sens, celui que tu appelles le sens des affaires, fait encore des siennes ?

— Ne te moque pas de moi ! C'est grâce à ce fameux sens que je suis aujourd'hui assez riche pour ne plus être obligé de travailler. Ce qui, permets-moi de te le rappeler, n'est pas ton cas puisque tu es toujours mon employé.

— Bien, patron !

Cade salua cette boutade d'un bref éclat de rire, puis raccrocha et fronça les sourcils. Pourquoi le souvenir de Suzanne Caldwell provoquait-il en lui une telle réaction ? Il la trouvait attirante, et pourtant ce sens des affaires qu'Eric tournait en dérision l'incitait à se tenir sur ses gardes.

Pourquoi repartait-il vers le ranch, alors que son instinct lui dictait de revenir à l'Old West ?

Au moment où cette pensée lui traversait l'esprit, il freina et fit demi-tour sur la route pour rebrousser chemin. Après s'être garé à proximité du petit restaurant, il y entra et balaya la salle du regard. Il n'y avait nulle trace de Suzanne Caldwell. Soudain, il se sentit stupide et se reprocha son attitude irraisonnée. Eric avait bien raison de se moquer de lui.

Il quitta l'établissement aussi vite qu'il y était entré, et allait remonter dans sa camionnette quand il reconnut sa silhouette un peu plus loin. Son bébé dans les bras, elle descendait la rue d'une démarche gracieuse. Lorsqu'elle poussa la porte du magasin qui faisait à la fois office de drugstore et d'épicerie, il en prit sans hésiter la direction.

Cette fois, l'attirance seule le guidait. Il était infiniment séduit par ces jambes gainées de jean, qui semblaient interminables sur les bottines à talons. Par ce balancement de hanches, par l'élégance naturelle de ce port de tête.

Après avoir parcouru quelques mètres, il grimaça et ralentit. Se laisser aller à ce genre de divagation ne lui serait d'aucun secours. Ce qu'il devait essayer de comprendre avant toute chose, c'était pourquoi elle avait déclenché ce signal d'alerte en lui. Suivre ses intuitions faisait de lui, pour certains, un original — voire un illuminé ! — mais cela l'avait aussi conduit au succès et à la richesse. Raison pour laquelle il ne l'ignorait *jamais*.

Ce fut donc d'une démarche assurée qu'il repartit vers le magasin. Arrivé à proximité de la vitrine, il ralentit et prétendit observer les produits exposés, tout en restant discret. Il fallait voir sans être vu.

Elle avançait dans l'allée quand Judy Petrovic la rejoignit. Elle se tourna vers la propriétaire des lieux et lui adressa un sourire lumineux. Le même que celui dont elle avait gratifié Amanda, lorsque celle-ci avait décidé de lui confier le poste de serveuse. Par chance, elle lui avait épargné ce sourire — sans quoi il aurait sans doute eu du mal à se montrer aussi distant envers elle.

Il la suivit du regard tandis qu'elle allait et venait dans les allées du magasin, déposant les articles à côté de la caisse. Il s'agissait pour l'essentiel d'affaires destinées au bébé. Elle régla ses achats avec quelques billets froissés qu'elle sortit de sa poche.

Et les pensées qu'il avait eues précédemment lui revinrent à l'esprit. Elle venait d'arriver à Whiskey Springs, en quête de travail. Après avoir accepté sur-le-champ la proposition de logement d'Amanda, elle était partie en quête de vêtements et autres produits de première nécessité pour sa fille. De toute évidence, elle ne nageait pas dans l'opulence.

Que faisait-il là, à l'observer ? C'était du pur voyeurisme !

Et pourquoi était-il revenu sur ses pas ? Etait-ce bien ce fameux sens des affaires qui l'avait poussé à faire demi-tour sur la route ? N'aurait-il pas été guidé par un tout autre genre d'intérêt ?

Il y avait si longtemps qu'une femme ne lui avait pas plu qu'il n'était pas bien sûr de parvenir à reconnaître encore ces signes-là. Après avoir saboté son premier mariage, il n'avait eu avec les représentantes du sexe opposé que des rapports physiques. Elles ne suscitaient en lui que du désir qui, sitôt assouvi, sombrait dans l'oubli.

Un bruit de moteur le fit réagir.

Aurais-tu perdu la raison, Cade Andreas ? Maintenant tu te caches pour espionner la nouvelle serveuse !

Sans hésiter, il fit demi-tour et repartit vers sa camionnette.

2

Il voulut lever la main en guise de salut, mais son bras était coincé sous l'oreiller et il se réveilla en sursaut. Pareil à une bulle, le rêve qu'il était en train de faire explosa.

Cade se redressa sur son lit, le cœur battant à tout rompre. Ce rêve, toujours le même, revenait le hanter de façon récurrente. Il rejoignait l'étable à cheval, les yeux rivés sur sa femme qui s'occupait des plates-bandes entre les différents bâtiments du ranch. C'était elle qui avait tenu à faire pousser des fleurs là, bien qu'il lui ait maintes fois dit que ces fioritures n'étaient absolument pas nécessaires.

Mais quand il avait la chance de revoir en rêve Ashley, sa défunte épouse, il n'avait aucune envie de se quereller avec elle. Ce qu'il désirait plus que tout, c'était la prendre dans ses bras, l'embrasser, lui dire combien elle lui manquait.

Les paupières serrées, il soupira. Jamais il n'atteignait ce stade-là. Son rêve se brisait toujours avant qu'il n'ait pu la saluer d'un geste de la main. Son inconscient lui interdisait d'approcher Ashley.

Refusant de céder à la tristesse, il repoussa l'édredon et se leva en hâte, pressé de sentir sur lui le jet puissant de la douche. Il n'était pas idiot. Il savait bien qu'il avait perdu Ashley à tout jamais. Elle était morte deux ans auparavant. Depuis, il lui semblait avoir un trou béant à la place du cœur.

L'eau chaude sur son corps ne tarda guère à lui procurer un effet réconfortant. Il était en vie, possédait un ranch, des biens, exerçait une activité qui lui plaisait. Existait-il dans tout le Texas un homme plus comblé que lui ?

Peut-être. Sans doute, même. Il devait cependant se contenter de ce qu'il avait.

Après avoir enfilé un jean et un T-shirt, il descendit l'escalier. Il n'était que 4 heures du matin, mais une bonne odeur de café flottait dans le couloir. Avant d'aller se coucher, Mme Granger préparait toujours une pleine cafetière qu'elle gardait au chaud.

Il passa cependant devant la porte de la cuisine sans s'y arrêter. Il ne fit pas non plus de détour par son bureau. A quoi bon ? La Bourse de New York n'ouvrirait que dans quelques heures. Arrivé au bout du couloir, il chaussa une vieille paire de bottes et sortit. Quelques instants plus tard, il s'installait au volant de sa camionnette et partait vers l'écurie.

C'était toujours là qu'il se réfugiait, quand il faisait ce rêve. Pas seulement parce qu'il avait besoin de s'occuper l'esprit, mais aussi parce qu'il ne souhaitait infliger à personne sa colère, son ressentiment.

Il ne pensait pas voir de la lumière dans le grand bâtiment couleur brique, mais ne fut pas vraiment surpris de trouver Jim Malloy, son chef d'équipe et beau-père, assis à son bureau.

— Que fais-tu ici à une heure pareille ? lui demanda-t-il pourtant.

Ce dernier se laissa aller contre le dossier de son siège, le faisant craquer.

— Mes gars arriveront dans une heure environ, et je préfère m'occuper de la paperasse avant. C'est plutôt à toi qu'il faudrait poser la question, Cade : que fais-*tu* ici si tôt ? Les marchés boursiers dorment encore !

Haussant les épaules, il se dirigea vers l'un des fauteuils situés face à Jim, et s'y assit.

— Encore ce rêve ? reprit Jim, face à sa mine butée.

Il ne répondit pas.

— Le chagrin ne te quittera donc jamais, mon garçon ?

— Tout va bien. Mon travail m'occupe.

— *Beaucoup* de travail…

Ils gardèrent le silence, puis Jim se leva.

— Un café ?

— Frais ?

— Je ne suis pas arrivé depuis si longtemps, tout de même. Il ne peut être que frais !

— Dans ce cas j'en veux bien, merci.

Jim remplit deux tasses et lui en tendit une avant de reprendre sa place derrière le bureau.

— Cade, tu as été un bon mari, et tu es un bon gendre.

En entendant cela, Cade lâcha un petit rire dénué de gaieté. Jim savait mieux que quiconque qu'il avait souvent été absent du domicile conjugal. Il était au courant de ses voyages d'affaires, qui couvraient parfois la semaine entière. C'était gentil à lui de le qualifier de « bon mari », mais Cade n'en croyait rien.

— Tu as été *un bon mari*, répéta alors son beau-père en appuyant ses mots. Tu ne dois pas considérer comme une punition le fait de ne jamais réussir à parler avec Ashley dans tes rêves.

Une autre erreur de jugement de la part de Jim.

Le jour du décès de son épouse, il n'était pas auprès d'elle. Au lieu de lui tenir la main, il cherchait à convaincre un baron du pétrole de lui céder son entreprise. Et Ashley était morte seule. C'était sans aucun doute ce que lui rappelait son inconscient, chaque fois qu'il faisait ce rêve. Elle était partie sans lui. Il n'avait donc pas le droit de lui parler, de lui dire adieu. Même symboliquement.

Il ne chercha cependant pas à contrarier Jim, et but une gorgée de café en grimaçant.

— Dieu du ciel… la vase a meilleur goût que ce truc !

— Ah ? J'ignorais que tu consommais de la vase…

Ils rirent, puis leur conversation s'orienta sur la clôture, les poulains, le cours des animaux. Les secondes devinrent des minutes, qui s'ajoutèrent les unes aux autres jusqu'à former une heure. Au fur et à mesure que le temps passait, Cade se sentait moins oppressé. Le chagrin qu'il avait éprouvé à son arrivée s'atténuait lui aussi.

Jamais il ne pourrait dire adieu à Ashley. Il fallait qu'il l'accepte, et poursuive son chemin.

Il était un peu plus de 5 heures quand Suzanne ouvrit les yeux. Elle décida de se doucher avant que Mitzi ne se réveille, puis revêtit l'uniforme rose fourni par Amanda. Elle finissait tout juste de boutonner le gilet quand la fillette se tourna dans son lit et poussa un petit cri. Un sourire aux lèvres, Suzanne la rejoignit aussitôt pour la prendre dans ses bras et l'embrasser. Lorsqu'elle l'eut changée et habillée, elle glissa dans son sac un biberon, un paquet de céréales pour enfants, puis s'apprêta à rejoindre l'Old West.

Comme elle l'imaginait, Amanda se trouvait déjà dans la cuisine, en train de pétrir du pain.

— Faites-moi un peu de place sur la table, lui dit-elle en asseyant Mitzi sur le petit siège installé la veille à son intention.

Amanda avait rassuré sa nouvelle recrue en décrétant que le bébé resterait à proximité pendant ses heures de travail. Aux heures de forte affluence, et quand il ferait trop chaud dans la cuisine, il avait été décidé qu'elles déplaceraient le siège de la fillette dans une petite pièce attenante, située entre la cuisine et la salle de restaurant.

— Dès que j'aurai nourri cette demoiselle, je préparerai une fournée de biscuits roulés à la cannelle.

— Ah ? fit Amanda, les yeux arrondis de surprise et de plaisir.

— Pour vous remercier de m'avoir embauchée !

— Quelque chose me dit que vous ne resterez pas bien longtemps, mais tant pis, j'ai un besoin urgent d'aide. La fille que vous avez vue hier ne pouvait pas rester plus longtemps.

La perspicacité d'Amanda mit Suzanne mal à l'aise. La propriétaire de l'Old West l'avait chaleureusement accueillie, et la perspective de lui faire bientôt faux bond provoquait en elle un sentiment de culpabilité. Elle ignorait comment réagiraient les frères Andreas lorsqu'elle leur annoncerait qu'elle détenait un tiers des actions de leur entreprise, mais, quoi qu'il en soit, elle espérait bien obtenir un emploi d'eux. Un emploi qui leur permette, à sa fille et à elle, de vivre correctement — ce qui s'avérerait plus difficile avec un simple poste de serveuse.

Néanmoins consciente que la culpabilité ne la mènerait nulle part, elle décida de donner le meilleur d'elle-même pendant qu'elle travaillerait au service d'Amanda. De la remercier par des petites attentions. Ces biscuits roulés à la cannelle, par exemple. La recette était un secret que les Caldwell se transmettaient de mère en fille, et dont le résultat était toujours succulent.

Ses pensées s'orientèrent vers Cade. Qui savait, peut-être se radoucirait-il après avoir dégusté l'une de ses spécialités ? Assez en tout cas pour qu'elle envisage de lui révéler sans plus tarder qui elle était. Il lui avouerait alors que sa famille n'était pas en mesure de racheter ses actions, et elle solliciterait sur-le-champ un emploi. Ainsi, Amanda Mae n'aurait pas le temps de s'habituer à elle.

Ce ne serait sans doute pas aussi facile qu'elle l'imaginait, mais pour le moment rien d'autre ne lui venait à l'esprit.

Quand Mitzi eut terminé son petit déjeuner, Suzanne se plaça face à Amanda, de l'autre côté de la grande table de la cuisine, et se mit à l'œuvre. Quelques minutes plus tard, elle avait formé une grosse boule de pâte. Tandis que la préparation levait, elle écouta les consignes d'Amanda concernant ses fonctions, et procéda à la mise en place de la salle avant l'arrivée des premiers clients. Un peu plus tard, ceux-ci poussaient la porte de l'établissement.

Ils humèrent l'air, la mine gourmande, et ne manquèrent pas de poser des questions sur l'origine des délicieux effluves qui y flottaient. Certains redemandèrent même du café après avoir fini leur petit déjeuner, dans le seul but de goûter aux biscuits qui finissaient de cuire.

A 7 h 30, la première fournée avait été dévorée.

— Doux Jésus ! dit Amanda, tandis que Suzanne sortait du four une deuxième plaque de biscuits bien dorés, ça remporte un franc succès. Nous pourrions en vendre facilement trois douzaines par jour…

Suzanne enleva les gants de cuisson matelassés et, du coin de l'œil, vérifia que Mitzi dormait toujours. Elle n'avait pas été longue à s'assoupir, après son biberon, et elles l'avaient installée dans la petite pièce, afin qu'elle ne soit pas réveillée par l'agitation environnante.

— Les gens finiraient peut-être par s'en lasser, dit-elle avec une grimace.

— Pas sûr.

Se mordillant les lèvres, elle s'essuya les mains à son tablier.

— Vous croyez qu'ils sont assez bons pour amadouer un certain grincheux ?

Amanda leva les yeux au ciel et secoua la tête en riant.

— Peut-être. Mais à votre place j'essaierais déjà de faire preuve d'un peu d'amabilité envers Cade Andreas. Plus qu'hier, en tout cas, ce qui ne devrait pas être très difficile !

— Ah… vous avez remarqué ?

— Il aurait fallu être aveugle pour ne pas le voir, répondit-elle avec une moue comique. Vous ressembliez à deux chats en train de s'observer, toutes griffes dehors !

Ces commentaires soutirèrent un soupir à Suzanne.

— C'est curieux… j'ai l'impression que, par sa seule présence, Cade Andreas fait remonter ce qu'il y a de pire en moi.

— Ou de *meilleur* ! dit Amanda dans un nouvel éclat de rire.

— Vous ne voulez quand même pas dire qu'il… que nous…

— Qu'il ne vous laisse pas indifférente et vice versa ? dit Amanda. Pourquoi pas ? Des choses bien plus étranges se sont produites !

— C'est impossible. Cet homme-là ne *peut pas* me plaire.

Amanda s'était immobilisée pour l'observer.

— Mm... Parce que vous avez des affaires à traiter avec lui ? C'est en général l'unique raison pour laquelle les gens de la ville se déplacent jusqu'à Whiskey Springs.

Après avoir hésité quelques secondes, Suzanne grimaça et hocha la tête.

— En effet, fit-elle dans un souffle.

— Dans ce cas, si j'ai un conseil à vous donner... laissez de côté votre réaction épidermique et essayez de vous montrer un peu plus aimable. Vous avez tout à y gagner. Du moins jusqu'à ce que vous ayez eu l'occasion de lui expliquer ce qui vous amène ici.

Plongé dans l'étude de colonnes de chiffres, Cade n'entendit pas Eric entrer dans le bureau vers 8 heures du matin.

— As-tu pris ton café ?

Il quitta des yeux l'écran de son ordinateur, jeta un regard à sa montre et leva les bras pour s'étirer.

— Exception faite de la tasse de vase que Jim m'a offerte à l'aube, non ! Je ne suis pas encore passé par la cuisine. Et toi ?

— Je ne commence jamais ma journée sans une bonne tasse de café. Je peux t'en rapporter une, si tu veux.

— Non merci, ça va.

Eric s'assit dans l'un des deux fauteuils situés face au bureau.

— Alors ? As-tu découvert hier quelque chose d'intéressant au sujet de Suzanne Caldwell ?

Cade s'aperçut qu'il n'avait plus pensé à la jeune femme depuis des heures. En prononçant son nom, Eric avait de nouveau attisé sa curiosité. Il persistait à penser que la nouvelle arrivée à Whiskey Springs était trop sophistiquée, trop élégante, pour être *vraiment* serveuse de son métier.

Il se leva et fit quelques pas dans la pièce. Au moins, il appréciait la distraction, cela lui occupait l'esprit et l'empêchait de s'appesantir sur le piètre mari qu'il avait été.

— Je ne sais même pas comment elle est arrivée en ville, je n'ai pas remarqué de voiture inconnue. Et elle n'avait aucun bagage quand elle a poussé la porte de l'Old West. Aucun, Eric. Même une femme de condition modeste aurait eu ne serait-ce qu'une petite valise.

Après s'être approché de la fenêtre, il revint vers lui.

— Elle fuit peut-être quelque chose. Ou quelqu'un. Ce qui pourrait s'avérer être une source de problèmes.

— Si elle t'intrigue autant, pourquoi ne pas aller prendre le petit déjeuner à l'Old West ? En usant de ton charme, tu devrais obtenir quelques réponses aux questions que tu te poses…, dit-il avec un sourire railleur.

Mais justement il ne voulait pas user de son charme. Et il voulait moins encore être sensible à celui de la jolie Suzanne. En d'autres termes, il préférait maintenir entre eux une certaine distance. Mais il n'aimait pas les gens mystérieux. Cette bourgade, qu'il considérait comme la sienne, n'avait aucun secret pour lui. Et il ne tenait pas à voir cet ordre-là perturbé.

Il allait se montrer plus aimable envers elle, afin de la mettre en confiance. Peut-être alors consentirait-elle à lui livrer son secret.

Persuadé d'avoir trouvé la méthode pour arriver à ses fins, il confia à Eric assez de tâches pour l'occuper toute la matinée, et grimpa dans sa camionnette. Après s'être garé dans la rue principale, il coupa le moteur et, curieusement, jugea nécessaire de se regarder dans le rétroviseur. Il se surprit même à glisser les doigts dans ses cheveux pour se recoiffer. D'une voix étouffée, il lâcha un juron. Voilà qu'il jouait les coquets !

Tu n'es pas ici pour séduire mais pour obtenir des informations, mon vieux !

Résolu à ne pas s'écarter de cette voie, il se dirigea vers l'Old West. Dès qu'il eut poussé la porte de l'établissement, il vit Suzanne qui débarrassait une table. Elle portait un petit tablier en dentelle blanche sur l'uniforme rayé rose et blanc qu'Amanda avait choisi pour ses serveuses.

En entendant sonner le carillon de la porte d'entrée, elle se tourna dans sa direction. Le temps parut se figer tandis qu'ils se dévisageaient, immobiles, en silence.

Cade avait l'impression d'être hypnotisé par ces prunelles aux reflets d'améthyste.

Hé là, sur quel chemin t'engages-tu ?

Une fois ne lui avait donc pas suffi ? Qu'avait-il fait de son mariage, de l'amour de sa femme ? Il était hors de question qu'il s'investisse dans une relation. Or Suzanne Caldwell n'était pas le genre de femme avec laquelle il pouvait avoir une aventure.

Il allait essayer de savoir pourquoi elle était soudain arrivée là, et s'assurer qu'elle ne présentait aucun danger pour la tranquillité des habitants de Whiskey Springs. Voilà à quoi devait se limiter son rôle auprès d'elle. Rien de plus.

S'étant lui-même rappelé à l'ordre, il rejoignit le comptoir à grandes enjambées et donna une tape amicale sur l'épaule de Marty Higgins.

— Salut, Marty.

— Salut, Cade.

Après la forte affluence matinale, les derniers clients partaient. Il ne pouvait que s'en réjouir. Dans une salle vide, le personnel était plus enclin au bavardage avec les clients.

Il se hissa sur un tabouret et, aussi naturellement que possible, se tourna vers la jeune femme.

— Bonjour, madame Caldwell.

— Bonjour, monsieur Andreas.

— *Cade*, dit Marty en portant sa tasse de café à ses lèvres.

Cade hocha la tête et, avec son sourire le plus charmeur, déclara :

— Marty a raison. Tout le monde ici m'appelle Cade.

— Dois-je considérer cela comme un ordre ?

Il haussa un sourcil.

— Non, ce n'est pas un ordre. Ce n'est pas non plus une

raison pour vous montrer désagréable. Surtout quand je n'ai pas encore pris mon café !

A ces mots elle avança vers lui, son calepin à la main.

— Un café, donc ?

— Avec des œufs au bacon, des frites maison, des toasts et deux pancakes aux myrtilles.

Elle cessa d'écrire et le fixa, les yeux écarquillés.

— Qu'y a-t-il ?

— Vous êtes bien mince, pour quelqu'un qui mange autant !

Il s'était toujours enorgueilli de devoir sa silhouette à son travail au ranch plutôt qu'à des exercices en salle de sport. Mais le plaisir que lui procura ce commentaire le décontenança.

Se ressaisissant, il lui adressa un sourire railleur.

— J'aurai brûlé toutes ces calories avant midi. Ne tardez pas trop, j'ai faim !

Le sourire qu'elle lui rendit était angélique.

— J'y vais. Pas de panique…

Décidément, elle avait la repartie facile. Il la suivit du regard tandis qu'elle rejoignait la cuisine.

Marty se pencha vers lui et lui murmura à l'oreille :

— Joli brin de fille, mm ?

— Un peu comme un cactus. Agréable à regarder, mais surtout ne pas toucher !

Marty éclata de rire.

— Ah… tu vas plus vite en besogne que moi : je n'avais pas dépassé le stade du regard ! Dis donc, tu m'as l'air bien intéressé par cette demoiselle, pour venir prendre ton petit déjeuner à l'Old West alors que tu as chez toi une excellente cuisinière.

— Je suis à la pêche aux informations.

Et il se tut aussitôt. Quel besoin avait-il d'exposer à Marty, qui tenait la quincaillerie, le motif de sa présence à l'Old West ? Depuis quand jugeait-il nécessaire de se justifier ?

Marty posa un billet de cinq dollars sur le comptoir, puis il se leva et, tourné vers la cuisine, agita la main.

— A demain, Amanda.

Avec un sourire pour Suzanne, il ajouta :

— A demain, la belle !

La jeune femme, qui revenait déjà vers le comptoir pour poser devant Cade une cafetière et une tasse, arrondit les sourcils face au billet.

— C'est un pourboire presque décent que vous me laissez là !

Marty se gratta la tête, à la fois gêné et ravi.

— Bon… dans ce cas, je vous autorise à partir ! dit-elle en riant.

Quand Marty ouvrit la porte, il souriait, aux anges. Cade serra les lèvres. L'exquise Suzanne était consciente de son charme, mais il n'était pas disposé à se laisser manipuler aussi facilement que le vieux Marty.

— De la crème ?

— Non merci, je prends mon café noir.

— Comme les vrais cow-boys ! dit-elle, légère, avant de tourner les talons.

Il n'eut qu'à tendre le bras pour la retenir par le poignet. Le regard bleu-violet auquel il fut alors confronté lui fit presque oublier le motif de sa visite matinale. Il était là pour découvrir ce qu'elle était venue chercher à Whiskey Springs, pas pour se laisser séduire par ses sourires et ses remarques. Quand il en saurait davantage à son sujet, peut-être cesserait-il d'avoir tous les sens en alerte en sa présence.

— Je suis surpris que vous ayez réussi à exercer ce métier, avec une attitude pareille ! dit-il d'un ton ferme.

— Qui vous dit que j'y avais « réussi » ? Peut-être ai-je dû voyager jusqu'ici pour trouver quelqu'un qui veuille bien m'embaucher ?

C'était bien la première fois qu'il l'entendait formuler des propos qui lui paraissaient fondés. Il lui lâcha le poignet et la laissa repartir en cuisine. Quelques minutes plus tard, elle revenait et posait devant lui un plateau contenant sa commande.

A ce moment-là un cri aigu retentit, et il remarqua la

présence du bébé, dans une sorte de renfoncement qui jouxtait la cuisine. Assise sur un siège pour enfants, la fillette, armée d'une cuiller en plastique, donnait avec un plaisir non dissimulé des coups sur le plateau du siège.

Il ne fut nullement étonné de la voir là. Les habitants de Whiskey Springs étaient des gens chaleureux, et Amanda Mae, un employeur doté de grandes qualités humaines. Elle avait sans aucun doute proposé tout naturellement à Suzanne d'avoir sa fille à proximité pendant ses heures de travail. Il y avait si longtemps qu'il n'avait vu de bébé, exception faite des quelques minutes de la veille, que ce spectacle éveillait sa curiosité.

Gino, son troisième demi-frère, n'avait que six mois lorsque leur père était décédé, laissant à ses fils adultes le soin de s'en occuper. Un an et demi s'était écoulé depuis, et Gino n'était désormais plus un bébé.

Pendant quelques instants, il scruta l'adorable visage poupin. La fillette avait hérité des yeux de sa mère, ainsi que de ses cheveux de jais. Il sentit son cœur se serrer. Comme il avait des cheveux noirs, et qu'Ashley avait eu des yeux d'azur, il s'était toujours imaginé que l'un de leurs enfants au moins serait brun aux yeux bleus.

Mais il s'était avéré qu'ils ne pouvaient pas avoir d'enfants.

Le sort ne l'avait décidément pas épargné. Non content de l'avoir privé de la femme avec laquelle il souhaitait passer le restant de ses jours, il lui avait aussi refusé le bonheur d'avoir des enfants d'elle.

Dès l'adolescence, il s'était fixé comme objectif de devenir père. Ce but lui avait toujours été plus cher que le succès. Et pour cause : son propre père avait été un piètre exemple.

Il avala une gorgée de café sans parvenir à quitter la fillette du regard. Les bulles qu'elle formait avec sa bouche le fascinaient. Elle était si jolie. Elle paraissait si heureuse.

Non, elle ne *paraissait* pas, elle *était* heureuse. Ce qui laissait supposer que Suzanne était une bonne mère.

La question qu'il s'était posée après leur rencontre lui

revint à l'esprit. Pourquoi une mère célibataire viendrait-elle jusque-là pour occuper un emploi sans grand intérêt ?

Elle allait le resservir en café quand il la prit de nouveau par le poignet.

— Que faites-vous *réellement* ici ?

— Je suis peut-être en fuite…

Il haussa un sourcil. Elle se moquait de lui.

— Ecoutez, dit-elle alors avec un soupir, je n'ai rien à cacher. Je ne me suis rendue coupable d'aucun crime. Ma seule faute a été de succomber au charme d'un professeur d'université qui a profité de mon innocence.

Surpris qu'elle lui révèle aussi facilement son passé, il s'écarta et la lâcha. Son insistance à la questionner lui semblait soudain déplacée.

— Quand je lui ai annoncé ma grossesse, dit-elle sur le même ton calme, il m'a expliqué qu'il ne voulait plus rien savoir de moi — et moins encore de l'enfant que je portais. J'ai dû interrompre mes études. Peu de temps après ma grand-mère est morte, et je me suis retrouvée seule et démunie.

Il eut l'impression qu'un poids venait de s'abattre sur ses épaules. Son propre père, le grand Stephone Andreas, s'était comporté de façon à peu près identique avec sa mère et lui. Jusqu'à ses dix-huit ans, celui-ci avait en quelque sorte ignoré son existence. Puis il s'était manifesté par le biais de son avocat, qui était venu frapper à sa porte. Le juriste lui avait froidement remis les fonds fiduciaires qui devaient lui permettre de devenir un homme très riche.

Jusqu'à cette date-là, c'était sa mère qui s'était démenée pour qu'ils mènent une vie décente. Il avait donc un faible pour les mères célibataires.

Dans ce cas, pourquoi harceler Suzanne Caldwell ?

Au moment où il s'apprêtait à lui présenter des excuses, elle reprit la parole.

— Voilà. D'où je viens, on encourage la réciprocité. Je vous ai confié mon embarrassant secret, il me semble que vous pourriez me rendre la pareille en me révélant le vôtre.

La sympathie soudaine qu'elle venait de lui inspirer céda la place à la stupéfaction. Le plus lourd secret de sa vie, celui qui l'oppressait, l'empêchait d'avancer dans l'existence, était lié à la mort de son épouse. Se pardonnerait-il jamais de n'avoir pas été auprès d'elle pour lui dire adieu ?

Ashley était l'amour de sa vie. Une femme douce, merveilleuse, qui ne se serait jamais adressée à lui — pas plus qu'à quiconque d'autre, d'ailleurs — comme Suzanne venait de le faire. Jamais elle ne se serait permis de lui poser une question aussi personnelle.

— Bonjour, Cade !

Abasourdi, il se tourna vers la porte que sa mère, Virginia Brown, venait de pousser. Celle que tout le monde appelait Ginny avança vers lui et s'installa sur le tabouret que Marty avait libéré. Malgré les aléas de la vie, elle avait toujours conservé son beau sourire, et c'était ainsi qu'elle le regardait. A cinquante ans passés, elle était toujours une belle femme.

— Que fais-tu ici ? Tu n'as plus de cuisinière ?

Il lui lança un regard d'avertissement.

— Si.

— Que fais-tu ici, alors ? insista-t-elle en riant.

Suzanne, qui passait une éponge sur le comptoir, lui évita de répondre en s'adressant à elle.

— Vous désirez ?

Sans se départir de son sourire, Ginny dressa la tête et huma l'air.

— Mm… Quelle est cette odeur délicieuse ?

Le sourire que lui rendit Suzanne était empreint de fierté.

— Celle des biscuits roulés à la cannelle sortis depuis peu du four. Pour remercier Amanda Mae de m'avoir embauchée, je lui ai donné la recette de ma grand-mère.

Occupé comme il l'était à mener à bien son « enquête », Cade n'avait pas prêté attention à ce parfum qui, à présent, aiguisait sa gourmandise.

— J'espère qu'il en reste ! dit Ginny, l'œil luisant.

— Une bonne demi-douzaine, je pense.

— Dans ce cas, j'en voudrais un avec un café.

— Un pour moi aussi, s'il vous plaît, fit Cade. A emporter.

Comme elle s'éloignait avec un signe de tête, Ginny enveloppa son fils d'un regard espiègle.

— Je crois avoir deviné le motif de ta présence ici ce matin…

— Je pense que tu te trompes.

Elle rit de nouveau avant de répliquer, plus bas :

— Et je suis, moi, persuadée du contraire ! J'ai bien remarqué une certaine… *gêne* entre vous.

— Tu te trompes, dit-il de nouveau avec un soupir.

Pour toute réponse, elle fronça le nez et lâcha un autre petit rire.

Avant de regagner la cuisine, Suzanne hasarda un regard par-dessus son épaule. Elle était prête à parier que la nouvelle arrivée était la mère de Cade, bien que la ressemblance ne soit pas frappante. Elle avait les cheveux châtains, lui noirs. Elle avait des yeux vert clair, ceux de Cade étaient sombres comme la nuit. Mais quelque chose de similaire transparaissait dans l'expression de leur visage. Dans leur allure aussi : ils étaient tous deux grands et minces.

Grand, mince, bien bâti, séduisant, terriblement tentant… Cette palette d'adjectifs correspondait à merveille à Cade Andreas. Les mots avaient jailli dans son esprit quand elle l'avait vu arriver un peu plus tôt, magnifique dans un T-shirt gris et un jean tout simple. Aussi surprise qu'agacée par sa propre réaction, elle s'était réfugiée derrière une carapace de froideur. Elle s'était même montrée goguenarde en le servant. Puis, résolue à faire preuve d'un peu plus d'amabilité, elle lui avait confié sa mésaventure amoureuse, lui avait parlé d'elle. Elle s'était même enhardie à l'interroger à son tour.

C'était une façon comme une autre de se rapprocher de lui, de se préparer à aborder le sujet crucial qui l'avait conduite là. Il n'avait cependant pas saisi la perche qu'elle lui tendait, et n'était plus seul à présent, ce qui lui compliquait la tâche. En outre, comme il avait précisé qu'il souhaitait emporter le biscuit à la cannelle, il était probable qu'il aurait oublié qui l'avait fait quand il le mangerait.

Quinze minutes. Un petit quart d'heure en tête à tête avec Cade Andreas, voilà tout ce qu'il lui faudrait pour éclaircir la situation.

Quand elle revint vers le comptoir avec les commandes, Ginny la remercia d'un sourire.

— Excusez-moi, vous vous appelez…

— Suzanne. Suzanne Caldwell.

— Enchantée, Suzanne, dit-elle en tendant la main à la jeune femme. Ginny Brown. J'étais autrefois la bibliothécaire de Whiskey Springs, et puis quand mon fils ici présent est devenu riche il m'a offert un local que j'ai transformé en librairie.

Elle se tourna vers Cade, qui s'était rembruni, et lui posa la main sur le bras.

— Il déteste que je fasse allusion à sa fortune.

Le regard qu'il lui adressa pour tenter de lui imposer le silence trahissait une indéniable tendresse. Suzanne en fut touchée. En revanche, les propos de Ginny la laissaient perplexe. Cade avait-il préféré ne pas l'informer des difficultés financières que traversait l'entreprise Andreas ?

Pour éviter toute bévue, elle entreprit de nettoyer de nouveau le comptoir avant de reprendre la parole.

— Vous devriez vous réjouir que votre mère soit fière de vous.

— Il y a des limites à tout, même à la fierté maternelle ! répondit-il avec une moue amusée.

— Peut-être. J'aurais aimé avoir un avis sur la question, mais j'ai perdu ma mère à l'âge de six ans.

— Oh ! mon Dieu ! dit Ginny, la mine compatissante.

Suzanne eut un bref haussement d'épaules fataliste.

— J'ai été élevée par ma grand-mère, que j'adorais.

Machinalement, elle se tourna vers la cuisine. Amanda Mae

lui rappelait sa grand-mère à bien des égards. En plus jeune, bien entendu ; elle avait l'âge qu'aurait eu sa mère si celle-ci avait vécu. Depuis son arrivée, la propriétaire de l'Old West avait déployé pour elle des trésors de gentillesse. Les clients s'étaient eux aussi montrés charmants, ce matin-là. Si elle ne s'était pas tracé un tout autre chemin, Whiskey Springs lui serait apparu comme un havre de paix où s'installer et vivre heureuse avec sa fille.

Mais c'était impossible.

Après avoir de nouveau haussé les épaules, elle entassa les couverts sur le plateau de Cade, prête à le remporter.

— Bref… tout cela pour dire que je tiens cette recette de ma grand-mère !

— J'ai hâte d'y goûter, dit Ginny avec enthousiasme. S'ils sont aussi bons qu'ils en ont l'air, vous ne manquerez pas d'amis dans le coin !

Ces mots lui mirent du baume au cœur. Habiter une ville remplie d'amis relevait du rêve.

Le verdict culinaire de Ginny ne se fit pas attendre.

— Mm… succulent ! Fondant, parfumé mais pas trop… Un véritable délice, Suzanne !

Cade, qui n'avait pas soufflé mot depuis quelques minutes, posa sur le comptoir un billet de vingt dollars, puis il prit la petite boîte en carton du biscuit à la cannelle et se leva.

— Voilà qui devrait couvrir ma commande, ainsi que celle de ma mère, et votre pourboire.

Elle ne put s'empêcher de le suivre du regard tandis qu'il se dirigeait vers la sortie. Quand la porte se fut refermée sur lui, elle se sentit en proie à un sentiment d'impuissance. Elle n'avait toujours pas réussi à lui exposer l'objet de sa visite, et un nouvel élément venait compliquer un peu plus encore la situation : il lui plaisait.

La voix de Ginny la tira de sa songerie morose.

— Il y a une soirée au ranch de Cade, samedi soir. J'espère que vous serez des nôtres.

3

N'ayant pas revu Cade de la semaine, Suzanne décida d'accepter l'invitation.

Le samedi après-midi, elle demanda à Amanda Mae de la conduire jusqu'à sa voiture pour y récupérer ses bagages, et apporter un réservoir d'essence. A la vue de la Mercedes bleu pastel, Amanda ouvrit de grands yeux mais se garda de tout commentaire. Il y avait à présent quatre jours que Suzanne travaillait à son service, et un lien étrange s'était tissé entre elles. Depuis la disparition de sa grand-mère, jamais elle n'avait rien éprouvé de pareil. Elle se sentait très proche de cette femme qui pourtant, elle le pressentait, ne se livrait pas facilement.

Une solide amitié s'était nouée entre elles, quasiment au premier regard. Cette amitié, ce soutien lui donnaient la force de se rendre ce soir-là au ranch pour y voir Cade, et trouver enfin l'occasion de lui parler. Franchir ce pas aurait une incidence sur sa belle amitié avec la patronne de l'Old West, elle le savait. Si, comme elle l'avait espéré en entreprenant ce voyage, un poste lui était proposé au sein de l'entreprise Andreas, elle devrait quitter Amanda et elles en souffriraient toutes les deux.

Il ne fallait donc pas qu'elle tarde trop. Plus le temps passait, plus cette étape s'avérerait difficile. Ce soir-là sans faute, elle aurait un entretien avec Cade Andreas.

*
* *

Un peu plus tard, elle se glissait dans une robe fourreau de soie corail, l'un des derniers souvenirs de son époque glorieuse. Des sandales de cuir noir et le collier de perles de sa grand-mère complétaient à merveille cette tenue, élégante sans en faire trop.

Elle finissait tout juste d'appliquer un rouge à lèvres, corail également, que Gloria, la nièce d'Amanda, frappa à la porte. Après avoir expliqué à l'adolescente comment s'occuper de Mitzi en son absence, elle embrassa affectueusement sa fille. Puis elle rejoignit sa voiture et, suivant les instructions d'Amanda, partit en direction du ranch. Le trajet était simple, mais ses nerfs lui jouaient des tours, et elle manqua à deux reprises se tromper de chemin. Elle roulait depuis moins de dix minutes quand se profila au bout de la route la silhouette d'une bâtisse blanche. Elle était immense mais l'architecture en était simple.

De nombreux véhicules étaient garés à proximité de la maison. Des accents de musique l'accueillirent quand elle ouvrit la portière. La soirée se déroulerait probablement à l'extérieur, ce qui la réjouissait. Elle avait un faible pour les garden-parties.

Au moment où cette pensée lui traversait l'esprit, elle fronça le nez. Pour se ménager quelques instants de tranquillité avec Cade, elle devrait lui demander un entretien dans son bureau. Tout aparté dans les jardins risquait d'être interrompu d'une façon ou d'une autre.

Redressant les épaules, elle emprunta l'allée pavée de dalles en pierre grise, et sonna. Quelques minutes plus tard, après avoir essayé deux nouvelles fois sans obtenir de réponse, elle se décidait à contourner le bâtiment. Si les convives étaient rassemblés sur la terrasse, elle les rejoindrait tout simplement.

D'une démarche aussi naturelle que possible, elle longea la façade. Arrivée tout au bout, elle s'arrêta net. Un somptueux buffet était dressé sur de longues tables installées côte à côte. La musique qui l'avait guidée jusque-là était jouée par un orchestre de country. Quelques couples dansaient en ligne, sous un dais. Des guirlandes de lanternes multicolores éclairaient une grande piscine, où jouaient quelques enfants et adolescents.

Une violente envie de s'enfuir s'emparait d'elle quand Ginny apparut soudain, comme par magie.

— Ah, vous voilà, Suzanne ! Vous êtes jolie comme un cœur.

— Merci, dit-elle, articulant avec difficulté en contemplant son interlocutrice.

Chaussée de bottes de cow-boy, celle-ci portait un T-shirt d'un jaune éclatant sur un jean délavé.

— Je n'avais pas compris que… que c'était…

— … un barbecue ? dit Ginny à sa place, souriante. Désolée. Je pensais que vous devineriez qu'au Texas une soirée ne peut être qu'un barbecue.

Ce fut le moment que choisit Cade pour se matérialiser devant elle. Soudain elle retint son souffle. Vêtu d'un jean et d'une chemise en chambray, il portait ce soir-là une cravate de cow-boy et un Stetson qui le rendaient irrésistible.

Il faut que tu lui parles, Suzanne. Le plus vite sera le mieux.

Elle se mordilla les lèvres tandis qu'il la détaillait de pied en cap avec une lenteur délibérée.

— Vous êtes bien chic, madame Caldwell ! J'en déduis que vous n'avez pas associé soirée et barbecue, ce qui est une erreur de taille au Texas.

Mais il ne regrettait absolument pas qu'elle ait choisi cette tenue, qui mettait ses charmes féminins en valeur. La couleur de la robe et ce rouge à lèvres lui donnaient un petit air sexy qu'il n'avait pas perçu la fois précédente. Une question lui vint alors à l'esprit. Ce choix de tenue était-il vraiment une erreur de sa part, ou plutôt le résultat d'un calcul ? N'aurait-elle pas cherché ainsi à attirer son attention ?

Ginny prit Suzanne par le bras pour l'entraîner vers l'assistance, lui évitant de devoir répondre aux propos embarrassants du maître de maison, et lui permettant de fuir son regard de braise.

— Venez, je vais vous présenter à nos amis. Mais j'imagine que vous en avez déjà rencontré un certain nombre au restaurant ?

Cade se passa la main sur la nuque et regarda s'éloigner sa mère et la jeune femme, encore une fois fasciné par le mouvement de ses hanches.

Ginny se dirigea d'abord vers les Hunter, le couple qui possédait le ranch voisin. Puis elle avança vers un groupe de quatre hommes jeunes ayant depuis peu terminé leurs études. Tom Calhoun travaillait désormais à la banque, avec son père. Bruce Murphy, lui, venait de reprendre à son compte le garage jusque-là géré par sa famille. Après une formation en comptabilité et gestion, Joshua Turner travaillait en free-lance. Quant à Danny Jones, il était toujours à la recherche d'un emploi.

Face à ce tableau, il se raidit. N'importe lequel de ces quatre jeunes gens paraissait fait pour elle. Ils avaient son âge, démarraient eux aussi dans la vie…

Ce fut pourtant vers lui qu'elle se tourna après leur avoir serré la main. Il ne put s'empêcher de sourire. Peut-être préférait-elle les hommes plus mûrs ? Après sa mésaventure avec le père de son enfant, peut-être aussi préférait-elle ne pas s'engager dans une relation ? A moins qu'elle ne souhaite profiter tout simplement de ce que lui offrait la vie, sans se projeter dans l'avenir ?

Il la suivit du regard tandis qu'elle continuait à aller de groupe en groupe. Et constata que, chaque fois, elle reportait son attention sur lui. Quand Ginny consentit enfin à s'éloigner d'elle pour la laisser en compagnie de Jo Johnsson et d'Amanda Mae, qui venait d'arriver, il attendit quelques instants avant de l'inviter d'un signe de la tête à le rejoindre.

Il s'agissait d'un test. Si elle venait vers lui, il saurait qu'il l'intéressait. Sinon… eh bien, il s'occuperait de ses autres invités !

Comme il l'espérait, elle s'excusa auprès de Jo et d'Amanda, et vint vers lui.

— Euh… Cade, dit-elle en jouant avec son collier de perles, je… voudrais parler avec vous. *En privé.*

Il sourit, s'efforçant de cacher sa satisfaction. Elle n'avait décidément pas froid aux yeux ! La soirée battait son plein. Il pouvait s'absenter en toute quiétude, personne ne le remarquerait.

— Mais bien sûr.

Il lui posa la main sur la taille et l'invita à passer les portes-fenêtres qui menaient à la grande salle à manger. A travers l'étoffe soyeuse de sa robe, il sentait sa peau chaude contre la paume de sa main.

Elle leva la tête vers lui.

— Je suppose que vous avez un bureau ?

— Un… *bureau* ?

Quel besoin avaient-ils de faire un détour par son bureau ? Vu la façon dont la situation semblait se présenter, il envisageait d'aller droit au but. Autrement dit, dans sa chambre ! Mais il était prêt à se conformer à son désir, à suivre ses règles du jeu.

— Bien sûr, dit-il avant de l'inviter à emprunter un long couloir. Deuxième porte à gauche.

Il se plaça à côté d'elle pour l'ouvrir, puis s'effaça afin de la laisser entrer. Pour finir, il ferma le battant à clé.

En entendant le petit bruit métallique, elle se tourna vers lui.

— Vous fermez à clé ?

— Vous ne tenez pas à ce que quelqu'un puisse venir nous déranger, n'est-ce pas ?

Un peu surprise, elle acquiesça toutefois.

— Je vous sers quelque chose à boire ?

— Oh… non, merci.

D'un geste de la main, il l'invita à prendre place sur le

canapé en cuir qui occupait tout un pan de mur. Cette fois encore elle refusa, s'attirant un regard perplexe.

— Je…

Elle eut un sourire hésitant.

— Il se trouve que… j'ai quelque chose à vous dire.

Les choses ne se déroulaient pas tout à fait comme il l'avait imaginé. Sans se départir néanmoins de son sourire, il hocha la tête.

— Je vous écoute.

— Voilà… Je suis Suzanne Caldwell.

Il plissa les yeux.

— Vous ne reconnaissez pas ce nom parce que le patronyme de ma grand-mère ne figure sur aucun document. Ses biens étaient gérés par un groupe d'administrateurs.

Cette déclaration fut suivie d'un silence. Il sentit la raison prendre le dessus sur ses sens.

— Mais encore ? fit-il.

— En l'occurrence, je veux parler… du tiers des actions qu'elle possède dans votre entreprise.

La révélation lui fit l'effet d'une douche froide.

— Vous seriez donc le mystérieux troisième actionnaire ?

Elle acquiesça.

Il se dirigea vers le bar et se servit un whisky, dont il avala aussitôt une gorgée.

— Vous avez choisi un drôle de moment pour m'annoncer la nouvelle ! dit-il avec une grimace.

— A vrai dire, je n'ai pas trop eu le choix. Quand je vous ai vu au restaurant, vous n'étiez pas seul, et je ne tenais pas à aborder ce sujet devant témoins. Je sais que votre entreprise connaît des difficultés, parce que je n'ai pas pu vendre mes actions.

Horrifié, il ouvrit grand les yeux.

— Vous avez cherché à vendre vos actions ?

— Que vouliez-vous que je fasse ? Tout ce que possédait ma grand-mère a dû être vendu pour régler les dettes qu'elle avait accumulées suite à de mauvais placements. Je n'ai plus rien. Plus un centime ou presque !

— Voilà au moins un point sur lequel vous n'avez pas menti.

— Je n'ai jamais menti ! dit-elle avec véhémence. J'ai bien parcouru le chemin jusqu'à Whiskey Springs dans l'espoir de trouver un emploi.

Comme il haussait un sourcil, elle ajouta :

— *Un emploi dans votre société.* Ce devrait bien être possible, puisque j'en possède un tiers ? Je cherche un poste qui nous permette de vivre convenablement, ma fille et moi.

Après avoir bu une autre gorgée de whisky, Cade posa d'un geste brusque son verre sur le bureau, et serra les poings. A qui en voulait-il le plus ? A Suzanne, pour ne pas lui avoir révélé sa véritable identité dès son arrivée ? A lui, pour avoir manqué à ce point de discernement ? Pour s'être laissé séduire par l'ennemi ? Car elle représentait bel et bien l'ennemi. Compte tenu des parts qu'elle possédait dans la société, les frères Andreas devraient s'unir pour faire front commun si elle prenait une décision qui ne leur convienne pas.

Il fallait impérativement racheter les actions qu'elle détenait. Il en avait les moyens, mais pas ses frères. Ils n'étaient pas dans le besoin, loin de là, mais cela représentait un gros investissement. Ils ne seraient sans doute pas en mesure de débourser une somme pareille en une seule fois. Par ailleurs, il ne tenait pas à être le seul acquéreur, car cela ferait de lui un actionnaire largement majoritaire, ce qui briserait le rapport d'égal à égal qu'il s'était toujours efforcé de maintenir avec eux.

Il enleva son Stetson et le lança sur le canapé en marmonnant :

— J'ai besoin d'un peu de temps pour réfléchir.

— Pour moi c'est très simple. J'ai besoin de travailler, et je possède le tiers d'une entreprise, donc…

— Ce n'est pas aussi simple que vous le pensez. Le siège de l'entreprise en question se trouve à New York.

— Qu'essayez-vous de m'expliquer au juste ? Qu'il vous est impossible de me confier un poste dans la société Andreas ?

Il voulait surtout prendre le temps d'analyser la situation, afin de ne rien dire ou faire qui soit susceptible de nuire aux relations qui avaient fini par s'instaurer entre tous les demi-frères Andreas. Croisant les bras sur sa poitrine, il examina Suzanne, qui affichait à présent une moue boudeuse. Jamais il n'aurait imaginé, en quittant l'assemblée avec elle, que leur tête-à-tête puisse prendre une telle tournure.

— Vous m'avez dit que vous aviez fait des études. Quelle est votre formation ?

— Histoire de l'art. J'ai dû m'arrêter en cours d'année, trois mois à peine avant d'obtenir le diplôme.

Ces informations lui soutirèrent une grimace. Il doutait fort que Darius ait besoin dans ses services d'une spécialiste en histoire de l'art.

— Mes frères vont me tuer…, dit-il dans un murmure.

Puis il poussa un long soupir.

— Pourquoi ? Vous n'y êtes pour rien.

— Selon la tradition, il arrivait aux Grecs d'exécuter les messagers…

Comme elle éclatait de rire, il se frotta le menton. Il aurait eu besoin de rester seul pendant une vingtaine de minutes, pour analyser calmement la situation, mais il s'imaginait mal lui demander de rejoindre sans lui les convives sur la terrasse.

Après avoir hoché la tête avec lenteur, il contourna son bureau et s'y installa, invitant d'un geste de la main la jeune femme à prendre place en face de lui. Comme elle l'interrogeait du regard, il déclara :

— Je vais appeler mon frère.

— Ah…

Elle prit place dans le confortable fauteuil en cuir, et attendit. La personne qui décrocha était apparemment une domestique que Cade connaissait bien, à en juger par la façon naturelle dont il s'adressait à elle.

— Bonsoir, chère madame Tucker. Mon frère est-il dans les parages ?

Pendant qu'il attendait d'avoir son interlocuteur en ligne, elle se redressa et posa les coudes sur les accoudoirs, adoptant une attitude aussi digne et confiante que possible. Il avait paru peu impressionné par sa formation, il fallait donc qu'elle s'efforce de lui montrer qu'elle était tout à fait capable d'occuper un poste dans son entreprise.

Dans *leur* entreprise, puisqu'elle en était elle aussi actionnaire.

Il releva la tête et la dévisagea. Elle sentit ses joues rosir sous son regard perçant. Que se serait-il produit si elle avait attendu avant de lui annoncer la nouvelle qui lui avait fait l'effet d'une bombe ? Si elle avait accepté de boire un verre avec lui ? S'il l'avait prise dans ses bras ?

Les questions se succédaient à présent dans son esprit, se précipitaient même.

Etait-ce dans cette intention qu'il avait si vite accédé à son désir, quand elle avait dit vouloir lui parler ? Pour cette raison qu'il s'était empressé de fermer la porte à clé derrière eux ? Serait-il allé jusqu'à considérer sa requête comme une simple manœuvre de séduction ?

Quoi qu'il en soit, divaguer ainsi ne lui était d'aucun secours. Elle n'était pas à la recherche d'un petit ami ou d'un amant, mais d'un emploi.

— Salut, Darius, Cade à l'appareil. J'ai des nouvelles à t'annoncer, mon vieux. Une bonne et une mauvaise. La bonne est la suivante : j'ai retrouvé notre mystérieux actionnaire. La mauvaise : il — ou plus exactement *elle* — voudrait se voir confier un job dans l'entreprise. Je vais activer le haut-parleur.

Il appuya sur un bouton du téléphone, puis le reposa sur son socle.

— Notre coactionnaire s'appelle Suzanne Caldwell, dit-il. Mme Caldwell se trouve en ce moment même en face de moi.

— Enchanté, madame Caldwell.

Darius Andreas s'exprimait d'une voix posée, du ton de quelqu'un habitué à user de diplomatie. Ce qui n'avait rien de très étonnant, avec un frère comme Cade Andreas…

— Enchantée, monsieur Andreas. Avant toute chose, sachez que je suis désolée si ma brusque apparition pose un problème. Mais, voyez-vous, je me trouve dans une situation… délicate. Ma grand-mère a quitté ce monde il y a quelques mois, laissant derrière elle bon nombre de dettes qu'il a fallu éponger. Il semblerait qu'elle ait dépensé bien plus d'argent qu'elle n'en gagnait, durant les dernières années de sa vie.

— Le fait que la société Andreas ait cessé de lui verser des dividendes n'y est peut-être pas étranger.

— Peut-être. J'ai un bébé, une petite fille qui s'appelle Mitzi, et je… nous…

— Vous avez besoin d'argent, je suis tout à fait à même de le comprendre. Tout comme vous n'aurez aucun mal à comprendre que notre entreprise ne soit pas en mesure de racheter vos parts du jour au lendemain.

Cade, qui s'était adossé à son fauteuil, l'enveloppa alors d'un long regard. Elle dut redoubler d'efforts pour se concentrer sur la conversation, qu'elle attendait depuis longtemps.

— Absolument, fit-elle après s'être éclairci la voix. Ce n'est d'ailleurs pas dans cette intention que je me suis manifestée.

Changeant de position, Cade reprit la parole.

— Suzanne voudrait travailler dans la boîte, Dar.

— En qualité de ?

— Je ne pense pas qu'elle brigue un poste à hautes responsabilités — bien qu'elle ait à mon avis les qualités requises pour l'occuper.

En entendant ces mots, elle eut du mal à réprimer un sourire. Etait-ce là ce qu'il pensait d'elle ?

— Je suis certain que nous pourrions lui confier un certain nombre de tâches, et pas des moindres, dit-il. Elle percevrait ainsi un salaire qui lui permettrait de s'installer dans un appartement, et de pouvoir faire appel aux services d'une nounou.

Elle se passa la langue sur les lèvres. Plutôt brusque d'ordinaire, il se montrait soudain d'une extrême gentillesse. Attentionné. Généreux. C'était plaisant, mais aussi étonnant.

La voix de Darius retentit de nouveau dans la pièce, coupant court à ses pensées.

— Ecoute… pourquoi ne prendriez-vous pas tous les deux un vol pour New York, demain ? Ce serait quand même mieux de discuter de cette affaire de vive voix. Vous logeriez bien sûr chez nous, à Montauk. Gino sera ravi de te voir, Cade. Quant à Whitney, elle se réjouit toujours d'avoir du monde à la maison. J'espère que vous viendrez avec votre fille, madame Caldwell ?

Décontenancée par la rapidité à laquelle s'enchaînaient les événements, elle acquiesça d'un signe de la tête. Puis, prenant conscience que son interlocuteur ne pouvait pas la voir, balbutia :

— Oh… oui.

— Eh bien, je vous dis donc à demain !

Sur ce, Darius raccrocha, et le silence se fit dans la pièce. Ce fut elle qui finit par le rompre.

— Je suis désolée.

— Pourquoi ? Pour le déplacement ? Ce n'est pas vous qui avez décidé ce départ pour New York, mais Darius.

— Soit, mais j'en suis à l'origine. Je peux y aller seule.

Après une courte hésitation, elle ajouta :

— Si ce n'est que… je n'aurai pas assez d'argent pour payer le billet d'avion.

— J'ai un jet privé. Plusieurs, même, dit-il d'un ton anodin.

Stupéfaite, elle toussota pour se donner une contenance.

— Vrai… ment ?

Pour une famille censée être quasiment ruinée, les Andreas menaient grand train.

— Nous décollerons à 6 heures. En comptant le trajet en voiture jusqu'à Montauk, nous devrions arriver chez Darius avant midi. Et maintenant, dit-il en se levant soudain, il est temps que je rejoigne mes invités.

Elle le regarda sortir et, toujours assise dans son fauteuil, croisa les bras, ne sachant que faire.

Elle allait s'envoler pour New York avec un homme qu'elle connaissait à peine. Un homme qui, un peu plus tôt, ne s'était pas fait prier quand elle avait manifesté le désir de s'entretenir avec lui en privé.

Un homme de toute évidence prêt à se livrer aux jeux de la séduction.

Or il venait de partir sans faire la moindre allusion à cet épisode. Voilà qui laissait présager une relation pour le moins ambiguë, dont elle se serait volontiers passée vu la complexité de la situation dans laquelle elle se trouvait déjà.

4

Ce matin-là, quand le réveil de son téléphone portable retentit à 4 heures, Suzanne remonta l'édredon sur sa tête. En exposant à Cade la raison pour laquelle elle était venue à Whiskey Springs, elle ne s'était certainement pas attendue à de telles répercussions. Voilà qu'elle s'apprêtait à partir pour New York, avec lui, dans son jet… Auparavant, elle allait devoir prévenir Amanda Mae qu'elle s'absentait quelques jours — peut-être pour ne pas reprendre son poste à l'Old West.

Rester au lit lui apparaissait de plus en plus comme la meilleure chose à faire.

Malheureusement, la sonnerie avait aussi réveillé Mitzi, qui poussait maintenant de petits cris.

— J'arrive, mon cœur, dit-elle, résignée.

Après lui avoir donné un biberon, elle la changea et lui mit sa jolie robe à coccinelles. Elle opta, elle, pour son tailleur bleu, celui qu'elle réservait aux entretiens professionnels. Car c'était bien ce qu'elle s'apprêtait à passer avec le clan Andreas : un entretien d'embauche.

Un quart d'heure plus tard elle descendait l'escalier conduisant au restaurant, chargée de sa fille, du siège-auto pour bébé, et d'un sac de voyage avec quelques affaires pour toutes les deux.

Lorsqu'elle arriva dans la cuisine de l'Old West, Amanda Mae l'examina de pied en cap, et haussa un sourcil.

— Vous voilà bien chargée, mon petit. Et sur votre trente et un, aussi !

Gênée, elle posa sac et siège à terre. Puis, Mitzi bien calée contre elle, elle se dirigea vers le placard où étaient rangées les céréales pour enfants.

— Il se trouve que… je pars pour New York. Avec Cade.

Elle redressa la tête au moment même où Amanda écarquillait les yeux.

— *Comment ?*

— Je suis désolée, Amanda, fit-elle, la mine contrite. Sincèrement. Je dois vous avouer quelque chose.

Après s'être essuyé les mains à son tablier, Amanda les posa sur ses hanches rebondies.

— Que ceci soit bien clair, Suzanne, je vous comprends parfaitement ! Qui pourrait vous reprocher de quitter un banal emploi de serveuse pour vous enfuir avec Cade Andreas ? Pas moi… bien que je ne me sois pas laissée aller à ce genre de fantaisie depuis bientôt dix ans !

Elle accompagna ce commentaire d'un soupir et allait se remettre à pétrir la pâte quand Suzanne reprit la parole.

— Non, vous vous trompez ! Ce n'est pas du tout ce que vous imaginez. Il ne… Je ne…

— Tsss, tsss ! Je ne suis pas aveugle, ma belle. J'ai bien remarqué certains regards entre vous deux.

Elle eut un petit rire et ajouta, sur le ton de la confidence :

— Je suis prête à parier que notre Cade s'est entiché de vous.

Afin de cacher son trouble, Suzanne s'arrangea pour lui tourner le dos tandis qu'elle préparait les céréales de Mitzi. Ce qu'affirmait Amanda ne recoupait-il pas ce qu'elle avait elle-même remarqué ?

— En fait, dit-elle, sans protester cette fois, nous allons à New York pour rencontrer sa famille. Je possède un tiers de la société dont ses demi-frères et lui ont hérité à la mort de Stephone Andreas.

Amanda la fixa, ahurie.

— Décidément, je vais de surprise en surprise ce matin ! Vous êtes… *une héritière* ?

— En quelque sorte. Mais, dans le cas présent, difficile d'y associer l'adjectif « riche »…

— C'est-à-dire ?

— C'est-à-dire, répondit-elle avec un soupir, que ma grand-mère a très mal géré sa fortune. Pour finir, elle a cessé de recevoir des dividendes de la société sur laquelle elle pensait pouvoir toujours compter.

Elle ne cita pas le nom de l'entreprise en question, pour protéger Cade et ses frères.

— Pendant les trois dernières années de sa vie, ses revenus ont chuté, mais elle n'a pas pour autant réduit ses dépenses. Quand elle est décédée, j'ai dû vendre notre maison, les meubles, tous les objets d'art. La plupart de mes vêtements, même, dit-elle en désignant d'un bref geste de la main son tailleur bleu. Ma voiture est bien la seule chose que j'aie réussi à conserver de cette époque-là. Je tenais absolument à avoir un moyen de locomotion !

Comme Mitzi émettait un petit grognement, elle s'empressa de lui donner une autre cuillerée de céréales, et profita de l'occasion pour en rester là. A quoi bon en effet préciser à Amanda qu'elle avait même envisagé, le cas échéant, de dormir avec sa fille dans la Mercedes ?

— Mm… Mais je ne saisis pas bien le rapport avec New York.

— Dans la mesure où je détiens un tiers de l'entreprise, j'espère m'y faire embaucher.

— Mm…, fit de nouveau Amanda. Tout ce que je retiens, c'est que *vous partez*, et en plus je n'ai droit qu'à des renseignements purement factuels !

— Il n'y a rien de personnel à ajouter, et pour ce qui est de mon départ rien n'est sûr. Peut-être ne trouveront-ils aucun poste à me confier. Il n'est donc pas impossible que je revienne et que je continue à travailler pour vous.

Amanda haussa les épaules en soupirant et se remit à pétrir la pâte.

— Il va en tout cas falloir que je trouve quelqu'un pour vous remplacer, au moins à l'heure du petit déjeuner.

Suzanne sentit sa gorge se nouer. Depuis le premier jour, elle s'était prise d'affection pour Amanda Mae, et elle avait l'impression de la trahir en se lançant à la recherche d'un autre emploi.

— J'ai parlé à votre nièce hier soir, à mon retour du ranch. Gloria est prête à vous donner un coup de main pendant les heures de pointe.

A ce moment-là, la porte de l'Old West s'ouvrit, et Cade entra, vêtu de sa tenue habituelle, jean et T-shirt. Lorsqu'elle le vit, Suzanne sentit son cœur se mettre à battre plus fort. Les propos d'Amanda Mae lui revinrent aussitôt à la mémoire : « Je suis prête à parier que notre Cade s'est entiché de vous. » C'était flatteur. Et très déstabilisant. Elle n'était pas prête à vivre une autre relation. Pourtant, résister au charme de Cade Andreas n'était pas chose simple…

Amanda Mae, qui avait elle aussi levé la tête dans sa direction, se rembrunit plus encore.

— Merci pour Gloria, dit-elle, grommelant. Et maintenant filez !

Mais Suzanne ne bougea pas. Ses pieds semblaient scellés au carrelage de la cuisine. Cade l'attendait. Elle devait partir, essayer de trouver un emploi qui lui convienne mieux. Mais elle ne parvenait pas à bouger.

Au prix d'un véritable effort, elle fit deux pas vers la salle du restaurant.

— Je passerai vous voir à mon retour. Pour vous dire si vous pouvez toujours compter sur moi…

Amanda lui répondit par un hochement de tête sec et se remit à pétrir la boule de pâte avec une vigueur proche de la rage.

Cade ne fit aucun commentaire. Il se borna à rejoindre Suzanne pour la décharger du siège et du sac.

Sa camionnette étant garée juste devant l'établissement, il ouvrit la portière arrière et y posa le siège bébé.

— Je vous laisse le soin de l'installer, je ne suis pas expert en la matière. Je vais tenir le bébé, pendant ce temps.

Elle lui tendit Mitzi, en prenant soin de ne pas l'effleurer, et fixa le siège à la banquette. Quand elle reporta son attention sur lui, elle constata qu'il buvait la fillette du regard.

— Serait-ce la première fois que vous voyez un bébé ?

Ses lèvres s'étirèrent lentement, en un semblant de sourire qui exprimait de la tristesse.

— Non. Mais il y a longtemps…

Comme il la déposait entre les bras qu'elle lui tendait, il hésita et ajouta :

— Elle est adorable.

Elle cligna des paupières. Peut-être lui tendait-il une perche dans l'espoir de rétablir entre eux les bases d'une relation « normale » ? Elle décida de la saisir. Ce fut donc en riant qu'elle répliqua :

— D'ailleurs, je l'adore !

Il rit à son tour.

— Ah ? Je ne l'avais pas remarqué !

Quelques minutes plus tard, il démarrait. Elle ne fut pas longue à trouver oppressant le silence qui régnait dans le véhicule. Troublée par sa récente conversation avec Amanda, et ne souhaitant surtout pas rompre la paix fragile qui venait de s'instaurer entre Cade et elle, elle n'osait pas prendre la parole. Par chance, son portable sonna et il ajusta son oreillette.

— Déjà debout, Eric ? N'est-ce pas un peu tôt, pour ton monstre de chien et toi ?

Il était occupé par la conduite et par sa conversation, et elle en profita pour l'observer à la dérobée. Cade Andreas était sans conteste un superbe représentant du genre masculin. Quelqu'un avec qui elle ne s'ennuierait certainement pas, à en juger par ce qu'elle connaissait de lui. De là à avoir une relation avec lui…

Que vas-tu imaginer ? Tu ne vas tout de même pas te

laisser influencer par le commentaire d'Amanda ? Ni par la façon dont il a réagi hier soir, quand tu as demandé à lui parler en privé… N'as-tu pas déjà assez de problèmes ?

Suzanne avait déjà voyagé dans des avions privés. Celui-ci était toutefois plus spacieux que ceux qu'elle connaissait, avec ses cinq confortables sièges en cuir, et un coin aménagé en espace de travail. Après l'avoir aidée à s'y installer avec Mitzi, Cade s'assit au bureau. Il ouvrait son ordinateur portable quand le pilote apparut pour leur donner des informations sur les conditions météorologiques et la durée approximative du vol.

Cade passa tout le trajet concentré sur l'écran de l'ordinateur. Il cherchait sans doute à éviter toute relation trop personnelle. Vu le contexte, elle ne pouvait pas le lui reprocher, mais n'en était pas moins déçue pour autant.

Quand ils atterrirent, quelques heures plus tard, elle manqua pousser une exclamation de joie, tant l'atmosphère lui avait semblé pesante durant le trajet. Un couple les attendait en bout de piste. L'homme, vêtu d'un pantalon sombre et d'une chemise blanche, portait un enfant en bas âge dans ses bras. A côté de lui, une jeune femme en pantacourt et chemiser imprimé agitait la main en direction de l'appareil.

Tout comme au départ, Cade s'occupa des bagages. Au moment où ils approchaient de la passerelle, il voulut l'aider à la descendre, et la prit par la main. Dès que leurs doigts se touchèrent, elle ressentit dans tout le corps un frisson dont elle pouvait difficilement rendre la température extérieure responsable. Au regard de Cade, elle comprit que ce simple contact ne le laissait pas lui non plus indifférent.

En dépit de l'attitude distante qu'il avait pris soin d'afficher jusque-là, rien n'avait donc changé entre eux ? Leur attirance mutuelle était intacte.

Raison de plus pour te tenir sur tes gardes !

Au bas de la passerelle, il lui lâcha la main, et elle décida de concentrer désormais toute son attention sur le but de son voyage.

Darius avançait vers eux. Il était aussi brun que Cade et avait les mêmes yeux noirs. La même façon de sourire, également.

— Salut, Cade, content de te voir ! dit-il avec entrain avant de se tourner vers elle. Suzanne Caldwell, je suppose ? Et voici Mitzi. Enchanté de faire votre connaissance, mesdames. Je vous présente Whitney, mon épouse, et notre fils Gino.

Un grand sourire aux lèvres, Whitney se rapprocha et tendit les bras vers la fillette.

— Est-ce que je peux la prendre ?

— Avec plaisir, lui répondit Suzanne en riant. Elle finit par peser lourd, cette demoiselle, quand on la porte depuis un moment…

La demoiselle en question ne tarda cependant pas à manifester bruyamment sa désapprobation, ce qui lui permit de regagner au plus vite les bras de sa mère.

— Elle va s'habituer à vous, dit Suzanne à la jeune femme. Mais, à sa décharge, je dois dire qu'il y a eu beaucoup de changements dans sa vie, ces derniers temps.

— Ne vous inquiétez pas, ça ne me vexe pas du tout.

Ils prirent tous place dans le luxueux véhicule qui les attendait. Durant le trajet, Suzanne entreprit d'occuper Mitzi, pendant que Cade parlait de tout et de rien avec son frère et sa belle-sœur. Elle découvrait un autre individu. Quelqu'un de léger, de drôle, autant de facettes de sa personnalité qui lui avaient jusque-là échappé, et qui le lui rendaient d'autant plus attachant.

Et alors ? Ta dernière expérience ne t'a donc pas suffi ? Es-tu assez stupide pour succomber au charme de tous les hommes séduisants que le destin placera sur ton chemin ?

La maison qu'habitaient les Andreas à Montauk, en bordure d'océan, était immense. Whitney conduisit Suzanne jusqu'à la suite joliment décorée qui lui était destinée. Elle attendit gentiment qu'elle ait changé le bébé pour repartir avec elle vers la salle à manger, où Gino mangeait des pâtes, tandis que les adultes se partageaient une salade composée.

Une fois le déjeuner terminé, Whitney suggéra de confier Gino et Mitzi à la nounou qui travaillait à demeure, pendant qu'elle ferait avec Suzanne une promenade sur la plage.

Darius conduisit Cade jusqu'à son bureau.

— Bien, quelle est ta décision maintenant que tu as rencontré Suzanne ? demanda Cade.

Il venait tout juste de poser la question quand Nick, l'autre demi-frère, entra dans la pièce.

— Mme Tucker a confié Michael à la nounou avant d'accompagner Maggie jusqu'à la plage, dit-il en faisant référence à sa compagne et leur fils de neuf mois. Elle va se promener avec Whitney et Suzanne.

— Assieds-toi, lui dit Darius. Nous nous apprêtions justement à parler de la troisième actionnaire.

Aussi brun que ses frères, Nick avait une allure très décontractée, avec son ample chemise sur un jean coupé en bermuda, et des sandales. Il se laissa tomber sur le siège à côté de Cade.

— Ah ! La mystérieuse Suzanne Caldwell… Celle qui, d'un point de vue technique, est actionnaire majoritaire.

— *Individuellement parlant*, dit Cade dans le souci d'être précis. A nous tous, nous détenons les deux tiers de la société.

Cette remarque suscita le rire de Nick.

— Ah, voilà un sujet délicat pour notre Cade !

— As-tu rencontré Mme Caldwell ?

Comme Nick secouait la tête, Darius enchaîna :

— Attends de l'avoir rencontrée, tu comprendras mieux pourquoi Cade réagit de cette façon.

— Je ne réagis d'aucune façon particulière ! dit-il en se levant pour faire les cent pas dans la pièce. Je suis préoccupé, voilà tout. Elle m'a dit qu'elle avait cherché à vendre ses actions. Personne n'en a voulu. Mais quand nos bénéfices de l'année seront publiés il est bien possible qu'elle trouve acquéreur. Or l'entreprise n'est pas en mesure de lui racheter ses parts.

— Calme-toi, Cade, fit Darius. Nous avons décidé, Nick et moi, de ne pas attendre que la société ait assez d'argent pour le faire. Nous allons lui faire une proposition en tant qu'individus, pas au nom de l'entreprise.

Basculant contre le dossier de son fauteuil, il joignit les mains sur sa poitrine.

— Nous savons bien, Nick et moi, que tu pourrais réunir la somme nécessaire du jour au lendemain. Nous pas. Il nous faudra un certain temps pour y parvenir.

— Combien de temps ?

— Dix-huit mois environ. Après t'avoir eu au téléphone hier soir, j'ai appelé Nick et nous nous sommes livrés à de savants calculs. C'est ce qui me permet de te donner cette estimation de délai.

Cade se passa la main sur le visage en grimaçant.

— Trop long. Elle ne pourra pas attendre aussi longtemps. Elle est vraiment sur la paille !

— Voilà pourquoi nous avons envisagé d'autres solutions. En tout premier lieu, je pense que tu devrais jeter un œil sur ses comptes. Il n'est pas impossible qu'elle ait d'autres biens dont elle ne soupçonne pas l'existence.

— J'en doute. D'après ce que j'ai compris, comptables et avocats se sont largement penchés sur la question, et tout ce qu'ils ont pu trouver a servi à régler les dettes accumulées. Je serais surpris de découvrir quelque chose qui leur ait échappé.

Nick haussa une épaule.

— Ça ne te coûte pas grand-chose d'entreprendre des recherches. Qui sait, sa grand-mère a peut-être placé des fonds quelque part à son nom, et personne n'a songé à s'en assurer ? Ce ne serait pas la première fois que des choses de ce genre se produisent, tu le sais bien.

Après s'être rapproché de son bureau pour s'y accouder, Darius poursuivit :

— Pour en revenir au sujet qui nous intéresse, nos finances

ne nous permettront pas de racheter les parts de cette jeune personne avant un an au bas mot. Nous avons donc décidé de lui proposer un marché.

— Quel genre de marché ?

— Nous allons estimer ses actions à la valeur qu'elles avaient au moment du décès de sa grand-mère. Nous lui ferons un premier versement d'un million de dollars, et le solde lui sera versé dans dix-huit mois.

Cade hocha la tête.

— Ça me semble honnête.

Mais Darius n'en avait pas fini.

— A toi maintenant de la convaincre d'accepter ce marché, mon vieux. Nous dirigeons l'entreprise, Nick et moi. Jamais nous ne t'avons demandé de t'y investir plus que cela ne t'était possible. Nous avons tout mis en place, il ne te reste qu'à apporter la touche finale…

— A t'occuper de Suzanne Caldwell, fit Nick avec un sourire.

— Et ne tarde pas trop. Informe-la de notre décision dès que tu pourras te ménager un aparté avec elle. Autant qu'elle se détende un peu et puisse profiter de son séjour à Montauk.

Suzanne, Whitney et Maggie rentrèrent de leur promenade sur la plage en bavardant comme des amies de longue date. Whitney avait expliqué à Suzanne que Gino était en réalité le demi-frère de Cade, Darius et Nick. Leur père et la mère de Gino avaient trouvé la mort dans un accident de voiture et ils avaient, Darius et elle, décidé d'adopter l'enfant, alors âgé de quelques mois à peine.

Maggie lui confia qu'elle avait épousé Nick à l'âge de dix-huit ans, puis qu'elle l'avait quitté quand Stephone Andreas, son père si peu présent, avait proposé à Nick cinq millions de dollars en échange de leur divorce. Ils étaient à présent de nouveau ensemble, et sur le point de se remarier.

En entendant ces récits singuliers, Suzanne décida de se

livrer à son tour. Lorsqu'elle leur raconta sa propre expérience, Whitney et Maggie poussèrent des cris horrifiés. Elles ne mâchèrent pas leurs mots pour exprimer ce que leur inspirait le professeur d'université.

Et Suzanne se sentit merveilleusement *normale*.

Sur le chemin du retour, Whitney et Maggie se mirent à parler des trois demi-frères, et à les comparer. Bien que différents, ils avaient aussi bon nombre de similitudes. En parallèle avec des études de commerce, Darius avait commencé à travailler tôt dans l'entreprise, et c'était donc tout naturellement qu'il avait occupé le poste de P.-D.G. après le décès de son père. Nick, lui, possédait une usine en Caroline du Nord. Quant à Cade, il était milliardaire. Il avait su faire fructifier l'argent que lui avait remis son père à sa majorité, et était devenu très riche.

Suzanne comprenait mieux à présent qu'il soit resté vivre à Whiskey Springs. N'étant nullement tributaire des résultats financiers de la société Andreas, il n'avait pas jugé utile de se rapprocher de New York.

Les deux jeunes femmes lui révélèrent aussi que Cade avait incité ses frères à s'investir davantage dans leurs relations amoureuses. Cette information ne manqua pas de la surprendre. Pour un célibataire, il semblait avoir une haute opinion du mariage.

Lorsque l'heure du dîner arriva, elle se sentait parfaitement à l'aise en compagnie des Andreas, sensation qui se dissipa lorsque la maîtresse de maison la plaça à la droite de Cade. Elle eut beau tenter de se raisonner, rien n'y fit. Il suffisait qu'il la frôle, qu'il pose un regard un peu insistant sur elle pour que son pouls s'accélère.

La promenade sur la plage en compagnie de Whitney et Maggie avait contribué à adoucir un peu plus encore l'image qu'elle avait de Cade Andreas. Il ne lui apparaissait plus du tout comme l'être narcissique auquel elle avait cru avoir affaire en un premier temps. Elle le savait en tout cas très différent du sinistre individu qui l'avait séduite.

Le dîner, délicieux, se déroula à merveille. Les frères Andreas et leurs compagnes étaient de très agréable compagnie. Tout en participant à la conversation animée, elle restait attentive à son voisin de table. A ses gestes, à ses propos, ses silences, son rire. Son accent du Sud, un peu traînant, résonnait à ses oreilles comme une musique envoûtante.

Une fois le dessert terminé, Darius donna un petit coup de couteau sur son verre pour imposer le silence.

— Je voudrais porter un toast, bien que, comme vous l'aurez sans doute remarqué, ma femme n'ait pas bu de vin ce soir.

Suzanne cligna des paupières et se tourna vers Whitney, dont les joues avaient rosi. Maggie aussi l'observait.

— Tu es enceinte ! dit-elle.

Le visage de Whitney s'illumina d'un sourire.

— J'avais une envie folle de vous en parler, tout à l'heure, sur la plage, mais Darius avait décidé d'annoncer la nouvelle ce soir, en famille.

Il y eut des cris de joie, auxquels se mêlèrent des bruits de chaise. Tout le monde s'était levé pour féliciter et embrasser le couple.

Cade resta un peu à l'écart. Quelques secondes, pas plus.

Ils avaient rêvé, Ashley et lui, d'un enfant brun aux yeux bleus, ou blond aux yeux noirs. Une fille ou un garçon, peu leur importait. Comme le temps passait, ils avaient décidé de procéder à des tests. Cela n'avait jamais dépassé le stade de l'intention, car la santé d'Ashley avait commencé à décliner. Le verdict des analyses était tombé : cancer.

A partir de là, les priorités n'avaient bien entendu plus été les mêmes. Il ignorait donc s'il était stérile ou pas.

Darius avait Gino, et sa famille était sur le point de s'agrandir.

Nick avait Michael, et Maggie n'avait jamais caché son désir d'avoir cinq ou six enfants.

Lui n'en aurait sans doute jamais.

A l'inverse de ses frères, qui avaient à une époque de leur vie collectionné les conquêtes, il avait suivi la voie classique.

Ashley était déjà sa petite amie au lycée, et il l'avait épousée dès la fin de ses études, espérant fonder une famille avec elle, devenir le genre de père que Stephone Andreas n'avait jamais été pour lui. Il se voyait dans les tribunes, fervent supporter de l'équipe de football où jouerait son fils. Ou bien assis aux premiers rangs de la salle de spectacle d'une école, admirant sa fille en tutu. Maintes fois il s'était imaginé en train de bercer un bébé dans le rocking-chair que sa mère avait toujours gardé. Ou assis au bord d'un lit, racontant une histoire à la lumière douce d'une lampe de chevet.

Ravalant le sentiment d'injustice qui menaçait de l'étouffer, il rejoignit le petit groupe et plaqua un sourire sur ses lèvres. Puis il donna une grande tape amicale sur l'épaule de Darius, et articula les formules de rigueur en pareilles circonstances.

Quand le calme fut revenu, le maître de maison et sa femme quittèrent la table car l'heure du coucher avait sonné pour Gino. Nick et Maggie se retirèrent à leur tour. Cade saisit le message. Ses frères lui laissaient le champ libre afin qu'il s'acquitte de la tâche qu'ils lui avaient confiée.

Or il n'avait aucune envie de s'entretenir avec Suzanne pour lui exposer la situation. Sa seule envie était d'aller sur la plage avec une bouteille de whisky, et de ne plus penser aux épreuves que lui avait infligées le destin. Mais cela lui était impossible. Darius et Nick en avaient décidé autrement.

Mitzi ayant donné des signes de fatigue avant le dîner, Suzanne était montée la coucher dans la chambre d'enfants. Elle était donc libre de toute contrainte.

— Que diriez-vous d'une promenade sur la plage ? fit-il.

Sa suggestion lui valut un regard surpris. Conscient du caractère romantique qu'elle pouvait avoir, il s'empressa de lever toute ambiguïté.

— Mes frères m'ont chargé de vous transmettre leur proposition.

— Ah…

Il eut l'impression que son regard se voilait. Cette précision l'aurait-elle déçue ? Il préférait ne pas le savoir, et la guida vers la grande terrasse qui surplombait l'océan.

Quand ils eurent descendu les marches qui menaient à la plage, ce fut elle qui prit la parole.

— Je suis ravie pour Whitney et Darius. Je les ai observés avec Gino, ce sont des parents merveilleux.

Il prit une profonde inspiration. Luttant contre le sentiment de vide qui l'envahissait, il hocha la tête.

— En effet.

— Et ce petit Michael, quel coquin ! Il se déplace partout à quatre pattes, à une vitesse folle. Il faut le surveiller comme l'huile sur le feu.

De nouveau, il hocha la tête, et prêta une attention particulière à ses propos. Elle continuait de babiller, avec un enthousiasme qu'il ne lui connaissait pas. De toute évidence, cet après-midi en compagnie de ses belles-sœurs lui avait été bénéfique. Il se réjouissait qu'elle ait passé un bon moment.

Et pourquoi t'en réjouir ? Le bonheur de Suzanne Caldwell n'est pas ton affaire. Tu ne lui souhaites aucun mal, bien sûr, mais sa vie ne te concerne en rien.

— Allez-vous me laisser parler, pour que je puisse vous faire part de cette proposition ?

Elle recula d'un pas, comme s'il l'avait giflée.

— Je cherchais seulement à faire la conversation, à être aimable.

Il se mordit la lèvre. Il regrettait de s'être montré aussi brusque envers elle, qu'il n'avait pourtant aucune intention de blesser. Il voulait seulement en finir au plus vite avec ce qu'il considérait comme une sorte de corvée.

— Désolé, dit-il en soupirant. J'avoue ne pas être toujours très… délicat. C'est mon tempérament. Mais bref, en ce qui concerne vos actions, sachez que nous sommes prêts à les racheter.

Sans lui laisser le temps de réagir, il lui exposa en quelques mots la solution envisagée par ses frères.

— En résumé, un million vous serait versé maintenant,

et le solde dans dix-huit mois — c'est le temps qui nous est nécessaire pour réunir la somme intégrale.

Sidérée, elle ouvrit et referma la bouche à plusieurs reprises, avant de recouvrer l'usage de la parole.

— *Un million ?*

— Les bénéfices de la société ont considérablement augmenté, l'an dernier. La parution de notre rapport annuel va sans nul doute intéresser certains hommes d'affaires, qui vont vouloir racheter vos parts. Nous tenons à nous porter acquéreurs en premier, sans toutefois vous léser, bien entendu. Ce qui explique notre offre. Sachez qu'au final la somme que vous percevrez avoisinera les cent millions de dollars.

Cette fois, elle manqua s'étrangler.

— *Cent millions de dollars ?*

Et soudain, pareille à une enfant, elle se mit à battre des mains.

— Cent millions de dollars ! dit-elle, les joues rouges de plaisir. Je vais pouvoir garder ma voiture, m'acheter une maison. Je ne serai plus obligée de tout compter, de vérifier la moindre dépense… Je pourrai assurer l'avenir de ma petite Mitzi. Oh, mon Dieu, quel soulagement, quel bonheur !

Tout à coup, elle se tut et cligna des paupières.

— Et… qu'en est-il du poste que je demandais ?

— Si vous vous retrouvez à la tête d'une somme pareille, vous n'aurez a priori pas besoin de travailler, Suzanne.

— C'est vous qui le dites ! Supposons que pour X ou Y raisons, la société Andreas ne soit pas en mesure de racheter mes parts ? Dans la vie, rien n'est sûr, rien n'est acquis.

Il serra les mâchoires. Il était mal placé pour prétendre le contraire.

— Ecoutez, dit-il en se passant la main sur le front, pourquoi ne pas avancer pas à pas ? Pour le moment, vous allez percevoir un million de dollars. Ce n'est pas rien, tout de même…

— J'en conviens, et je vous en remercie. Mais il se trouve que j'ai vu la fortune de ma grand-mère fondre comme neige au soleil, et cela m'a rendue très méfiante sur le sujet. En toute sincérité, je préfère compter sur quelque chose de plus solide : un emploi qui me permette de gagner ma vie.

Il fronça le nez.

— Vous avez un parcours de formation assez particulier, Suzanne…

— Mais je sais me servir d'un ordinateur, rédiger un courrier, répondre au téléphone… Je suis capable de m'adapter à toute situation, et je ne suis pas exigeante. Un poste de réceptionniste, par exemple, me conviendrait tout à fait.

Ses arguments n'étaient pas insensés, mais ils s'écartaient de la solution proposée par les frères Andreas. Il l'écoutait, incapable de détacher le regard de ses lèvres en mouvement. Et il avait de plus en plus de mal à mettre de l'ordre dans ses pensées. Il fallait qu'il la fasse taire.

Une seule idée lui vint alors à l'esprit. L'instant suivant, il se rapprochait d'elle et lui imposait le silence en s'emparant de ses lèvres.

Il ne s'attendait pas à réagir ainsi à un simple baiser. Il pensait aussi qu'elle s'écarterait, ou le repousserait. Mais elle n'en fit rien, et il se surprit à l'attirer contre lui afin de prolonger le baiser, de savourer pleinement cette étreinte.

Quand ses bras se refermèrent autour d'elle, il éprouva une étrange sensation de plénitude. Suzanne était parfaite.

Parfaite ?

Cette jeune mère célibataire était désormais son associée. Quelqu'un avec qui il pouvait difficilement passer la nuit puis disparaître.

Cette pensée suffit à le rappeler à la raison. Sans crier gare, il la lâcha et recula d'un mètre au moins.

— Suzanne, je… vous prie de m'excuser, dit-il avec un sérieux qui contrastait de façon singulière avec le moment fougueux qu'ils venaient d'échanger. Cela n'aurait jamais dû se produire.

Elle le fixait, interloquée, et il s'en voulut davantage encore. Elle avait deviné sans peine qu'elle lui plaisait. Il savait qu'il ne lui déplaisait pas. Cet échange, bref mais éloquent, n'avait fait que compliquer la situation. S'était-elle laissée aller à imaginer qu'une relation était possible entre eux ?

Il recula encore, comme si cela pouvait suffire à les protéger de l'attirance qui grandissait entre eux.

— Je dois vous dire quelque chose. J'ai été marié.

Après avoir hoché la tête avec lenteur, elle reprit enfin la parole.

— Et elle vous a fait souffrir ?

— Non. Elle est morte.

Il prononça ces quelques mots d'une voix bourrue, où perçait une colère mal contenue. La colère était depuis longtemps sa meilleure arme pour tenir à distance les émotions autrement plus dangereuses.

— Mais avant qu'elle ne soit malade j'ai prouvé à de nombreuses reprises que je n'étais pas de l'étoffe dont on fait les bons maris. Aussi bien à elle qu'à moi, d'ailleurs. C'était l'amour de ma vie, et je n'ai vraiment pas été à la hauteur de la situation.

Il ponctua ces mots d'un long soupir et tourna la tête pour ne pas être confronté au beau regard bleu, qui n'exprimait plus le désir mais la tristesse. Cette réaction était de toute évidence liée au récit qu'il venait de lui faire. Or il avait la pitié en horreur.

— Voilà ce qui explique que je sois hors concours pour une relation sérieuse, dit-il, le visage fermé.

Comme elle le dévisageait toujours sans mot dire, il jugea bon d'insister afin de lever le moindre doute, de supprimer toute velléité d'espoir.

— Pour que cela soit plus clair pour vous, je vais ajouter quelques précisions qui ne sont jamais arrivées jusqu'à l'Old West, parce que je me garde bien d'en parler à qui que ce soit.

Il leva l'index et poursuivit.

— Pour commencer, j'ai passé les deux premières années de notre mariage à voyager. Autant vous dire que je n'ai pas ménagé mes efforts pour bâtir ma fortune !

Il leva ensuite le majeur.

— Après… On aurait pu croire que je me serais calmé quand le verdict de sa maladie est tombé. Eh bien, non ! Je voulais impérativement racheter une certaine compagnie pétrolière, et rien n'aurait pu me faire lâcher prise. Un soir, pendant que je m'ingéniais à convaincre le propriétaire de me céder son entreprise, ma femme est morte. Quand je suis revenu à la maison, elle avait quitté ce monde, selon l'expression consacrée.

Il se tut. Seul le bruit des vagues vint briser le silence.

Les traits tendus, il se tourna vers la masse obscure de l'océan. Il s'étonnait de lui avoir fait de telles révélations alors qu'il la connaissait à peine. Mais ces précisions l'aideraient sans doute à ne pas ressentir de pitié pour lui.

A ne *rien* ressentir pour lui.

Il comprit qu'il avait échoué quand, d'une voix vibrante d'émotion, elle murmura :

— Je suis désolée, Cade…

— N'en parlons plus. Mais n'oubliez pas ce que je viens de vous dire : je n'ai pas été un bon mari. Alors… évitez de m'approcher de trop près !

5

Sur ces mots, Cade tourna les talons et repartit à grandes enjambées vers la maison. En regardant s'éloigner la longue silhouette, Suzanne sentit son cœur se serrer. Elle ne s'était pas laissé leurrer par ses manières brusques. Elles cachaient une grande souffrance. Ces révélations lui permettaient de mieux comprendre le comportement étrange qu'il avait envers elle. Elle l'attirait, et il luttait contre cette attirance.

Il se tourna alors dans sa direction et lança :

— Allez-vous vous décider à venir ? Si vous préférez rentrer plus tard, dites-le-moi. Mais je n'ai pas pour habitude de laisser une femme marcher seule, la nuit.

Elle le rejoignit donc et, tandis qu'ils rebroussaient chemin, elle se remémora leur conversation. Elle ne comprenait que trop sa douleur. La perte d'un être cher était toujours terrible. N'avait-elle pas, elle-même, du mal à se remettre de celle de sa grand-mère ? Et cette douleur revêtait sans doute un caractère plus poignant encore si l'être cher était son conjoint, emporté dans la fleur de l'âge…

Lorsqu'ils refermèrent les portes-fenêtres derrière eux, des bruits de voix les guidèrent jusque dans le salon. Les frères Andreas et leurs compagnes s'y étaient retrouvés après avoir couché leur progéniture.

— Un verre ? proposa Darius depuis le bar.

— Je prendrai une bière mais, ne t'inquiète pas, je vais me servir.

Darius posa deux bières et un verre de vin sur la table basse puis il prit place dans un fauteuil.

— Suzanne, n'hésitez pas à demander ce que vous voulez à notre charmant barman.

— Je ne prendrai rien, merci.

Gênée, elle s'apprêtait à se diriger vers la porte quand Whitney dit :

— Ah non, vous n'allez pas déjà nous fausser compagnie ? Venez vous asseoir avec nous !

Un grand sourire aux lèvres, elle lui désigna le canapé, en face d'elle. Suzanne hésita. Il s'agissait d'une causeuse. Si Cade l'y rejoignait, puisqu'il ne restait pas d'autre place libre dans la petite pièce cosy, ils seraient tout près l'un de l'autre.

Quelle importance ? Ne venait-il pas de lui dire, sans mâcher ses mots, qu'aucune relation n'était envisageable entre eux ? Il avait perdu la femme de sa vie et se considérait comme un compagnon de la pire espèce. Ayant déjà eu elle-même une mauvaise expérience, elle n'avait aucune envie de reproduire un schéma identique.

Elle aurait peut-être accordé moins d'importance à cette affaire s'il n'y avait eu ce baiser, bref mais passionné. Lorsqu'il l'avait attirée contre lui, elle avait tout oublié : le motif de sa visite à Montauk, son rôle dans la société Andreas, ses aspirations. A croire que leurs sens s'étaient embrasés au même instant, les poussant dans les bras l'un de l'autre.

Mais ils étaient aussi dotés de raison. Assez pour savoir résister à cet appel.

Une fois servi, Cade, au lieu de la rejoindre sur la causeuse, se dirigea vers la cheminée, éteinte en cette saison. Elle le remarqua, mais n'en prit pas ombrage. Au contraire, même. Cela signifiait que, comme elle, il avait été perturbé par cette étreinte — au point de préférer éviter tout contact physique.

— Bien, dit Darius d'un ton professionnel qu'il n'avait pas eu jusque-là avec elle, je suppose que Cade vous a fait part de notre proposition ?

Elle s'éclaircit la voix.

— En effet. Une proposition très honorable, mais…

Comment expliquer ses attentes sans paraître trop exigeante ?

— *Mais*, reprit Cade à sa place, elle est un peu vexée que nous ne lui offrions pas aussi un poste dans la société.

Suzanne réagit aussitôt.

— « Vexée » n'est peut-être pas le terme que j'aurais choisi ! Disons que je ne m'attendais pas à ce qu'un tel marché me soit présenté, et donc…

— Excusez-moi, mais vous n'aviez pas l'air particulièrement satisfaite, tout à l'heure sur la plage !

Elle posa un regard glacial sur lui. L'annonce qu'il lui avait faite avait provoqué une explosion de joie en elle, ce qui avait été suivi d'une certaine réserve. Mais il s'agissait là de réactions spontanées… auxquelles il avait mis fin en l'embrassant !

Souhaitait-il qu'elle informe ses frères de ses méthodes de persuasion ?

— Voyons, Suzanne, reprit Darius, rompant ainsi le silence un peu tendu qui s'était installé dans la pièce, expliquez-moi ce qui ne vous convient pas dans cette proposition.

— Je souhaiterais avoir un emploi, par simple mesure de prudence. Supposons que la croissance actuelle de l'entreprise soit freinée, pour une quelconque raison, dans les dix-huit mois à venir ?

— En l'état actuel des choses, je doute fort que cela se produise. Quoi qu'il en soit, ce n'est pas la société qui va racheter vos parts, mais mes frères et moi. Cet argent proviendra de nos comptes personnels, ce qui explique que nous vous demandions un tel délai.

Il marqua une pause pour boire une gorgée de bière.

— Le premier versement qui vous sera fait devrait vous permettre de vivre confortablement. Supposons que nous vous proposions un emploi. Vous seriez obligée de vous installer à New York, d'y chercher une nounou, et ce, pour une durée de dix-huit mois. Suite à quoi, j'imagine que vous repartiriez pour Atlanta. Pourquoi ne pas le faire tout de suite ? Pourquoi ne pas reprendre vos études ?

Avec un million de dollars en poche, elle pourrait bien sûr poursuivre ses études. Cette pensée lui soutira presque une grimace. La perspective de retourner à l'université où enseignait Bill Baker ne l'enchantait guère. Mais rien ne l'empêchait de s'inscrire dans une autre université pour reprendre son cursus. Quand elle aurait obtenu son diplôme, il lui serait possible de compléter sa formation par des cours de comptabilité, ou même de gestion.

La dure épreuve qu'elle venait de subir l'incitait à poser un tout autre regard sur l'avenir, à prendre une nouvelle orientation. Elle était désormais consciente de devoir acquérir des connaissances monnayables sur le marché de l'emploi.

Nick lui sourit et prit à son tour la parole.

— Ne vous inquiétez pas, Suzanne, vous ne courez aucun risque.

— Et qui sait ? fit Darius. Il n'est pas impossible que vous découvriez des biens dont vous ignorez l'existence, quand Cade examinera vos finances.

Elle haussa un sourcil.

— Cade va examiner mes finances ?

— Il n'est pas impossible, lui répondit Darius en souriant, que votre grand-mère ait ouvert des comptes à votre nom sans juger utile d'en informer ses administrateurs de biens, et qu'elle les ait oubliés, ce qui expliquerait qu'ils soient passés inaperçus. J'ai demandé à Cade de vérifier tout cela.

Au moment où elle commençait à se sentir plus à l'aise avec la situation, voilà que Cade entrait de nouveau en scène ! Elle changea de position sur la causeuse et, sans sourciller, déclara :

— Je ne tiens pas spécialement à ce que Cade fouille mes affaires.

Le grognement que poussa ce dernier était éloquent. De toute évidence, il n'en avait lui non plus aucune envie.

Secouant la tête, Whitney se leva pour rejoindre Suzanne sur la causeuse.

— Je vais vous présenter des excuses au nom de mon mari et de ses frères, dit-elle en lui posant la main sur le bras. Je pense bien connaître Darius, et je sais qu'il a tendance à vouloir régler les problèmes avec une délicatesse de bulldozer — en croyant bien faire, évidemment. J'imagine que Cade n'a pas dû bien vous expliquer la situation.

Elle se tourna vers son beau-frère, qui haussa les épaules.

— Je n'ai pas vraiment eu l'occasion d'expliquer quoi que ce soit.

— Mm…, fit Whitney avant de reporter son attention sur Suzanne. D'après ce que m'a dit Darius, Cade demanderait à son équipe de comptables d'examiner vos comptes, il ne s'en chargerait pas lui-même.

— Je peux aussi en engager un moi-même.

Cade lâcha un petit rire narquois.

— Pourquoi faire appel à un comptable, alors que j'en ai plusieurs qui travaillent à mon service ?

Elle se mordilla les lèvres. Le raisonnement de Cade était fondé. Elle allait certes avoir de l'argent, beaucoup d'argent, mais tant que son avenir et celui de Mitzi ne seraient pas assurés mieux valait se montrer raisonnable.

— D'accord, dit-elle finalement.

Whitney haussa un sourcil.

— D'accord ?

— Je vais prendre l'argent, accepter l'aide des comptables de Cade, et retourner sur les bancs de l'université. Il ne devrait pas me falloir plus d'un semestre pour obtenir mon diplôme. Ensuite, je m'orienterai vers une formation plus apte à me permettre de trouver un emploi. Un diplôme en histoire de l'art ne se négocie pas facilement…

— Vous n'aurez pas besoin de travailler, dit de nouveau Cade.

Elle décida de l'ignorer.

Ne venait-il pas de lui dire qu'il n'était pas fait pour elle ?

Ils étaient certes attirés l'un par l'autre, mais il s'agissait d'une attirance physique. Or, si elle décidait un jour de vivre de nouveau une relation amoureuse, elle choisirait quelqu'un qui apprécie ses qualités, quelqu'un qui l'aime. Quelqu'un qui soit prêt à aller de l'avant, au lieu de ressasser le passé.

Pas Cade Andreas, donc.

Il était presque minuit quand Whitney et Maggie décidèrent de se retirer. Montée depuis longtemps s'assurer que Mitzi dormait bien, Suzanne n'était pas redescendue. Darius et Nick se levèrent à leur tour, prêts à rejoindre leurs compagnes.

Pas mécontent de se retrouver seul, Cade retourna vers le bar pour se servir une autre bière, qu'il décida de boire sur la terrasse, face à l'océan. Il était sorti depuis quelques minutes à peine quand il vit Nick avancer vers lui.

— J'aurais pensé qu'à cette heure-ci tu serais au lit avec la future Mme Andreas…

— Maggie est sous la douche. Et j'ai décidé d'en profiter pour avoir une petite conversation avec toi. Ce genre de mise au point qu'il nous arrive d'avoir entre frères, tu sais bien ?

Sa canette de bière dans une main, il leva l'autre.

— Je crois que nous pouvons en rester là. Vous avez voulu, Darius et toi, que je me charge d'exposer à Suzanne la solution envisagée pour préserver l'entreprise, et vois où cela nous a menés !

— Quand nous avons évoqué la reprise de ses études, elle m'a paru prête à accepter le marché.

Il se passa la main sur la nuque.

— Vous vous y êtes de toute évidence pris mieux que moi, dit-il en maugréant.

Qu'avait-il su faire, lui, pour mettre fin à ses protestations ? *L'embrasser !*

— Quoi qu'il en soit, dit-il aussi naturellement que possible, si cette proposition l'a surprise en un premier temps, elle a l'air de s'y adapter.

Nick hocha la tête avec lenteur.

— Il y a quand même un petit problème, mon vieux. Maggie n'est pas très enthousiaste à l'idée de la voir repartir pour Atlanta.

— Ah ? fit-il surpris. Et pourquoi donc ?

— Comme tu l'imagines, elles ont bavardé toutes les trois sur la plage, cet après-midi. A en croire Maggie — et je n'ai aucune raison de mettre sa parole en doute — le père de Mitzi serait un type dénué de scrupules, qui enseigne à l'université d'Atlanta.

Cade laissa échapper un long soupir.

— Et tu voudrais que je fasse *quoi*, cette fois ?

Bon sang, Nick n'avait-il toujours pas compris qu'il était un piètre messager ?

— Très simple. Que tu la persuades, de ton accent texan le plus charmeur, de s'installer au ranch avec toi. Il doit bien y avoir une université pas trop loin de Whiskey Springs ? Un endroit où elle puisse faire valider ses unités de valeur.

Il fixa son frère, effaré. Nick serait-il devenu fou ?

Non. Simplement, il n'avait pas assisté à la scène qui s'était déroulée un peu plus tôt sur la plage. Il ne les avait pas vus s'embrasser passionnément, comme deux amants qui se retrouvent. Et il n'envisageait certainement pas de lui révéler ce moment d'égarement.

— Mais certainement, fit-il, railleur. Nous venons tout juste de la persuader de repartir à Atlanta, et il faudrait changer encore ! Tu n'y penses pas, Nick. De toute façon, elle a envie de rentrer chez elle.

— Pas sûr. Elle est peut-être seulement contente de pouvoir reprendre ses études, ou bien d'avoir un projet, un endroit où s'installer.

— En supposant que tu dises vrai, ce ne sont pas les bonnes universités qui manquent.

Nick se rapprocha de lui.

— Cade… Suzanne n'a plus de famille. Même si elle part dans une autre ville pour ne pas risquer de croiser ce sombre individu, elle sera toujours confrontée à un certain nombre de problèmes. Qui veillera sur sa fille ? Qui répondra aux questions qu'elle ne manquera pas de poser autour d'elle, en grandissant ? Ton personnel pourrait au moins s'occuper de cette adorable gamine, pendant que sa mère est en cours.

Il marqua une pause et secoua la tête avant d'ajouter :

— Nous n'allons quand même pas la laisser se débrouiller toute seule ? Elle est des nôtres…

— *Des nôtres ?*

— Tant qu'elle possédera un tiers des actions d'Andreas, nous devons la considérer comme telle.

Cade ne fit pas de commentaire. Après le décès de leur père, ses frères et lui avaient fait de la loyauté une priorité dans leurs rapports. Ce rappel à l'ordre suscita un léger sentiment de culpabilité en lui. Léger seulement, car un obstacle de taille rendait le projet de Maggie et de Nick irréalisable.

— Et comment devrais-je m'y prendre pour la convaincre de trouver une université proche de Whiskey Springs, et de s'installer au ranch ? Nous la considérons peut-être comme une des nôtres, mais elle nous connaît à peine !

— Tu peux toujours lui dire qu'elle doit rester dans les parages, au cas où tes comptables auraient des questions à lui poser.

Cade tira sur le col de son T-shirt, qui lui donnait soudain l'impression de l'étrangler. Il n'était pas impossible que Suzanne se laisse séduire par cet argument.

— Maggie trouve Suzanne un peu… perdue. Il faut dire que la vie ne l'a pas vraiment ménagée, ces derniers mois. Ce serait bien qu'elle se sente un peu épaulée, pendant qu'elle reprend ses études. J'imagine que tu n'auras aucun mal à trouver des gens qui soient prêts à l'aider, toi qui es le maître de la ville ! dit-il avec un rire gentiment moqueur.

Puis il repartit comme il était venu, laissant Cade plus perturbé qu'il ne l'était à son arrivée.

La perspective d'héberger Suzanne, aussi grand que soit le ranch, ne le séduisait absolument pas. Ce baiser sur la plage ne lui avait-il pas prouvé qu'il avait du mal à se maîtriser en sa présence ?

Il était hors de question qu'il suive la ligne de conduite dictée par Nick.

Tu vas la laisser toute seule ? Supposons qu'elle ait besoin de parler à quelqu'un. De compter sur quelqu'un pour s'occuper de Mitzi.

C'était absurde. Suzanne était une grande fille, capable de venir à bout de situations difficiles. Elle s'en sortirait très bien sans son aide.

Le lundi après-midi, après force remerciements et embrassades, Suzanne, Mitzi et Cade prirent place dans la voiture qui était venue les chercher. Le trajet jusqu'à l'aéroport privé se déroula dans le silence. Quand ils montèrent à bord du jet, Cade retourna s'asseoir à la place qu'il occupait à l'aller, et ouvrit sur-le-champ son ordinateur portable.

Suzanne s'assura que Mitzi dormait à poings fermés, puis elle se cala le plus confortablement possible sur son siège et ferma les paupières. L'avion venait de prendre sa vitesse de croisière quand Cade se décida enfin à lui adresser la parole.

— Ce week-end ne s'est pas déroulé tout à fait comme vous l'espériez, j'en suis conscient. Mais soyez sûre que mes frères ne cherchent qu'à vous faciliter l'existence. Darius et Nick sont ce qu'il est de coutume d'appeler de chics types. Même si je ne vous suis pas très sympathique, vous n'avez aucune raison de vous méfier d'eux.

Elle rouvrit les yeux, mais les garda rivés sur sa fille. Elle n'avait quasiment pas dormi la nuit précédente, et les différentes annonces faites par les Andreas n'en étaient pas seules responsables. Des bribes de sa conversation avec Whitney et Maggie lui étaient souvent revenues à la mémoire. Par petites touches, elles lui avaient brossé le tableau d'un homme qui ne manquait pas de qualités de cœur.

Qu'y avait-il là de surprenant ? L'estime que les habitants de Whiskey Springs portaient à Cade n'était pas due au hasard. Elle avait elle-même eu l'occasion de tester sa générosité, le soir où elle lui avait annoncé qu'elle était la troisième actionnaire de l'entreprise familiale. Le premier mouvement de surprise passé, quand elle lui avait fait part de son désir de travailler, il n'avait pas hésité à appeler son frère. L'attitude qu'il avait aussi avec Gino, avec Michael, ne trompait pas. Pas plus que ses manières un peu bourrues avec ses frères, et même avec ses belles-sœurs.

S'il n'y avait eu ce baiser sur la plage et la mise au point qui s'en était suivie, elle n'aurait eu aucune raison de le trouver « pas très sympathique ». Au contraire, même…

— Je ne me méfie pas du tout de vos frères.

— Ah ? fit-il, sceptique.

— N'ai-je pas accepté la proposition qu'ils m'ont faite ?

— Certes, mais comme vous restez murée dans le silence…

D'un geste du menton, elle désigna le bureau auquel il s'était assis. Il était déjà recouvert de documents.

— Je ne tenais pas à vous interrompre dans votre travail.

— Il n'y a rien d'urgent dans ces dossiers. Ce qui m'intéresse dans l'immédiat, c'est de savoir si notre proposition est bien claire pour vous, si elle vous convient vraiment, et si vous avez des questions à poser.

Bien qu'elle n'ait rien d'une femme d'affaires, il ne la traitait pas avec condescendance. La sollicitude sincère qu'il lui manifestait la toucha.

Ne te laisse pas aller à imaginer un intérêt particulier. Garde tes distances, n'oublie pas ses propos.

— J'ai très bien compris ce que vos frères me proposaient.

— Soit.

La tête inclinée de côté, elle se tut. Si l'offre des Andreas lui paraissait limpide, il n'en allait pas de même d'un certain point dans cette affaire. La relation entre les frères Andreas ne la concernait certes pas, mais quelque chose lui échappait.

— Mais j'aurais tout de même une question à vous poser, dit-elle.

— Je vous écoute.

Après avoir changé de position, elle marqua une pause, le temps de rassembler son courage.

— Voilà… J'ai cru comprendre que vous aviez beaucoup plus d'argent que vos frères.

— En effet, lui répondit-il avec naturel.

— Dans ce cas… pourquoi ne pas avoir proposé de racheter vous-même mes parts ? Cela aurait écarté d'emblée le risque d'avoir un étranger pour associé.

La réponse de Cade ne se fit pas attendre.

— Vous détenez un tiers des actions, Suzanne. Mes frères et moi, nous avons un sixième chacun. Si je rachetais vos parts, cela ferait de moi un actionnaire à cinquante pour cent. Et je n'y tiens pas. Je souhaite préserver des rapports équilibrés avec eux.

Elle eut du mal à cacher toute l'estime que lui inspirait cette position. Voilà qui exprimait sans détour la nature de ses liens avec ses frères. Leur relation comptait bien plus pour lui que l'argent.

Aurait-il tiré cette leçon du décès de sa femme ?

Le silence s'installa entre eux, et cette fois encore ce fut lui qui le brisa.

— Il y a… un autre sujet que je voudrais aborder.

La brusque tension de sa voix éveilla son attention. D'instinct, elle se redressa sur son siège.

— Oui ?

— Voilà… Nick et Maggie pensent que vous devriez vous installer au ranch. Chez moi.

Persuadée qu'il s'agissait d'une plaisanterie, elle hocha la tête en riant.

— Bien sûr !

— Que ceci soit bien clair, Suzanne, cette idée n'est pas la mienne. Je me charge de vous la transmettre, au cas où quelqu'un vous demanderait un jour si vous en avez bien été informée.

La précision la laissa perplexe.

— Pourquoi voudraient-ils que je m'installe chez vous ? A mille lieues de toute civilisation !

Il lui répondit par un haussement d'épaules, soulagé que cette idée ne la séduise pas plus que lui. Puis leurs regards se croisèrent, et restèrent rivés l'un à l'autre. Il eut l'impression que son cœur se mettait à battre plus fort.

— Je suis certain que nous n'aurions aucun mal à trouver une université près d'ici… mais j'imagine que vous préférez mener votre vie comme bon vous semble.

En effet. Désormais libérée des contraintes financières qui l'avaient paralysée ces derniers mois, elle allait pouvoir vivre à sa guise, s'installer où elle voudrait. Si ce n'était que, bizarrement, elle n'avait pas envie de s'éloigner de cet homme. Ce qu'il suscitait en elle dépassait l'attirance physique, ou même l'empathie liée à son deuil. Il lui suffisait de le regarder pour qu'un curieux déclic se produise en elle. *En elle seulement*, de toute évidence. Si leur étreinte avait révélé un attrait mutuel, Cadre Andreas lui avait dit sans ambages qu'ils en resteraient là.

Mais elle avait de l'argent, à présent. Des projets.

— Tout à fait, lui répondit-elle donc. Je vais m'inscrire pour la prochaine rentrée universitaire.

Certainement pas dans l'établissement qu'elle avait fréquenté jusque-là, toutefois. Elle refusait de courir le risque de croiser Bill Baker au détour d'une allée.

— Si ce n'est que… je ne sais pas encore, pour le moment, dans quelle université. Et, vu le nombre d'établissements qu'il y a dans le pays, choisir pourrait bien me prendre un certain temps.

Il s'accouda au bureau et réfléchit quelques instants avant de déclarer :

— Le projet parfait n'existe pas, Suzanne. Convenons déjà que l'idée de Nick ne nous séduit ni l'un ni l'autre.

Voilà qui était dit.

— Absolument, fit-elle sans le regarder.

— Dans ce cas, n'en parlons plus.

Il se replongea dans son travail, tandis qu'elle inclinait son siège en arrière et se répétait sur tous les tons qu'ils avaient fait le bon choix. Pourtant, plus elle y songeait, plus la suggestion de Nick lui paraissait alléchante. Vivre sous le même toit que Cade ne serait évidemment pas une bonne idée, mais rester à Whiskey Springs…

Voir ses liens avec Amanda Mae se resserrer encore. Approfondir des rapports amicaux avec les gens qu'elle avait rencontrés à l'Old West.

Y faire son nid.

S'y sentir chez elle.

6

Quand le jet se posa sur l'aéroport de Cade, celui-ci se chargea des bagages, laissant à Suzanne le soin de s'occuper de Mitzi et de l'installer sur le siège-auto, à l'arrière de la camionnette.

Le trajet jusqu'à l'Old West ne durait pas plus d'un quart d'heure, mais jamais cela ne lui avait paru aussi long. Il lui tardait d'arriver. Au loin, il distinguait la petite ville, enveloppée d'un halo rougeoyant. Qui pouvait avoir eu l'idée absurde d'allumer un feu, un soir de juin, alors que la sécheresse sévissait ?

Les traits tendus, il appuya un peu plus sur la pédale d'accélérateur, tout en veillant à ne pas dépasser la vitesse autorisée. Plus il approchait de leur destination, plus il était persuadé que l'origine de cette étrange lueur ne pouvait être qu'un feu.

A cette inquiétude grandissante s'ajoutait le besoin de s'éloigner de la jeune femme assise à côté de lui. Il concevait qu'elle souhaitait à présent voler de ses propres ailes. La somme que s'apprêtait à lui verser la société Andreas allait lui permettre de reprendre ses études, d'assurer leur avenir, à sa fille et à elle.

Lorsqu'il avait hérité de son père à l'âge de dix-huit ans, n'avait-il pas lui-même voulu tracer sa propre voie ? Il avait appris à investir, à faire fructifier son argent de manière à devenir riche, de plus en plus riche. *Très riche.* Jusqu'à ce que son père comprenne que, même sans la somme qu'il lui avait versée à sa majorité, il aurait atteint le succès.

Ils n'étaient donc pas très différents l'un de l'autre, Suzanne Caldwell et lui. Raison de plus pour mettre une distance respectable entre eux. Car plus ils passaient de temps ensemble, plus il prenait conscience que son attirance pour elle dépassait le simple cadre physique. Ce qui expliquait qu'il ait réagi aussi vivement le soir où il l'avait embrassée. Il ne pouvait que remercier le ciel qu'elle ait décidé de quitter Whiskey Springs.

Il en était là de ses pensées quand, à l'arrière, Mitzi commença à donner quelques signes d'agitation, puis fondit en larmes. Quelque chose d'étrange se produisit alors en lui. Quelque chose qu'il n'avait jamais ressenti. L'arrivée de Gino l'avait pourtant familiarisé avec le comportement des enfants en bas âge. Maintes fois il l'avait entendu crier, pleurer, faire des caprices.

Mais Mitzi suscitait en lui quelque chose de plus… particulier. Plus émouvant. Il éprouvait une envie irraisonnée de s'arrêter, de prendre la petite fille dans ses bras pour la consoler.

— Nous sommes presque arrivés, mon cœur, dit Suzanne de la voix douce et cajoleuse qu'elle employait toujours quand elle s'adressait à sa fille. Ensuite maman te donnera un bain, un bon repas.

Ces promesses n'eurent cependant pas l'heur d'apaiser le bébé. Au contraire, même.

— Calme-toi, ma chérie, dit-elle avec un regard un peu inquiet en direction de Cade.

— Ne vous faites pas de souci pour moi, lui dit-il.

— Elle va s'énerver de plus en plus…

— Nous n'en avons plus que pour cinq minutes.

Au fur et à mesure qu'ils avançaient, la lueur rouge qui avait attiré son attention augmentait d'intensité.

— Je comprends qu'elle en ait assez, dit-il. Le voyage a dû lui paraître long.

— Je le sais bien, mais… j'avais peur que ça vous porte sur les nerfs.

— Ai-je vraiment l'air d'un monstre ? répondit-il, arquant un sourcil.

— Pas toujours ! dit-elle, moqueuse.

— Je suis plus tolérant avec les enfants qu'avec les adultes.

A ce moment-là, elle se tourna vers le pare-brise et, pour la première fois, remarqua la lumière rouge qui montait vers le ciel.

— Est-ce normal ? demanda-t-elle, la main pointée devant elle.

— *Non !*

Pressé d'arriver, il accéléra plus encore, et Mitzi se mit à pleurer de plus belle. Il venait de s'engager dans l'avenue principale quand, vêtu de l'uniforme de pompier volontaire, Bob Patterson l'arrêta.

— Que se passe-t-il ? demanda-t-il, sans perdre de temps en salutations.

La réponse fusa, accompagnée d'une grimace.

— Le restaurant.

Suzanne porta la main à sa gorge.

— Oh non…

— Amanda Mae est effondrée.

Comme Suzanne descendait déjà de voiture, il ajouta :

— Vous la trouverez au bas de la rue. En train de pleurer toutes les larmes de son corps.

Cade, qui s'était tourné vers la jeune femme, remarqua qu'elle avait les yeux luisants. Quand il la vit ouvrir la portière arrière et commencer à détacher la ceinture du siège bébé, il intervint aussitôt.

— Laissez, je m'occupe de Mitzi. Allez voir Amanda.

Reportant son attention sur Bob, il ajouta :

— Accompagnez-la.

— Oui, Cade.

— Et bornez-vous à suivre les consignes de Bob, Suzanne.

Amanda n'apprécierait sans doute pas que vous preniez des risques inconsidérés.

Comme si elle avait saisi la gravité de la situation, Mitzi se tut soudain. Quand il descendit à son tour de la camionnette et contourna le véhicule pour prendre la petite dans ses bras, elle ne protesta pas. Il réprima un sourire. Les gens avaient tendance à exagérer les difficultés de la fonction de jeune parent. Il aimait les bébés, qui avaient l'air de bien le lui rendre. Jamais un enfant en bas âge n'essaierait de jouer un mauvais tour à l'un ou à l'autre de ses parents. D'après ce qu'il avait cru comprendre, cela pouvait en revanche se produire plus tard.

Quand la fillette posa ses grands yeux bleus encore noyés de larmes sur lui, et esquissa un sourire, il se sentit fondre de tendresse. L'heure ne se prêtait pas aux manifestations d'affection, mais il ne put s'empêcher d'embrasser sa joue toute ronde. Puis il accorda à l'accident toute l'attention qu'il méritait.

Le voyant arriver, les habitants de Whiskey Springs s'écartèrent pour lui laisser la voie libre. Certains lui adressèrent même quelques mots de sympathie, puisque, d'un point de vue légal, la ville lui appartenait. Mais il se moquait bien d'avoir perdu un bâtiment.

Il avait acheté tous les biens immobiliers de Whiskey Springs dans le but de permettre à des gens comme Amanda Mae d'exercer, sans se ruiner, une activité qui leur plaise. Une ville de cette taille-là n'avait au départ ni restaurant, ni pharmacie, ni pressing ; tout juste une épicerie, qui faisait aussi office de dépôt de presse. Il avait donc décidé de subventionner la création de commerces, afin que les employés du ranch, ainsi que ceux qui travaillaient au siège de sa compagnie pétrolière, puissent disposer de certains services sans devoir se déplacer jusqu'à la ville la plus proche, située à une soixantaine de kilomètres.

Si les murs de l'Old West lui appartenaient, il n'en allait

pas de même de l'équipement et du mobilier. Il espérait donc que les biens d'Amanda étaient couverts par une assurance.

Quand il arriva aux abords du restaurant, la foule se pressait sur le trottoir d'en face. Armés de lances d'incendie, les pompiers tentaient d'éteindre les flammes, qui léchaient déjà le toit. Les fenêtres avaient déjà explosé.

Amanda pleurait doucement, entourée de clients et amis. Lorsqu'elle vit Suzanne courir dans sa direction, elle quitta le petit groupe pour se précipiter dans ses bras ouverts.

— Oh, mon Dieu… que faire ? *Que faire ?*

— Cade va trouver une solution.

— Ce n'est pas à lui de se soucier de tout mon matériel.

— L'assurance vous…

— J'ai laissé passer la date de renouvellement ! dit-elle d'une voix brisée.

— Oh…

Ce fut tout ce que Suzanne put dire. Amanda s'écarta alors d'elle et la fixa, horrifiée.

— Doux Jésus… et toutes vos affaires, qui étaient dans l'appartement…

— Je n'avais pas grand-chose, dit Suzanne d'un ton qui se voulait rassurant.

— Raison de plus pour ne pas le perdre ! Oh ! quelle catastrophe !

— Ne vous faites pas de souci pour moi.

Elle lui passa le bras autour des épaules. Dès le premier jour elle s'était prise d'affection pour elle et son désarroi lui brisait le cœur. En outre, elle se demandait comment Cade réagirait lorsqu'il apprendrait qu'elle avait oublié de renouveler l'assurance pour l'établissement.

Comme si penser à lui l'avait fait arriver, elle le vit avancer vers elles. En dépit du bruit et de la foule, Mitzi s'était miraculeusement endormie dans ses bras. Elle ne put s'empêcher d'être attendrie par ce tableau. Sa fille était adorable dans les bras d'un homme. D'un père.

D'où lui était venue cette idée ? Il lui avait bien précisé qu'il avait été un piètre mari, et il ne l'avait pas fait pour s'épancher mais pour qu'elle ne se fasse aucune illusion à son sujet. S'il savait que, l'espace d'un instant, elle avait vu en lui un père pour Mitzi…

— Je suis désolé, Amanda Mae, dit-il.

Après s'être mouchée, celle-ci haussa les épaules en un geste fataliste.

— Ne vous inquiétez pas pour moi. C'est peut-être un signe ? Il est peut-être temps que je prenne ma retraite ?

Si cette conclusion laissa Suzanne stupéfaite, Cade, lui, réagit sur-le-champ.

— Allons donc, vous êtes bien trop obstinée pour vous rendre aussi facilement ! Qui plus est, nous avons tous besoin de vous ici. J'ai un autre local qui pourrait vous convenir.

— Non ! répondit-elle avant de se remettre à pleurer. De toute façon je n'avais plus d'assurance. Et les quelques sous que j'ai en banque ne me permettront jamais de racheter tout le matériel nécessaire. D'ailleurs je suis vieille, maintenant. Et fatiguée. Je n'ai pas la force de repartir de zéro.

— J'ai de l'argent.

La petite phrase avait franchi spontanément les lèvres de Suzanne.

— Vous n'y songez pas ! La cuisine à elle seule coûte une fortune. Et puis il y a le mobilier de la salle à manger. Et la vaisselle. Et la matière première ! Tout est parti en fumée, plus la moindre goutte d'huile, le moindre grain de sel…

— J'ai maintenant assez d'argent pour couvrir tous ces frais, Amanda, dit-elle de nouveau, plus lentement cette fois.

Certes, elle avait envisagé de reprendre ses études, mais ce projet pouvait être reporté. Dans l'immédiat, il lui paraissait plus important de voler au secours de celle qu'elle considérait comme son amie. De surcroît, si elle investissait de l'argent dans la reconstruction du restaurant, elle pourrait y travailler. Non pas comme serveuse, mais comme associée cette fois.

— Nous allons nous associer, dit-elle avec un grand sourire.

— Nous… *associer* ? répéta Amanda, interloquée.

— J'apporterai l'argent, vous l'expérience ! Et dans la mesure où Cade est prêt à fournir le local…

Ce dernier, qui berçait machinalement la petite fille dans ses bras, ne perdait rien de l'échange entre les deux femmes.

— Et où allez-vous vivre, mon petit ? Votre appartement est parti en fumée !

Suzanne se tourna vers Cade. Cet aspect-là du problème était en fait le plus délicat. D'après ce qu'il lui avait dit, sa famille aurait voulu qu'il l'héberge. Ils n'avaient toutefois caché ni l'un ni l'autre leurs réticences, lorsqu'il avait évoqué le sujet. Mais la situation était différente, à présent. Amanda Mae avait besoin d'elle et, à vrai dire, la perspective d'entrer dans la vie active n'était pas pour lui déplaire.

Loger au ranch présentait certains avantages non négligeables. Elle y serait en sécurité, jusqu'à ce que leur projet se concrétise, ce qui prendrait une semaine ou un peu plus.

— Le frère de Cade souhaite que je m'installe au ranch.

Il en resta ébahi. Tout aussi surprise, Amanda la fixait, les yeux arrondis.

— Voyons, Suzanne… soyons un peu sérieuses ! Vous ne pouvez pas me donner tout votre argent, et vous installer chez Cade ?

— Bien sûr que si ! Cade et ses frères m'ont versé un acompte très généreux sur le rachat de mes parts dans l'entreprise familiale.

— Euh… Suzanne, dit-il après s'être éclairci la voix, je voudrais vous parler.

Elle lui adressa un sourire rempli d'espoir, et il la prit par le bras pour l'éloigner d'Amanda Mae, qui fut aussitôt happée par ses amis.

— Il m'avait semblé comprendre que vous vouliez reprendre vos études, passer votre diplôme.

— Je devine ce qui vous préoccupe, Cade, mais, rassurez-vous, il s'agit d'une solution transitoire, destinée surtout à apaiser Amanda. Dès que le projet commencera à se mettre en place, je chercherai un autre endroit où m'installer.

— Avez-vous idée de tout le travail que cela représente ?

— Oui. Et il se trouve que j'ai justement envie de travailler ! Qui plus est, Amanda est la seule personne à s'être vraiment intéressée à moi, ces derniers mois. Si mes souvenirs sont bons, vous-même vouliez vous défaire de moi en me suggérant de chercher un hôtel dans un village voisin !

Mal à l'aise, il détourna le regard.

— Seule Amanda Mae a été capable de percevoir l'étendue de mon désarroi, quand j'ai poussé la porte de l'Old West. J'ai aujourd'hui la possibilité de lui rendre la pareille, et je n'envisage pas de la laisser filer.

Comme elle lui posait la main sur le bras et plantait ses grands yeux bleus dans les siens, il eut du mal à réprimer un gémissement. Voilà pourquoi il ne tenait surtout pas à cohabiter avec Suzanne Caldwell. Il suffisait qu'elle le regarde, qu'elle le frôle, pour ébranler ses certitudes.

Pourquoi fallait-il qu'elle l'attire à ce point ? Elle lui faisait presque oublier qu'il avait décidé de ne jamais se remarier. Or c'était un mari qu'il lui fallait. Un père pour son enfant.

— Allons, ce ne sera pas si terrible que cela de nous avoir sous votre toit, Mitzi et moi, fit-elle d'un ton enjôleur. Regardez, elle vous a déjà adopté !

Il l'avait lui aussi adoptée, et c'était bien là le problème. En quelques jours à peine, il s'était attaché à la petite fille. Attachement qui ne ferait qu'augmenter, si elle logeait au ranch. La côtoyer raviverait sans doute certains désirs qu'il s'était efforcé de refouler et perturberait l'ordre bien établi de sa vie. La présence quotidienne de Mitzi lui rappellerait les rêves qu'il avait formés avec Ashley.

Une maison remplie d'enfants. Des cris de joie devant le sapin de Noël. Les matchs de football. Les ballets.

Il déglutit. Ces rêves-là n’existaient plus. Ils étaient partis avec Ashley.

— Elle ne vous dérangera pas, promis, dit alors Suzanne avec un irrésistible sourire.

Trop tard. C’était chose faite.

— Je l’espère, dit-il, bourru.

7

Il était 10 heures du soir quand Ginny, la mère de Cade, proposa de conduire Mitzi au ranch afin qu'elle puisse se reposer dans de bonnes conditions. Après lui avoir donné toutes les instructions, Suzanne rejoignit Cade. Il était resté auprès d'Amanda, qui avait de toute évidence du mal à faire face à la situation. Sanglots et phases d'abattement se succédaient.

Quand le feu fut enfin complètement éteint, elle consentit à quitter les lieux pour aller chez sa sœur, où sa famille l'attendait avec le médecin. Après un rapide examen, il lui administra un somnifère. Vaincue par la fatigue et l'émotion, elle ne fut pas longue à se retirer dans une chambre.

Minuit approchait lorsque Suzanne et Cade rentrèrent enfin au ranch.

— Ma mère a dû s'installer dans la suite que je pensais vous réserver, dit-il tandis qu'ils traversaient le couloir. Je vais vous conduire à une autre chambre.

— J'aimerais autant dormir avec Mitzi.

— Ginny a le sommeil léger. Si Mitzi se réveille, elle l'entendra. Mais si vous préférez rester près de votre fille vous pouvez aussi vous installer dans la chambre voisine.

— Si c'est possible, je veux bien.

— Pas de problème.

Le ton sec sur lequel il venait de s'exprimer ne laissait aucun doute quant au plaisir que lui procuraient sa présence et celle de Mitzi au ranch. Elle était consciente de lui avoir forcé la main, mais avait-elle eu le choix ? Cette décision avait au moins eu pour effet de rassurer Amanda, qui était déjà bien assez perturbée. De plus, elle n'envisageait pas d'abuser de son hospitalité. Elle lui avait bien précisé qu'elle partirait dès que possible. Il n'avait donc aucune raison de se montrer aussi désagréable.

— Voilà, dit-il en ouvrant une porte située au bout du couloir.

— Merci beaucoup.

Balayant du regard la pièce décorée dans un dégradé de bleus, elle ajouta :

— C'est une très jolie chambre.

Il hocha la tête, puis, sans mot dire, ouvrit la porte située de l'autre côté du couloir.

— Vous… dormez là ?

— Oui, fit-il, laconique.

Le souvenir de leur baiser restait vivace en elle. Cade lui avait certes dit qu'il n'y avait aucune possibilité de relation entre eux, mais cela ne diminuait en rien leur attirance mutuelle. Même quand elle changerait de chambre, seuls quelques mètres les sépareraient l'un de l'autre.

— Je… n'avez-vous pas une autre chambre disponible ?

— Je croyais que vous teniez à rester près de Mitzi.

— Une autre chambre, pour *Mitzi et moi*.

— Non. Désolé, mais il n'y en a qu'une avec un lit pour enfants. Je n'envisage pas de transformer le ranch en crèche !

Suite à quoi il entra dans sa chambre, et en referma la porte. Elle soupira avant de faire de même.

Ils étaient assez intelligents l'un et l'autre pour éviter de jouer avec le feu.

Après s'être maintes fois tournée et retournée dans son lit, Suzanne finit par trouver le sommeil et ne se réveilla qu'à 9 heures du matin. Ne voyant pas Mitzi dans la chambre, elle eut un sentiment de panique, puis se rappela qu'elle avait confié sa fille à Ginny. Elle se leva, pressée de les rejoindre, pour s'apercevoir que sa garde-robe se limitait aux vêtements imprégnés d'une odeur de fumée qu'elle avait enlevés la veille au soir, avant de se doucher. Elle trouva dans l'armoire un peignoir en coton blanc, qu'elle décida d'emprunter. Puis elle se coiffa et, sans prendre la peine de se maquiller, sortit de sa chambre. Lorsqu'elle frappa à la porte de celle où avaient dormi Mitzi et Ginny, personne ne lui répondit. Elles avaient dû descendre, à cette heure-ci. Elle fit de même.

Au pied de l'escalier, elle regarda autour d'elle. La maison était immense, et elle ne percevait aucun bruit susceptible de la guider. Ginny et Mitzi pouvaient se trouver n'importe où. Il y avait de surcroît les bâtiments extérieurs, l'étable et l'écurie, ainsi que la piscine et les plans d'eau naturels qu'elle avait repérés lors de sa première visite.

Se rendre dans la seule pièce dont elle connaissait le chemin — à savoir, le bureau de Cade — ne lui semblait pas très sage. Elle s'y résolut toutefois, puisque lui seul serait capable de l'orienter dans ses recherches.

La porte du bureau était ouverte. Elle allait signaler sa présence quand elle s'aperçut que Cade n'était pas seul. En face de lui était assis un homme jeune, vêtu d'un jean et d'une chemise noire. Elle n'eut pas le temps de faire un pas dans la pièce qu'il s'était déjà levé. Cade l'imita et la salua d'un simple « Suzanne ».

— Je ne voudrais pas vous déranger, mais je cherche Mitzi, dit-elle, gênée.

— Ma mère est en train de lui donner le petit déjeuner sur la terrasse de la piscine.

Elle tournait déjà les talons quand il ajouta :

— Une petite seconde, je voudrais vous présenter Eric, mon bras droit.

— Oh... Oui, bien sûr. Enchantée, dit-elle en lui tendant la main. Suzanne Caldwell.

— Eric sait qui vous êtes. J'étais justement en train de lui parler de vous et des recherches qu'il va falloir entreprendre, concernant vos finances.

Elle avait oublié ce détail, et fronça le nez.

— Vous nous y avez autorisés, lui rappela-t-il.

— En effet.

Elle avait répondu du bout des lèvres, ce qu'il ne fut pas sans remarquer.

— N'imaginez pas que vous avez passé un marché avec le diable, madame Caldwell ! Ces dispositions ont été prises pour vous éviter de dépenser inutilement de l'argent. Argent donc vous allez avoir besoin puisque vous voilà sur le point de devenir propriétaire d'un restaurant.

Elle pinça les lèvres.

— Je ne l'ai pas oublié.

— Tant mieux. Et à ce propos j'ai rendez-vous dans une heure avec Amanda Mae, afin de discuter du bail pour un nouveau local.

— Dans… *une heure* ?

— Oui. Et il y a un quart d'heure de trajet entre le ranch et Whiskey Springs.

Il retourna s'asseoir à son bureau et, après un bref regard au peignoir blanc qu'elle avait emprunté, ajouta :

— J'ai fait déposer dans votre chambre la valise que vous aviez emportée pour le voyage à New York.

Sur un simple hochement de tête, elle remonta dans la chambre où elle avait dormi, et passa en hâte un jean et un T-shirt avant de rejoindre Mitzi et Ginny au bord de la piscine. La fillette l'accueillit par des petits cris de joie, et elle la serra contre elle, envahie par l'émotion qu'elle ressentait toujours quand elle la prenait dans ses bras.

— Cade m'a dit que vous alliez tous les deux en ville.

— Exact. Pour y retrouver Amanda et parler du nouveau restaurant.

Alors seulement, elle prêta attention à la chaise haute sur laquelle Mitzi était assise quand elle était arrivée. Elle fronça les sourcils. Quel besoin un homme célibataire avait-il de ce genre de mobilier ? Puis elle se rappela l'existence de Gino, qui n'était pas le fils de Whitney et Darius, mais le dernier des demi-frères Andreas.

Plaquant un baiser sonore sur la joue de sa fille, elle s'exclama :

— Sais-tu que tu m'as beaucoup manqué, mademoiselle ?

Mitzi éclata de rire.

— Vous lui avez manqué aussi. Elle s'est réveillée en pleurs à 5 heures du matin. Elle vous cherchait.

— Pourquoi ne pas m'avoir réveillée ?

— Parce que vous avez vous aussi droit au repos ! De toute façon, comme j'avais récupéré les affaires de cette jeune fille, je lui ai préparé un biberon et elle n'a pas tardé à se rendormir.

Un grand sourire aux lèvres, Ginny tendit le bras pour caresser la joue du bébé.

— N'est-ce pas, petite princesse ?

L'enfant répondit à cette question par un éclat de rire.

— Je pense qu'elle vous aime bien, dit Suzanne, observant tour à tour Ginny et sa fille.

— Elle m'adore ! dit celle-ci en riant. N'ayez aucune crainte, vous pouvez me la confier pour la journée, tout se passera bien.

— Pour la journée ? La visite du local et la signature du bail ne devraient pas prendre plus de deux heures.

— N'oubliez pas qu'il va aussi falloir s'occuper de la déclaration du sinistre, établir un nouveau contrat avec l'assureur, commencer à passer commande du futur équipement, et puis…

— Dans ce cas, mieux vaut ne pas tarder ! dit Suzanne en embrassant une dernière fois sa fille avant de la remettre sur la chaise haute.

Sur le point de quitter la terrasse, elle se tourna vers l'enfant et lui envoya un baiser du bout des doigts.

— Vous n'avez pas l'habitude de vous séparer d'elle, n'est-ce pas ? fit Ginny.

Suzanne lui répondit par un hochement de tête.

— Vous pouvez partir tranquille, je m'occuperai bien de votre petit trésor.

— Merci, Ginny.

Elle repartit en direction du bureau le cœur léger. Elle laissait sa fille pour la journée, mais elle pourrait bientôt l'emmener. Elles sauraient, Amanda Mae et elle, lui faire une place dans leur tout nouveau restaurant.

Si les Andreas lui avaient proposé un poste, elle aurait dû quitter sa fille tous les matins, et ne la revoir que le soir. Souriante, elle accéléra le pas. Le sort ne se montrait finalement pas si cruel envers elle. De sa funeste relation avec Bill Baker était née Mitzi, et la décision des frères Andreas, qui au départ ne lui convenait pas, lui avait permis de devenir propriétaire d'un commerce !

Les différentes transactions se déroulèrent sans encombre. Loin de vouloir imposer ses vues en qualité d'homme d'affaires chevronné, Cade laissa Amanda et Suzanne exprimer leurs volontés, et en tint compte. Toute nouvelle dans ce milieu, la jeune femme ne fut pas longue à saisir le mécanisme de certaines transactions, et soumit plusieurs idées novatrices qui démontraient un véritable esprit d'initiative.

Tandis qu'il signait les documents, Cade pensa plusieurs fois à Nick. Son demi-frère ne pourrait certainement pas lui reprocher de ne pas traiter Suzanne comme une « des leurs », à présent ! Non content de lui avoir cédé, en partenariat avec Amanda, un nouveau local commercial, il l'hébergeait au ranch.

Il était 15 heures quand il gara la camionnette devant l'entrée du ranch. Suzanne monta aussitôt à l'étage, s'assurer que Mitzi allait bien. Il se garda bien de l'y suivre. Ces longues heures passées en sa compagnie, à voir ses joues rosir, son regard s'illuminer, avaient eu sur lui un effet bien assez perturbant pour qu'il souhaite prolonger l'expérience.

Le spectacle de cette joie évidente ne l'avait pas laissé indifférent, loin de là. Et il se reprochait d'avoir été aussi sensible à son enthousiasme. Il fallait décidément qu'il se maîtrise, sans quoi cette cohabitation s'avérerait désastreuse.

Il trouva Eric assis à son bureau, en train d'effectuer les recherches dont il avait été question le matin même.

— Alors ? demanda-t-il.

— Pour le moment, rien. Il faudra que Suzanne me signe quelques autorisations. Muni de ces documents, je pourrai aller trouver les établissements bancaires où Martha Caldwell avait des comptes.

— Ça me semble être une façon intéressante de procéder.

Il traversa la pièce et se laissa tomber sur le sofa. Pendant dix minutes, Eric lui fit part de ses diverses démarches, puis il commença à sentir son attention se dissiper. Le moindre bruit à l'étage l'intriguait.

Suzanne avait-elle retrouvé le bébé ? Comment allait Mitzi ? Ginny s'était-elle bien tirée de la tâche qui lui incombait ?

Incapable de tenir plus longtemps, il se leva.

— Je monte voir si Suzanne a besoin de quelque chose, dit-il, cherchant à se convaincre qu'il se bornait à jouer son rôle de maître de maison. Comme elle a changé de chambre…

Eric hocha la tête et, un petit sourire au coin des lèvres, répondit :

— Je comprends bien. Le reste peut attendre…

Il quitta la pièce, résolu à ne pas entrer dans ce jeu. Tout le monde pensait donc que Suzanne lui plaisait ?

Apparemment. Et ils ne se trompent pas ! Mais ça te passera…

Arrivé devant la porte de la suite où Mitzi et sa mère avaient dormi, il s'arrêta et prit une profonde inspiration. Puis il frappa un coup léger. Suzanne ne mit pas plus de quelques secondes à lui ouvrir. Elle tenait dans ses bras une Mitzi souriante.

— Tout va bien ? lui demanda-t-il.

— A merveille. La suite est claire, spacieuse, très confortable. Ma grand-mère avait quelques suites dans sa maison, mais aucune de comparable à celle-ci. Et cette salle de bains… Un pur bonheur, avec cette baignoire pour enfants intégrée ! Je ne sais pas qui en a eu l'idée, mais ça tient du génie.

Appuyé au chambranle, il luttait contre le stupide orgueil qui s'insinuait en lui.

— La chambre d'enfant s'intègre très bien à cette suite.

Au moment où elle prononçait cette phrase, elle fronça les sourcils.

— J'imagine que vous dormez ici avec Gino, quand il est dans les parages ? Oh non, suis-je bête ! Il doit plutôt dormir avec sa nounou.

Elle se tut de nouveau.

— Mais… Gino a deux ans à peine. Cette maison est plus ancienne, n'est-ce pas ?

Il hocha la tête.

— Disons que… la disposition des lieux nous a paru logique au moment où la maison a été construite.

Il s'interrompit un instant à peine.

— Si vous n'avez besoin de rien, je vais rejoindre Eric. Nous avons encore pas mal de pain sur la planche. Je dîne à 19 heures. Vous pouvez bien entendu vous joindre à moi, mais si vous préférez dîner avant ou après prévenez la cuisinière.

Il repartit, agacé par sa nervosité. S'il continuait à se comporter de la sorte, Suzanne, qui était loin d'être sotte, remarquerait qu'en dépit de ses grands discours il continuait d'être attiré par elle — de plus en plus attiré, même.

Ce soir-là, l'horloge venait de sonner sept coups quand Suzanne et Mitzi arrivèrent dans la salle à manger. Mais elles en repartirent à peine un quart d'heure plus tard tant Mitzi était agitée. Elle ne cessait de crier.

Cade prévint le personnel qu'il finirait le repas seul, qui lui parut interminable. Comment expliquer l'agitation de la petite fille ? Elle n'avait pas coutume de se comporter ainsi. Serait-elle souffrante ?

La dernière bouchée de dessert avalée, il monta l'escalier et s'arrêta devant la porte de la suite. Il hésita. Mais, sachant que s'il ne se manifestait pas maintenant il le ferait plus tard, il frappa deux petits coups.

Suzanne ne fut pas longue à lui répondre. Elle tenait dans ses bras l'adorable Mitzi, enveloppée dans une épaisse serviette en éponge blanche.

— Tout va bien ?

— Oui, dit-elle avant de retourner vers la chambre d'enfant. Mitzi est un bébé, et elle ne respecte aucun autre horaire que le sien. Pour le moment, elle n'a qu'une envie : prendre un bain. Ensuite, elle s'endormira probablement pendant que je la mettrai en pyjama.

Il entra dans la chambre aux murs jaunes, se reprochant et se réjouissant à la fois de suivre Suzanne. Cette visite lui ferait reprendre ses esprits. Il avait dressé les plans de ces pièces avec Ashley, elles étaient destinées à leur propre famille. Voir *une autre* les utiliser lui rappelait que jamais il n'aurait d'enfants.

Et surtout pas avec Suzanne. Parce qu'il ne l'aimait pas. Il ne pouvait pas l'aimer. Jamais il n'aimerait une femme comme il avait aimé Ashley, qu'il n'avait pourtant pas su rendre heureuse. S'il n'avait pas été un bon mari pour elle, comment le serait-il pour Suzanne ? Or c'était ce qu'elle méritait. Quelqu'un qui sache les aimer, sa fille et elle. Pas un drôle de cow-boy qui ne croyait plus à grand-chose.

Machinalement, il se rapprocha de la salle de bains tandis qu'elle immergeait la fillette dans la petite baignoire. Mitzi réagit aussitôt en poussant des gloussements de plaisir.

— Cet endroit est un rêve, pour une mère !

Le sentiment de fierté qu'il avait éprouvé un peu plus tôt rejaillit en lui, mêlé de plaisir. Il se félicitait que ces pièces, inutilisées pendant deux ans, fassent le bonheur de Suzanne et de sa fille.

Ravie, Mitzi se mit à battre l'eau de ses mains ouvertes, éclaboussant tout autour d'elle.

— Quel petit monstre ! dit Suzanne avec un rire qui démentait ses propos.

— Gino adore lui aussi l'heure du bain.

— J'imagine qu'il doit être aux anges, ici.

— Il n'est jamais venu au Texas, et moins encore dans cette maison. J'ai eu l'honneur de lui donner un bain chez lui, à Montauk. Et je me félicite d'y avoir survécu !

Ils rirent de concert, et Mitzi décida de se joindre à eux en provoquant une nouvelle vague d'éclaboussures.

Cade recula. Pas tant pour se protéger que pour se mettre à l'écart. Il était temps de se retirer. Cette femme et sa fille méritaient d'être heureuses. Suzanne rencontrerait un homme qui saurait lui apporter le bonheur.

Il n'était pas cet homme-là.

— Bien, je vais vous laisser maintenant. J'ai été absent une partie de la journée, le travail m'attend.

— Eric est encore là ?

— Non. Il rentre tous les jours chez lui à 6 heures, pas une minute de plus. Si j'ai besoin de lui, il revient, et il est aussi capable de travailler sept jours par semaine, s'il le faut, mais il a un gros chien qui exige de sortir à 6 heures et quart tous les jours !

Elle éclata d'un rire joyeux, qui résonna à ses oreilles comme une douce musique. En proie à une brusque panique, il recula un peu plus encore.

— Oh ! c'est trop mignon ! dit-elle.

— Je vous certifie pourtant que le chien en question n'a rien de « mignon ». Il est affreux !

Comme si elle avait voulu participer à cet échange, Mitzi rit à son tour. Il sentit son estomac se nouer. A ce rythme-là, le séjour de Suzanne et de Mitzi au ranch, aussi bref soit-il, allait prendre des allures de calvaire.

A moins que… qu'il décide, au lieu de les fuir, de passer

du temps avec elles, à bavarder de tout et de rien. Qu'il s'emploie à banaliser cette présence.

Qu'il soigne le mal par le mal, en fait !

— Et Eric a trouvé le moyen de l'affubler du doux nom de Superbe !

— Comment ? dit Suzanne, riant de plus belle.

Voilà. Ce n'était somme toute pas bien difficile d'avoir des rapports « normaux ».

— Il prétend qu'il arrive partout avec *superbe*, et que tout le monde le regarde.Personnellement, je crois plutôt qu'il accumule les bêtises, ce qui lui permet de se faire remarquer où qu'il aille.

Très satisfait de la ligne de conduite qu'il avait décidé d'adopter, il s'apprêtait à partir quand Suzanne l'appela.

— Cade…

— Oui ? fit-il, se tournant vers elle.

— Je tiens à vous remercier. Je suis bien consciente de toutes les faveurs que vous nous avez faites aujourd'hui, à Amanda et à moi-même.

En guise de réponse, il grommela quelques mots inintelligibles. A quoi bon avoir autant d'argent, s'il ne pouvait aider deux femmes à monter leur affaire ?

Le sentiment de fierté se manifesta de nouveau. Accompagné de petits papillons dans l'estomac, quand elle le remercia de son merveilleux sourire.

Apparemment, sa stratégie ne s'avérait pas aussi efficace qu'il l'avait imaginé. Mieux valait sans doute l'ignorer.

A ce moment-là, Mitzi jeta un jouet en plastique par terre, et Suzanne se pencha pour le ramasser en la grondant gentiment. Dans ce geste, son chemisier s'entrouvrit, découvrant la naissance de ses seins.

Sans attendre, il repartit vers le couloir à grandes enjambées.

Il fit en sorte d'éviter Suzanne toute la journée de mercredi. Le soir venu, il eut du mal à résister au désir de la retrouver, mais tint bon. Mme Granger, à qui il demanda des nouvelles de ses « invitées », lui dit qu'elles avaient dîné à 18 heures.

— Mitzi a dévoré le pudding que je lui avais préparé, dit-elle, ravie. Ensuite, elles ont joué au bord de la piscine, puis elles sont montées dans leur suite.

En apprenant que Mme Reynolds, la gouvernante si guindée, avait elle aussi passé un moment à les observer et à s'extasier, il jugea plus naturel l'intérêt qu'il leur portait.

Après dîner, il passa deux bonnes heures devant un jeu vidéo de football, persuadé que tout le monde dormirait quand il monterait à l'étage.

Mais il se trompait. La porte de la suite était légèrement entrouverte.

N'y va pas. Tu n'as aucun besoin de t'assurer qu'elles vont bien. Tout le monde s'occupe d'elles. Ta mère elle-même a appelé tout à l'heure pour prendre de leurs nouvelles.

Comme s'ils étaient mus par leur propre volonté, ses pieds le portèrent jusqu'à la porte, et sa main se leva pour y frapper deux coups légers. Le battant s'ouvrit un peu plus, sur Suzanne et Mitzi installées dans un grand fauteuil, face à l'écran de télévision.

— Bonsoir.

— Bonsoir, Cade.

Elle se leva et, le bébé dans ses bras, vint à sa rencontre.

— Vous arrivez toujours au bon moment ! dit-elle, gentiment moqueuse. Hier, à l'heure du bain, aujourd'hui, à celle du dernier biberon avant le coucher.

— Je passais un instant vous demander comment s'était déroulée votre journée. J'imagine que vous avez vu Amanda Mae ? J'espère qu'elle se remet bien du choc qu'elle a vécu…

La veille, lors de leurs différents rendez-vous, il l'avait trouvée plutôt éteinte. C'était Suzanne qui, bien que novice en la matière, avait pris l'affaire en main.

— Je voulais aussi m'assurer que tout allait bien pour vous. Voilà. Je vais vous laisser, maintenant, puisque vous êtes occupée.

— Non, vous pouvez rester pendant que je donne le biberon à Mitzi.

— Mais… ça ne risque pas de la réveiller ?

— Du tout. Elle a déjà du mal à garder les yeux ouverts.

Ils parlèrent d'Amanda pendant que la petite fille à demi endormie buvait son biberon. Quand il fut presque vide, Suzanne se tourna vers Cade et s'aperçut qu'il dévorait l'enfant du regard.

Cette situation était déroutante. Elle savait qu'il luttait contre son attirance pour elle, ce qui expliquait qu'il préfère maintenir une certaine distance. Mais alors… pourquoi venir la trouver tous les soirs ?

Pour voir Mitzi ? Il lui avait pourtant laissé entendre qu'il ne voulait pas être dérangé par le bébé. Et comment lui reprocher son intérêt pour la fillette ?

— Vous voulez la mettre dans son berceau ? lui proposa-t-elle.

— J'ai peur de la réveiller…

— Ça m'étonnerait, lui répondit-elle avec une grimace éloquente.

A ce moment-là, elle vit ses traits se crisper, son regard se voiler. Et la lumière se fit soudain en elle.

— A l'origine, cette suite vous était destinée, n'est-ce pas, Cade ? A votre femme et à vous.

— Aucune importance, répondit-il d'une voix sourde.

— Bien sûr que si. Vous ne vous en apercevez peut-être pas, mais je vois bien, moi, que vous êtes captivé par Mitzi. Que quelque chose vous pousse vers cette suite. La curiosité, peut-être ?

— Peut-être, dit-il du bout des lèvres en détournant le regard.

— Il n'y a aucune honte à avoir.

Cette fois il lâcha un rire sec.

— Oh ! Suzanne, de grâce…

— Pourquoi lutter contre vos sentiments ? La plupart des gens aiment les enfants en bas âge, et Mitzi est une petite fille adorable. Pourquoi ne pas accepter tout simplement le plaisir que vous avez à être auprès d'un bébé.

Elle le vit se raidir.

— Je propose que nous en restions là !

Sans un mot, elle déposa la fillette dans le petit lit, et revint aussitôt vers lui, ne lui laissant pas le temps de batte en retraite.

— Et je propose, moi, que vous essayiez de m'expliquer votre comportement !

Ils restèrent quelques instants à se défier du regard. Puis il se rapprocha d'elle, jusqu'à ce que quelques centimètres à peine les séparent.

— Réfléchis un peu, dit-il, passant soudain au tutoiement. Pourquoi crois-tu que j'aie envie de faire tous les soirs un détour par ici, Suzanne ? Parce que tu me plais !

Saisie par cet aveu auquel elle ne s'attendait pas, elle en resta sans voix.

— Tu as bien entendu, Suzanne. *Tu me plais*. J'ajouterais même : *j'ai envie de toi* !

Retenant son souffle, elle s'écarta. Pourquoi était-elle aussi surprise par cet aveu ? C'était plus la forme que le fond qui l'avait étonnée, à vrai dire. Leur bref échange sur la plage n'avait fait que confirmer ce qu'elle avait toujours pressenti : une très forte attirance physique.

— Et Mitzi ? demanda-t-elle.

Il glissa les deux mains dans ses cheveux et secoua la tête.

— Tout ce que je sais, c'est que votre arrivée a semé la pagaille dans ma vie bien ordonnée !

Après avoir fait quelques pas dans la pièce, il revint se placer en face d'elle.

— J'avais réussi à accepter la mort de ma femme, dit-il en dardant sur elle son regard le plus noir. A accepter de ne pas avoir d'enfants. J'avais décidé de me concentrer sur le bon fonctionnement de Whiskey Springs. D'aider de mon mieux les habitants de cette petite ville. Et maintenant… je ne sais plus où j'en suis !

— Vous… *tu* ne peux pas avoir d'enfants ?

C'était cet élément-là qui l'avait le plus frappée, dans cette tirade.

— Je n'en sais rien. Comme Ashley n'était toujours pas enceinte après huit ans de mariage, nous nous étions décidés à procéder aux tests d'usage quand son cancer s'est déclaré. Par la suite, je n'ai jamais jugé utile d'en savoir plus en ce qui me concernait.

— Donc, tout espoir n'est pas perdu ?

Il lui répondit par un haussement d'épaules.

— Pourquoi te torturer davantage, Cade ? Pourquoi ne pas les passer, ces tests, et en avoir le cœur net ?

— Je crois que l'essentiel t'a échappé, Suzanne. Ma première expérience a prouvé que je n'étais pas un bon mari. Alors quelle importance que je puisse procréer ou pas ? Je n'envisage pas d'avoir des enfants sans mère !

— Supposons… Mais je ne comprends toujours pas pourquoi tu nous reproches d'avoir semé, je te cite, la « pagaille » dans ta vie.

— S'il n'y avait entre nous qu'un désir mutuel, ce ne serait pas très compliqué à régler.

— Je te trouve bien présomptueux ! dit-elle, le toisant du regard.

— Peut-être, mais je ne pense pas me tromper. Il se trouve toutefois que tu as un bébé. Une petite fille qui me rappelle combien j'aimerais être père. Avoir des enfants à élever, auxquels je léguerais mes biens. Et… je ne sais plus trop où j'en suis.

Elle lui sourit, avant de lui poser la main sur le bras.

— Ne serais-tu pas en train de noircir le tableau, Cade ? Tu t'obstines à te décrire comme un mauvais mari, mais cette image-là ne correspond pas à celle que j'ai de toi. Pour moi, tu es un chic type. Quelqu'un qui se soucie des autres. Et je suis certaine que tous les habitants de Whiskey

Springs partagent mon avis. Tu es généreux avec eux, avec tes frères… avec Amanda et moi. Il faut que tu acceptes la vérité : tu n'as pas que des défauts !

— Et tu serais prête à courir le risque ? demanda-t-il à voix basse, la buvant du regard.

— Pourquoi pas ? Je te plais, tu me plais…

— Es-tu bien sûre de ce que tu avances ? Fais attention, Suzanne. Je pourrais te prendre au mot.

Ils se dévisagèrent longuement en silence.

Elle avait l'impression que les battements de son cœur résonnaient dans la pièce. Ils étaient tout près l'un de l'autre. Si près qu'elle n'aurait eu qu'à se dresser sur la pointe des pieds pour l'embrasser.

Il la prendrait alors dans ses bras, la serrerait à l'étouffer, la porterait jusqu'au lit le plus proche, lui ouvrirait les portes du paradis.

Ou de l'enfer.

Ne venait-il pas de lui dire une fois encore qu'il n'envisageait pas de se remarier ? Or, comme il l'avait lui-même souligné, elle ne pouvait pas se satisfaire d'une aventure basée exclusivement sur l'attirance physique. Elle souhaitait s'engager dans une relation avec un homme qui saurait l'aimer, être toujours à ses côtés. Quelqu'un avec qui elle bâtirait son avenir.

— Tu as peut-être raison, dit-elle dans un murmure en reculant.

— *Peut-être ?* Non. Sûrement !

Sans lui laisser le temps de répondre, il pivota sur ses talons et repartit.

Effondrée, elle referma la porte de la suite et se dirigea vers le lit, où elle se laissa tomber. Son cœur battait toujours très fort, mais elle était convaincue d'avoir fait le bon choix.

Elle n'avait pas le droit de se fourvoyer une fois de plus. Un Bill Baker suffisait amplement dans la vie d'une femme.

8

Le jeudi matin, comme elle se garait aux abords du local dont Cade venait de leur offrir la jouissance, Suzanne se sentit oppressée. En proposant cette association à Amanda, elle s'était engagée à lui apporter un soutien financier, et un partage des tâches. Ce qui signifiait qu'elle allait s'installer à Whiskey Springs, y trouver un logement, tisser des liens avec les habitants de la petite ville — par la force des choses, puisqu'il n'y avait pas d'autre établissement de ce genre.

La tête posée sur le volant, elle laissa échapper un soupir. Voilà qui expliquait mieux la réaction pour le moins réservée de Cade, le soir de l'incendie. Sans bien peser toutes les conséquences de ses mots, elle avait décidé de s'implanter dans ce qui était jusque-là *son* univers.

Elle pressa les doigts sur ses tempes. Et il était maintenant un peu tard pour faire machine arrière ! Il faudrait qu'elle apprenne à cohabiter avec lui.

Et lui avec elle.

Ce serait plus facile pour l'un comme pour l'autre dès qu'elle aurait quitté son domicile, car en une semaine elle ne l'avait pas vu plus d'une fois à l'Old West. Un rythme pareil devrait bien leur permettre d'entretenir des rapports cordiaux ?

Elles avaient, Amanda et elle, rendez-vous ce matin-là avec le chef de chantier. Après avoir esquissé les plans avec les deux associées, il leur annonça que les travaux dureraient six semaines.

— Six semaines ? fit Amanda, horrifiée. C'est impossible ! Je ne peux pas passer six semaines entières sans aucun revenu.

Les événements s'étaient bousculés depuis son retour de New York, et Suzanne n'avait pas eu le temps d'analyser la situation sous tous ses angles, mais elle comprenait l'inquiétude d'Amanda. Une idée lui vint soudain à l'esprit, et elle lâcha un petit cri de joie.

— Je sais ce que nous allons faire : dans les grandes villes, certains marchands vendent des petits déjeuners et de la restauration rapide dans la rue, sur des sortes de charrettes. Nous allons essayer de nous procurer l'un de ces véhicules à un prix raisonnable par internet et…

— Je peux aussi vous bâtir une sorte de stand devant le local, dit le chef de chantier, porté par son enthousiasme. Cela vous permettrait de continuer à exercer votre activité. Il suffit de quelques briques et d'une poignée de planches.

Amanda était beaucoup plus circonspecte que Suzanne.

— Et où cuisinerons-nous ? demanda-t-elle.

— Nous ne pourrons évidemment pas proposer les mêmes plats qu'au restaurant. Nos clients devront se contenter de sandwichs, de salades en barquettes ou de pâtisseries. Je pourrais préparer des biscuits à la cannelle. Je suis certaine que Mme Granger voudra bien me laisser utiliser sa cuisine tous les matins.

— Vous n'aviez pas peur que les gens s'en lassent ?

— Et vous prétendiez le contraire.

Amanda soupira.

— Bon…

Bien que déçue par la réaction d'Amanda, Suzanne décida de ne rien en laisser voir, et elles consacrèrent le restant de la journée à passer des commandes. Quand elle rentra au ranch ce soir-là, elle se sentait vidée de ses forces, mais décida de passer par le bureau de Cade pour l'informer de leurs avancées. C'était bien le moins qu'elle puisse faire, compte tenu de l'aide qu'il leur avait apportée.

Après un bref compte rendu de la journée, elle fronça le nez.

— J'avoue que je suis un peu surprise par l'attitude d'Amanda. Comme elle se plaignait de ne pas avoir tout de suite de rentrée d'argent, je pensais que ma proposition la transporterait de joie.

Après l'avoir écoutée attentivement, il reporta son attention sur l'écran de son ordinateur.

— Laisse-lui un peu de temps pour s'adapter à cette nouvelle situation. Je suppose qu'elle est encore sous le choc.

— C'est probable.

Puis elle attendit qu'il ajoute quelque chose. Mais il n'en fit rien et elle ne trouva elle-même rien à dire. Elle décida de partir pour mettre fin à ce silence gênant.

— Bien… Je vais monter dans ma chambre et jouer avec Mitzi.

Elle était sur le point de sortir quand il l'appela.

— Suzanne ?

— Oui ?

— Dois-je prévenir Mme Granger que nous serons deux à table, ce soir ?

Son regard sombre était placide. Impossible d'y déceler la moindre émotion. Il paraissait décidé à instaurer entre eux des rapports impersonnels. Elle pouvait bien sûr dîner avec lui ce soir-là, mais ils se comporteraient comme deux étrangers avançant en territoire neutre.

— Non, merci, dit-elle, préférant éviter ce genre de tête-à-tête. Je vais d'abord m'occuper de Mitzi et je verrai ensuite.

Mais la fillette se montra incapable de tenir en place ce soir-là, et Suzanne finit par décider qu'une promenade pourrait lui être bénéfique. Au bout de vingt minutes de marche avec l'enfant dans les bras, elle se prit à regretter amèrement d'avoir vendu la poussette avec un lot d'affaires pour enfants, avant son départ d'Atlanta. Mitzi commençait à peser lourd, et il faisait encore chaud à cette heure. Par chance, son initiative portait ses fruits. Calmée, la petite fille regardait autour d'elle en babillant.

Elles approchaient de l'écurie quand Suzanne prêta attention au parterre de fleurs qui longeait l'allée.

— Oh ! regarde comme c'est joli, Mitzi ! Ce sont des pétunias, dit-elle au bébé.

— Des « Sweet Williams », plus précisément.

Elle leva la tête, étonnée, car elle n'avait vu personne en arrivant. Un homme d'une soixantaine d'années apparut derrière un arbuste, qu'il était manifestement en train de tailler.

— Jim Malloy, dit-il avec un sourire. Je suis chef d'équipe au ranch. Et à qui ai-je l'honneur ?

— Suzanne Caldwell.

— Votre nom ne me dit rien, fit-il avec une grimace qui confirmait ses dires.

— Je suis la toute nouvelle associée d'Amanda Mae. Et Cade a accepté de m'héberger.

— Ah, vous êtes l'héritière !

Ces mots soutirèrent à Suzanne un rire sec.

— Si cette information est arrivée jusqu'ici, vous devez aussi savoir, je suppose, que je n'ai pas hérité d'un seul centime !

— Mais vous détenez un tiers des parts de la société Andreas, ce qui n'est pas rien ! Et qui est cette charmante jeune fille ?

— Mitzi, ma fille. Elle a six mois.

— Quel adorable bébé ! dit-il, sincère, tandis que Mitzi le fixait de ses gros yeux bleus. Si je n'avais pas les mains pleines de terre, je t'aurais volontiers prise dans mes bras.

Il s'était exprimé d'une voix sincère, et elle se prit à regretter que Mitzi n'ait pas de grand-père. Ni de grand-mère, d'ailleurs. Ni d'oncles, de tantes, de cousins.

Ni de père.

L'image de Cade lui vint à l'esprit, et elle la chassa aussitôt. Lorsqu'elle aurait trouvé un logement en ville, elle mettrait tout en œuvre pour oublier Cade Andreas, le ranch, tout ce qui l'entourait.

— Bien… je ne vais pas tarder à rentrer. Si Cade passe par notre chambre pour nous souhaiter bonne nuit et qu'il ne nous voie pas, il risque de s'inquiéter.

— Vous ne lui avez pas dit que vous sortiez vous promener ?

— Non.

Eprouvant un brusque besoin de se confier, elle ajouta :

— Je ne suis pas bien sûre qu'il soit content de m'avoir dans les parages…

Jim inclina la tête de côté et l'examina.

— Et pourquoi ne se réjouirait-il pas d'avoir sous son toit un joli brin de fille ?

— Nous nous entendons comme chien et chat ! Mais ce n'est pas très grave.

Elle haussa les épaules, soudain gênée de parler ainsi de Cade avec l'un de ses employés.

— Quelle bonne idée d'avoir planté ces fleurs le long des allées, dit-elle avec un regard appréciateur pour les plates-bandes colorées.

Jim haussa les épaules et leva les yeux vers le ciel.

— Cette idée n'était pas la mienne, mais celle de ma fille. C'est moi qui m'en occupe… puisqu'elle n'est plus là.

Il ne fallut pas plus d'une seconde à Suzanne pour comprendre à qui elle avait affaire.

— Vous êtes… le beau-père de Cade ? Le père d'Ashley ?

Les yeux plissés, il hocha la tête.

— Il vous a donc parlé d'elle ?

— Oui, lui répondit-elle après avoir pris une profonde inspiration. Et en termes très élogieux. Il l'aimait. Je pense d'ailleurs qu'il l'aime encore. Ce devait être quelqu'un de merveilleux.

— En effet.

Elle vit les yeux du chef d'équipe se remplir de larmes et recula d'un pas.

— Je vais rentrer, dit-elle à voix basse.

Jim lui répondit par un bref hochement de tête et, les épaules basses, retourna à son jardinage.

Tandis qu'elle rebroussait chemin, longeant les parterres fleuris, elle comprit pourquoi Cade avait du mal à aller de l'avant. Tout au ranch, où travaillait même son beau-père, lui rappelait sa défunte épouse.

Le lundi matin, Suzanne se leva très tôt et prépara une grosse fournée de biscuits à la cannelle avant de partir pour le stand, qui devait être inauguré ce jour-là. Après avoir travaillé le vendredi et le samedi aux préparatifs de cette ouverture, elle avait passé le dimanche entier à éviter Cade, et se réjouissait donc ce matin-là d'avoir un endroit où aller.

Quand elle arriva au stand avec les biscuits, Amanda Mae, qui y était déjà, l'accueillit en s'exclamant :

— Mettons vite ces petits trésors en vente, ils ne vont pas tarder à trouver acquéreurs !

Agréablement surprise par cet accueil, qu'Amanda ne lui avait pas réservé depuis longtemps, Suzanne lui en fit la remarque.

— Les affaires reprennent, et je reprends goût à la vie ! lui répondit Amanda avec un sourire radieux. Et… désolée si je n'ai pas été de très agréable compagnie, ces derniers temps.

— Ne t'inquiète pas, je comprends.

Pour plus de simplicité dans leurs rapports, elles avaient décidé d'opter pour le tutoiement.

— Quand la vie nous inflige un mauvais coup, dit-elle, il nous faut un peu de temps pour trouver la force de réagir.

Amanda lui sourit.

— C'est tout à fait ça, ma belle ! Nous allons bien nous entendre…

Pendant le quart d'heure qui suivit, elles procédèrent à la mise en place, afin de rendre aussi appétissants que possible les produits qu'elles avaient décidé de vendre. Tout était prêt pour l'arrivée des premiers clients quand Suzanne vint vers son associée, le regard sérieux.

— Amanda, je vais avoir besoin de toi. Il faudrait que tu m'aides à trouver un logement, et le plus tôt sera le mieux.

Amanda fronça les sourcils.

— Tu veux quitter Cade ?

— Je n'aurais pas employé ces termes-là… mais ça revient un peu au même. Il n'a de toute façon jamais été question que je reste chez lui longtemps. Nous avons été trop occupées jusqu'ici pour que j'aie du temps à consacrer à des recherches. Il est temps de m'y mettre. Donc, si tu entends parler de quelque chose qui se libère en ville ou dans les environs…

— D'accord. Je connais tout le monde ici. Je vais m'informer.

Il n'était pas plus de 15 heures cet après-midi-là lorsque Cade éteignit son ordinateur. Il n'avait plus envie de travailler, et sa fortune lui permettait de s'offrir ce genre de luxe. Il allait profiter de cette belle journée, au lieu de rester enfermé dans son bureau.

Un bruit de voix l'accueillit quand il arriva aux abords de la piscine où sa mère s'était installée avec Mitzi.

— Que fais-tu donc ici à cette heure, mon garçon ? dit Ginny, avec un regard étonné par-dessus ses lunettes de soleil.

— J'ai décidé de m'offrir une demi-journée de vacances ! Tout se passe bien ? demanda-t-il, tourné vers Mitzi.

Elle s'amusait en babillant avec des jouets en plastique sous un parasol.

— A ton avis ? dit Ginny, moqueuse, d'une voix empreinte de tendresse.

— Mitzi se baigne dans la piscine ?

— Et elle adore ça, qui plus est ! Elle a d'ailleurs tout un équipement.

Suivant le regard de sa mère, il vit des tout petits brassards gonflables, ainsi qu'un gilet.

— Parfait. Je vais me changer et je me baignerai avec elle.

En voyant la fillette, il avait instantanément oublié sa décision de les éviter le plus possible, sa mère et elle.

— En fait, Cade, ça m'arrangerait que tu t'occupes d'elle cet après-midi. Je suis invitée à dîner et j'aimerais pouvoir aller chez le coiffeur.

— J'enfile un maillot de bain et j'arrive !

Quand il revint, quelques minutes plus tard, sa mère avait rangé toutes ses affaires et était prête à partir.

— Ça t'ennuie de t'occuper de Mitzi, maman ?

— Du tout. C'est même moi qui l'ai proposé à Suzanne, mais je n'ai presque plus de temps pour passer à la librairie et gérer mes rendez-vous. Tout s'est passé si vite…

— Il y a du personnel au ranch qui peut très bien te remplacer. A partir d'aujourd'hui, ne te sens pas obligée de venir tout le temps. Nous nous adapterons, les employées et moi, à ta disponibilité.

— Très bien.

Elle embrassa Mitzi, puis son fils, et partit. Dès qu'il se retrouva seul avec le bébé, Cade entreprit de lui mettre tout l'équipement nécessaire pour la baignade. Quand ce fut fini, il recula d'un pas et fronça le nez.

— Je ne voudrais pas te faire de peine, jeune fille, mais on ne peut pas dire que cette tenue te mincisse !

Mitzi le regarda, les yeux tout arrondis, et pouffa de rire.

— Enfin une femme qui n'est pas obsédée par son poids…

Elle rit de nouveau. Amusé, il la souleva dans ses bras avant de descendre avec précaution l'escalier de la piscine. Mitzi aimait de toute évidence l'eau, et il ne vit pas passer le temps. Il inventait pour elle des petits jeux. Ce ne fut qu'en la voyant bâiller qu'il décida de mettre fin à la baignade. Il l'essuya soigneusement et l'enveloppa dans une serviette avant de s'allonger avec elle sur une chaise longue.

Epuisée, la fillette s'endormit dans la minute. Il ferma lui aussi les paupières, goûtant au plaisir infini que lui procurait ce corps tout tiède contre sa poitrine. Mitzi était si petite, si douce… Il avait envie de la protéger, de lui apprendre à marcher, à faire du poney, à nager.

Mais cela relevait de l'impossible. Bientôt, Suzanne et

Mitzi repartiraient. Raison de plus pour profiter de tous les merveilleux moments passés ensemble, se dit-il en embrassant le front lisse du bébé.

Ce fut dans cette position que Suzanne les trouva, à son retour : tous deux étendus sur une chaise longue, Mitzi dans les bras de Cade. La gorge nouée, elle s'arrêta à quelques mètres de distance pour admirer ce tableau idéal. Celui dont, maintes fois, elle s'était surprise à rêver.

Cade serait un père merveilleux, mais il refusait de l'admettre. En dépit de la générosité infinie qu'il déployait pour tout un chacun, il s'obstinait à se considérer comme un être incapable de rendre son prochain heureux. Plus précisément, *une femme*.

Avec un long soupir de regret, elle avança vers la chaise longue, et souleva Mitzi aussi doucement que possible, afin de ne les réveiller ni l'un ni l'autre.

Mais Cade se redressa aussitôt et cligna des paupières.

— Oh… je suis désolé. Je crois bien que je me suis endormi…

— C'est moi qui suis désolée, Cade. En toute logique, c'est *moi* qui devrais m'occuper de ma fille ! Ginny n'est pas là ?

— Elle avait un certain nombre de choses à faire et m'a demandé de la remplacer. D'ailleurs, je pense qu'elle ne souhaite pas abandonner complètement la librairie, et je l'ai rassurée. Il y a au ranch bien assez de personnel pour s'occuper de Mitzi. Ne t'inquiète pas, cette demoiselle sera bien entourée ! dit-il avec un sourire qui fit battre son cœur un peu plus fort.

— Ça ne… t'ennuie pas ?

Il se leva avec des gestes nonchalants. Pour rien au monde il ne lui avouerait combien il avait été heureux durant ces quelques heures passées en compagnie du bébé.

— Tout se passera bien, c'est une simple question

d'organisation. Je demanderai à Mme Reynolds de se rendre disponible quand ma mère ne le sera pas, voilà tout.

Ce fut le moment que choisit Mitzi pour se réveiller. Quand elle posa les yeux sur la piscine, elle lâcha des petits cris en tendant les bras vers les eaux limpides du grand bassin arrondi.

— Je plaide coupable, dit-il avec un petit soupir. Nous sommes restés un long moment à jouer tous les deux dans la piscine, et il semblerait qu'elle veuille y retourner, maintenant.

Suzanne salua ce commentaire d'un éclat de rire.

— Cade… tu ne vas tout de même pas t'excuser d'avoir passé du temps à t'amuser avec mon petit ange ? J'aurais tellement aimé pouvoir en faire autant !

Elle riait toujours quand elle rentra dans la maison, et il se passa la main sur le visage. Elle enviait peut-être le temps libre dont il pouvait disposer, mais il l'enviait bien plus. Ses nouvelles occupations lui prenaient certes beaucoup de temps, et elle n'avait pas de toit… mais elle possédait ce qu'il y avait de plus précieux au monde.

9

Le lendemain, ce fut Ginny que Suzanne trouva auprès de Mitzi à son retour au ranch. Celle-ci lui expliqua le motif de sa défection, la veille, et lui fit part de la proposition de Cade.

— Je ne pourrai jamais vous remercier assez.

— Vous n'avez pas à nous remercier. Nous aimons tous cette petite, Suzanne. Quand je suis arrivée tout à l'heure, j'ai même eu l'impression que Mme Reynolds aurait préféré continuer de s'occuper d'elle elle-même, c'est tout dire !

Rassurée par ces propos, Suzanne monta dans la suite avec sa fille en chantonnant.

Les deux soirs suivants, elle trouva Mitzi en compagnie de Mme Reynolds. Le samedi, elle rentra plus tard qu'à l'accoutumée, et plus fatiguée aussi car il y avait eu un afflux de clientèle en fin de journée.

Mitzi était dans le salon, assise sur les genoux de Cade, en train d'écouter de la musique. Cette fois encore, cette image parfaite lui brisa le cœur. Avec leurs cheveux noirs, ils auraient pu être père et fille.

— Bonsoir ! dit-elle avec entrain, luttant contre l'émotion qui la gagnait.

— Bonsoir. Tu as l'air exténuée…

Après avoir passé plus de douze heures à préparer des sandwichs et à servir des clients, cela n'avait sans doute rien de très surprenant. Si elle s'était écoutée, elle serait montée sur-le-champ dans sa chambre pour se doucher et se coucher. Au lieu de cela, elle se força à sourire et ouvrit les bras à sa fille.

— Coucou, ma chérie !

Cade se leva pour la rejoindre et lui poser la petite fille dans les bras.

— Je ne plaisante pas, Suzanne. Tu as une mine épouvantable ! A quand remonte ta dernière nuit de sommeil ?

— A hier.

— Allons, je sais bien qu'il arrive à Mitzi de se réveiller la nuit. Et dans la mesure où tu règles maintenant ton réveil à 5 heures pour préparer ces fameux biscuits à la cannelle…

En entendant ces mots, elle éprouva un désir à peine contrôlable de se réfugier dans ses bras pour pleurer. Pendant de longues années, elle avait été élevée en enfant gâtée. Puis étaient survenus les problèmes financiers, sa rencontre avec Bill Baker. En quelques mois elle s'était retrouvée mère célibataire, sans aucune famille sur laquelle compter.

Elle s'imaginait toutefois mal se confier à Cade. Celui-ci ne lui avait-il pas dit qu'il ne souhaitait s'impliquer dans aucune relation ? Elle avait tendance à l'oublier quand elle voyait sa complicité avec Mitzi.

— Tout va bien, dit-elle. Des millions de femmes dans le monde ont des enfants en bas âge et travaillent. J'en suis donc capable !

— Suzanne…

Elle s'empressa de lui tourner le dos et de partir, avant de fondre en larmes devant lui. Plus le temps passait, plus elle se sentait proche de cet homme, en qui elle découvrait jour après jour de grandes qualités de cœur.

Refusant de passer un dimanche de plus au ranch à fuir Cade, elle installa dès le matin Mitzi à l'arrière de la Mercedes. Elles se promenèrent longtemps avant de venir frapper à la porte d'Amanda Mae, qui leur fit partager en toute simplicité son déjeuner.

— Vas-tu te décider à m'expliquer ce qui te préoccupe ? lui dit Amanda tandis qu'elles prenaient le café sur la petite terrasse de sa maison. Et ne me dis pas que je me trompe, s'il te plaît !

Suzanne cligna des paupières mais ne dit rien.

— C'est à cause de Cade, n'est-ce pas ? insista Amanda. Quoi que tu me répondes, j'ai bien vu qu'il y avait quelque chose entre vous, ma jolie. Et dès le premier jour !

— Justement… il n'y a *rien* entre nous ! répondit-elle, au bord des larmes.

Amanda se rapprocha d'elle et lui prit affectueusement la main.

— Oh ! je… je ne sais plus où j'en suis ! Cade s'occupe beaucoup de Mitzi en ce moment, puisque je suis souvent absente. Il est merveilleux avec elle, et je sens bien qu'elle l'aime. Il ferait un père parfait. Je sais bien aussi que je lui plais, mais il m'a bien fait comprendre qu'il était hors de question qu'il s'investisse dans une relation.

Le visage d'Amanda s'adoucit.

— Ils étaient très jeunes quand ils se sont connus, Ashley et lui. Ils se sont tout de suite aimés et se sont d'ailleurs très vite mariés. Après sa mort, il a dû avoir quelques aventures d'un soir, rien de plus. Il ne *peut pas* la remplacer, Suzanne.

Elle interrompit son monologue pour soupirer.

— Ce que je te dis là ne t'aide pas, je le sais bien. Et, comble de malheur, j'ai beau chercher, impossible de te trouver un logement !

— Quelque chose va bien finir par se profiler à l'horizon, fit Suzanne, d'une voix cependant dénuée d'espoir.

Amanda planta son regard franc dans celui de Suzanne.

— Ecoute-moi bien. Tu n'es pas obligée de rester à Whiskey Springs. Nous sommes associées, et je ne te remercierai jamais assez de m'avoir permis de rebondir au lieu de sombrer dans la déprime. Mais je suis tout à fait capable de gérer cet établissement seule. N'est-ce pas ce que j'ai fait toute ma vie ? J'emploierai quelqu'un, voilà tout. Si tu as besoin de prendre du recul par rapport à cette situation, *pars*. Une semaine, un mois, un an s'il le faut. Je serai toujours contente de te voir revenir.

D'un geste de la main, Suzanne essuya les grosses larmes qui roulaient à présent sur ses joues. Puis elle redressa les épaules et déclara d'une voix ferme :

— Non, Amanda. *Je reste !* Tout ira bien.

— Supposons que tu te trompes ?

— Alors j'aviserai.

Amanda lui sourit et lui tendit un mouchoir en papier.

Quand Suzanne rentra ce soir-là au ranch, il faisait nuit et toutes les fenêtres étaient éteintes, mais elle se sentait plus détendue qu'elle ne l'avait été depuis longtemps.

L'accalmie fut de courte durée. Le mercredi soir elle était de nouveau épuisée. Apparemment, aucun habitant de Whiskey Springs ne voulait cuisiner, ni le samedi ni le mercredi soir ! Le trajet de retour lui parut interminable. Comble de malheur, elle qui rêvait de se retirer au plus vite dans sa chambre ne trouva nulle trace de Cade et Mitzi dans la maison. Ce fut la lumière de la véranda qui attira son attention.

Elle se dirigea vers elle et vit deux têtes dépasser de la piscine, qui se tournèrent dans sa direction.

— Bonsoir, Suzanne ! Nous venons à peine de rentrer dans l'eau.

Elle eut du mal à cacher sa déception.

— Je pensais monter me coucher tout de suite.

— Mitzi était très excitée.

Comme si elle voulait confirmer les dires de Cade, la petite fille se mit à frapper l'eau de ses poings fermés, en poussant des cris aigus.

— Je me suis dit qu'un bain l'aiderait à se calmer. D'ailleurs, pourquoi ne pas te joindre à nous ? Ça ne pourrait que t'être bénéfique, après une longue journée de travail.

— Je n'ai pas de maillot de bain.

— Il y en a plusieurs en réserve dans la cabane du fond. Des modèles neufs, réservés aux invités qui ont oublié les leurs.

— Je ne sais pas trop, Cade…

Tenant fermement la fillette d'un bras, il tendit l'autre pour asperger Suzanne d'une grande giclée d'eau.

— Oh ! fit-elle en reculant.

Mitzi, qui trouvait apparemment ce spectacle très amusant, éclata de rire.

— Puisque te voilà trempée, dit Cade, riant à son tour, autant te baigner !

Quand il la vit revenir, superbe dans un maillot une pièce noir tout simple, il regretta presque d'avoir autant insisté. Bien que très mince, elle avait de jolies formes, et se déplaçait avec une grâce irrésistible. Manifestement gênée d'être à demi nue devant lui, elle ne fut pas longue à s'immerger, et fit deux longueurs de piscine en crawl avant de revenir vers eux.

Il sentit sa gorge se serrer quand elle fit surface juste devant lui, les cheveux tirés en arrière, le visage ruisselant d'eau. Pour cacher son trouble, il concentra toute son attention sur le bébé qui gigotait, ravi.

— Nous nous baignons en fait tous les jours, Mitzi et moi.

— Vraiment ?

— Oui mais, rassure-toi, je ne le prends pas comme une corvée, bien au contraire. Nous nous amusons beaucoup tous les deux. N'est-ce pas, miss ?

La fillette lui répondit par un nouvel éclat de rire et lui tira l'oreille.

— Je ne voudrais surtout pas que tu ébruites cela en ville, dit-il avec une moue espiègle. Ma réputation de cow-boy pur et dur risquerait d'en pâtir !

Elle joignit son rire à celui de sa fille. Le bleu de ses yeux avait retrouvé tout son éclat, la fatigue avait déserté ses traits. Cette métamorphose dont il se savait responsable le remplit de plaisir. Il se réjouissait de l'avoir aidée à retrouver sa gaieté.

Et il était conscient de ce que cela impliquait. Il ne s'attachait pas seulement à Mitzi, mais aussi à Suzanne.

Suzanne qui s'installait pour de bon à Whiskey Springs en s'associant à Amanda Mae. Qui, jolie et pétrie de qualités comme elle l'était, ne tarderait pas à trouver un mari. Qu'il retrouverait donc en famille à toutes les festivités de la petite ville.

Sous un fallacieux prétexte de courrier à envoyer par e-mail avant la nuit, il faussa compagnie à Suzanne et à son exquise fille, qui méritait elle aussi d'avoir un père.

Deux semaines s'écoulèrent, durant lesquelles il s'arrangea pour passer le moins de temps possible avec ses deux « invitées ». Cela ne lui fut d'aucun secours pour les chasser de son esprit. Pire, même : il avait l'impression de ne plus penser qu'à *elles*.

Ce jeudi-là, il venait de s'installer à son bureau quand le téléphone sonna. Le nom de son frère s'afficha sur l'écran, et il prit le combiné.

— Salut, Nick !

— Salut, Cade. Je te préviens, nous sommes sur haut-parleur, et Darius est assis en face de moi.

— D'accord, nous ne pourrons donc pas le critiquer ! dit-il, dans un sursaut d'humour surtout destiné à chasser la morosité qui s'ancrait chaque jour un peu plus en lui.

— Maggie veut absolument que Suzanne assiste à notre mariage, samedi.

— Vrai ?

— On ne peut plus vrai. Tu avais l'intention de venir, de toute façon, non ? Que vous soyez un ou deux dans ton jet de milliardaire…

Il ne releva pas la boutade. Ses frères l'avaient habitué à ce style de plaisanterie, et ce n'était pas ce qui le préoccupait. Il se souciait plutôt des rapports qui allaient s'instaurer entre eux durant le week-end, alors que, depuis quinze jours, il évitait scrupuleusement mère et fille.

— C'est-à-dire que… elle travaille, le samedi.

— Mm…, tu nous as dit en effet qu'elle venait de s'associer avec Amanda Mae, et qu'elle logeait chez toi avec Mitzi. Comme tu t'en doutes, Maggie et moi trouvons cette solution parfaite !

— Si pour X raisons Suzanne et sa fille n'étaient pas des nôtres, dit Darius, Whitney ne me le pardonnera jamais. Elle m'a répété sur tous les tons qu'elles étaient seules au monde, et que ne pas s'en occuper relevait presque de la non-assistance à personne en danger. C'est dire !

La conversation dura une minute encore, pas plus. Quand elle prit fin, Cade se leva et se mit à faire les cent pas dans son bureau, sans se soucier des regards étonnés que lui lançait Eric, installé dans la pièce attenante.

Suzanne était arrivée un beau jour avec sa fille à Whiskey Springs, à la recherche d'un emploi. Elle s'était vite liée d'amitié avec Amanda Mae, et commençait à présent à connaître certaines personnes de la petite ville. Il n'en restait pas moins qu'elle était bel et bien *seule au monde*, comme venaient de le souligner ses frères.

Allait-il l'empêcher d'assister à ce mariage, de participer à cette réunion de famille ?

Suzanne fut surprise de trouver Cade qui l'attendait, ce soir-là dans le salon.

— Je voudrais te parler.

— Mitzi m'attend.

— Ce ne sera pas long.

En quelques mots, il lui résuma la situation. Tandis qu'elle l'écoutait, elle sentait son cœur se gonfler de joie. Maggie et Nick l'invitaient à leur mariage. Elle allait retrouver Maggie et Whitney, qui l'avaient si chaleureusement accueillie à Montauk. Elle allait participer à un événement familial.

— J'espère que tu pourras m'accompagner… sans quoi je ne donne pas cher de ma peau !

Elle rit, et s'aperçut alors qu'elle n'avait pas ri depuis

longtemps. Depuis plus de quinze jours. Depuis ce bain à trois dans la piscine, auquel il avait vite coupé court.

— Bien sûr ! Je pense que la nièce d'Amanda acceptera sans problème de me remplacer, même au pied levé, et je la sais capable de s'en tirer à merveille.

— Très bien. Nous partirons donc demain matin.

En un instant, elle eut l'impression d'être libérée de tous les problèmes qui la minaient. Serait-ce un signe ? Pouvait-elle croire au lendemain ? Un lendemain avec cet homme-là, celui duquel elle était en train de s'éprendre, et qui s'obstinait à la tenir à distance ?

N'écoutant que son instinct, elle franchit en deux enjambées la distance qui les séparait et dressa le visage vers lui. Quand elle lui passa les bras autour du cou et l'embrassa, elle crut qu'il allait se soustraire à cette étreinte. Au lieu de cela, il lui mit les mains sur les hanches et la serra fort contre lui tout en répondant fougueusement à son baiser.

Et soudain il s'écarta d'elle, se passa la main sur le visage, et partit d'un pas pressé vers le couloir.

Tu as voulu le tester une dernière fois ? Te voilà fixée !

Sur le point de renoncer à ce voyage, elle se ravisa. Pourquoi se priverait-elle des rares bons moments que lui offrait la vie ces derniers temps ? Elle avertit donc Amanda, qui sembla surprise mais contente, et prépara ses affaires.

Le vendredi matin, Cade et Suzanne n'échangèrent pas un mot durant le trajet jusqu'à l'aéroport. Là, tout se déroula exactement comme la première fois — si ce n'était que l'atmosphère était plus tendue encore entre eux.

Elle installa confortablement Mitzi et attendit le décollage de l'appareil pour bien se caler contre le siège et fermer les paupières. Elle entendit Cade aller et venir. Le son de sa voix la fit presque sursauter.

— Veux-tu un jus d'orange ?

Surprise par cette attention, elle lui répondit d'une voix calme :

— Non, merci.

Il décapsula la canette et attendit d'avoir repris sa place au bureau pour s'adresser de nouveau à elle.

— Allons-nous aborder le sujet, ou faire comme si de rien n'était ?

— Il n'y a rien à dire, Cade.

— Je n'aurais pas dû t'embrasser…

— Je crois me souvenir que ce n'est pas toi qui en as pris l'initiative, dit-elle assez sèchement.

— Ce petit jeu se joue à deux, en général.

Elle esquissa un semblant de sourire.

— Tu cherches à minimiser mon rôle dans cette affaire, n'est-ce pas ?

— Oui, dit-il. J'aimerais autant que tu aies l'air un peu plus détendue quand nous arriverons chez Maggie et Nick. Sans quoi mes chères belles-sœurs risquent de me le faire payer très cher…

Elle ouvrit les yeux. Assis à deux mètres d'elle, il ne ressemblait pas à un homme d'affaires milliardaire, mais à quelqu'un qui cherchait à amorcer une discussion.

De quoi pourraient-ils bien discuter ? Ce n'était pas tant ce baiser que son contexte qui était en jeu. En dépit de ses mises en garde, elle s'était éprise de lui. Elle aimait quelqu'un qui ne voulait pas d'elle.

Si elle voulait qu'il consente à la laisser en paix, mieux valait cependant paraître moins crispée.

— Il n'y a rien à dire, je t'assure, dit-elle donc, d'un ton plus léger cette fois.

— Soit. Le trajet est long, si tu changes d'avis…

Cade ouvrit son ordinateur, prêt à travailler. Il n'était pas peu fier de lui. Il avait fait le premier pas et, même si Suzanne n'avait pas saisi la perche qu'il lui tendait, cette tentative s'était du moins soldée par des rapports plus courtois.

Certes, il n'aurait pas dû l'embrasser, mais il l'assumait mieux que la fois précédente. Il se sentait infiniment plus détendu, ce qui lui permettrait de faire une arrivée tout à fait normale chez Maggie et Nick.

Surtout s'il évitait de penser à la façon dont ce baiser aurait pu se terminer. S'il ne songeait pas à la pression de ces seins fermes sur son torse, au goût sucré de ces lèvres sur les siennes.

Refoulant le gémissement qui lui montait aux lèvres, il changea de position.

Et ce n'était pas tout. Il n'aimait pas la voir triste. Ni la savoir seule. Il n'aimait pas non plus que Mitzi grandisse sans papa. Et il lui était tout aussi insupportable d'imaginer la petite fille tirant l'oreille d'un autre homme en riant aux éclats.

Peut-être était-il temps d'examiner d'autres solutions ?

Il ne pouvait pas épouser Suzanne. Il avait décidé de bannir à tout jamais le mariage de sa vie. Mais les liens qui s'étaient tissés entre eux étaient désormais trop forts pour continuer de les ignorer.

Que restait-il ?

10

L'enthousiasme et l'affection évidente avec lesquels ils furent accueillis mirent aussitôt du baume au cœur de Suzanne. Elle décida de profiter sans réserve de cette réunion familiale, à laquelle quelques proches amis avaient également été conviés. Elle comptait apparemment parmi eux, ce dont elle n'était pas peu fière.

Fière et émue. Car c'était surtout de l'émotion qu'elle ressentait au milieu de ce groupe de gens rassemblés pour célébrer le mariage de Maggie et Nick, que la vie avait séparés pour mieux les réunir.

L'après-midi du vendredi se déroula en derniers préparatifs et se conclut par un délicieux dîner préparé par le père de Maggie. Résolue à ne rien perdre de ces délicieux instants, elle se laissait porter par l'euphorie ambiante, et évitait de penser à Cade. Evitait Cade, tout simplement, dans la mesure du possible.

Maggie et Nick avaient tenu à ce que leur union soit célébrée en bordure de l'océan, et les convives se retrouvèrent tous sur la plage le samedi à 14 heures. La cérémonie, touchante et originale, resterait gravée dans les mémoires.

Tandis que les principaux acteurs de ce spectacle échangeaient des vœux d'amour éternel, Suzanne hasarda quelques regards en direction de Cade. A l'inverse de Darius, dont le visage était fendu d'un grand sourire, il paraissait impassible. Elle comprenait que Darius puisse faire des plaisanteries sur son frère qui était sur le point de perdre sa liberté. Il avait à ses côtés Whitney, qui portait de surcroît le fruit de leur amour. Cade, lui, avait trouvé l'amour de sa vie, et l'avait perdu. Les souvenirs que ravivait cette cérémonie étaient sans aucun doute doux-amers.

Les fois où elle pensait à ce premier mariage, il lui arrivait de s'étonner qu'une femme ait pu inspirer à un homme des sentiments d'une telle force, proches de la dévotion. Mais cela ne la surprenait plus. Connaissant mieux à présent la loyauté des Andreas, elle saisissait tout ce qu'il avait investi dans ce mariage. Tout ce qui lui avait été dérobé.

C'était ce caractère entier, cette intégrité, qu'elle aimait en lui — surtout après avoir connu un individu aussi fourbe que Bill Baker.

Quand la cérémonie s'acheva, elle prit sans hésiter le mouchoir que lui tendait la mère de Maggie. Ces larmes étaient dues à l'émotion du moment, mais aussi au regret de ne pouvoir connaître elle-même un tel bonheur. Pourquoi fallait-il que le destin ait placé sur sa route un être parfait, qui lui était inaccessible ?

Sous prétexte de rester auprès de Mitzi pendant qu'elle faisait la sieste, elle passa une partie de l'après-midi dans la chambre qui leur avait été réservée. Elle prit un bain, ce qui l'aida à se détendre. Car elle ne voulait surtout pas gâcher par de sombres pensées la soirée qui les attendait tous, dans un superbe restaurant.

Après avoir confié Mitzi à la jeune fille au pair chargée de garder tous les enfants à la maison, elle mit sa robe de cocktail corail, et fermait le collier en perles de sa grand-mère quand un coup retentit à la porte. Craignant d'être en retard, elle prit en hâte sa pochette et ouvrit.

Magnifique dans un costume sombre, Cade se tenait sur le seuil de la chambre. Elle eut l'impression que ses jambes se dérobaient sous elle, mais réussit à ne rien trahir de sa nervosité.

— Les autres sont partis il y a quelques minutes à peine. Une voiture avec chauffeur nous attend.

Elle déglutit et hocha la tête. Ils allaient se retrouver seuls, côte à côte, à l'arrière d'une voiture de luxe…

Après avoir fait un détour par la chambre d'enfant pour embrasser une dernière fois Mitzi, elle se résolut à quitter sa chambre pour monter dans la luxueuse berline ivoire garée devant la maison.

Cade attendit que la voiture ait démarré pour se tourner vers elle.

— Je ne te cacherai pas que j'ai un peu provoqué ce tête-à-tête, ce soir, dit-il avec un sourire.

La nervosité qu'elle ressentait monta d'un cran encore.

— J'ai longuement réfléchi, Suzanne. A nous deux, à notre attirance mutuelle, au plaisir que nous prenons à être ensemble. Pourquoi vouloir ignorer l'évidence ? Pourquoi ne pas vivre cette relation en toute liberté ?

Elle ouvrit la bouche, la referma, et inspira profondément avant de répondre :

— J'ai un enfant.

— J'ai un ranch.

— Ce n'est pas tout à fait pareil, Cade, et tu le sais. Je souhaiterais que ma fille ait un père…

— Je ne t'apprends rien en te disant que je suis très attaché à Mitzi. Je suis prêt à jouer ce rôle, aussi longtemps que nous resterons ensemble. Sans aucune promesse, aucun lien. Tu partiras quand bon te semblera.

Elle se passa la langue sur les lèvres. Cette proposition ne la séduisait guère. Comment pourrait-elle s'en satisfaire, alors qu'elle l'aimait ? Qu'elle rêvait précisément, elle, de promesses d'avenir, de liens solides.

— Supposons que ce soit toi qui te lasses en premier ?

— Me lasser de toi, Suzanne ? Avec le… potentiel que je sens entre nous ?

Elle se raidit. Voilà qu'il utilisait un vocabulaire d'homme d'affaires pour décrire tout ce qui les attirait l'un vers l'autre, les liait l'un à l'autre !

Comme elle gardait le silence, il tendit la main vers elle pour lui caresser la nuque. La sentant frissonner sous la paume de sa main, il ajouta, plus bas :

— Tu vois bien qu'un courant très fort passe entre nous ? Je suis même sûr que nous resterions ensemble bien plus longtemps que tu ne l'imagines.

— Mais tu ne m'aimes pas.

Ce n'était pas une question.

— Si je n'avais pas pour toi des sentiments, Suzanne, je ne te proposerais pas de vivre avec moi.

Elle ne s'était donc pas trompée en affirmant qu'il ne l'aimait pas. A vrai dire, il ne lui avait jamais menti. Il lui avait toujours dit qu'Ashley était l'amour de sa vie. Si elle acceptait sa proposition, elle devrait donc se contenter d'un second rôle. Une deuxième place dans son cœur, dans sa vie.

Et pourquoi pas ? Ils seraient ensemble. Il l'aiderait à élever Mitzi. Elle ferait partie de sa merveilleuse famille.

Le chauffeur ralentit. Ils arrivaient aux abords du restaurant où devaient se dérouler les festivités.

— Je te demande seulement de réfléchir à ma proposition.

Pas un seul instant elle ne cessa d'y réfléchir, ce soir-là. Pas plus en écoutant le discours des mariés comblés qu'en les regardant ouvrir le bal. Ni en portant un toast à leur bonheur, et moins encore en saisissant leurs regards remplis d'étoiles.

Etait-elle prête à se contenter de moins ? A accepter des demi-mesures ?

Pendant tout le repas, durant lequel se succédèrent des mets à la fois originaux et très fins, elle ne cessa de s'interroger.

Quand Cade vint l'inviter à danser, elle eut l'impression que ses forces allaient la lâcher. Elle était pourtant si bien, dans ses bras. Il aurait suffi de se laisser porter, d'y croire…

— As-tu réfléchi ? lui demanda-t-il à l'oreille en la serrant un peu plus fort dans ses bras.

Elle s'arma de courage et leva la tête vers lui pour chercher son regard.

— Il fait chaud ici, et il y a trop de bruit. Je préférerais que nous poursuivions cette discussion dehors.

— Bien sûr.

Il lui mit la main sur la taille et la guida vers les jardins, où une légère brise charriait de douces senteurs florales. Quand il voulut l'attirer de nouveau contre lui, elle secoua la tête et le repoussa doucement.

— Non, Cade. Je ne crois pas que ce soit une bonne idée.

Il ne chercha pas à cacher sa déception.

— Mais…

— Ce que tu me proposes ne me suffit pas. Je veux partager ma vie avec quelqu'un qui soit prêt à s'engager. Je ne tiens pas à vivre une aventure de quelques semaines, quelques mois peut-être. Et surtout… je veux que ce quelqu'un m'aime !

Il ne répondit pas. A la lumière des lampes de jardin, elle vit ses traits se crisper, mais il ne dit rien. Il ne prononça pas les mots qu'elle rêvait d'entendre.

— Encore une fois, j'ai un enfant. Je suis en train de reconstruire ma vie et je ne voudrais pas me tromper. Supposons que nous passions quelque temps ensemble et que nous nous séparions. Qui, à Whiskey Springs, voudrait demander en mariage l'ex de Cade Andreas ?

Face à cet argument de poids, il baissa la tête.

— Je comprends.

Quand elle le vit reculer, son cœur se serra un peu plus. Il jugeait son raisonnement fondé, mais n'envisageait pas pour autant de revenir sur sa décision. Il ne lui ferait pas des promesses qu'il n'était pas sûr de tenir.

Sans hésiter, elle tourna les talons et remonta l'allée du jardin.

*
* *

Elle repartit en voiture avec Whitney et Darius, fit ses bagages et appela un taxi qui la conduisit à l'aéroport avec Mitzi. Là elle prit le premier vol pour le Texas. A son arrivée, elle appela Amanda Mae, qui vint la chercher pour la conduire au ranch, où elle entreprit de ranger ses affaires et celles de sa fille dans quelques sacs.

— Que vas-tu faire, maintenant ? lui demanda Amanda.

Après avoir pleuré pendant tout le voyage, elle avait les yeux secs.

— Je ne sais pas trop.

Jamais sa grand-mère ne lui avait autant manqué.

— Je crois que… je vais rendre visite à ma grand-mère.

— Oh ! tu es déjà bien assez triste, ma jolie. Je te déconseille d'aller au cimetière.

— Je n'envisageais pas d'aller au cimetière, mais de retourner dans la maison où nous avons vécu. Après sa mort j'ai dû faire face à tellement de problèmes que je n'ai pas vraiment eu l'occasion de lui dire adieu. J'ai besoin de… la retrouver.

Une fois les quelques sacs rangés dans le coffre de la Mercedes, elle installa une Mitzi un peu inquiète sur le siège arrière, puis embrassa Amanda en lui promettant de revenir bientôt, et s'installa au volant. Elle ne pensait pourtant pas revenir de sitôt. Elle préférait convaincre Amanda de lui rendre visite en Géorgie. Peut-être y monterait-elle un restaurant. Ou bien une boulangerie-pâtisserie. Ce dont elle aurait envie, en fait, car dans quelques mois elle serait une femme riche.

Toujours triste, mais riche.

11

Le lundi matin, Cade partit en direction de l'écurie, résistant au désir de se rendre en ville pour s'assurer que Suzanne allait bien. Il avait appris par Mme Reynolds qu'elle était venue chercher ses affaires avec Amanda, et était repartie. Il supposait donc qu'elle s'était installée chez elle avec Mitzi. Et c'était sans doute mieux ainsi.

Il comprenait bien ce qu'elle attendait de lui. Pas forcément qu'il la demande en mariage, mais qu'il lui parle d'amour. Or il ne pouvait pas courir un risque pareil.

Il venait tout juste de descendre de sa camionnette quand Jim avança vers lui.

— Alors, Cade, comment s'est passé ce mariage ?

— Très bien.

Ce n'était pas un mensonge en soi.

— Je me suis laissé dire que cette jeune personne de Géorgie est partie avec toi ?

— Elle était personnellement invitée par Nick et sa femme, répondit-il, ce qui, une fois de plus, n'était que la stricte vérité.

— Elle est bien mignonne, cette petite.

— Ah ?

— Comment ça, « Ah » ? Tu es devenu aveugle ?

Cade ne put que rire.

— Non ! Elle est jolie, en effet, mais tu sais bien que je ne suis pas intéressé.

— Pourquoi ?

— *Pourquoi ?*

Jim le regarda et secoua la tête avec lenteur.

— Nous aimions tous Ashley, mon garçon. Nous parlons très souvent d'elle, sa mère et moi. Mais il faut que tu reprennes ta vie en main…

— *J'ai* ma vie en main, Jim. Et je ne manque pas d'activités !

— Les activités ne remplissent pas toute une existence.

Il préféra ne pas répondre à son beau-père.

Après avoir perdu Ashley, il venait de perdre aussi Suzanne.

Il passa une partie de la journée à parcourir ses terres à cheval. A son retour, bien que fourbu, il ne parvint pas à s'endormir. Il rejoignit donc son bureau, où Eric le trouva à son arrivée. Un seul regard suffit à celui-ci pour juger la situation, et il s'installa à son propre bureau sans un mot.

Deux jours plus tard, le voyant arriver, Jim se montra beaucoup moins poli.

— Tu as une tête à faire peur !

— Je n'ai pas dormi.

— Ah… Tu connais la nouvelle, je suppose ? Il paraît que personne n'a vu la jolie fille de Géorgie au stand de sandwichs depuis quelques jours.

Cade retint son souffle. Il était persuadé que Suzanne s'était installée chez Amanda, qu'elle continuait à travailler, qu'elle rencontrait des gens.

— C'est elle que ça regarde, Jim, répondit-il d'une voix morne.

— Et où est-elle allée ?

— Aucune idée.

Jim le fixa, le regard franc.

— J'ai deux mots à te dire, mon garçon. C'était une fille bien, et elle te plaisait. Au lieu de la retenir, tout ce que tu as su faire, c'est la chasser d'ici !

— *Je ne l'aimais pas.*

— Vraiment ? Tu ne dors plus, tu manges à peine, depuis qu'elle est partie… Même après la mort d'Ashley tu n'étais pas dans un état pareil !

Ces mots lui firent l'effet d'un coup de poing. Il se rappelait les jours qui avaient suivi le décès de sa femme. Bien qu'accablé de chagrin, il avait continué à mener une vie normale. Il se rappelait très bien avoir *travaillé* !

Secouant la tête, il se passa la main sur le front.

— Je ne sais plus où j'en suis, Jim, dit-il avec un soupir. Je n'ai pas été un bon mari pour Ashley. Je m'absentais souvent.

— Pour raisons professionnelles ! Elle le comprenait très bien et ne t'en a jamais voulu. Qui plus est, tu as été très présent au moment où elle avait le plus besoin de toi.

Jim le croyait peut-être, mais lui savait que c'était faux. Pendant que sa femme était en train de mourir, il cherchait, lui, à racheter une affaire.

— Cade…

— J'aimerais autant en rester là.

— Tu t'en veux de ne pas avoir été aux côtés d'Ashley quand elle a poussé son dernier souffle, c'est bien ça ?

Mais il restait muré dans le silence.

— Tu as oublié que son état de santé s'était amélioré la veille ? Que c'est elle-même qui t'a poussé à partir parce que tu venais de passer des semaines entières à son chevet ? Oublié aussi toutes les vacances que vous avez prises ensemble, pendant vos années de mariage ? Et les week-ends pendant lesquels vous partiez, quand tu ne possédais que le ranch et quelques malheureuses actions ?

Il déglutit avec difficulté. Chaque fois qu'il pensait à ces années de mariage, il se voyait en train de partir. Il avait en effet oublié tout le temps qu'il avait consacré à Ashley avant que son activité ne devienne trop prenante, et aussi pendant sa maladie.

Comme il se taisait toujours, Jim haussa les épaules, prêt à repartir.

— Tout ce que j'essaie de te dire, c'est que tu ne devrais pas laisser passer cette seconde chance. Mais, bien sûr, libre à toi de mener ta vie comme tu l'entends !

Après avoir quitté Whiskey Springs, Suzanne passa une première nuit à l'hôtel avec Mitzi. Le lendemain soir, arrivée en Géorgie, elle s'installa dans une autre chambre d'hôtel et acheta le journal afin d'entamer des recherches pour trouver un logement. Le troisième soir, elle se sentait si seule au monde, si malheureuse, qu'elle aurait voulu se recroqueviller sur elle-même et pleurer pendant des heures.

Au lieu de cela, elle décida de téléphoner à Amanda Mae.

— Il est un peu tard pour appeler une femme obligée de se lever à une heure indécente pour préparer des biscuits à la cannelle !

— Désolée, Amanda.

— Je déteste faire cela ! Tu ne pourrais pas rentrer, ma belle ? Ça me rendrait un fier service.

Rentrer. Comme rentrer à la maison. Elle avait cru faire de Whiskey Springs son « chez-elle », mais avait commis l'erreur de s'éprendre de Cade Andreas. Elle ne pouvait plus y vivre.

— J'avais cru comprendre que ça ne te dérangeait pas trop que je parte.

— C'est ce que je pensais. Lourde erreur de ma part ! Allez, reviens. La semaine prochaine, quand le restaurant ouvrira ses portes, nous en interdirons l'accès à Cade.

Suzanne lâcha un petit rire. Un rire qui ressemblait à un sanglot. Elle ne voulait pas parler de lui. Le seul fait de penser à lui emplissait ses yeux de larmes.

— As-tu rendu visite à ta grand-mère ?

— Pas encore. J'irai peut-être demain. Je resterai devant le portail de la maison et je penserai… à elle, à nous, au temps qui passe…

Après avoir raccroché, Amanda échangea son pyjama contre son jean et un T-shirt.

Quand la sonnette de la porte d'entrée retentit, Cade bondit de son lit et courut jusqu'au couloir, pestant contre celle ou celui qui allait réveiller Mitzi. Puis il se rappela qu'elle n'était plus là. Suzanne non plus. Une terrible sensation de froid le gagna tout entier.

— Alors là, bravo !

Ce fut avec ces mots que le salua Amanda, qui, du haut de son mètre cinquante-cinq, le toisait.

Saisi par cet accueil pour le moins brutal, il cligna des paupières.

— Ecoutez, Amanda, j'ai appris que votre associée était partie, mais…

— Je me moque bien d'avoir une associée ! J'ai tenu seule un restaurant pendant quinze ans, je peux le faire quinze ans encore.

Elle avança d'un pas vers lui. Quand elle reprit la parole, sa voix vibrait d'émotion.

— Je n'ai pas eu d'enfants, Cade. Cette petite est pour moi un cadeau du ciel. Allez-vous m'en priver ?

Il regarda autour de lui et ferma les yeux. Tout le monde lui reprochait le départ de Suzanne. Mais personne ne l'avait obligée à partir. Et qui se souciait de lui ? De ce qu'il endurait ?

— Et… que voudriez-vous que je fasse ?

— Que vous alliez la chercher, Cade ! Il faut être aveugle pour ne pas remarquer qu'elle vous aime… et je ne crois pas me tromper en disant que c'est réciproque ! Jusqu'à quand allez-vous jouer au chat et à la souris ? Pourquoi vous rendre tous les deux malheureux plus longtemps ?

Comme il ne disait rien, elle enchaîna :

— Je sais qu'elle a l'intention de retourner aujourd'hui voir la maison qu'elle a longtemps habitée avec sa grand-mère. Elle a envie de… la retrouver, en quelque sorte. Cette gamine est seule au monde, Cade ! Vous ne pensez pas qu'elle a assez souffert ?

Il retourna se coucher, plus désorienté que jamais. Vaincu par la fatigue accumulée durant ces nuits sans sommeil, il sombra dans la torpeur.

La silhouette féminine se dessina au loin. Ashley était en train de tailler ces fleurs qu'elle aimait tant. Juché sur son cheval, il se dirigea vers elle. Au moment où il levait la main pour la saluer, il se dit qu'elle allait disparaître.

Mais elle lui sourit.

— Ashley ?

— Cade…

Le son de cette voix, qu'il n'avait pas entendue depuis si longtemps, l'ébranla. Il s'arrêta. S'il se rapprochait d'elle, elle allait s'effacer de son rêve, comme toujours. Il allait se réveiller.

Mais elle lui souriait toujours. Elle était si jeune, lorsqu'ils s'étaient mariés. Si douce. Si timide. A sa place, Suzanne aurait sans doute couru vers lui. Elle lui aurait parlé. L'aurait peut-être même embrassé.

Ashley restait immobile à le regarder, lui sourire.

Il avait aimé Ashley de toute son âme, mais jamais il ne s'était senti aussi proche d'elle qu'il l'était aujourd'hui de Suzanne.

A ce moment-là, elle leva la main vers lui.

— Adieu, Cade.

— *Non !*

Ses yeux se remplirent de larmes tandis qu'elle s'éloignait. Il ne pouvait pas retenir Ashley, il le savait.

— Adieu, Ashley.

Il se réveilla plus apaisé qu'il ne l'avait été depuis longtemps. Enfin, il avait pu dire adieu à Ashley.

***

Assise au volant de sa voiture, Suzanne regardait la grande et belle maison où elle avait grandi. Il lui semblait voir la silhouette de sa grand-mère sous la véranda, assise sur son rocking-chair. Elle pouvait y passer des heures, à admirer le jardin.

Mais sa grand-mère n'était plus là. Cette maison n'était plus la sienne. Elle n'avait plus envie de vivre en Géorgie.

Elle brûlait de repartir pour Whiskey Springs.

Un petit coup frappé à la vitre de sa voiture la fit sursauter. Plongée dans ses pensées, elle n'avait vu ni entendu personne.

Elle tourna la tête. Penché vers la portière, Cade la dévorait des yeux. Comment l'avait-il retrouvée ? Par Amanda, sans doute. La joie qui l'avait submergée céda la place à la tristesse. Quelle importance ? Il lui avait bien fait comprendre qu'il n'était pas prêt à la suivre sur le chemin qu'elle voulait emprunter.

— Ouvre la portière.

— Va-t-en, Cade.

— Ouvre-moi, s'il te plaît !

A quoi bon ?

— *Suzanne, je dois te parler.*

Craignant qu'il ne réveille Mitzi, qui elle aussi avait mal dormi cette nuit-là, elle finit par s'exécuter.

— Que veux-tu, Cade ? Je crois que nous nous sommes dit tout ce que nous avions à nous dire !

— Non. J'ai enfin ouvert les yeux. Je suis prêt à vivre le présent, au lieu de rester tourné vers le passé. En tout cas, je veux prendre le risque d'être heureux. *Avec toi, Suzanne.*

Comme elle le dévisageait, stupéfaite, il lui sourit.

— Depuis ton départ, je me suis transformé en zombie. Je n'ai plus envie de rien. La vie que je mène ne m'intéresse pas. Elle est vide, triste, sans toi.

Le cœur battant à tout rompre, elle n'osait pas l'interrompre.

— Je voudrais t'avoir à mes côtés. *Pour toujours.* Je

voudrais que nous élevions Mitzi ensemble, et tous les autres enfants que nous aurons bientôt. Une horde de petits Andreas !

— Une horde ? demanda-t-elle, partagée entre le rire et les larmes.

— Une mini-horde, si tu le préfères. Suzanne… acceptes-tu de m'épouser ?

Ivre de bonheur, elle se réfugia dans ses bras ouverts. Elle avait enfin trouvé sa place dans la vie.

Retrouvez en juin 2020,
dans votre collection

SAGAS

Trilogie intégrale : PRINCES DU DÉSERT de Alexandra Sellers - N°132

La captive du sultan
Lorsqu'elle reçoit une invitation pour un séjour au royaume du Barakat, Caroline n'hésite pas un instant. Car elle tient enfin l'occasion rêvée d'échapper à l'homme que sa famille tient tant à la voir épouser. Mais dès son arrivée, Caroline comprend que cette escapade n'était en fait qu'un piège ! Désormais, la voilà prisonnière du redoutable cheikh Karim…

Jana et le cheikh
Prendre son bain dans une oasis, en plein désert, sous la caresse du soleil : un moment d'exception que Zara savoure. Jusqu'à ce qu'elle remarque la présence d'un cavalier qui l'observe ! Surprise, elle s'enfuit. Et ce n'est que plus tard que Zara, encore troublée par cette aventure, comprend qui est son cavalier inconnu : Rafi, le prince du Barakat !

Le prince des dunes
Engagée comme préceptrice auprès des filles du souverain du Barakat, Jana mesure la formidable opportunité que représente ce travail. D'autant que ses deux élèves sont adorables. Hélas, ce n'est pas le cas de leur père, le prince Omar. Un monarque froid et arrogant, que Jana prend un malin plaisir à provoquer. À ses risques et périls…

Série intégrale : DES HOMMES DE LOI de Elizabeth Heiter - N°133

Le secret du marais
En Floride, de mystérieux meurtres terrorisent la population. Appelée sur les lieux par l'inspecteur Logan Greer, Ella, profileuse au FBI, mène l'enquête. Mais au bout de quelques jours, elle commence à se demander quelle motivation l'a conduite à accepter cette mission : la soif de justice ou le regard du séduisant et énigmatique Logan ?

Opération protection
En reconnaissant son garde du corps, Chelsie est stupéfaite. Scott a-t-il vraiment l'intention de cohabiter avec elle dans sa résidence sécurisée ? Mais tandis qu'il la fixe, elle tente de lutter contre le trouble qui l'envahit malgré elle. Car elle se remémore l'unique nuit qu'elle a partagée avec lui. Un moment d'abandon qu'elle a tout fait pour oublier depuis…

Un message dans la nuit
D'une main tremblante, Maggie ouvre la lettre dont elle connaît déjà la teneur. Comme tous les messages qu'elle reçoit depuis dix ans, le jour de son anniversaire, celui-ci ressemble à une déclaration d'amour. Mais cette fois, son prédateur promet de passer à l'action ! En proie à la terreur, Maggie comprend alors qu'elle va avoir besoin de protection…

Composé et édité par HarperCollins France.

Achevé d'imprimer en mars 2020.

CPI
BLACK PRINT

Barcelone

Dépôt légal : avril 2020.

MIXTE
Papier issu de
sources responsables
FSC® C108412
FSC
www.fsc.org

Pour limiter l'empreinte environnementale de ses livres, HarperCollins France s'engage à n'utiliser que du papier fabriqué à partir de bois provenant de forêts gérées durablement et de manière responsable.

Imprimé en Espagne.